三鬼

三島屋変調百物語四之続

宮部みゆき

角川文庫
21625

目次

序

三島屋《みしまや》は、江戸は神田、筋違御門《すじかいごもん》先の一角にある袋物屋である。主人の伊兵衛《いへえ》とおかみのお民《たみ》が夫婦二人で心を合わせ、律儀に働いて興《おこ》した店だが、今では袋物屋のふたつの老舗、池之端仲町《いけのはたなかちょう》の越川《えちかわ》、本町《ほんちょう》二丁目の丸角《まるかく》に続く名店として、江戸の洒落者《しゃれもの》たちの人気を集めるようになった。

三島屋の夫婦には息子が二人いるが、どちらも元服するとすぐ、他店《よそ》の釜の飯を食ってみるようにと、家を出された。その代わりのように、二年前の秋口から、伊兵衛の姪《めい》のおちかという娘が住むようになった。

世間の目からは三島屋のお嬢さんであるおちかだが、お店《たな》のなかでは女中のおしま、お勝《かつ》と同じようにきりきり立ち働いている。同時に、伊兵衛より直々の命を受けて、ある役目をこなしている。三島屋の客間〈黒白《こくびゃく》の間〉に、一度に一人の語り手を招き入れては、その人の口から不思議な話や恐ろしい話を聞き出すという役目である。

怪談語りの〈百物語〉という趣向は、巷《ちまた》に珍しいものではない。粋人たちのあいだでは、それは娯楽の場であり、社交のきっかけである。耳学問の道場でもある。

ただ、幾人かが集まって順番に語り、その話に皆で耳を傾けるのではなく、語り手は一人、相対する聞き手もおちか一人という三島屋のやり方は変わっている。さらに伊兵衛が、せっかくならばよりぬきの面白い話を聞き集めようと、張り切ってあちこちに手を回したものだから、これはたちまち話題になった。語り手を募り、事前にその人品骨柄を見定めてもらうため、灯庵《とうあん》という手練《てだ》れの口入屋《くちいれや》をあいだに入れているのだが、その灯庵老人も呆《あき》れるほどの評判だ。

人は語りたがる。己《おのれ》の話を。

だがそれは時に、その人生の一端に染みついて離れぬ何かを他者に見せることにほかならぬ。多くの耳に触れ回りたくはない。しかし一度は口に出して吐き出してしまわねば、その何かを墓の下まで持って行くのはどうにも辛《つら》い。その何かが、いざとなったら墓石の下に収まらないかもしれぬという不安が胸を塞ぐ。

だから、三島屋の変わり百物語は人を集める。

そこに難しい決まり事はない。聞いて聞き捨て、語って語り捨て。ただそれだけだ。

今日もまた一人、黒白の間に新しい客が来る。

第一話　迷いの旅籠

子供である。

江戸に来て歳をふたつ加え、十九になったおちかの目にはまだ子供にしか見えない女の子だ。歳は十二、三というところだろう。

三島屋の仕事場に住み込みの縫い子たちのなかにも、そのくらいの子がいる。この変わり百物語のおかげで友達になった、本所《ほんじょ》に住むいたずら三人組の男の子たちも、しょっちゅう使い走りや子守や薪《まき》集めなどをしてお駄賃を稼いでいる。幼い子供が働くということは、おちかにとっても珍しくはない。

ただ、この黒白の間の語り手として、子供が最初《はな》から一人で来るのは初めてのことだ。当の語り手の方も、来客として遇され、床の間を背にして座るなど生まれて初めてなのだろう。どう勧めても遠慮する。軽い押し問答になった。

「どうぞ、お嬢さんがこちらへお座りくだせえ」

「でも、わたしはそれだと普段と勝手が違って、うまくお話の聞き手を務められないの」

「そんでもどうぞ、どうぞ」

「あなたはここではお客様だから、そこに座ってもらってかまわないのよ」

そのうちに、唐紙の向こうの次の間でお勝が笑い出し、割って入って宥《なだ》めてくれた。

「笑ったりしてごめんなさい。わたしは女中の勝といいます。こんなところに隠れていて、びっくりさせてしまったでしょう」

お勝は黒髪豊かな柳腰の美女なのだが、その整った顔に、疱瘡《ほうそう》にかかった痕のあばたがたくさん残っている。これは疱瘡神という強い疫神《えきしん》に愛《め》でられた証《あかし》であり、だからお勝は、かの神の守護により魔を祓《はら》う力を身につけているのだ。

お勝はそういうことを自分でざっと語り、優しい声音でこう続けた。

「この黒白の間では、怖い話や不思議なお話ばかりが語られますから、どうかすると悪いものや邪《よこしま》なものが寄りついてくるかもしれません。そんなときのために、わたしがお隣にいて張り番をしているんですよ」

ここでお勝は、着物の胸のあたりをとんと打ってみせた。

「わたしがいる限りは、何も怪しいことは起こりません。大船に乗った心地でいてくださいな」

「へえ……おおぶねぇ」

語り手の女の子は、ぽかんとしたようにそう繰り返す。

「はい、ここは大船のなか。そして三島屋のお嬢さんが船頭さんです」

お勝は軽くおちかの肩に手を置いた。

「船頭さんは船のともにいるものですよ。そうでないと前へ進めませんからね。それはあなたもおわかりよね」

女の子は慌ててこっくりした。「へ、へえ」

「では船頭さん」

お勝はにこやかにおちかの顔を覗《のぞ》き込む。

「今日のお客様は船に乗り慣れていないので、揺れが怖いんだそうでございますよ。もっと近くに寄っていただいて、船頭さんのお顔をそばで見ていられたら、きっと心丈夫でしょう」

そして上座の座布団をするりと手前に引き寄せ、さらに縁側に面した雪見障子のそばへとずらしてみせた。

「あら、そうね」

おちかも得心がいって、にっこり笑った。自分の座布団をそこに寄り添うように近づける。

「これならどうかしら」

語り手の女の子は目をまん丸にしている。

ちょうどそこへ、もう一人の女中のおしまが茶菓を運んで来た。

「おしまさん、こっちへちょうだい」

二枚の座布団が座敷の障子ぎわにくっつけられている眺めに、おしまは一瞬、何事かという顔をした。が、こちらも心得たものだ。はいはいと盆を持ってくる。香ばしいほうじ茶と茶饅頭《まんじゅう》が載っている。おちかの傍らの火鉢の上では、鉄瓶がその口からほのかな湯気をたてている。

「今日は風が冷たいのがあいにくでしたねえ」

「そうね。障子を開けてお庭が見られたら、もっと気分がいいでしょうに」

「お雛《ひな》様をしまって、さあ次はお花見の算段をしようかという頃合いになって、きまって北風の吹き返しがくるのはどうしてでしょうか」

三島屋ではつい昨日、雛飾りを片付けたのだ。一緒に飾っていた桃の枝はまだ満開の花をつけているので、花器を替えてここの床の間に置いてある。触れれば花びらがこぼれそうだ。

おちかと女中たちのやりとりに、語り手の女の子はますます目を瞠《みは》っていたが、ついと首を縮めて呟《つぶや》いた。

「あいすみません」

自分が言うことをきかないので、かえって手間をかけさせてしまった——と思ったのだろう。聡《さと》い子である。

「さ、これでお膳立てはできました」

お勝が畳に軽く手をついて立ち上がる。おしまもしとやかに一礼して引き下がる。

おちかは自分が先に座布団の上へ座ると、明るい障子の方へ顔を向けた。

「うちは袋物屋だから、縫い物をする職人さんや、縫い子さんがいるの。おじいさんから、おばさん、あなたぐらいの歳の子まで、二十人くらい」

彼らはお店《たな》ではなく、近くにある仕事場で働いている。そこに住み込んでいる者もいる。仕事場の内々のことはおかみのお民が仕切り、独立した形になっているので、お店の方はおちかも入れて三人の女手で切り盛りできるのだ。

だが年明けからこっち、おちかは暇を盗んで仕事場へ顔を出すようになった。裁縫を習うためである。

「わたしも実家《さと》でひととおりは習ってきたけれど、てんで無手勝流だから、商い物を縫うような腕前にはほど遠いのよ。一から習い直しでね。そういうときは、縫い子さんたちの邪魔にならないように、仕事場の隅っこで、障子のそばの明るいところに引っ込んで、ちくちく、ちくちく」

おちかが針を使う仕草《しぐさ》をしてみせると、語り手の女の子の頬《ほほ》が、やっと緩んだ。

「お嬢さんは、ずっと三島屋さんにお住まいではねえんですか」

「うん。江戸に出て来て、やっと二年よ。わたしの実家は川崎宿《かわさき》で旅籠《はたご》をしているの」

「え、旅籠？」

女の子の驚きように、おちかも吃驚《びっくり》した。

「そうよ。珍しい？」

「そうでなくって——えっと、あのぉ」

指をもじもじさせる。

「名主様《なぬし》がおらに、三島屋さん行ってお話ししてこいっておっしゃってるのが、旅籠のことなんで」

「まあ、旅籠にまつわるお話は初めてだわ」

土の匂いがしそうな素朴な女の子が語りに来たというだけでも興味をそそられるのに、いっそう面白くなってきた。

「どうぞ、こっちに来て座って、聞かせてちょうだい」

女の子は畳に手をついて頭を下げると、身を小さくして座布団に乗った。素朴ではあるけれど、きちんと躾《しつ》けられている子だ。

「お名前は？」

「つぎと申します」

「おつぎちゃんね。あらためまして、わたしが三島屋のおちかです。主人の伊兵衛の姪にあたります。どうぞよろしくお願いしますね」

おつぎの髪形は少女らしく可愛《かわい》い結綿《ゆいわた》だが、髪飾りも手絡《てがら》もなく、白紙を結んであるだけだ。黒襟をかけた格子《こうし》縞《じま》の玉紬《たまつむぎ》に、黒繻子《くろじゅす》の昼夜帯《ちゅうやおび》を締めている。着物の袖は短い。奉公人の身なりである。が、全体にこざっぱりとしているし、着物の格子縞は翁《おきな》格子だ。大きな格子のなかに小さな格子をいくつも交差させた柄で、子孫繁栄の意味があり、めでたいとされている。この子にとってはよそ行きなのだろう。

「来る前に、口入屋の灯庵さんから、ここでの心得を聞かされてきたかしら」

春の花が桃から桜へと移る美しい季節に、野の花の蕾《つぼみ》のような女の子を語り手として寄越すとは、なかなか粋である。

「へえ。くれぐれも粗相のないようにと言いつかってきました」

「そんなのはかまわないのよ」

粋と褒めたのは取り消しだ。気が利かない。

「肝心なのは、おつぎちゃんが話したくないことは話さなくていいし、家や人の名前や、場所がどこかということも、伏せておいた方がよければ言わなくたっていいってことなんです」

「へえ……」

今度のへえは、返事ではなく素直な驚きの表れであろう。

「名主様は、おらの村であったようなことは二度とあっちゃなんねえから、い、い、いま」

おつぎが詰まっているので、おちかは助太刀した。「いましめ？」

「あ！　へえ、そうです」

戒める。厳しい教訓の意味の〈戒め〉だ。

「この先のいましめのためにぃ、よぉく聞いていただくのがいいっておっしゃってました」

ふうん——と、おちかはうなずいた。

「でもね、おつぎちゃん。うちで伺うお話は、ここから外には出さないことが決まりなの。おつぎちゃんが語って、わたしが聞いて、それ一回こっきりで、他所《よそ》には漏らさないのよ」

おちかはもともと、伊兵衛の名代《みょうだい》としてこの聞き手を務めているのだから、今日のお話はこんなふうでしたと、あとで打ち明けることになっている。が、それも一回限りだし、話の内容によっては、本当におちか一人の胸の内に隠してしまうこともある。伊兵衛もそれを咎《とが》めはしない。

「聞いて聞き捨て、語って語り捨てがここの決まりなんですよ。だから、わたし一人がよぉく聞いても、名主さんがお考えになるような」

──二度とあってはならない。

「この先の戒めにはなりにくいわねえ。これは大事な戒めですよって、触れ回ることはできないから。灯庵さんは、名主さんのそういうご意向を知らずに、うちを周旋《しゅうせん》してしまったのかしら」

「へえ……そうでしょうか」

可哀相《かわいそう》に、おつぎも困っている。

「それとも、灯庵さんのことだから、わたしへの戒めになりゃいいって魂胆《こんたん》なのかな」

おちかの、この先への教訓話。ありそうだ。あの老人はずけずけとものを言うし、とりわけおちかに対しては何かと説教がましい。

「灯庵さんって、むすっとしていてずんぐりしていて、顔の色がどす黒くって、およそ愛想のかけらもなくって、大きな蝦蟇《がま》みたいに見えやしない？　うちではあの人のことを、蝦蟇仙人って呼んでいるの」

おちかの言葉はきついが、顔つきも口調も、さもさも悪口を申しますというふうに剽《ひょう》げていたからだろう。おつぎは「えへへ」と笑い、急いで小さな両手を口元にあてた。

おちかも笑った。「可笑《おか》しいことがあったら、遠慮しないで笑っていいの。怖かったり辛《つら》かったりして話しにくいくだりにさしかかったら、そう言ってちょうだい。しつこいようだけど、おつぎちゃんはここではお客様なんですから」

「へえ、ありがとうございます」

おつぎはまたぴょこんと頭を下げた。

「お話をすると喉が渇くし、だんだんお腹もすいてくるから、お茶とお菓子を召し上がれ」

と言ってみたところで、おつぎはまた遠慮するだけだろう。おちかはまず自分から茶饅頭をひとつ手に取り、真ん中から割った。まだほんのりと温《ぬく》く、こしあんのいい匂いがする。

ふたつに割った片割れをさらにふたつにして、ぽんと口に放り込み、もぐもぐと思案する。

何か手違いが起きているのだとしても、とりあえず、話は聞いてみねばならない。大人の語り手には、好きなところから好きなように語ってもらうのがいちばんなのだが、おつぎの場合はそうはいくまい。こっちから順々に問うていって、話の道をつけていこう。

「おつぎちゃん、歳はいくつ？」

「十三でございます」

「生まれはどこ？」

「鶴見《つるみ》川の北の、小《こ》森《もり》村でございます」

おちかは口のもぐもぐを止めた。

「まあ。そしたら中原《なかはら》街道の近くでしょう」

「へえ」

「わたしの実家は川崎宿で〈丸千《まるせん》〉という旅籠をしているのだけど、その昔、いちばん始めに、わたしのおじいさんのお父さんが旅籠を開いたのは、中原街道の茅ケ崎《ちがさき》村のあたりだったそうなの」

武蔵国《むさしのくに》と相模国《さがみのくに》を結ぶ中原街道の歴史は古い。東海道が今のように整備される以前には、虎ノ門から平塚までを結ぶ大事な道筋だった。中原街道という名称の由来は、権現様（徳川家康）が別荘にしていた平塚の中原御殿である。

「わたしたち、縁があったのね」

言いながら、おちかは自分の茶饅頭をいったん置いた。片手で盆の上から懐紙を一枚取り、もう片方の手でおつぎの右手を取り、掌《てのひら》を上に向けさせる。そこに懐紙を敷き、さらに茶饅頭をひとつ取り上げて載せる。

「はい、どうぞ。おつぎちゃんのおうちは、何をしているの」

茶饅頭をじっと見つめて、おつぎは答えた。

「おとっちゃんは、一《いち》のお殿様の田圃《たんぼ》の小作人でごぜえます」

中原街道の周辺は、昔から肥沃な土地である。平野ではあるが、谷と谷に挟まれているところも多いからだだっぴろくはないけれど、気候も鶴見川の流れも穏やかで、米がよくとれる。周辺の森や山にはコナラやブナが生い茂り、それを伐《き》り出して薪や炭にする。

そういう豊かな土地だし、大事な血脈の中原街道が通っているということで、そのあたりには天領と旗本領がたくさん入り組んでいる。戦国の昔から様々な集落があり、耕作が行われていたところを分割したので、ひとつの村にいくつかの旗本領が入り交じっていることも珍しくはない。

今、おつぎが「一のお殿様」と言ったのは、小森村もそういう村で、何人かの旗本が領主として治めているからだろう。

「おつぎちゃんの村には、お殿様は何人おられるの？」

「お三方おられます」

一のお殿様、二のお殿様、三のお殿様だ。もちろんこれは村民たちが暮らしのなかで使っている呼称で、正式なものではなかろうが、ここで話を聞くにはちょうどいい。

おちかの実家のある川崎宿周辺にも、似たような村がある。だからわかるのだが、こういう村にはまず村長《むらおさ》がそれぞれにいて、さらにその村をいくつか束ねる立場の名主がおり、この名主が個々の領主に代わって領地を治めているものだ。で、名主は年に何度か江戸にいる領主たちのもとに伺い、作柄だの村の様子だの、細々としたことを報告するというやり方をしている。これは、江戸市中で、地主に代わって差配人があちこちの貸家や長屋の店賃《たなちん》を取り立て、店子《たなこ》の請け人となり、一切の面倒をみる仕組みと似ている。

「小森村の名主さんは、今、江戸にいらしているのね」

「へえ」

「じゃ、おつぎちゃんも、名主さんに連れられて来たんだね」

「へえ。昨日、参りました」

そして、不思議話を聞き集めている三島屋へ行き、村で起きた出来事を語ってこいと命じられたわけだ。が、ただ語らせるためだけに、十三の女の子を選んで連れて来るわけはなかろう。

「おつぎちゃんはこれから、江戸で奉公するのかしら」

おつぎは首を横に振った。

「名主様のご用が済んだら、一緒に村へ帰《けえ》ります」

おや。では本当に、語りのためだけにわざわざ連れて来られたのか。

「おつぎちゃんのおうちには、おとっちゃんとおっかちゃんと――」

「ばっちゃんと兄《あん》ちゃんと、妹が二人おります」

「そう。でも、名主さんはおつぎちゃんだけをお連れになったのね」

おちかの不審そうな表情に気づいたのだろう。おつぎは、考え考え言い出した。

「名主様は、村のことぉ、一のお殿様にお話になるんだそうですけども」

領地での出来事を報告するのは、名主の仕事だ。

「うん、うん」

「んなことがあるもんかっていうようなおかしなお話だからぁ、名主様が申し上げても、一のお殿様が信じてくださらねえかもしれなくてぇ」

ははあ。

「そんときはおらが、えっとぉ――」

おつぎはさらに一生懸命考える。名主に言われたことを思い出そうとしている。

「いき、生き、いきしょうにん？」

「わかった！　生き証人ね。おつぎちゃんが、名主様のお話を裏付ける証《あかし》になるという意味よ」

「あ、へえ、そう、かなあ」

おつぎは頼りなさげに首を傾《かし》げながら呟き、小声で付け足した。

「あのお化けどものこと、すっかり見てたのは、おら一人だけだから」

あの、お化けどものこと。

おちかも聞き手を務めて慣れてきたから、こういう言葉が出てくるとぞわりとする。

怖いのではない。興趣がわいてくるからだ。

「けども、おらがうまくお話できるかどうかわかんねえから」

十三の女の子の話は拙《つたな》いだろうから、

「どこぞでおけいこせんといかんなあって。村のこと、何も知らねえお人が聞いてもわかるくらいに。それで、灯庵さんに持ちかけてぇ」

なるほどなるほど、こんがらがっていた糸がほぐれて、おちかにもわかってきた。

名主が「よく聞いてほしい」と言っているのは、べつだん、世間に広く聞いてほしいという意味ではないのだ。一の殿様を始め、小森村の領主たちに聞いてほしい。とっくりとわかってほしい。そっちの意味なのである。

しかもそれは「この先の戒めになる」大切な話だ。生き証人のおつぎにもしっかりしていてもらわないと困るから、下稽古が要る。そこで、三島屋に白羽の矢が立ったのである。

「これは見込んでもらったものだわ」

何だ、蝦蟇仙人。わかっているじゃないか。おちかも調子がいいといえばいいが、腕まくりしたい気分になってきた。

「そういうことなら、わたしはお稽古の相手にうってつけだと思うわ。さてどういうふうに始めるか、ちょっと考えてみますからね。おつぎちゃんはお饅頭を召し上がれ」

「へえ!」

　やっとこさ、おつぎは茶饅頭にかぶりついた。

　今回は、話したがらない者の口を開かせるのではない。話したがってはいるが、話が下手な者の口を調えるのでもない。話を抱えているが、それをどう語ったらいいかわからず、言葉もそんなに多くは知らないだろう子供が相手だ。

あの、お化けども。

やっぱり、そこから行くか。的の真ん中を射《い》て、どんなものでできている的なのか、感触をみてみよう。

おつぎは、湯飲み茶碗《ちゃわん》を両手で捧《ささ》げるようにして茶を飲んでいる。行儀のいい子だ。

空になった茶碗をその手から受け取り、盆の上に戻して、おちかは切り出した。

「おつぎちゃん、さっき〈お化け〉って言ってたよね」

甘い物にとろけていたおつぎの顔が、つと引き締まる。

「へ、へえ」

「それ、どんなお化けだったのかしら。おっかない姿をしていた？」

おつぎは目をぱちぱちさせた。

「うん……と」

そして小さな声で、「ひとです」と言った。

「人？」

「へえ。なっちゃんもいたから」

「なっちゃんというのは、村の人ね」

「へえ。去年の夏に、えきりで死んじゃったんですけど」

えきり、疫痢だ。

「戻ってきたときには、元のなっちゃんのまんまでした。うちのおとっちゃんが、おなつはもうじゃになってもべっぴんだなあって言って」

もうじゃ、亡者だ。

「なっちゃんは、おつぎちゃんと仲がよかったの？」

「へえ。兄ちゃんとこに嫁に来るはずでしたから」

ならば年頃の娘さんだ。その娘が死んで、亡者になって戻って来た――

「なっちゃんが戻ってきたのは、いつのこと？」

「立春の明くる日でした」

おつぎの返答は早く、迷いもない。

「なっちゃんは二番目でぇ、最初は名主様んとこのご隠居様だったんです。そんで三番目が」

戻って来た亡者は、一人や二人ではないのだ。おちかがぴりりとしたことが伝わったのか、おつぎは言葉を切り、ちょっと首を傾げた。

「えっと、おらたちの村では、毎年、立春の前の日に、〈行灯《あんどん》祭り〉をするんです」

この子なりに順序立てて語ろうとしている。おちかは励ますようにうなずいてみせた。

「うん、それで」

「そんで、名主様のご隠居様は、立春の日に戻ってこられましてぇ、その次がなっちゃんだったんです」

「ふむふむ。行灯祭りは小森村のお祭りなの？」

「うちの村だけじゃなくてぇ、余野《よの》村と、長木《おさき》村と、小森神社の氏子《うじこ》の三つの村が、みんなで助け合ってやるお祭りです」

「小森神社は、小森村にあるのかしら」

「へえ。おらの村の東の、〈あかりの森〉っていうところに小さいお社《やしろ》があって」

あかりの森。きれいな名前だ。

「そこに、あかり様がおられます。おらたちの田圃の神様でごぜえます」

行灯祭りは、立春の前日に、冬のあいだは眠っておられる田圃の神様に目を覚ましていただくためのお祭りなのだという。

「あかり様は、冬のあいだはのんびり寝てらっしゃいますから、田作りを始める前に起きていただかねえとなりません。だから、あかり様、明日は立春でごぜえますよって」

お報《しら》せするわけである。

「けど、あかり様はおなごの神様なんでぇ、鳴り物なんかで騒々しくしたらいけないんです」

失礼にあたるということか。

「男衆が御神輿《みこし》を担いで騒いだりすンのも、お嫌いになります」

恥ずかしがられてしまうのかもしれない。

「そんだから、行灯を灯して明るくして、起きていただく習わしがあるんですよ」

「ということは、行灯祭りは夜祭りなのね」

「へえ、夕方から夜、とっぷり暮れるまでかかります。おらたちも、そんときは夜更かししても叱られません。炊き出しをしてぇ、みんなでにぎやかにすごします。お正月よりにぎやかなくらいでごぜえます」

行灯祭りは、小森神社の氏子たちの、年に一度の楽しみなのだろう。

「お祭りでは、行灯をどんなふうにするの？　神社の境内に飾るのかしら」

おちかの問いに、おつぎはきょときょとと座敷のなかを見回した。黒白の間にも、今は灯《ひ》をともしていないが、箱行灯をひとつ置いてある。それを指さして、

「作りはああいうのですけども」

もっとうんと大きいのだ、と言う。

「こぉんなくらい」

両手を広げてみせる。

「まあ、ひと抱えはありそうね」

「へえ。そんでぇ、真四角じゃねえんです。横のところがちっと長くて」

長四角なのだ。

「下のところに棒を二本通して、担げるようにしてあります」

「輿《こし》みたいにね」

「へえ。けど御神輿とは違うんですよ」

そこが肝心要だというように、おつぎは声を強める。

「揺さぶったり、高く持ち上げたりしたら、なかの油がこぼれて燃えちまいますから」

なかには火があるのだから、当然だ。

「し〜ず、し〜ずって」

そうっと、そうっと。

「すり足で練り歩くんです」

「鳴り物は何にもないの？」

「担ぎ手の足を合わせるために、ちっちゃい太鼓を打ちます」

とん、とん、とん。ゆっくりと間をあけて、おつぎは小さな手を打ってみせてくれた。

「そんで、村長《むらおさ》がかわるがわる謡いをします」

ずいぶんと忍びやかな祭りのようだ。

「それであかり様はお目覚めになるのね」

「へえ」

「行灯が大きいから」

「それに、きれいですから」

絵を描いてあるから、と言う。

「春の花とか、野山の眺めとか、おとぎ話に出てくる人の絵姿とか。色もいっぱいつけて」

「そしたら行灯というよりは灯籠《とうろう》みたいね」

「けど、おっきいんです。こぉんなに」

おつぎはまた手を広げる。うんと広げようとして膝《ひざ》立ちになりかかる。

「ひとつの村で、ひとつの行灯を担ぐの？」

とんでもないというように、おつぎはきっぱりと首を横に振った。

「おらの村だけでも、五つは出します。余野村も五つ、長木村は八つ出してきます」

おちかは感心した。暦の上では春なれど、まだ寒気に冴《さ》え冴《ざ》えとする夕から夜にかけて、ひと抱えほどの大きさで、色とりどりの絵をつけた行灯が十八個、しずしずと歩む男たちに担がれて、鶴見川北の田畑のなかを練り歩くのだ。思い浮かべるだけでも美しい景色ではないか。

「まあ……きれいでしょうねえ」

「極楽浄土のような眺めだって、うちのばっちゃんは言ってます」

鳴り物が太鼓ひとつというのも、またいい。

あかり様、今年もきれいな行灯をお目にかけます。明日は立春でございますよ。夜が明けたら目を覚ましてくださいませ――

「その行灯は、村の皆さんで作るのよね」

「へえ！」

おつぎの力み方が可愛らしい。

「だから、秋の取り入れが終わったあとから、みんなでちっとずつ支度を始めるんですよ。担ぎ棒に使う木なんか、夏のうちから伐り出しといて、よぉく乾かしておくんです」

行灯に貼る紙は障子紙だが、色目がきれいに出て滲《にじ》まないよう、油や蠟《ろう》を引いたりするという。

「絵を描くための絵の具はどうするの？」

「木の実とか野草から汁を煮出して作りますけども、そんだけじゃおっつかねえから、名主様が江戸で買ってきてくださいます」

小森神社への寄進になることだから、名主も協力するわけだ。

「昔ぃ、ばっちゃんがおらぐらいのころは、そこまで大がかりなもんじゃなかったそうです。行灯の数も少なかったしぃ、絵も墨で描いて、ちっと朱や藍をさすくれぇで」

それがだんだん華美になっていったのは、それだけ小森神社の氏子の三つの村が豊かになってきたからだろう。

それにしても不思議だ。それほどきれいな行灯祭りに、見物人が寄ってこないのだろうか。

「わたし、実家にいるころに、中原街道の近くでそんなきれいなお祭りがあるなんて、噂に聞いたこともなかったけど」

旅人はもちろん、物見遊山が大好きな江戸の人びとが集まってきたってよさそうなものだ。

「ああ……そうですかぁ」

おつぎは少し決まり悪そうな顔になる。

「行灯祭りは、他所《よそ》の人には見せちゃいけない決まりになってるからなあ」

「まあ。もったいないようだけど」

「あかり様は騒々しいのがお嫌いですから」

そうだった。この夜祭りは、あくまでも静穏《せいおん》に執り行わねばならないものなのだ。

「村の衆も、祭りのことを言い広めたりしません。たまに、名主様のところにお客様が来ますけども、それもホントに、たってのことでぇ」

おつぎのすべすべした額に、浅い皺《しわ》が寄った。

「今度だって、名主様んとこにあの絵師の先生がおらんかったら、あんな騒ぎにはならなかったんじゃねえかなあ」

つくづくと噛《か》みしめるような呟きだった。

ここで話を急《せ》いてはいけない。おちかは問うた。

「行灯の担ぎ手は決まっているの？」

「へえ。村のひとつの家から、一人か二人ずつ」

男だけだそうだ。

「おなごは入れません。だから家で炊き出しをしながら待ってるんです」

「担ぎ手の人たちは、一晩じゅう歩き回るの？」

「余野村と長木村の行灯は、自分らの村ンなかをずうっと回って、それから小森神社に来るんです。おらの村の行灯は、いったん村境《むらざか》いの方までぐるっと回っていって、小森神社に戻ってきます」

そして神社に着いたら、順にその場で行灯を消して下ろして、

「壊しちまうんです」

行灯だから、大きくても作りは華奢《きゃしゃ》だろう。壊すのは造作なかろうが、それもまたもったいない。

「そんで境内に積み上げて、焚《た》き火にするんですよ」

焚き火を采配するのは小森神社の禰宜《ねぎ》と、名主と、三つの村の長《おさ》たちである。行灯の担ぎ手たちは、焚き火の明かりに照らされながら参拝し、それぞれに帰ってゆく。で、宴会になるわけだ。

「夜っぴて飲んだり食べたりしますけども、夜が明けたらあかり様にお目覚めいただくのに、氏子が寝坊しちゃいけませんから、おらたち、立春の日は眠いんですよぉ」

おつぎは、本当に眠たそうに目をしばしばしてみせる。おちかは笑った。

「でも、楽しそう」

夜祭りの後の夜宴には、ご馳走《ちそう》も並ぶのだろう。正月より賑《にぎ》やかだというのも、うなずける。

「禰宜さんは、決まったお家の人が務めているのかしら」

「へえ。代々、長木村におられます。あかり様も、昔は長木村の森におわしたんだそうですよ。けどその森が山火事で焼けて、お社の鳥居がすっかり焦げちまって不吉だから、おらたちの方へ移ってこられたんだって、ぼっちゃんが言ってました」

土地神様の小さなお社にも、それぞれに歴史があるものだ。行灯祭りがそのような形に成立するまでにも、きっと謂《い》われがあるのだろう。

お話の土台はだいたいわかった。いよいよ、おつぎが「あんな騒ぎ」と言う本題の方に入るとしよう。

「今年、江戸じゃ立春のころは寒くってね。雪がちらついたりしたの」

おっそろしく冷え込んで、丁稚《でっち》の新太《しんた》が風邪をひき、くしゃみを連発していた。番頭の八十助《やそすけ》はもともと腰が悪いのだが、これだけ冷えると堪《こた》えますと呻《うめ》いて、くの字になって歩いていた。

「小森村も寒かったでしょう。今年の行灯祭りはどうだった？」

おつぎの頰《ほほ》が引き締まった。当人も、これは大事な語りのお稽古なのだと思い出したようである。

「それがぁ……今年は、行灯祭りができなかったんです」

一の殿様のご命令だという。

「去年の長月《ながつき》（九月）の初めに、名主様が江戸のお殿様にお伺いしたときぃ、そういうお言いつけがあったっていうお話で」

「どうしてか、理由はわかる？」

「前の月に、お殿様のおうちで、赤子が、は、はか、はかなくなられたんだそうです」

はかなくなったという言い方は、おつぎが伝え聞いたものなのだろう。

「念を入れるようだけど、どういうことだかわかるわよね。赤ちゃんが亡くなったということよ」

「へえ、そう教わりましたで」

女の子だというから、旗本の姫様だ。

「お歳は三つで、麻疹《はしか》のせいだったそうですけども、いったんよくなったのにまた悪くなって、手を尽くしたんだけどもいけなかったって」

それを見守り、看取《みと》らねばならなかった親にとっては、これ以上の悲しみはあるまい。が、だからといって、自分の領地の村民たちの大事な祭りを禁じるというのは、ちょっと乱暴ではないか。

「行灯祭りは静かなお祭りなのにね」

行灯が地味な墨絵であった昔には、いっそ葬列の如くしめやかにさえ見えたかもしれない祭りだというのに。

へえ、とうなずいて、おつぎは遠い目になった。

刈り入れが済んだ田圃《たんぼ》を、秋風が渡ってくる。

田圃にもう水はない。ずらりと並べた掛け台に、束ねた稲が干してあって、金色の朝日を浴びている。あちこちにぽつりぽつりと突っ立っている、足元まで丸見えになった案山子《かかし》たちが、のんびりしているようにも寂しそうにも見える。

芋や葱《ねぎ》の畑には人びとが立ち働いているし、あぜ道の土手で雑穀を刈り取っている人もいる。道の交わるところにある大きな柿の木が実をつけていて、鴉《からす》がその上を舞っている。

空は青い。でも、もう眩《まぶ》しくはない。目の上に手をかざさなくても、ゆっくりと村の秋景色を眺めることができる。風はもう冷たいほどだ。

「おつぎ、嫌だねえ、あんた、うるしを摘んできちゃったよ」

後ろで、おたまが甲高い声をあげた。おつぎの背負い籠《かご》から、木《こ》っ葉《ぱ》を引っ張り出している。

「そんなことねえよ。うるしは葉っぱの形が違うもん」

「いんや、こりゃ、うるしだぁ。よく見てみろって」

おたまは、ぎざぎざの葉っぱをおつぎのほっぺたにくっつけようとする。

「おつぎのおっちょこちょいがぁ。今にかぶれて腫《は》れてくるぞぉ。痒《かゆ》くなってくるぞぉ」

「やめてってばよ。おたまちゃんはなんでそんなに意地悪なんかな」

おたまも小森村の娘で、おつぎよりふたつ年上だ。姉さん格なのに、何かというとこういう悪ふざけをして、おつぎをからかうのが好きだ。

——悟作《ごさく》さんとこは、みんなしてそばえ者《もん》だからな。

おつぎのおっかちゃんは、おたまの家の人たちのことを、こっそりそんなふうに言う。騒がしいふざけ者だ、というようなことだ。

おつぎとおたまは、近くの丘の森に分け入り、行灯《あんどん》絵を描くための顔料の材料を採ってきたところである。下藪《やぶ》まで掻《か》き分けるようにして、たっぷり一刻（約二時間）は頑張った。おかげで背負い籠は一杯だが、こんなんじゃまだまだ足りない。顔料は、煮詰めるときや搾《しぼ》るときちょっとでも案配を間違えると、すぐ濁ってしまって失敗する。

「おつぎ、おらは、来年の今ごろにはあんたの姉さんになるんだぞ。意地悪なんて言ったら怒るぞ。本気で叩《たた》いてやるからね」

「そんなの、決まってないもんよ」

「決まってらぁ。うちのおとっちゃんが言っとったもん」

おつぎのおとっちゃんと、おたまのおとっちゃんの悟作は小作人仲間だ。おつぎには一平《いっぺい》という兄がいる。歳は十七。もう一人前の働き手なので、来春あたりを目処《めど》に、嫁をとる話が起きていた。

相手はやはり村の娘のおなつで、一平と同い歳だ。いや、同い歳だった。おなつはもう歳をとらない。夏の暑い盛りに、疫痢《えきり》にかかって呆気《あっけ》なく死んでしまったからである。

嫁取り婿取りと言ったって、何か大げさにするわけではない。村長のお許しをもらい、夫婦のかための杯を取り交わすだけだ。それでもおつぎは兄ちゃんの嫁取りを楽しみにしていた。小さいときから、おなつと仲が良かったからである。

おなつは早くに両親《ふたおや》を失い、田圃持ちの叔父さんのところに身を寄せていた。居候で、心細い身の上だったけれど、気の優しい働き者だった。器量だって、おたまなんかよりずっと上だった。一平と似合いの夫婦になったろう。

田圃持ちと言ったって、おなつの叔父さんも地主ではない。このあたりの農地は、みんなご領主のお殿様のものだ。村の田圃持ちは、たとえば「北の灌漑《かんがい》用水から南に三十枚の田圃を耕してよろしい」という証文をもらっていて、そのために小作人を雇うことができる立場の人のことだ。だから小作人よりは威張っているが、村長には頭が上がらないし、村長の上には名主様がいらして、いちばん上にお殿様がいる。小森村には三人もお殿様がおわす。おつぎにとっては、お殿様は神様と同じくらい偉い。

そういう偉いところに掛け合ったってどうにもならない話だろうが、どうして優しいおなつがころりと死んでしまい、おたまのようなそばえ者がしぶとく元気でいるのだろう。

——稲が枯れるような旱《ひでり》でも、雑草は枯れんがろう。人もそれと同じだよ。

おっかちゃんはそう言ってたっけ。やっぱりおたまが嫌いなのである。

おなつが死ぬと、ささやかな弔いさえ済まないうちに、おたまは図々《ずうずう》しく一平につきまとうようになり、おつぎの前でも姉さん面《づら》をし始めた。村で一平に釣り合いそうな娘はほかにもいるが、悟作たちの住まいは小作人長屋でおつぎたちのすぐそばだから、近《ちか》いし親しい。だから、おたまは一平の嫁になると勝手に思い込んでいた節があり、おなつとの話が起きたときには、一人でぷんぷん怒っていた。

で、邪魔者のおなつが消えたら、掌《てのひら》を返したように上機嫌になり、今日もこうしておつぎにくっついてきて、悪ふざけをしているのである。

——去年、うっかりうるしを摘んできて、かぶれたのはあんたじゃないか。

両手の指だけでなく、ほっぺたまで倍くらいに腫れ上がり、瞼《まぶた》も腫れぼったくなって、ひどい顔だった。おつぎはあんまり大きな声で笑わないように気をつけていたのだが、なにしろ近所のことだから、おたまの耳に聞こえていたのだろう。それが祟《たた》っているらしい。まったく、うるさいったらありゃしない。

あらためて、おなつがいないことが寂しい。

おなつが死んだときは、日ごろは女中のように追い使ってばかりいた叔父さんでさえ悲しんでいた。こんなに早くあの世に行っちまうんだったら、もうちっとよくしてやればよかったなんて言って、叔母さんに睨《にら》まれていたくらいだ。

一平の悲しみようは、言うまでもなかった。

おなつが疫痢《えきり》だとわかると、村の衆はみんな遠ざけられたので、顔を見ることもできない。一平は森へ入り、長木村や余野村の方まで足を運んで、疫痢に効く薬草を探して回った。それで仕事がおろそかになるからおとっちゃんに怒鳴られて、殴られても諦めなかった。

でも、おなつは死んでしまった。一平は一日じゅう呆《ほう》けたように座り込んでいた。

今、鼻歌まじりに足取り軽く、おつぎの前へ出たり後ろにくっついたりして歩いているおたまは、小癪《こしゃく》なくらい丈夫そうだ。一平の方は、あれから三月《みつき》近く経《た》ってもまだ半分は魂が抜けたようになっていて、ぼうっと立っているときなんか、案山子と見間違えそうだというのに。おたまは、そんな兄ちゃんの気持ちもわからないのだろうか。

「ん？　おつぎ、ちょっとちょっと」

おたまが足を止め、声をあげた。

「あれ、長木村の村長《むらおさ》じゃねえか」

言いながら、名主様のお屋敷の方へと腕を伸ばし、指さしている。

生け垣と防風林に囲まれた藁葺《わらぶ》き屋根の屋敷は、小森村ぜんたいを見渡せるように、村のこっち側のゆるやかな丘の上にあった。だから、あぜ道を通ってそこへ出入りする人がいると、田圃を何枚か隔てていても見えるのだ。

なるほど、野良着の小僧《こぞう》を連れ、急ぎ足で名主様の家へと向かってゆく半纏《はんてん》姿の人がいる。おつぎにはその顔までは見分けられなかったけれど、明るい藍色の半纏は、行灯祭りのときに長木村の男衆が着るものだ。

おつぎは慌てておたまの肘《ひじ》のところをつかみ、その腕を下ろさせた。

「指さすなんて、いけないよ」

おたまはこういう点も行儀が悪い。小作人同士であってもやっちゃいけないことだし、相手が村長だったらなおさらだ。

おたまは日差しが眩しいかのように目を細くして、じっとそちらを見つめたままだ。

「一緒にいるのは六助《ろくすけ》だよ」

名主様のところで働いている小森村の男の子である。

「何だろう。急いでるね」

「きっと寄合だよ」

「いんや、日が違う」

小森村、長木村、余野村は合同でお祭りを行うぐらいだから、日ごろから助け合うことも多くて、村長たちはよく顔を合わせて話し合う（だからこそ、小森村のおつぎやおたまも、長木村や余野村の村長の顔を見覚えているのだ）。で、そういう寄合はあらかじめ日を決めてある。今日はその日ではないと、おたまは言っているのだ。そんなの、おつぎには吃驚《びっくり》だ。

「おたまちゃん、よく知ってるねえ」

「寄合があっときは、小作人どもがだらだらしてっと俺の面目が立たねえって、あとでお頭《かしら》にこっぴどく叱られっからね。おとっちゃんが気いつけてるんだ」

へえ、そういうことか。

「六助が長木村までお使いに行って、あっちの村長《むらおさ》を呼んできたんだよ。何かよっぽどのことだ」

おたまは野次馬《やじうま》な口つきで言い切る。

「ちょっと寄って、六助に聞いてみようか」

「よしなよ」

やりとりしているうちに、あぜ道の二人は生け垣の奥へと入っていってしまった。

「ぐずぐずしてねえで、早く帰ろう」

おつぎはおたまをせっついた。帰ったらすぐ背負い籠の中身を広げて、日向に干す。そして青菜の間引きをしているおっかちゃんたちの手伝いに行かねばならない。今の時期に間引く若い青菜はつまみ菜として江戸市中で高く売れるので、大切な仕事なのだ。

しかし、まだ名主様のお屋敷の方に気をとられているおたまの袖を引っ張り、歩き出してすぐに、今度はおつぎの方が立ち止まってしまった。

幾枚も連なる田圃の縁を縦横に通っているあぜ道の右手の方から、名主様の屋敷に向かって、また急ぎ足の人がやって来る。深い藍色の半纏、あれは余野村の男衆のものだ。そしてこっちの人の後ろには、遅れないように小走りになって、女が一人くっついている。名主様のところのおまつという女中だ。

「——余野村からも来たよ」

おつぎの呟きに、おたまはきゅっと首をよじって振り返った。

「ホントだ。ありゃ余野村の村長だぁ」

今度の二人はおつぎたちの前を横切ってゆくので、さっきの二人よりよほど近い。それでも余野村の村長は一心に先を急いでいるが、おまつの方はあぜ道にいるおつぎとおたまに気がついた。小走りをやめ、息を切らしながら大きな声で呼びかけて、

「あんたら、そんなとこで、道草くって何してんだぁ」

手でおつぎたちを追うようにした。

おたまがおまつの方へ駆け出した。慌てておつぎもあとを追っかける。

「おらたち森から帰《けぇ》ってきたんだよう」

立ち止まったらもう息があがってしまったのだろう。おまつは身を折って膝に手をあて、ぜいぜい喘《あえ》いでいる。

「ああ、顔料、採りけぇ」

おつぎは背負い籠を傾けて見せる。

「うん、たんと採れたよ」

「そぉか」

おまつは、どんどん先へ行ってしまう余野村の村長の背中に目を投げた。村長はこっちを振り返りもしない。

「あんたらは、早く、帰《けえ》って――」

おまつは汗を拭い、ふうっと息をついた。

「畑に出てな。もしかすっと、今年は顔料が要らねえかもしれねぇ」

おつぎとおたまは、口を揃《そろ》えて「え！」と声をあげた。

おまつはまた余野村の村長の方を盗み見る。深い藍色の半纏の背中が、名主様のお屋敷の生け垣の向こうに消えた。

「ああ、えらい目にあった。余野の久蔵《きゅうぞう》さんは、うちのとっちゃんより歳がいっとるのに、なんであんなに足が速いんかねえ」

余野村は小森村から三里余り離れている。おまつはその道のりを、ずっと小走りで来たらしい。それはつまり、余野村の村長・久蔵が、それほどの勢いで名主様のところに馳《は》せ参じてきたということだ。

「おまつさん、どうして今年は顔料が要らねえんだ？」

おたまの食いつきぶりに、おまつも口が滑ったと気づいたのだろう。苦い顔をした。

「もしかすっとだ。まだわかんねえ。だから言いふらしちゃ駄目だよ」

「うん、言いふらさないよ。でも何でさ」

おまつは声をひそめた。

「――行灯祭りがねえかもしれねっからだよ」

これには、おつぎは「え！」の声も出なかった。

おたまは違った。せせら笑うように鼻先で言う。

「んなこと、あるわけねえよ」

「んだな。今までいっぺんもそんなことはなかったんだから、これからもあっちゃなんねえ」

おまつは名主様の屋敷の方を見やった。不安そうに目を細めている。

「だから村長《むらおさ》たちが集まって、これから名主様と相談しようっていうんだよ。さあさあ、二人ともとっとと帰んなよ」

そばえ者《もん》は口も軽いわけで、ああして釘《くぎ》をさされたのに、おたまはすぐにも言いふらし始めた。次の行灯祭りはねえかもしれないんだってよ。お祭りができなくなるような事が起こって、名主様のとこに村長たちが顔色を変えて集まってるよ。

小森村の人びとは、そうやすやすとおたまの手には乗らなかった。大人たちは眉をひそめて聞き流していたし、子供たちは、行灯祭りがねえなんてバカなことがあっかよ、おたまはまだ寝ぼけてんじゃねえかと、当のおたまがさっきおまつにそうしたように、鼻先で笑っていた。

村長たちがその日、その後どうしたのかもわからない。わかったのは三日後の夕暮れ時、おつぎのおとっちゃんや悟作さんたちが小作人頭《がしら》に呼び集められ、何をしているのかけっこうな暇がかかって、夜になってようよう小作人長屋に戻ってきたときだった。子供たちはもう寝ていた。

おつぎのおとっちゃんは、まだ頑是《がんぜ》無《な》い妹たちの寝顔を見て、一平とおつぎを起こし、小作人頭の丈吉《じょうきち》さんから聞いた話を教えてくれた。

「ついこないだ、江戸の一のお殿様のお屋敷で、姫様が麻疹《はしか》でとられちまったんだそうだ」

おっかちゃんも、一平もおつぎもそう驚きはしなかった。麻疹はありふれた子供の病で、軽くやり過ごせずに死ぬことだってある。

どだい、小森村のようなところでは、子供が死ぬことそのものが珍しくない。おつぎの家《うち》だって、一平の上にいたはずの兄ちゃんと、一平とおつぎのあいだにいたはずの姉ちゃんと、上の妹と下の妹のあいだにいたはずの弟が、みんな赤子のうちに死んでいる。

あかりの森の小森神社の裏手には塚があり、氏子たちの家で、七つになる前に死んだ子供はそこに葬るのが決まりだ。塚には卒塔婆《そとば》や碑の類いはなく、春と秋の彼岸と行灯祭りのときだけ、葬られた子の身内がそこに風車《かざぐるま》を立てる。行灯祭りのときは、行灯に色をつけるための顔料があるので、彼岸のときより色がきれいな風車をこしらえて立てることができる。

「だから来年の立春のころは、一のお殿様のところはまンだ、も、もちゅうだからな。わしらがお祭りなんぞしちゃいかん。名主様が江戸へいらしたとき、きっとお言いつけがあったそうだぁ」

おとっちゃんはひどく険しい顔をしていた。一平はぼうっとしているだけで何も言わない。寝入りばなを起こされたからではなく、夜になると物思いが深くなったり、おなつの夢を見たりするせいだろう。おつぎは、先《せん》におまつから聞いた話は本当だったのだとどきりとして、そのどきりをおとっちゃんに悟られまいと、わざと眠そうに目をこすった。

おっかちゃんが萎《しお》れたような声を出す。「そしたら、来春《らいはる》は風車も立てちゃなんねえのかねえ」

おっかちゃんの頭には、亡くした赤子たちのことが浮かんでいるのだ。

「風車は手向《たむ》けだで、かまわんだろうがぁ」

「丈吉さんは何か言っとらしたかね」

「あン人《し》も村長《むらおさ》のお達しを持ってきただけだ」

「じゃあ、あんた、村長にきいておくれよ」

おこう――と、おとっちゃんは珍しくおっかちゃんの名前を呼んで、慰めるようにその背中を軽く叩いた。

「しっかりしてくれや。風車のことより、行灯祭りができねえかもしれんっちゅう方が、よっぽど大事《おおごと》なんだぞ。もしも祭りができなくってぇ、立春にあかり様に目ぇ覚ましていただけなかったら、凶作になる」

おとっちゃんは強く言い切った。その口調があんまりきっぱりしていたので、おつぎはつい口に出してしまった。

「けど、今まで行灯祭りができなかったことなんか、いっぺんもねえんだろ？　ねえのに、きっと凶作になるってわかるのけ？」

おとっちゃんの顔がさらに険しくなった。

「いっぺんもねえなんて、誰に聞いた？」

おつぎは首を縮めた。「おらは、行灯祭りがなかった年なんか知らねえもん」

「おめえは、みんなで草の根っ子食うような凶作も知らねえがぁ。めったなことを言うもんじゃねえ」

わかるとかわからねえの話じゃねえんだと、叱るように言う。

「行灯祭りは、わしらがあかり様をよぉく拝んでおりますちゅうことをお報《しら》せするための大事な仕来《しきた》りなんじゃ。やらねえなんてことは、あっちゃなんねえ」

「でも一のお殿様が――」

名主だって、領主の威光には逆らえない。それぐらいは子供のおつぎも弁《わきま》えている。

「だから、二のお殿様と三のお殿様からお取りなししてもらえっように、名主様がこれから骨を折ってくださるんだぁ」

何だ、それならそんなに心配しなくたってよさそうなもんじゃないか。

「だがな、おつぎ――一平も聞け」

目がとろんとしている兄ちゃんの肩をつかみ、おとっちゃんは手荒く揺さぶった。

「わしらがお殿様のご機嫌を損ねてしまったら、お取りなしも何もあったもんじゃねえ。これからは神妙にしとらんといけねえ」

しんみょうという言い方を、おつぎは初めて耳にした。おとっちゃんだって言うのは初めてだろう。村長が言って、それを聞いてきた丈吉さんが言って、おとっちゃんも真似《まね》してるだけだ。が、おとっちゃんが座り直して膝《ひざ》に手を置くようにしたので、要するにおとなしく、しおらしくしておれという意味なのだろうと思った。

「名主様はわしらのことも、小森神社のこともよぉくご存じだからな。行灯祭りができるように、きっと計らってみると言ってくださった。だから支度をやめることはねえ。おつぎはここんところ森へ行ってんだってな」

「うん」

「また行っていいぞ。顔料を作るには、野草や木の実がうんと要るんだからな」

ただ、ひっそりと行け。

「行灯祭りが楽しみだとか、間違っても口にしちゃいけねえ。内緒で支度をしとくんだ。うちとこだけじゃねえ、長木でも余野でも、そうやってこそこそ支度をしとくってぇ、村長《むらおさ》が集まって取り決めをしたそうだぁ」

あれはそういう相談だったのかと、おつぎは納得した。

「お殿様方は、村においでになるようなことはねえよ。そんな手間がねえように、名主様がおるんだ。けどもその名主様が、何とか祭りをやらせてくだせえって、一のお殿様のお気持ちに背《そむ》こうっていうんだから、お殿様も怒るかもしれんし、怪しまれるかもしれんだろ」

小森神社の氏子の三つの村が江戸から遥《はる》か彼方《かなた》にあるならば、名主もそこまで案じはしない。が、あいにくと二日もあれば行き来のできる距離だ。一の殿様が、誰か家来に様子を見てこいと命じたならば、容易《たやす》く来られる。それで、きつく服喪を言いつけられているはずの村民たちが、嬉々《きき》として来春の祭りの支度をしていることが露見したら、名主は首が飛んでしまう。

「二のお殿様と三のお殿様に取りなしていただくまで、ちっと待ってたらいいんじゃねえのけ」

一平が口を開き、寝言のようにぼそっと言う。おっかちゃんもうなずいた。

「そうだよ。その方がいいじゃないか」

おとっちゃんは腕組みをした。

「待ってても、お許しが出るかどうかわからんだろうがよ」

腹から呻《うな》るような、怒っている声だ。

「村長は、余野も長木もそうだけども、何としたって行灯祭りはやらにゃなんねえって腹を決めてる。どうしてもお許しをいただけなかったら、祭りもこっそりやるんだよ」

ならば、どっちにしたってこそこそせねばなんねえ。

「おらはそんなのは嫌だよ」

「おっかちゃんはうなだれてしまった。

「おっかぁ、村長に逆らうのか」

「だいいち、行灯祭りの支度は手間がかかるんだ。お許しが出るまで待っとったら、いい行灯ができねえ。にわか作りの行灯をお見せしたら、今度はあかり様がお怒りになるかもしれんぞぉ」

小作人頭の丈吉は気が荒い。おとっちゃんはその丈吉さんに脅しつけられて、腹が煮えているのかもしれない。だからおつぎたちに当たり散らすのだ。

囲炉裏で薪《まき》が爆《は》ぜ、火の粉が舞う。それを見つめながら、一平がまたこぼすように呟いた。

「もちゅうって言ったら、おらだってそうだ」

おっかちゃんが目を上げて、一平を見た。おとっちゃんの顔がかっと赤くなった。

「呆《ほう》け者がぁ、いつまでもめそめそしてんじゃねえ！」

囲炉裏の薪がいちだんと大きくばちっと爆ぜて、おつぎは飛び上がりそうになった。

話の切れ目が来たので、おちかが二つ目の茶饅頭を手に載せてやると、おつぎはそれを両手で押し包むようにした。

「美味《おい》しい？」

「へえ」

小森村は江戸近郊の豊かなところにあるけれど、それでも、小作人の子にこういうお菓子はとんでもない贅沢《ぜいたく》品だろう。いいだけ食べさせてあげたい。

「お嬢さん、ホント言うと、おらね」

甘い物のおかげか、おつぎの口もだいぶほぐれてきたようだ。

「おとっちゃんの話を聞いてるうちは、喪中《もちゅう》ってことがよっくわからねかったんです。村じゃ、誰か死んで葬ったら、すぐ田圃《たんぼ》や畑に出ますから」

「そうでしょうねえ」

服装を地味に変えるとか、歌舞音曲を慎むなんてことは、そもそもありようがなかろう。

「けども、兄ちゃんがああ言ったもんで、やっとわかったんです。誰か死んで、悲しい悲しいって、しょんぼりしてることなんだって」

「うん。だから、お祭りやお祝い事は控えるものなのよ。だいたい一年ぐらいかしらね」

おつぎは饅頭を手にしたまま深くうなずく。

「おらなんか、一のお殿様のことも姫様のことも存じません。雲の上のお人だぁ。けども、兄ちゃんがおなっちゃんのことを思って悲しい悲しいってぼうっとしてるのと同じなら、そらぁ、一のお殿様が、お祭りなんかやっちゃなんねえってお言いつけになるのもしょうがねえなあって思って」

この子は頭もいいし、人の気持ちを察するだけの気働きもある。おちかは、「二度とあってはならない」出来事について言上《ごんじょう》するために、名主がおつぎを選んで江戸へ連れて来たのは正しいと思った。

「それで、村の皆さんは、とりあえずは村長のおっしゃるとおりに、こそこそひっそりとお祭りの支度を続けたのかしら」

「へえ。そのころは顔料の材料を集めたり、行灯に描く絵をどんなふうにするか相談したり、細けえことばっかりでしたから。畑の方もまだ忙しくって、みんながみんな、お祭りの支度にかまけてもいらンなかったですしぃ」

　日足がどんどん短くなるので、農事にあてられる時も少なくなってゆく。江戸の秋は風流なもので、人びとはこぞって近郊へ紅葉狩りや月見に繰り出すし、三島屋もこの季節だけに使える小物を求めるお客様で賑《にぎ》わうが、農村にそんな余裕があるはずはない。

「おらが森に入るのも、三日か四日にいっぺんぐらいでした。それと、あと――」

　そこで、おつぎは思わずという感じで笑った。

「おまつさんに口止めされてたのに、あれこれ言いふらしてたことがバレたからぁ、おたまちゃんは行灯祭りの支度から閉め出されちまって」

　こそこそひっそりと事を運ばねばならないのだから、そばえ者《もん》は困るのである。

「おたまちゃんも、おつぎちゃんにちょっかい出せなくなったわけね」

「へえ。畑じゃ小作人頭が見張ってますからぁ、兄ちゃんにもそうそうまといついてられません。長屋に帰《けえ》ってからは、うちのおとっちゃんが怖い顔してるしぃ」

　二人であはははと笑った。おちかは、おつぎの兄の一平が可哀相《かわいそう》でならなかったので、その笑いには安堵も含まれている。

「村は四方を森に囲まれてますけども、おらはよくばっちゃんと森歩きに行ってたんで、一人でも迷ったりなんかしません。ばっちゃんからは、顔料の素になる野草や木の実のことも、食っていい茸《きのこ》と駄目な茸のこともうんと教わってましたから、森へ入って、背負い籠をいっぱいにするのは楽しくって」

さて、おつぎのそのしっかりしているところが、ひとつ意外な役目を呼び寄せることになった。

「神無月《かんなづき》（十月）に入って、森も葉っぱが落ちて痩せ始めるころになって、おら、森に行くとき、お客様を一緒にお連れするように、村長《むらおさ》から言いつかったんです」

春先から名主の屋敷の離れに逗留《とうりゅう》している、絵師を案内してゆくようにというのである。

この、名主の客人である絵師のことは、話の初めにもちらりと出ていた。この人物がいなかったら「あんな騒ぎ」にはならなかったんじゃないか、と。

「その方、どんな人だった？」

風変わりなお人だと、小森村の人びとは思っていた。

絵師の名前は岩井石杖《いわいせきじょう》という。石杖は号であり、本人は村人たちに、「岩井与之助《よのすけ》と申します。以後よしなに」と気さくに挨拶《あいさつ》したが、名主様が「岩井先生」と呼んでいたから、村人たちも先生、先生と呼ぶ。

「絵の修業に打ち込むために刀を捨てたお方だけれど、もとはお武家様だ。万に一つも失礼があってはいかんぞ」

名主様直々にそう言いつけられてもいたし、村人たちもおっかなびっくりに敬して遠ざけていたのだが、当の本人は一向に気むずかしいふうがなかった。歳は三十半ばぐらいだろう。総髪は黒々としているが、痩せているせいか顔には皺《しわ》が多く、とても目立つことに、右の糸切り歯が一本抜けていた。この絵師の身の回りの世話をするのも女中のおまつの仕事だったが、

「あの歯の抜けているところに煙管《キセル》を挟んで刻みを吸っておいでだよ」

あんなことをしていたら、じきに両脇の歯も傷めてしまうのにと言っていた。

岩井先生は、画帳と矢立《やたて》を供に、よく村のなかを歩き回った。そして行く先々で絵を描く。村人たちが田圃に鋤《すき》を入れるところ。苗床をこしらえる様子。蕎麦《そば》や菜っ葉の種まき、芋の株分け。田圃で、畑で、水辺で野道で、飽きもせずに描いて描いて描く。筒袖に軽衫《カルサン》を合わせて着て、小雨なら笠をかぶり、大雨なら蓑《みの》を着込み、暑くなると片肌を脱ぎ、眩《まぶ》しければ手ぬぐいでほっかむりをして平気でいる。

村人たちの野良仕事の邪魔をすることはなかった。口ぶりもいつも優しく、

「やあ、今日も皆さん精が出ますね。少しばかりここにいさせてもらってよろしいか」

などと一声かけたかと思うと、もう何かしら描き始めて没頭しているという具合だったから、日が経《た》つに連れてみんな敬するも遠するも気にしなくなり、

「へえ、先生も今日もご精進でごぜえますね」

「そんなところでずっと陽にあたってると、目が回りますで。あっちの木陰に行きなせえ」

などと、そこそこ親しむようにもなった。

おつぎもそういう村人の一人だから、とくだん、先生がおっかないとか、気が重いということはなかった。その日、夜が明けて早々にお屋敷に伺うと、絵師は支度を調《ととの》えて待っていた。背中に小さな風呂敷包みを負っている。

「今日は一日かけようと思うから、おまつさんに、私とおまえの昼飯をこしらえてもらったんだ」

やっぱり気さくな言いようをする先生だ。

神無月も十日を過ぎると、小森村のあたりでも朝夕は冷える。森に入ればお天道様が遮《さえぎ》られるので、慣れているおつぎでも寒く感じることがあるから、

「先生、羽織をお持ちになった方がええです」

「おや、そうかい」

じゃあ半纏《はんてん》を借りていこうと、絵師は言った。

「私の羽織は一張羅だから、破れたり汚れたりすると困る」

小森村の半纏は、藍染めの市松模様である。

「村長に訊《き》いたら、森に入るならおまえに案内を頼むのがいちばんいいと勧められた

んだ。すまないが、よろしく頼む」

おつぎは殊勝に手を揃えて頭を下げた。

「かしこまりました。どっちの方へ行きましょうか」

「顔料の材料を採るのに、おまえが行きたいところについて行くよ」

おつぎはちょっと詰まった。行灯祭りの支度をこそこそひっそりしていることを、先生はご存じなのだろうか。

おつぎの表情を読んだのか、絵師は歯の抜けているところまですっかり見せて笑った。

「領主殿のわがままで、村の衆は気を兼ねて大変だそうだね。私も委細を聞いて心得ている」

だからひそひそ行こう——と、親しげに言う。

「それとね、おつぎ。私は森の絵を描きたいだけじゃなく、その顔料の材料のこともいろいろ教えてほしいのだ。行灯祭りのために、村の衆が工夫を重ねて作ってきた顔料のなかには、他所《よそ》では知られていない珍しいものもあるかもしれない」

おつぎは吃驚《びっくり》した。「おらたちのこしらえる顔料なんか、絵師の先生がお使いになれるもんじゃねえですよ」

「それは、試してみねばわかるまい」

先生がそう言うのなら仕方ない。

振り出しは南の森に決めた。日当たりがいいから、いちばん豊かに野草が採れる。

おつぎが何か摘んだり刈ったりすると、

「今のは何だい？」

絵師はいちいち訊いてきて、なかなかにうるさい。おつぎの摘んだものを鼻先に持っていって匂いを嗅いだり、指ですり潰してみたりする。

「うるしには気ぃつけてくだせえ」

「うん、うん」

「藪《やぶ》ンなかにいきなり手ぇ突っ込むと、蛇《へび》がいることがありますから、いけませんよ」

「うん、うん」

「先生、そこ滑りますで」

「うん――うわっと！」

しばらく共歩きをしていると、先生は夢中になると生返事をする気質《たち》であるらしいとわかったので、おつぎは自分がよほど用心しなくてはいけないと思った。

絵師はまた、おつぎが作業をしている姿を絵に描きたがった。

「おつぎ、今のその格好でしばらくじっとしていておくれ」

その「しばらく」が少しも「しばらく」ではないのが大変だった。おつぎは、太い木の根に足をかけて上の枝に手を伸ばすという姿勢を四半刻（約三十分）も続けさせせ

られて、

「先生ぇ、おら、もう手がしびれて」

「おお、すまんすまん」

そんなことが何度もあるから、仕事がはかどらない。おつぎが一人で森に入れば、一刻もすれば背負い籠がいっぱいになるのに、昼時が近くなっても、その日はまだ半分足らずだった。

「ちっと場所を変えましょうか」

竹筒の水を飲んでひと息入れ、おつぎが切り出すと、絵師はまた声をあげた。

「そのまま！　竹筒を持って、こう肘《ひじ》を上げて。いや、それでは上げ過ぎだ」

また四半刻ばかり付き合わされた。

「ありがとう。ところでおつぎ」

先生は上機嫌だが、おつぎは背中が凝《こ》ってきた。

「へえ、何でございましょう」

「村長は、おまえが森に詳しいだけでなく、歳よりも大人びたしっかり者だと言っていた。本当にそのとおりだな」

そこでひとつ頼みがある、と言う。

「これから、私を東の森に連れて行ってはくれまいか」

それなら別に、折り入って頼まれるようなことではない。

「ええですよ。あっちには、〈ねずら〉っていう、煮出すときれいな黄色の顔料になる木の根があるんです」

「そうか。それは、東の森ならどこでも採れるものかい」

「へえ」

「あかりの森でも？」

おつぎはびっくりした。「え？」

小森神社のあるあかりの森は東の森の外れでそのあたりだけ、小さな丘のようにぽっこりと盛り上がっている。村の者たちは、東の森でいろいろ採ったり刈ったり拾ったりするけれど、あかりの森には踏み込まない。あかりの森を騒がせてはいけないからだ。

「先生、おらたちは、あかりの森には入れません。お参りのときは参道から逸《そ》れちゃいけねえし、お社の手入れをする男衆も、森には入らねえ。そういう決まりです」

絵師は慌てて、おつぎを宥《なだ》めるような手つきをした。

「それは私も知っているよ。村長にも、名主殿からもそう教わった。この村に来てすぐに、お参りに連れて行ってもらったからね」

「だったら」

「いやいや、そう怖い顔をするな、おつぎ」

絵師は困ったように頭を掻《か》いた。

「私も、あかりの森を荒らそうというのではないんだ。ただ、小森神社の参道への上がり口のそばに、北側へ抜ける小道が続いているだろう？　あの先へ行きたいのだよ。あの道を進むと、あかりの森に入ってしまうのかねえ」

「あの道は、沢にあたって行き止まりですよ」

なあんだ。それは先生、勘違いだ。

「そうか、そうか」

絵師は忙《せわ》しなくうなずいている。

「だったら、決まりを破ることにはなるまい。私を連れていってくれないか」

「でもあんなとこ――」

言いかけて、おつぎは気がついた。

「先生、名主様のご隠居様の離れ家へ行きなさりたいんですか」

絵師の顔がぱっと明るくなった。

「ふむ、やっぱりおまえは知っているんだね。おまつさんの言うとおりだったなあ」

おつぎは、何だかいいようにかまをかけられて、口を滑らせたらしい。手で口に蓋《ふた》をしたけれど、もう遅い。

「私は、小森神社にお参りに行ったとき、下藪《やぶ》のなかを細々と通っている、あの小道に気づいてね。あの先には何があるのかと尋ねたら、名主殿は、あれは獣道《けものみち》で先には何もございませんと言った。だが、そのときの顔つきが妙に険しくて、訝《いぶか》しかったのだ」

　絵師の人というのは、みんなこんなふうに何でもよく見ているのだろうか。

「それで、折々にこっそりと屋敷の内で訊いてみたら、あの小道の先には小さな家があって、一昨年《おととし》の取り入れのころまで——ちょうど今ごろだよねえ、それまでは、名主殿の父親が一人で住まっていたというじゃないか」

　絵師の人というのは、みんなこんなふうに口が巧《うま》くて、人から話を聞き出すものなのだろうか。

「ご隠居様は亡くなりました」と、おつぎはむすっと言った。

　絵師は得たりとばかりに大きくうなずいた。

「以来、その離れ家はずっと空家になっているとか。私はその景色を見てみたいのだ。いい絵が描けそうな気がするものだから」

　駄目かね。案内してはくれないか。

「おまえも、離れ家に行くのは怖いのかな」

「おまつさんは、怖いと言ってましたか」

「うむ。当時、名主殿の屋敷の奉公人たちはみな怖がって、誰もご隠居について行きたがらなかったのだそうだね。それで村長が——」

おつぎは先に言った。「おらのおっかちゃんと、おなっちゃんを選んで、ご隠居様をお世話するようにって、離れ家に通わせたんです。おらもときどき、こっそり手伝いに行ってました」

「おつぎは偉いなあ。頼もしいなあ」

森に詳しいのしっかり者だのと、ほろほろとよく褒めてくれると思ったら、最初からこういう魂胆であったのだ。この先生に、つるつるおしゃべりをしてしまうおまつさんも口が軽い。

「頼む、このとおり」

絵師はおつぎを拝んでみせた。

「今日を限りに一度でいいのだ」

「本当に一度っきりですか」

「うん。様子がわかれば、次からは一人で行くよ。もちろん、内緒にしておくから心配するな」

おつぎに面倒を頼むばかりか、巻き込むおつもりである。

「私が離れ家を見物しているあいだに、おまえは、何だっけ、ねずらか、それを採ればいい。籠をいっぱいにして帰れば、誰も不審には思うまい」

おつぎはため息をついた。ここで断るのは難しいことではないが、そうするとこの先生、次はおつぎのおっかちゃんに頼むかもしれない。

「お昼を済ませてから行きましょう」

今朝、草刈鎌《くさかりがま》を研《と》いでもらっておいてよかった。

「おらも、ご隠居様が亡くなってからは、離れ家に近づいてません。小道はきっと藪に埋もれてっから、先生、足元に気ぃつけてついて来てくれないといけません」

「おお、心得た」

「離れ家も、ちゃんと建ってるかどうか怪しいです。つぶれかけてたら、なかには入れません。何かあっても、おら一人じゃ先生をお助けできませんから」

「おまえの迷惑にならぬよう、心がけるよ」

絵師の人って、みんなこんなに物見高いのだろうかと、おつぎは思った。

東の森のなかでは、薪《まき》拾いや顔料の材料採りの村人たちに行き合ったが、あかりの森に近づくと、おつぎと絵師の二人だけになった。件《くだん》の小道に折れると、午後になって陽が西にまわり、むしろ午前のうちよりは明るいはずなのに、そのあたりは薄暗い感じになり、風が冷え冷えと渡る。

人が行き来しない場所には、こういうことは珍しくない。絵師は、冷えるねと言って首を縮めた。とたんに、小道まで張り出していた下藪に足を引っかけてつまずいた。

言わんこっちゃない。

「ここらはあかりの森に近いから、がさがさ分け入っちゃあかり様にご無礼だってぇ、もともと、村の衆はあんまり近寄らねかったんです」

草刈鎌を使いながら、おつぎは言った。

「けども、あかり様のお膝元だで、怖い場所でも怪しい場所でもねえ。名主様がこの先に離れ家を建てたのも、あかり様のおそばにいれば、ご隠居様の病がよくなるんじゃねえかって思ったからだよって、おっかちゃんが言っとりました」

「そ、そう、なのか」

絵師は軽く息を切らしながらついてくる。

「だ、だが、おまつさんは、ご隠居は、名主殿の屋敷、から、追い出された、と言っていたが」

「さあ、そんな話は、おら聞いたことねえな」

そも、ご隠居様が名主様のお屋敷で元気にしておられたころは、おつぎのような小作人の娘がおそばに近づく機会などなかった。おっかちゃんやおなつだって同じだ。

「ご隠居様が離れ家にこもっていらしたのは、半年ぐらいのあいだです。おっかちゃんとおなっちゃんは代わる代わる通ってましたけど、ご隠居様は一日、赤子みたいによぉくお寝《やす》みになってるって言ってました」

「おつぎは、離れ家で、ご隠居に――」

「先生、この木は伐れねっから、またいでくだせえ」

絵師は小道をふさぐ倒木の手前で休んでしまい、

「あ、会ってはいないのかい？」

「おらは、そうちょくちょくは行かれませんでしたし」

頼まれたものを届けたり、洗い物や水汲《みずく》みを手伝っただけだから、土間から上がったこともない。

「そうか。じゃあ、おまつさんは話を大げさにしているのか、思い違いをしているのかなあ」

もう、やすやすとかまをかけられて乗ってはいけないから、おつぎは黙っていた。

首に巻いた手ぬぐいを引っ張って、顔の汗を拭う。

「ご隠居は、結局、その病で亡くなったんだろうか」

「ご寿命だって、村長《むらおさ》は言ってましたよ」

「じゃあ、誰にだっていつかは起こることだ。おまつさんは、どうしてあんなに怖がっているのかねえ」

「あの人は、ずっと賑《にぎ》やかなお屋敷にいるから、きっと空家が怖いんだぁ」

それきりおつぎも口を閉じていたし、先生はますます息があがるしで、黙々と進んだ。

やがて離れ家の藁《わら》葺《ぶ》き屋根が見えてきて、絵師が感嘆したような声をあげた。

「ちゃんと建っているぞ、おつぎ」

額の上に手をかざして見遣《みや》る。

「それに、なかなか立派な家じゃないか。私は、もっと粗末な小屋だとばかり思っていた」

「名主様のご隠居様がお住まいになるのに、掘っ立て小屋のわけがねえですよ」

離れ家の普請には小作人たちが順に駆り出され、おつぎのおとっちゃんも、小作人頭の丈吉さんに従って、五日ばかり出かけていたろうか。

「そんでも、急いで建てたから頑丈な造りじゃねえって、おとっちゃんは言ってましたよ」

離れ家のまわりにも、藪は押し寄せていた。ただ、一度拓《ひら》かれた森は二年ぐらいでは元に戻らないし、裏手に沢が流れているので、存外に風通しも陽当たりもいい。

「ほう、これはこれは」

離れ家の前庭に足を踏み入れると、深くひとつ息をして、絵師はぐるりと建物を見回した。

雨戸はすべてきっちりと閉《た》ててある。短い縁側に落ち葉が散り落ち、縁の下には土が盛り上がったようになっているところがあった。この二年のあいだに大雨が降った折、沢の水が溢《あふ》れて、離れ家の方まで土砂を押し流してきた跡だろう。

が、それ以外は傷んでいる様子はない。

「これなら、少し手入れをすれば住めそうではないか」

もっと荒れているだろうと思っていたから、おつぎも驚いていた。

「先生、ここに住みたいようなお顔だね」

「うむ、住んでみたいし、ここで絵を描けたらいいなあ」

そう言うと、ためらう様子もなく家に近づいて、土間に入る板戸を開けた。ごとごと動かすと、板戸についた土埃《つちぼこり》が落ちる。

「さすがに、立て付けは悪くなっているな」

お天道様は離れ家の向こう側に回っているので、土間の奥は夜の森のように真っ暗だ。

おつぎは藪を手で払いながら土間の裏手へ回っていって、上の方を仰いだ。

「おかしいなあ」

「煙抜きが塞がってる」

どうやら、なかから板切れを打ち付けて塞いであるらしい。

「雨風が吹き込まないようにしたのだろう。まず私が入って、どこか雨戸を開けてこよう」

絵師が勝手口の敷居をまたごうとするので、おつぎは思わずその袖をとらえた。

「先生、灯《あか》りもねえのに」

「そんなら、入ってすぐ右に竈《かまど》があって、小窓があります。そこを開けたら土間に陽が入りますから」

「手探りでいいさ」

「よし、よし」

闇のなかに入っていった絵師は、すぐに「うわあ」と声をあげた。

「ぺっ、ぺっ、これは何だ？」

蜘蛛《くも》の巣に突っ込んでしまったのだろう。

「右ですよ、先生。壁を伝って右に行っておくんなさい」

「ん、心得た」

どたん！　大きな音がした。

「おお、痛い」

「先生、そこにいてよ。おらが行きます」

「いや、大丈夫だ。小窓はここだな。ここを押せば――」

土間の一角に、さっと陽が差し込んだ。また埃が舞い上がる。

「そのへんにつっかえ棒があるはずだぁ」

「うむ、あったあった」

絵師が小窓をいっぱいに開けてつっかえ棒をかけたので、土間が明るくなった。

って入　ひびが腹　っ横　ている。れ倒が瓶水な大きある高さほど腰の

「おつぎ、私は水瓶《みずがめ》を蹴飛ばしたらしい」

なるほど、おつぎの腰の高さほどある大きな水瓶が倒れている。横っ腹にひびが入っていた。

「割ってしまったかな」

絵師はひびを検《あらた》めて、

「いや、これは今割れたものではなさそうだ」

よどんだ臭いがむうっと立ち込めている。蜘蛛の巣は土間の天井を覆い、梁《はり》から垂れ下がって、おつぎの頭のすぐ上まできていた。

おつぎは言った。「そっから上がって、お部屋はふたつです。板張りですから腐ってねえとは思うけど、どっかゆるんでるかもしれねえから、気ぃつけて上がりましょう」

二人で手分けして、雨戸をすべて開け放った。どんどん風が通り、陽が入り、臭いが抜けてゆく。蜘蛛の巣には蜘蛛が何匹も居座っており、干涸《ひか》らびた蛾《が》や蠅《はえ》の死骸がくっついていた。

部屋のなかには何もない。おつぎが見覚えている限りでも、ここに箪笥《たんす》や水屋は置いてなかった。ご隠居様が亡くなったとき、要らなくなった身の回りのものは持ち出されるか、捨てられてしまったのだろう。

障子紙は黄ばんでいるが、あまり破れてはいない。床は土埃で汚れている。ネズミ

の糞《ふん》は見当たらない。イタチなんぞの小さな獣が入り込んだような跡もない。

絵師は両手を腰にあて、天井を仰いだ。平屋だから、梁と藁葺き屋根の裏側が丸見えだ。手前の部屋には小さな囲炉裏が切ってあり、灰は残されていたが、自在鉤《かぎ》は見当たらない。

「やっぱり、煙抜きには板が打ち付けてあるな」

土間の方も手前の部屋の上の方のも、二つとも。

「おかげで、なかはさほど汚れていないのだ。でも名主殿には、今後はもう、この家を使うつもりはないようにお見受けする」

「どうしてですか」

絵師は小首を傾《かし》げて、おつぎの顔を見た。

「小森村には、そういうしきたりはないかい」

おつぎがきょとんとすると、絵師は土間に転がっている水瓶を指さした。

「あの瓶だよ。ああいう暮らしに要りようなものを割って置き去りにするということは、もうここは使いません、ここは人の入るところではありませんということしるしだ」

「先生のお里のしきたりですか」

「うむ。江戸でもそういうことをするし、旅先でも見たことがあるよ」

詳しく言うなら――と、ちょっと言葉を切ってから、続けた。「割れたものや欠けたものをわざと置いてある家や部屋は、生きている人の場所ではない、死人《しびと》の場所だということだ」

へえ、と言って、おつぎは笑ってしまった。

「何が可笑しい？」

「だって先生、おらのうちなんか、茶碗とかみんな縁が欠けてるよ」

すると、絵師もバツが悪そうに笑った。

「それは少々意味合いが違うがな。しかし、これは私が悪かった。すまんすまん」

どうして謝られるのかわからないので、おつぎも決まり悪かった。

「名主様の奥様は江戸からお嫁に来たお人だから、そういうしきたりをご存じかもしれねえけど」

「ほう、そうか」

絵師は笑いを消し、意味ありげに両方の眉毛を持ち上げた。が、それ以上は何も言わなかった。

「いやはや、埃と蜘蛛の巣で、顔も首筋もちくちく痒《かゆ》いなあ」

離れ家から沢へ出て、顔と手を洗った。絵師は手頃《てごろ》な石に腰をおろして一服つけた。

本当に、歯の欠けたところに煙管《キセル》を挟んでいた。

それからおつぎは顔料の材料探しに取りかかり、絵師は絵を描き始めた。有り難いことに、ここでは「おつぎ、しばらくそのまま！」ということはなかった。よっぽど離れ家が気に入ったらしく、先生は一心に筆を動かしていて、おつぎが掘り出したねずらを見せても、生返事だった。

陽が傾いてくると、絵師は矢立と画帳をしまい、二人でまた離れ家に入って、元通りにすっかり雨戸を閉《た》て切った。

「籠はいっぱいになったね。よしよし」

帰り道では先生、ただくたびれているだけではなく、何か考え事をしているように、おつぎには見えた。

「おまえのお母さんと一緒にご隠居の世話をしていたおなつという娘さんは、この夏、疫痢《えきり》で死んだと聞いたけれど、本当か？」

小道の出口まで戻ってくると、そう訊《き》いた。

「へえ」

「仲良しだったのかい」

「へえ。兄ちゃんの嫁になるはずでした」

「そうか。それは二重に気の毒だったねえ」

眉毛を下げ、絵師は悲しそうな顔をした。

「おなつが死んだとき——いや、もうこの話はよしにしよう。おつぎ、今日はすっかり世話になった。ありがとう」

小作人長屋に帰ると、おつぎはおっかちゃんにだけは、絵師の石杖先生に頼まれて、東の森の離れ家へ案内したということを打ち明けた。

おっかちゃんは、おつぎが思っていたよりも驚いた。怒りはしなかったものの、そのときの様子を詳しく聞きたがるので、おつぎが採ってきた顔料の材料を選《え》り分けながら、二人で裏庭に出ておでこをくっつけるようにして話をした。

「そうかい……離れ家はやっぱり、そのまんまになってるんだね」

おっかちゃんは、両腕で身体を抱えるようにして呟《つぶや》いた。夏の日焼けがようやく薄れてきて、その分だけしみが目立つようになった腕だ。

「離れ家で、何か面倒なことはあったかい」

「べつに、何にも」

絵師の先生の「しばらくそのまま！」が面倒だっただけである。

「先生はあんたを絵に描いてらしたんだろう」

と言って、おっかちゃんはぐっとおつぎの目を覗《のぞ》き込んだ。

「この先は、いくら先生に頼まれても、離れ家に行っちゃなんねえよ。先生がどうしてもっておっしゃったら、おっかちゃんに報《しら》せな」

「でも先生は、これからは一人で行くと思うよ。そう言ってたもん」

「だったら、あんたも知らん顔してな」

その言いようが厳しかったので、おつぎは今さらのように気が萎《しお》れてきた。

「ごめんね、おっかちゃん」

「あんたが悪いんじゃないよ」

低く言って、おっかちゃんは何かを計ろうとするかのように目を細めた。

「絵師の先生は、おなつのことも何か訊こうとなすったんだね？」

「うん。でも、すぐによしちゃった」

そう、とうなずいて、おっかちゃんはくちびるを嚙《か》んだ。

「おなつが生きてたら、一平かあんたにはしゃべったかもしれないし、あんたも変なふうに聞きかじったまんまじゃ、かえってよくねえだろう。だから、おっかちゃんが知ってることを教えてやる。けども、誰にも言っちゃならねえよ。おとっちゃんにも内緒だ。いいな？」

おっかちゃんは材料を選り分けるのをやめて、おつぎの手を握りしめると、語った。

「ご隠居様はお歳でな、身体が弱っておられたんだけども、おつむりの方もだいぶ忘れっぽくなったり、ときどきわけのわからないことをおっしゃったりしてたんだよ。それでな、奥様がご隠居様を嫌がって、名主様にねだって離れ家を建ててもらってさ、ご隠居様を押し込めてしまったんだ」

ならば、石杖先生が、「ご隠居は名主殿の屋敷から追い出された」と言っていたのは、間違いではなかったのだ。

「ご隠居様は、お一人ではもう飯もよう食えねえし、厠《かわや》も使えねかったけども、そんなひどい仕打ちを受けて、腹を立てねえわけはねえ。だから、うんと怒っていらしたよ。たまに、名主様がこっそりお見舞いにいらっしゃると、涙を流しながら恨み言を並べて、名主様が宥めなすっても、どうにもおさまらなくってな」

そんな大変なことだったのか。

「おっかちゃんもおなつも、ご隠居様がお気の毒でなあ。だって、息子が嫁の言い分ばっかり聞いて、親不孝をしてるんだぁ。怒って当たり前だよ。もし一平がそんなことをしたら、おっかちゃんだって怒るさ」

おっかちゃんは、険しく口の端を曲げた。

「だから二人で、いっしょうけんめいにご隠居様のお世話をさしてもらったけども、ご隠居様には、おっかちゃんとおなつも名主様や奥様の味方だって思えたんだろ。おつむりのはっきりしてるときには、やっぱり恨み言をぶっつけられてさ、おっかちゃんはいいけど、おなつは可哀相《かわいそう》だった。このまんまここで死んだら、おまえたちにも祟《たた》ってやるなんて言われたら、そら、おっかないもん」

おつぎは心底から魂消《たまげ》てしまった。おなつは、そんな怖い目に遭いながら、離れ家で働いていたのか。

「おっかちゃんも、おなっちゃんも、そんなことちっとも言わなかったのに」

「そら、言いふらしていいことじゃねえから」

もちろん、名主様からもきつく口止めされた。

「でも、ご隠居様が亡くなったとき、離れ家の後片付けを手伝いにきたおまつさんが、あんまりおっかなびっくりだったもんだからさ」

さすがに腹が煮えて、つい嫌味《いやみ》半分に言ってしまったのだという。

「そんなに嫌がってると、ご隠居様がすぐにも化けて出てくるよ、あたしらみんな恨まれてるんだからねって」

おつぎもぶるっとした。「ホ、ホントだね。だっておなっちゃんは死んじまったよ」

あれはご隠居様の恨みのせいだったのか。

ああ、大変だ！　おつぎだって離れ家には通っていたのだし、そして今日は、あろうことかどかどかとなかに入ってしまった。次はおらの番か。それともおっかちゃんが先か——

今にも泣き出しそうになっていると、おっかちゃんにぽんとおでこを叩かれた。

「あんたまで、バカなことを言うんじゃねえ」

そんなことがあるもんかい、と笑う。

「おっかちゃんはおまつさんに意地悪をしただけだよ」

「で、でも、おなっちゃんは」

「あれは疫痢だよ。可哀相だけど、夏の水にあたると、たまにはあることだぁ。ご隠居様のせいじゃねえ」

おっかちゃんは、噛んで含めるような言い様をした。

「おなつが死んだのは今年の夏だろ。ご隠居様が亡くなってから、二年も経《た》ってる。だいいち、名主様のお屋敷じゃ誰もどうもなってねえんだ」

こっちが先に取り殺されてたまるかいと、笑って言った。

「そ、そうかなあ」

落ち着き払った顔を見ていると、おつぎの震えもだんだんとおさまっていくようだった。

「そうさ。けども、おまつさんにはおっかちゃんの意地悪が効き過ぎちまったらしいね」

おまつさんは、今もご隠居様の恨みが怖くてたまらないのだ。だから、絵師の先生にしゃべってしまったのだろう。

「あの人も困ったもんだ。石杖先生は悪いお人じゃなさそうだけども、他所者《よそもの》なのにぺらぺらと、よく滑る舌べろだ。

「そういうごたごたがあったからね、名主様は、離れ家をそうっと閉じておきたいんだよ。おっかなくって、壊すに壊せねえしな」

壊して、ご隠居様の恨みが出てきたら大変だ。

「雨戸を閉てて煙抜きも塞いで、封じとく。それだっていつかは、離れ家は雨風《あめかぜ》に朽《く》ちちまうだろ。そうすれば恨みも消えるだろうと恃《たの》んでおられるのさ。あそこは小森神社のお膝元だで、あかり様のご威光が浄《きよ》めてくださるだろうって」

何か調子のいい言い分である。あかり様は田圃《たんぼ》の神様だ。人の恨みの面倒までみてはくれまい。

「名主様がそういうお考えならば、あたしらも離れ家には近寄らねえ方がいい。どんなとばっちりが飛んでくるか知れねっから。いいね？」

「わかった」と、おつぎは固く約束した。

もっとも、それから先はどうということもなかった。石杖先生は相変わらず村のあちこちで絵を描いていたが、おつぎを見かけてもにこにこ挨拶《あいさつ》するだけで、離れ家のことはおくびにも出さない。だから、先生が一人で離れ家に絵を描きに通っているのかどうかもわからなかったけれど、それでちょうどいい。忘れることにした。

秋野菜や雑穀の収穫期も終わり、季節は冬へと移る。小森村からは、働き盛りの男女の多くが江戸市中へ出稼ぎに出ていく。男衆は荷運びなどの力仕事、女衆は女中奉公だ。出稼ぎ先は名主様が江戸の口入屋と相談して決め、村長が人を割り振る。毎年だいたい決まったところに行くことになるので、みんな慣れたものだ。男衆は、こういうときも小作人頭が束ねになるので、おつぎのおとっちゃんも丈吉さんについて行く。

この秋、おなつを嫁にもらえていたら、一平も一人前の所帯持ちとして出稼ぎ組に入るはずだった。それがなくなって残念だし、あらためて悲しみに胸をえぐられるようなのだろう。おとっちゃんを見送る一平はひどく気落ちしていたし、朝飯のあと、顔料を煮る鍋開きに行こうと誘いに来たおたまを、珍しく邪険に追い払った。

「おらは甚兵衛《じんべえ》さんを手伝うから、忙しい」

村に残る留守番組にとっては、農具の手入れと同時に、炭焼きが大事な仕事になる。出来た炭は俵に詰め、買い取りにくる仲買人に卸して、貴重な銭に替えるのだ。甚兵衛は炭焼きの老人で、だいぶ腰が曲がっているから、一平の手伝いを喜んでいた。

「一平も村の男なら、顔料作りを覚えとかないといけないのに」

おたまは不満たらたらだったが、それ以前に、おつぎは心配になった。

「顔料、作ってええのかな」

「作るっていうんだから、いいんだろ。でも、今年は村長《むらおさ》んとこの納屋が使えねえ。北の田圃の道具小屋に、要るものを運んでるよ」

行ってみると、なるほど北の道具小屋にはにわか作りの竈があって、顔料を煮る鍋や、材料をすり潰す鉢、煮汁を漉《こ》す目の細かい笊《ざる》などが持ち込まれていた。人も五、六人集まっている。

「おつぎ、いい材料を揃《そろ》えてくれたな。ありがとうよ」

毎年、行灯《あんどん》祭りの大行灯に絵を描いている、田圃持ちの惣太《そうた》郎《ろう》というおじさんに褒められた。今年は万事をこっそりしなければならないから、採集はいいとしても、材料を干すときはよほど気を遣ったので、嬉《うれ》しかった。

おたまはすぐ横から口を出した。

「おらもいっしょうけんめいやったんだよ」

「そうか。いい大行灯を作らねばなあ」

褒めてはもらえなかったから、また不満だったのだろう。おたまは余計なことを言い足した。

「けど、ホントにできんのかな、行灯祭り。一のお殿様がけしからんっておっしゃるなら、やっちゃまずいんじゃねえの」

すると惣太郎はきゅっと怖い顔になった。

「めったなことぁ言うな。おめえ、行灯祭りがどんだけ大事か知らねえわけじゃあるめえ」

大きな声だったので、その場の大人たちがみんなこっちを振り返った。叱られたおたまは目を伏せたけれど、口が尖っている。

「惣さん、そうきりきりすんな」

やはり大行灯の絵付けをしている巳之助《みのすけ》といういじいさんが、軽く咎《とが》める。

「おたまもおつぎも、ようやってくれた。こっから先はわしらの仕事じゃあ」

「はい、よろしゅうお願いします」

おたまの袖を引っ張って外へ出ると、北の田圃のあぜ道を、石杖先生がぶらぶらとこっちへ歩いてくるのが見えた。おつぎに気づくと、ひょいと手を振ってきた。

「あの絵師の先生、いつもにったらにったら笑ってて、変な人だよ」

先生がまだ遠くにいるのをいいことに、おたまは八つ当たりを言う。

「何しに来《く》んだぁ」

「さあ、知らん。早く帰ろう」

おたまを急《せ》き立てて歩きながら、しかし、おつぎはふと不安を覚えた。惣太郎さんは、普段は小作人たちに優しい人だ。なのに、さっきは本気で怒ったようだった。それは、おたまの言ったことがあたっているからではないのか。

名主様が取りなしてくだすっても、一のお殿様のお許しが出ないのではないか。今度の行灯祭りはできないのではなかろうか。

その年の冬はとりわけ寒く、小森村でも何度もまとまった雪を見た。師走《しわす》（十二月）に入って降ったときは、雪下ろしをしなければならないほどの大雪になった。ここらではひどく珍しいことだ。

「冬にこんだけ雪が降ると、来年の夏は大旱《おおひでり》かもしれねえ」

舞う雪を眺めながら、一平が言った。

「甚兵衛さんに聞いたんだ。昔っから、そういう年が何度もあったんだって」

「縁起でもねえことを言うじいさんだね」

おっかちゃんは素っ気なかった。

「あかり様がお守りくださるから、この村は平気だよ」

おつぎはおっかちゃんを手伝い、妹たちの世話をし、古着をほごして縫い直しておだ針を習い、草鞋《わらじ》を編み——と、忙しく過ごした。去年の今ごろはしょっちゅうおなつと一緒にいたなあと思えばまたうら寂しく、ついでに離れ家のことを思い出してしまうので、心に蓋《ふた》をする。

行灯祭りの支度は、こそこそひっそりと進んでいるはずだ。が、あれからもう一度、今度は村長と長木村の村長が、綿入れの背中を丸くして、てんでにうなだれて名主様のお屋敷から帰ってゆくのを、おつぎは見かけた。村長たちの足取りは重そうで、おつぎの目にも疲れて見えた。

それからほどなく、師走の半ばごろになって、田圃持ちの男衆が村長の家に呼び集められた。その集まりがはけると、小作人長屋にも報《しら》せが届いた。行灯祭りはやっぱり取りやめだ、と。

「結局、お許しが出なかったわけね」

語り続けてきたおつぎにひと休みしてもらうために、おちかは口を入れた。

「それじゃ困るでしょう。ずいぶんと揉《も》めたのじゃない？」

おつぎは茶で喉を湿してから、大きくうなずいた。そのまんま、ちょっと言葉を探すような顔をしているので、おちかはまた饅頭を割ってやる。

やがて、おつぎは首を傾《かし》げながら言った。

「けんけん、ぐうぐう？」

それを言いたかったのか。可愛《かわい》らしい。

「けんけんごうごう、だわね。人がいろいろ思うところを言い合って、騒ぎになることよ」

喧々囂々《けんけんごうごう》。

「おつぎちゃんは、難しい言葉を知ってるね」

「そんとき習ったんです」

はにかんだように言って、饅頭を口に入れる。

「大行灯を作る人は決まってるしぃ、村の衆の半分ぐらいは出稼ぎに行ってるしぃ、そもそもおらのうちみたいな小作人はこういう寄合には呼ばれませんから、村長《むらおさ》のところに集まって、そうやってけんけんごうごうしてる人の数は、知れたもんなんです」

「うん、うん」

「けども、小森村のなかで言い合ってるだけじゃらちがあかねえって、余野村と長木村の衆も呼んで、三つの村の村長と行灯祭りの支度を任されてる人たちがみんな寄ったら、そりゃけっこうな人数になりました。それで、名主様のところに掛け合いに行こうってことになったら、まるで一揆みたいな勢いになっちまってね」

「名主さんもびっくりしたでしょうね」

「へえ。おらたちも心配で、遠巻きにお屋敷の様子を見やってたんですけど、ときどき大きな怒鳴り声が聞こえてきまして」

村の衆も一枚岩ではなかったのだそうだ。何が何でも行灯祭りはせねばならないと言う者たちと、殿様が駄目だと言うならばどうしようもない、名主様を困らせるなと言う者たち。強硬派と恭順派とでもいおうか。この二派の対立には身分の上下がないから、剝《む》き出しの言い合いになる。

「そのうち、どっちももっと味方の頭数が欲しくなってきて」

飛脚に文を託し、江戸に出稼ぎに行っている者たちを呼び戻そうなんてことにまでなった。

「普段はそんなこと、ないんでしょ？」

「へえ、出稼ぎの人たちは、行灯祭りに間に合うように帰ってくるのが習いです」

行灯祭りの翌日が立春で、その年の農事の始めになるのだから、理にかなっている。

「村長に叱られて、それはさすがにやめになりましたけど、小作人たちもともかく集まれって」

父親が出稼ぎに行っているおつぎのうちからは、一平が名主の屋敷に参じることになった。

「兄ちゃんは、夏の大旱《おおひでり》を案じてるくらいでしたから、行灯祭りをやらねえなんてとんでもねえって、尻っぱしょりして吹っ飛んで行きました」

強硬派のなかには、一平と同じ心配をしている者たちもいたという。つまり甚兵衛老人の言葉は古老の知恵とでも呼ぶべきもので、このあたりには、大雪の冬のあとは夏の大旱があるという言い伝えがあったのだ。

大旱は真っ直《す》ぐに凶作を招く。水が涸《か》れて枯れきった田圃《たんぼ》は、農村にとっては地獄絵図に等しい眺めだ。そんな恐れがあるときだからこそ念入りにあかり様にお願いしなくてはならないのに、人の世の都合で行灯祭りをやめにするとは何事か。

そっちに理があるかなあと、おちかも思う。

「兄ちゃんがあんなに元気になったのは、おなっちゃんが死んでから初めてでした。

んで」

昼前に出かけていった一平は、暗くなってから、帰ってきた。

「話がついたっていうんです」

石杖先生のおかげで。

「またあの絵師の先生？」

「へえ。兄ちゃん、狐《きつね》につままれたような顔をしとりました」

あの先生は口が巧《うま》いなあ、と。

「他所者《よそもの》の石杖先生が、名主さんも、喧々囂々《けんけんごうごう》の村の人たちも説得して、事を収めたの？」

「そうなんです」

石杖先生はこんなふうに言った。

――要は、喪中の領主殿のお気に障《さわ》らぬよう、恒例の祭りはやめて、しかし田の神には目を覚ましていただければいいわけだ。ならば、別の工夫をしてみてはいかがかな。

「離れ家を？」

おっかちゃんは目を剝いた。

「ああ。離れ家の板戸と雨戸をみんなとっぱらって、障子戸にして紙を貼れば」

離れ家がまるごと、大行灯《あんどん》のように見える。

「離れ家は小森神社のお膝元だぁ。あそこをとりわけ大きな行灯に仕立てたら、お社からくっきり見える。あかり様に目ぇ覚ましていただくには、うってつけじゃねえか」

しかし、それは断じて行灯祭りではない。ただ離れ家をそのように修繕するというだけだから、一のお殿様の上意に背いたことにはならない。それにこの案なら、村の者たちが行灯祭りのために揃えてきた顔料や紙を空《むな》しく無駄にせずに済む。

「それが石杖先生の案なんだね」

おっかちゃんはおっかない顔をした。

「よくまあ、名主様が吞《の》んだもんだ」

「そりゃ、先生が、一晩だけでも離れ家をきれいな絵で飾って灯《あか》りをともせば、あそこで亡くなったご隠居様の供養にもなるって言ったからさ」

おつぎとおっかちゃんは、思わず顔を見合わせてしまった。ははあ、そういうことか。

「いいじゃねえか。名主様にとっちゃぁ、亡くなったご隠居様への親孝行だぁ」

実はちっとも親孝行じゃなくって、親不孝で恨まれているのを、そうやって帳消しにできたら一石二鳥で憂いが晴れるというのが名主様の本音だろうが、おつぎがついそう言ってしまおうとしたら、おっかちゃんが眉根を寄せて短くかぶりを振ったので、やめた。

「一晩だけ灯りをともしたら、離れ家をどうするの？」

「大行灯と同じように、壊して燃やすんだよ。できるだけ、行灯祭りと同じようにした方がいいに決まってらぁ」

離れ家はきれいさっぱり消えて失くなる。それも、立派なお役目を果たした上で。

「なぁるほどねえ」

おっかちゃんが、おつぎにだけはわかる意味深な言い方をした。「そりゃあ妙案だよう」

「な？　先生も、昨日今日の思いつきで言ったんじゃねえようだったよ。名主様とは、先《せん》から相談してたんじゃねえかな」

それも大いにありそうだ。

「長木の村長《むらおさ》は、こればっかりはいちぞんじゃ決められねえって話を持って帰ったけど、余野の村長はこの話を呑んで、絵の描き手を一人寄越すってさ。いちいち余野村から通うんじゃ手間だから、村長のところに泊めるって、ともかく今日は、そこまでまとまったぁ」

それからも何度か三村のあいだで話し合いがあり、結局、長木村はこの案を容《い》れなかった。一の殿様のご上意のとおりに行灯祭りは取りやめにし、立春の日に村長が小森神社に参って豊作祈願をするという。

「もしも一のお殿様からお咎《とが》めを受けるような羽目になったら、凶作より怖いって」

これは、その話し合いを立ち聞きしてきたおまつさんのおしゃべりだ。

「名主様は、百姓に凶作より怖いもんがあるのかって怒ってらしたけど、長木の村長も譲らなくってね。他所者《よそもの》の口車に乗せられて、下手を打ったら真っ先に首が危ねえのは名主様なのに、本当にいいんですかいって、けっこう凄《すご》んでたよう」

名主様は領主の名代だから偉いことは偉いけれど、村を束ねるのは村長だ。それに今度の場合は、名主様が一のお殿様に、「長木の村長が逆らって困ります」と言いつけるわけがないとわかりきっているので、村長の面目にかけても突っ張ったのだろう。

実は小森村でも、すぐにみんなが心ひとつ、では離れ家を大行灯に仕立てましょうと働き始めたわけではない。肝心の大行灯作りに携わる者たちのなかに、離れ家を修繕して行灯みたいに見せかけるなんて、かえって罰当たりにならねえかなあと渋る者がいたのだ。絵の描き手の惣太郎もその一人だった。

「ちゃんとした祭りができねえのなら、やらねえ方が筋が通ってる」

と、描き手から抜けてしまった。こうなると他の描き手にも動揺が及び、巳之助じいさんが一人で困っているところへ、身を乗り出してきたのは石杖先生である。きっと、最初《はな》からそのつもりだったのだろう。

「そもそも私が言い出したことだし、私は絵師だ。ぜひ手伝わせてくれないか」

作業に取りかかる前には精進潔斎《しょうじんけっさい》し、小森神社に参拝しよう。そして今般の事情をすっかり申し上げ、もしもこれから成すことがあかり様のお心にかなわぬなら、この岩井石杖に神罰を下されますようにとお願いしてこよう——とまで言うほどの熱意だったから、これは効いた。

小森村の人びとは、つましく正月を迎えると、すぐ離れ家の修繕に取りかかった。ごたごたと出遅れた上に、例年とは違うことをやらねばならないのだから、どうしたって慌ただしくなる。

一平は自分から村長に願い出て、修繕と片付けの手伝いをすることになった。

「離れ家にご隠居様がいるころ、おなつも通ってたろ」

「う、うん。いっしょうけんめい、ご隠居様のお世話をしてたよね」

「だからさ、今度のことは、ご隠居様だけじゃなく、おなつの供養にもなると思うんだ」

おなつのために、離れ家をうんときれいな大行灯に仕立ててやりてぇんだ、と言う。

「兄ちゃん、石杖先生の言うことを真に受けちゃってんだねえ」

口先ではからかってみたおつぎだけれど、おなつを喪《うしな》った悲しみは同じだから、一平の想いは胸にずしんときた。で、自分も手伝いに志願することにした。もともと女子供は行灯祭りに関われないから、おつぎは本当の下働きで、日々東の森へ荷をしょって通うのはけっこうな重労働になるが、それでもいいと思った。

「あんたら、二人して」

おっかちゃんは呆《あき》れたが、止めはしなかった。

そういう次第で、おつぎはまた石杖先生と親しく顔を合わせることになった。

「おお、おつぎか。よろしく頼む」

先生は修繕の采配と下絵描きの相談に忙しく、おつぎは離れて見ているばかりだったが、

――楽しそうだぁ。

おつぎの案内で初めてここを訪れてすぐから、先生、この企《たくら》みを胸に抱いていたんじゃなかろうか。ここで絵を描きたいって言ってたもんね。そうだ、いっそ家ごと大行灯のように仕立てて絵を付けたなら、さぞかし美しかろう。名主殿をどう口説こうか、なんて。

その名主様は、自分が采配をふるっているように見えてはいけないからという言い訳を盾に、離れ家にはなかなか近づかなかった。建物の修繕が終わり、枠だけの戸や障子戸が入ったところで、こそっと様子を見にやって来た。やっぱり今でも、おっかなびっくりの腰つきのおまつがお供だ。

「なるほど、これにすべて紙を貼ったら、本当に大きな行灯のようになりますなあ」

名主様は、感じ入ったように声をあげてあちこち検分し、先生と巳之助じいさんの

描いた下絵を眺める。おつぎはずっとその様子を気にしていたから、ある場面を見逃しはしなかった。

先生は名主様の耳に顔を寄せ、こう言った。

「ここに置き去りにしてあった割れ瓶ですが、まだそのまとってあります。滞りなく行事が済んで、ここを壊して燃やすとき、あの瓶も打ち砕いてしまいましょう」

それは有り難いと、名主様は応じていた。

離れ家に閉じ込められていた割れ瓶。ここが生きている者の家ではなく、死人の住まいだということのしるしは、確かに、まだ土間の一角に置いてある。おつぎがこの手できれいに拭いた。誰に命じられたのでもなく、何だかこの瓶が哀れに思えてそうしたのだが、先生にたいそう褒められた。

そろそろ顔料を使うようになるので、壺《つぼ》や小皿がたくさん要る。村から運んで来たのをおつぎが沢で洗っていると、おまつが近づいてきた。

「精が出るわねえ」

「へえ、おまつさんも」

「あたしはこんなとこ、まっぴら御免だったんだけど」

おまつは首を縮めて離れ家の方を振り返る。

「先生が通い詰めてるんだから、いっぺんぐらい様子を見にこないとしょうがなくって」

「先生のご用なら、おらが伺いますよ」

「あんたも一平も偉いねえ。そうそう、明日からはおたまが手伝いに来るって言ってたよ。絵付けを見たいんだって」

口実はどうでも、要は一平のいるところに来たいのだろう。うっとうしいなあ。

おつぎのそんな気分などに関わりがあるはずはなかろうが、最初の異変は、まさにおたまがやって来たその日に起こった。

「あ〜あ、面倒だねえ」

昼飯が終わり、片付けをしていると、おたまはぼやいた。

離れ家では煮炊きができない。土間の竈《かまど》はきれいにすればまた使えたけれど、「ここはもう家ではない。あかり様にお見せする大行灯なのだから、暮らしのよしなしごとを持ち込んではいかんだろう」

石杖先生がそうおっしゃるので、修繕のときにとっぱらってしまった。暖をとるには沢のそばで焚《た》き火をし、ついでにそこで湯をわかす。食べ物は日に三度、昼前と、昼飯と、おやつを出すのだが、名主様の屋敷で炊き出ししてもらって、ここまで運んでくるのだ。

だからおつぎは、一日のうちに、村と離れ家のあいだを少なくとも二度は行ったり来たりしていた。作業の合間に手早く食べるものは、ふかし芋や稗餅《ひえもち》、握り飯などだ。

男衆ばかりがいつも六、七人はいるのだから、その人数分となるとけっこうな重さになる。漬け物や、たまにはお重に詰めた煮物も出るから、とても一度には運びきれない。さらに、急に要るものがあって取りに行かねばならないこともある。

それをおたまは、もう面倒くさがっている。

おつぎは素っ気なく言った。「なら、帰っていいよ。おら一人でかまわねえから」

「ふん、おつぎだけじゃ苦労だろうと思って来てやったのに」

「兄ちゃんがいるから、平気だ」

ここでの作業も、こそこそひっそりやらねばならぬという事情に変わりはない。村の女衆がわさわさ手伝いに出入りするわけにもいかず、おつぎと一平はほとんど二人だけで下働きをこなしてきた。文句たれのおたまは、いるだけ邪魔だ。

今、その一平は屋根に上がって掃除をしている。ここを大行灯《あんどん》に見立てるには、本当なら屋根がない方がいいのだが、雨や雪の心配がある。ならばせめてきれいにしておこうというのだ。

おたまはその一平を仰ぎ見た。

「身が軽いよねえ」

当の本人は、おたまの目に気づいて嫌ったわけでもなかろうが、屋根の向こう側にひょいと姿を消した。

確かに一平は身のこなしが軽い。高いところにもひょいひょいと登ってゆく。そういえば、梁《はり》に登って塞がれていた煙抜きを開けたのも一平だ。煙抜きは縦が一尺、横が一尺半ばかりの窓で、鳥や獣が入り込まないように網をかけてあった。その網の上からやたらと板を重ねて打ち付けてあるから、開けるのに難儀したと言っていた。

——何であんなふうにしたんかなあ。

訝《いぶか》っていたけれど、おっかちゃんとの約束があったから、おつぎは黙っていた。

「おらも一平を手伝おうかなあ」

「好きにしな。けど、屋根を踏み抜いておっこちたら首っ玉が折れるよ」

石杖先生と巳之助じいさんたち絵の描き手は、墨でさっと描いた下絵を枠や障子戸にあてがって、どこにどの絵を割り振るか相談している。下絵は漉《す》きの粗《あら》い紙にざっと描いただけのもので、割り振りが決まったら、本番の紙に描き直すのだ。そうなったら紙も顔料も無駄にはできないから、描き手はみんな、いよいよ真剣になってくる。

先生は、おつぎに対してもそうだったように、巳之助じいさんたちにもけっして上から物を言うことはなくて、みんなすぐに打ち解けた。今も、下絵をあてがったり離したりしながら、

「いや、ならばここに西の森の景色を置き、手前に田植えの時期の田圃《たんぼ》を置いたらどうだ」

「だったらその田圃は、土間の勝手口に貼る絵と絵柄が続いとる方がよくねえですか」

盛んに言い合っている。興が乗っている。

「大行灯の武者絵が楽しみだったのに」

おたまがつまらなそうに呟《つぶや》いた。

「今年は、村の景色ばっかり描くんだそうだね」

四季折々の村の景色を描き、なかでも春の絵を大きくし、数も多くして、「あかり様、春が来ましたよ」とお報《しら》せするようにしよう。それも先生の発案だった。

「人も描くってよ。田植えや刈り取りの様子を」

「ふうん」

「小森神社に近い方のあっち側を春にして、右回りに、夏、秋、冬にするんだって。さ、おらは行くよ」

おつぎが荷物をまとめて立ち上がると、その様子が目に入ったのか、石杖先生が手を上げた。

「おつぎ、村へ戻るかい？」

「へえ、何ぞ御用はありませんか」

「私に、江戸から荷が届いているかもしれん。おまつさんに訊《き》いてみてくれまいか。膠《にかわ》と胡粉《ごふん》、岩絵の具の包みだ」

それを聞いて、描き手たちがちょっとどよめいた。先生は抜けた歯を見せて笑う。

「小森村の顔料を教えてもらう代わりに、私の方から寄進しようと思ってね」

「へえ、ありがてぇことです」

巳之助じいさんたちも喜んでいる。

「先生がお使いになる絵の具を、おらたちなんぞが、もったいねえです」

頭を覆っていた手ぬぐいを取り、嬉《うれ》しそうに笑み崩れながら頭を下げたのは、余野村から一人だけ寄越されてきている貫太郎《かんたろう》という絵の描き手だ。余野村では二番目の田圃持ちの人の息子だそうで、年は二十歳過ぎぐらいだろう。ちょいと顎《あご》がしゃくれていて、口がへの字で、最初はおっかなそうだと思ったけれど、慣れてみたら気の優しい人だった。ただ、ひどく痩せている。ひょっとすると病み上がりなのかもしれない。というのはこの人、食も細いのだ。何となく元気もない。今みたいな笑顔を見せたのは、初めてである。

「じゃ、行って参ります」

おつぎは踵《きびす》を返し、まだのらくらしているおたまに声をかけた。

「おたまちゃん、水汲《みずく》みしといてよ。桶《おけ》に浸《つ》けてある墨壺《すみつぼ》と小皿は洗っていいけど、縁側に出してあるのは手ぇつけちゃいけないよ」

「いばるんじゃねえよ、おつぎ。今に、あたしはあんたの姉さんに――」

ぜんぶは聞かずに、おつぎはとっとと去った。

名主様のお屋敷に伺うと、はたして荷が着いていた。小さな木箱だ。油紙にくるまれ、蠟《ろう》で封をした包みがいくつか入っている。重たいものではないから、木箱ごとそっくり背負って行くことにした。その上に、おやつに出すふかし芋と干し柿の包みを載っけて、また離れ家へとって返す。途中で、外遊びをしている子供たちのなかに妹たちの顔を見つけて、手を振り合った。朝は霜が降り、陽が昇るとそれが溶けるから、あぜ道はところどころぬかるんでいる。春は近いのだ。

先生とみんなに、早く木箱の中身を見せよう。息をはずませて離れ家に戻ると、騒ぎが起きていた。おたまが縁側で伸びていて、その顔を貫太郎が心配そうに手で扇いでいる。一平もそばにいるが、困っているような恥じているような、ともかくいたたまれない顔つきだ。

「あ、おつぎちゃん」

余野村からのお客だからか、貫太郎はおつぎを呼び捨てにはしない。

「この娘《こ》が急に、きゃっといってひっくり返っちまったんだよ」

おつぎははあはあいいながら、

「屋根から落っこちた？」

「何でおたまが屋根に登るんだ。うちのなかにいたさ」

先生たちが下絵を糊《のり》で仮留めするというので、屋根掃除を終えた一平は、その手伝いをしていた。沢のそばで洗い物をしていたおたまもうちのなかに上がってきて、後ろで見ていた。

「で、急に大きな声をあげてよう」

白目を剝《む》いてひっくり返ったのだという。

「ぎゃっと叫んだときに、あっちの煙抜きを指さしてたんだぁ」

貫太郎が示すのは、手前の部屋の梁《はり》のすぐ上に開いている方の煙抜きだ。

「どうしたもんかな。おらが背負って村へ連れてくか」

下絵はほとんど仮留めが済んだようで、離れ家は墨絵のついた行灯さながらの眺めに変わっていた。家のなかから先生たちの声がする。

おつぎは声をひそめた。

「兄ちゃんにかまってもらいたくって、おたまちゃん、わざとやってんじゃねえかな」

え？　と言ったのは一平ではなく、貫太郎の方だった。

「おつぎ、つまんねえこと言うな」

一平はへどもど怒ったが、おつぎは遠慮しなかった。人騒がせなおたまが一芝居打っているのだとしたら、貫太郎のようないい人まで巻き込んではいけない。

「そうなんですよ、貫太郎さん。おたまちゃんは兄ちゃんの嫁になりたいってしつっこくってね」

へえ～と言って、貫太郎は笑った。

「兄ちゃんにはおなっちゃんていう娘が嫁になるって決まってたんだけど、去年の夏に死んじまったもんでね。自分にも目があるって、うんと図々《ずうずう》しくなってきてさ」

腹が立つもんだから、おつぎの口も軽くなる。と、貫太郎がまた「え」と言った。冷やかすような笑みが消えた。

「一平、そんなことがあったのかぁ」

この二人ももう打ち解けているが、貫太郎は余野村の人である。この話は初耳のはずだ。

「おなっちゃんて娘は、病で死んだのかい」

「へえ、疫痢《えきり》」

そうかそうかと、貫太郎はうなずいた。

「かわいそうに。おめえも辛《つら》いなあ」

驚いたことに、その目にうっすらと涙がにじんできた。おつぎと一平は顔を見合わせた。

貫太郎は慌てて、拳で目を拭った。

「いやぁ、みっともねえ。すまんすまん。実はおらも、去年の春におっかぁと赤子を亡くしてな」

　今度は「え」と声を呑《の》むのはおつぎと一平の方だった。

「今でもどうかすっと、思い出しちまってさ、泣けてしょうがねえ。おらの村からは、ホントは伊助《いすけ》ってじいさんの描き手が来るはずだったんだが、ちっと村を離れたくって、おらが頼んで代わってもらったんだよ」

　成り行きで重たい話を聞き出してしまって、何とも言えない。貫太郎はしゅんしゅんと洟《はな》をすすってうなだれる。そのとき、

「うわぁ！」

　出し抜けに叫んで、おたまが跳ねるように半身を起こした。ぎょっとして、おつぎたちはぱっと後ずさりした。

「おたまちゃん！」

「お、おつぎ！」

　おたまの顔から色が抜けている。

「お、お、お」

　口から唾が飛び、顎《あご》ががくがくする。さすがにこれは芝居ではなさそうだ。

「おらだよ。ここにいるよ」

　おつぎはおたまの手を取った。「兄ちゃんもいるよ。おたまちゃん、いったいどう

したんだよ」

おたまの顔がぐわぁっと崩れた。

「お、お、お化けだぁ！」

何事かと、先生たちも縁側へ出てくる。

「おお、正気づいたか」

おたまは一切合切かまわず、おつぎの手をつかんで揺さぶりながら泣きわめく。

「お化けが出たんだよ！　おら見たんだ！　お化けがおらたちを睨《にら》んでた！」

「ど、どこに出たんだぁ」

唖然《あぜん》とする人たちのなかで、一平がとりあえずまっとうなことを問うと、

「あの煙抜きぃ〜！」

そっちを見ようとせず、身をよじって部屋の煙抜きのある方を指さすと、

「あ、一平」

おたまは我に返ったようにおつぎを振り払い、しゃにむに一平にしがみついた。

「一平、おら怖いよ！　村に帰りてぇ」

一平はおたまを押さえておくだけで手一杯だ。

「まったく人騒がせなことだぁ」

半分は呆れ、半分は怒ったように、巳之助じいさんが声をあげた。

「こんなところにお化けが出るもんかよ。狐《きつね》か狸《たぬき》にたぶらかされたんだろう」

「ひ、人の顔だったよう」

一平にしがみついたまま、おたまは抗弁した。

「髪がおどろで、顎がとがっててぇ、骸骨みたいに痩せてて」

やっぱり痩せていて顎がしゃくれている貫太郎が、気まずそうに自分の顔を撫《な》でる。

「そんなんが煙抜きから覗《のぞ》いてたっていうんか。あんな高いところから」

巳之助じいさんも煙抜きの方を指さした。

「誰ぞ、村から見物に来てるんじゃねえのか」

「いんやぁ、狸の仕業だろう」

描き手たちがてんでにあれこれ言うところへ、おたまはまた叫んだ。

「あれはご隠居様のお化けだよう！」

すると、苦笑いしながらこの騒ぎを眺めていた石杖先生が、ふっと真顔になって叱った。

「めったなことを言ってはいけない」

その口調の厳しさに、笑いを含んでいた他の者たちの顔も引き締まった。

「だってぇ」と、おたまはさらに泣く。

「一平、その子を村に連れて帰ってくれ」

一平とおたまが去ると、また作業が始まり、仮留めした下絵の場所を入れ替えたり取り替えたり、おつぎが運んで来た木箱を開けて先生が中身を検分したり、みんなに絵の具の色合いやその使い方を説いたり、離れ家のなかは元に戻った。

おつぎも水を汲んだり糊《のり》を作り足したり、細かいことをしていたが、おたまの叫んだことがまったく気にならなかったと言ったら嘘になる。

つい、ちらりと見上げてしまう。だが、煙抜きはただの煙抜きだ。板きれを取り去ったあと、一平がまたきちんと網をかけ直しておいたから、鳥や獣が入り込む気遣いはない。

土間の方の煙抜きは西向き、部屋の方は東向きだ。夕刻にさしかかる今、土間の方から茜《あかね》色の陽がさし込んでいる。

「さあ、今日はここまでにしようか」

夜のあいだは、雨戸と板戸を戻しておく。みんなが仮留めした下絵を外しているところへ、一平が戻って来た。「ひまをくってすみません」

片付けと火の用心を念入りにして、みんなで引き揚げる。

「それにしても妙なことだったなあ」

巳之助じいさんが言って、おつぎに笑いかけた。

「おつぎはおっかなくねえか」

ちっとも、とおつぎは答えた。「けど、おらがいるのがいけないのかなあ。行灯祭りには、おなごは関わっちゃ駄目なんだから」

「おまえもおたまも、女のうちには入らねえ。まだ子供だぁ」

そうだよそうだよと、他の描き手たちも言う。貫太郎もうなずいた。

「いつもだって、大行灯をこしらえてるときには、女衆にいろいろ世話を焼いてもらってるんだぁ。おめえは働き者だしよく気ぃつくし、いけねえどころか、あかり様だって褒めてくださるよ」

石杖先生もにこにこしている。が、ちょっと何か思案しているようにも、おつぎには見えた。

一日、一日と立春が近づいてくる。離れ家の作業にも拍車がかかる。

あれきり、おたまは離れ家にやって来ないばかりか、小作人長屋でも一平とおつぎにまといつかないようになった。一平から話を聞いたおたまのおっかちゃんに、だいぶ叱られたらしい。毎日離れ家に通って行く兄妹を、ちょっと離れたところから恨めしそうに見ている様は、

「おたまの方がお化けみてぇだな」

そう言って、久しぶりに一平が愉快そうに笑ったのが、おつぎは嬉しかった。

立春まであと三日というところで、初めて、すっかり色付けまで終わった絵が貼り

出された。まだ仮留めだが、絵は本物だから、息をひそめて丁寧に扱わねばならない。

「わぁ〜」

あんまりきれいなので、おつぎはくらくらした。

「先生、きれいだね！」

「そうか、おつぎも気に入ってくれたかい」

先生は、「秋」の絵の一枚を指さした。

「ここに、木の実採りをしている乙女が描いてあるだろう。小さいから顔までは似せられなかったが、これはおまえだよ」

そういえば、「しばらくそのまま！」のときのおつぎと同じ格好をしている。

「春から冬まで、描いてある人の数を数えてごらん。小森村の人数と合っているから」

長木村と余野村は、それぞれのしるしである半纏《はんてん》を描くことで、絵のなかに入れ込んであるという。なるほど、「冬」の絵でお地蔵さんにかけてあるのは長木村の半纏だし、「夏」の田圃《たんぼ》に立っている案山子《かかし》が余野村の半纏を着ている。

「おらだけここにいるんだ」

貫太郎が、その絵の端っこで畑に肥をまいている人をさして笑った。

「巳之助じいさんが描いてくれたんだ。ちゃんと顎がしゃくれてるだろ」

夜、まわりが暗くなってからここに灯《ひ》をともせば、絵は明るく浮き上がる。それを外からながめたら、大きな幻灯を見るようではないか。

みんな大喜びだ。おつぎもきれいきれいと手を打ち、小躍りするようにくるっと見回したところで、それが目に飛び込んできた。

手だ。

土間の上の煙抜き。塞いであった板きれを取り外したあと、一平が丁寧に網をかけ直しておいた。その網に、外から誰かが手をかけている。

――あんなところに登ってる。

とっさに、おつぎはそう思った。誰だろう。離れ家のこの美しい仕上がりを、こっそり盗み見ようとしているいたずら者は誰だ。

次の瞬間、網の向こうに、痩せ衰えた老人の顔がぬうっと現れた。目を見開き、口も半分ほど開いている。

それだけでも充分に面妖《めんよう》だったけれど、その現れようも異様だった。手は煙抜きの下から伸びているのに、顔は上からぶら下がってきたのだ。

おつぎは叫んだ。何と叫んだのか、今でも思い出せない。覚えているのは、自分の声がすぐにもっと大きな声でかき消され、背後から手でさっと目隠しされたことである。

大声を放ったのも、おつぎに目隠しをしたのも、巳之助じいさんだった。片手でおつぎの目を塞いだまま、すごい勢いで身をよじり、勢い余って横様にどうっと倒れた。

「巳之助さん、しっかりしなせえ」

余野村の貫太郎がすぐと助け起こしにかかる。巳之助じいさんはしっかりとおつぎを抱きかかえて転がったまま、息を荒らげてがなった。

「いかん、いかん、見ちゃいかん」

そして早口で、なまんだぶなまんだぶと唱えた。

おつぎは身もがいて、巳之助の腕のなかから転がり出た。床に手をついて身を起こすと、土間の煙抜きを振り仰ぐ。

もう誰もいない。何も見えない。

石杖先生を始め、まわりの男たちは立ちすくんでしまっている。おつぎはぐいっと一平の手をつかんだ。兄ちゃんはそれで我に返った。

「お、おつぎ、大丈夫か」

「兄ちゃん、ご隠居様だ！」

声を出したら、おつぎの息も荒くなっていた。

「ご隠居様が、あの煙抜きからのぞいてた！」

そばえ者《もん》のおたまは、嘘や出任せを言ったのではなかった。おつぎもこの目で見てしまった。

と、巳之助がまた大声をあげた。

「あれはご隠居様じゃねえ！」

「だって巳之助さん――」

「いかん、いかん！」

またおつぎを取り押さえようというのか、泳ぐようにつかみかかってくるのを、貫太郎が羽交い締めにして止めた。

「落ち着きなせえ。いったいぜんたいどうしたっていうんだよ」

おつぎは一平の背中に隠れ、兄ちゃんは身体でおつぎをかばってくれた。

「ご隠居様とは――」

石杖先生が土間の煙抜きを仰ぎ見て、それから一同の顔を見回す。

「名主殿の父上のことだよね？」

村の描き手の男たちがうなずく。

「へい、先代の名主様です」

「おつぎ、確かにその方の顔だったのかい？」

穏やかに問われて、おつぎもうなずいた。巳之助じいさんは萎《しお》れて温和《おとな》しくなり両手で顔を覆ってしまった。貫太郎が、心配そうにその背中に手をあてている。

「あのおたまという娘のときと同じだね」

「へえ。おたまちゃんは空騒ぎをしたんじゃなかったんです」

悔しいけれど、おつぎもそう言うしかなかった。

そうか、と言って、絵師はにっこりした。

「ここの絵の数々があまりにも美しいので、亡くなった隠居殿が見に来たのだろう。少しも恐ろしいことではないじゃないか」

いい供養になっているのだから、と言う。

「ならばいっそう励んで、立春の前の夜には、この世の極楽のような眺めを作り出そうではないか。なあ、巳之助」

巳之助の肩を叩いて、石杖先生は優しく言う。じいさんはうなだれて黙っている。描き手たちもまだ互いに顔を見合わせてはいたけれど、誰も抗弁はしなかった。

「さあ、今日はここまでにしよう」

先生の指図で絵を取り外し、みんなは片付けにかかった。まだ立ち上がろうとしない巳之助じいさんが心配で、おつぎはそっとそばに寄った。

「巳之助さん」

声をかけると、じいさんは目だけ動かしておつぎを見た。そして声を殺してこう言った。

「供養も何もあるか」

あんなもん、と吐き捨てる。

「おつぎ、おめえはちゃんと見なかったのか」

「おら、見たよ。ご隠居様のお顔だった」

ご隠居様は、病みついてしまう前は、よく村のなかを散歩していた。仕事を怠けている者がいれば叱り、子供が危なっかしいことをしていればまた叱る。みんな、その顔を知っている。

「顔が似てようが、あんなもんがご隠居様であるわけがあるか。狐か狸か、わしらをたばかろうってぇ、山の獣の仕業じゃあ」

おたまのときも、描き手の誰かが笑いながらそんなことを言っていた。

巳之助は、床に目を落としたまままぐったりとかぶりを振った。

「もういい。おめえはもう口をつぐんでいろ」

余野村の貫太郎が、気がかりそうにこちらを振り返っている。目が合うと、おつぎちゃん火の始末をたのまぁと、取りなすように声をかけてきた。

帰り道、兄妹二人きりで小作人長屋へ向かう途中になって、一平が口を開いた。

「おつぎ、よっく聞かせてくれろ。おめえ何を見たんだ？　巳之助さんは何て言ってた？」

おつぎはできるだけ細かく話した。一平は難しい顔をして聞いていた。

「あんなもん、か」

狐か狸か、と呟《つぶや》く。

「兄ちゃんもそう思う？」

一平はひとしきり自分の手と頭を動かしてみて、

「それよか、ヤモリみたいだな」と言った。

煙抜きのところの壁にはっつくようにして、手足を踏ん張る。なるほどヤモリみたいだし、それなら手と頭の向きが逆になる——かなあ。

「亡者《もうじゃ》って、あんなふうに出るもんなの」

「おらが知るもんか」

一平も、怒ったみたいにぶすっと言った。

その日はもやもやしたまんまになってしまったのだけれど、一夜明けて朝日を拝むと、おつぎの気分はずいぶんましになった。昨日の出来事は、あんまり突飛《とっぴ》だった分だけホントらしさが失《う》せて、怖い夢だったような気もしてきた。

が、いつものように大荷物を背負って離れ家に行ってみると、こちらは様子がおかしかった。雨戸は開けてあるが、作業は始まっていない。巳之助じいさんの姿が見えず、村長と惣太郎が来ている。村の描き手たちと貫太郎を集め、石杖先生を取り囲むように車座になっている。

どうしたのだろうと訝っていると、一平がこそこそと這《は》うようにして縁側に現れた。

「話がもっとややっこしくなるから、おめえは顔を見せるな」

東の森のなかまでおつぎを追っ払うようにして、そこでようやく言い出した。

「昨夜《ゆんべ》、巳之助さんは惣太郎さんのところに駆け込んで、二人で村長《むらおさ》に談判したらしい」

「談判って、どんな？」

「離れ家をこんなふうにするのは、やっぱり、とりやめにさせてくだせえって」

おつぎはびっくりした。

「そしたら、大行灯《あんどん》もないんだし、あかり様がお目覚めにならないよ」

明日はいよいよ立春の前日だというのに。

「今ごろになって、何でさ」

一平は口を尖《とが》らせ、一人前の男っぽく腕組みをしてみせた。

「巳之助じいさんは、やっぱり、昨日のことがそうとう堪《こた》えたみてぇだ」

――ありゃあ亡者だ。化《ば》け物《もん》だ。わしは見た。この目で見ちまった。

「あんなもんが出てくるのは、わしらが間違ったことをしてるからだって」

――離れ家を飾ったところで、行灯祭りの代わりにゃならねえ。あかり様じゃなくって、亡者を呼び起こしちまった。

「談判が済むと寝込んじまって、今朝は枕もあがらねえ有様《ありさま》だってさ」

それで惣太郎がますます息巻くので、村長も、ともかくも御神輿《みこし》をあげて離れ家の様子を見てみようということになったわけである。

「先生は何て言ってるのさ」

「どうもこうも、昨日といっしょだぁ。離れ家がきれいになったから、亡くなったご隠居が見に来たんだとしたら、それのどこがいけないんだって、けろっとしていなさるよ」

「みんなは?」

「みんなは、亡者なんか見てねえからな」

困ってるよ、と言う。

「なあ、おつぎ。おめえホントにご隠居様を見たのか」

おつぎは返答に詰まった。確かに見た。が、今では夢だったようにも思えるし、こうなってくると、見なかった、見間違いだったと言った方が、事が丸く収まりそうだ。

一平はため息をついた。「おめぇを問い詰めたって、しょうがねえか」

おつぎの兄ちゃんは優しい。

「む、村長《むらおさ》は、どうするおつもりなのかなあ」

「今日は作業をしないで、村の衆が揃《そろ》うのを待とうって」

そうか。江戸へ出稼ぎに行っている者たちも、今日のうちに村へ帰ってくるからだ。

「じゃ、また集まって話し合いをするのかな」

「それしかねえだろう」

「兄ちゃんはどっちにつこうと思ってるの」

「わからねえ」

とても正直だけど、ちょっと頼りない。

「ただ惣太郎さんは、もう気を変えねえと思う。そもそも、石杖先生のことは信用してなかったって、えらい剣幕《けんまく》だった」

「それ何さ。先生は悪い人じゃねえよ」

一平もゆっくりとうなずいた。

「おらもそう思う。けど、惣太郎さんの言うこともわかるんだ。絵師の先生は、おらたち百姓とは違うって。だから腹の底が読めねえって」

石杖先生の腹の底と、今度のことがどう関わるのか。ちんぷんかんぷんのまま、おつぎは村へ帰った。せっかくましになった気分がまた落ち込んで、ほぞを噬《か》んだ。

――これ、みんなおらのせいだ。

何を見たって驚かなければよかった。騒がなければよかった。そしたら巳之助さんも気づかなかったのに。おらが粗忽《そこつ》だったんだ。

「大変だったのねえ……」

おちかはしみじみとそう言った。何という厄介《やっかい》な話だろう。

「おつぎちゃんのせいじゃないわ。あなたは何にも悪くないし、粗忽者でもない」

それだけはきっぱり言い切れる。おちかも息巻いてしまった。

「よく考えてごらん。このごたごたの始まりは誰のせい？　一のお殿様のせいじゃないの」

大本《おおもと》は、一のお殿様が行灯祭りを禁じたことなのだ。それこそがすべての悶着《もんちゃく》の発端だ。

「わたしも得心がいったわ。名主様が一のお殿様に、二度とあってはならない戒めとしてこの件を言上したいと思うのも無理はない。当然だわ」

力むおちかに、おつぎは目をぱちくりした。

「けど、お嬢さん。今度はえらくすんなりと収まったんです」

おちかはかくん、となった。

「え？　二度目の喧々囂々《けんけんごうごう》はなかったの？」

出稼ぎの人びとが戻り、村の衆が揃《そろ》ったところで、またぞろ評定《ひょうじょう》をしたのではないのか。

「へえ。先《せん》のときみたく手間をしなくっても、話が決まっちまったから」

「いったいどうやって？」

小森村の村長は、村に戻ると、みんな離れ家を見に行くようにと促したのだという。

出稼ぎから帰ってきた者たちにも、土産話は後にして、離れ家を見て来いと急き立《せ》てた。

「小作人たちも遠慮せんでいいって。これは村にとって、いっちばん大事なことなんだから」

だから村の全員が上から下まで、動ける者は一人残らず、動けない者は背負ってもらって、離れ家見物に繰り出すことになった。

「名主様の女中のおまつさんも？」

「へえ。村長《むらおさ》の言いつけですから」

おつぎは笑った。「やっぱり怖がってしょうがないおたまちゃんも、おらが引っ張っていこうとすると腕が抜けるって騒ぐもんだから、兄ちゃんが付き添って」

一平にはしおらしく従ったというのだから、おたまも現金なものである。

「でね、お嬢さん。そうやって自分の目で見てみたら、誰も怖がったりなんかしませんでした」

それはそうだろう。四季折々の小森村の景色を描いた絵をはめ込まれて、離れ家はまるごと、夢のように美しい特大の大行灯に変わっていたのだから。

「石杖先生が、実はこの絵のなかには皆の姿も描いてあるんだよって、いちいち指さして教えてくださったら、そっちにも大喜びでした」

おお、これがおらか。うちはどこだ？　あ、ホントだここに描いてある。とっちゃんはホラここにいるよ——という具合で、当初から離れ家を飾ることに反対していた者たちまで、たちまち魅せられてしまったそうな。

「うちのおとっちゃんも、江戸にはずいぶんきれいな見世物があるけど、この眺めにはかなわねえって呻《うな》ってたくらいです」

「ははあ」と、おちかも感じ入った。「なるほど、村長も考えたわねえ」

こんな素晴らしいものが出来上がっているのなら、無駄にするのはもったいない、これなら充分に祭りの大行灯の代わりになると、村人たちの気持ちがそちらへ流れれば、押し切ってしまえる。

妙案だ。が、村長にしても、理屈でひねり出した策ではあるまい。自身が離れ家を見て驚き、気に入ったからこそ、この案を思いついたのだろう。

「その日の夕暮れどきにはもう、あれに灯《ひ》をともしたらどんな眺めになるんだろうって、その話で村じゅうが持ちきりになっちまいました」

いっときは惣太郎の説得に揺れた描き手の男たちも、感嘆の声を聞けば気分が悪いわけはない。離れ家は、自分たちが丹精した作品だ。たちまち立ち直って胸を張るようになった。

「惣太郎さんは焦ってたけど、誰も耳を貸さなくなっちまって」

「そりゃあ無理もないわよ」

亡者がどうのこうのという話は、もちろん不吉だし不気味だ。が、話ばっかりで、村の人びとの目に見えるわけではない。それに対して、離れ家を彩る見事な四季の絵は眼前にある。説得力が違うというものだ。

「名主様はどうだったの？」

「石杖先生がお誘いしても、一のお殿様の手前、自分は知らぬ存ぜぬでいないといかんって、お屋敷にこもっていらしたそうです」

ついでに、村人たちをあんまり騒がせるなと、村長は叱られたらしい。

「名主様が心配なさるほど、村の皆さんは賑やかに喜んでいたのね。石杖先生は、きっと得意満面でいらしたでしょうねえ」

おちかの言葉に、おつぎはふっと顔を曇らせた。「あら、ごめんね」

聞き手が先走ってはいけない。

「いいえ、すんません。えっと」

おつぎはいったん目を伏せ、次をどう語るか考えているようだ。おちかは座り直し、おとなしく続きを待った。

「明くる日――立春の前の日は、朝から離れ家は大わらわでした。村のみんなが見物に来たもんだから、あっちこっち汚れちまって」

やむを得なかったとはいえ、大勢がどたばた入り込んだから、いくら気をつけていても絵が汚れたり、端っこが剝がれてしまったところもあった。日暮れまでにすっかり直しておかねばならない。

「おらは兄ちゃんと、またお手伝いしました。掃除をして、行灯や燭台《しょくだい》、油樽《あぶらだる》と蠟燭《ろうそく》の箱を運び込んで、灯りをいっぱいともせるように支度して」

おつぎと一平も忙しかったのだ。

「そのうちに、村長《むらおさ》が大行灯の担ぎ手の人たちと一緒にいらして、いろいろと今夜の手配をしとられました」

行灯祭りの大行灯は、村のなかを練り歩く。が、離れ家はここから動かせないから、今夜はあかり様にお目覚めいただくための祭礼が済んだら、村の衆の方がまた見物に来られるよう、手はずを整えておかねばならない。みんな期待がいや増しているので、放っておいたら我も我もと詰めかけるだろう。夜の真っ暗な東の森を抜けるには、足元が危ないところもある。皆を順序よく来させるための采配を割り当て、先導役を決めた。

「村長も担ぎ手の男衆も、これは行灯祭りじゃねえし、こそこそひっそりやらねえとまずいってことなんか、まるっきり忘れちまったみたいでね。うきうきしてました」

そういう気分に浮かされて、おつぎも一昨日の出来事はほとんど忘れた。巳之助じいさんには悪いけれど、土間の煙抜きのところに現れたもののことは、心に蓋《ふた》をしてもう思い出さない。

「七ツ（午後四時）を過ぎたころには、おらと兄ちゃんの仕事は済んだから帰ろうとしたら、石杖先生がいらして、先生ももう帰るって」

絵の方は万全だから、先生の仕事も済んだ。

「祭礼については、もう私が口出しすることじゃないからね」

だが先生は、その手にあるものを束ねて持っていた。おつぎは声をあげた。

「あ、風車《かざぐるま》だ！」

小森神社の裏手にある供養塚に供える風車だ。

「おまつさんに、紙の切れ端を渡して作っておいてもらったのだ。色は私が顔料で付けたから、けっこう贅沢《ぜいたく》な出来になったろう」

ひい、ふう、十本ある。

「二人は、もうお供《そなえ》に行ったかい？」

「それが、まンだでぇ」

うちではおっかちゃんが作っていたが、おつぎも一平も、今年はそれどころじゃなくて、すっかり忘れていた。

先生は言った。「じゃあ私と一緒に行こう。というか、また案内を頼めると助かるよ」

一平はちょっとためらったようだが、おつぎは飛びついた。

「はい、ありがとうごぜえます！」

三人で、小森神社の参道を上がっていった。鳥居をくぐると、おつぎと一平は足を止めてぺこりとお辞儀をし、お社の脇を抜けて裏手へ回る。

「参拝しないのかい？」

「先生、今はまだ、あかり様はお寝《やす》みになっているから、お邪魔しちゃいけねえんですよ」

「おお、そうか」

村の衆の手で、冬のあいだに積もった枯れ枝や枯れ葉が取り払われ、固くなった土もやわらかく均《なら》されて、供養塚には大小様々、色とりどりの風車が、ぜんたいを覆うようにして供えられていた。

陽は少し傾き始めているが、天気もいいし、風もない。お社とその裏手にある供養塚を取り囲むあかりの森は、しいんと静かだ。

おつぎはいつも不思議に思う。山の鳥たちは、どうやって季節を知るのだろう。鳥には鳥の暦があるのかなあ。今はさえずりも聞こえないのに、行灯祭りが済んで立春が来ると、途端に賑《にぎ》やかになる。

先生の贅沢な風車をすっかり立てて、おつぎは一歩下がって出来映えを見回した。

「ここだけ、お花畑みたいですねえ」

一平も、手の土をはらいながらうなずいた。「うん」

石杖先生が言う。「おまつさんも、おしゃべりしてるばっかりじゃないんだよ」

何だか変に強張っていた一平の頰《ほほ》が、やっと緩んだ。「へえ」

「では拝んでいこう」

自分ちの兄ちゃん姉ちゃん、弟の分ばかりでなく、本当なら今一緒に村にいるはずの子供たちみんなのために、おつぎと一平は手を合わせて頭を垂れた。けっこう長いこと神妙に拝んでいたのに、顔を上げたら、傍らの先生はまだ合掌して目をつぶっている。

おつぎは石杖先生の横顔を仰いだ。絵師は目を開けると、手を下ろし、供養塚を彩るたくさんの風車を見つめて、おつぎが今まで聞いたことがないような弱々しい声で、そっと言った。

「実は私も、もう七年前になるけれど、子供を亡くしているんだ」

かすかな風が渡って、風車がこそりと鳴った。

「妻《さい》を迎えて――ああ、つまり所帯を持って、なかなか子を授からなくてね。夫婦で子授けの神様を拝み、こうするといいと教わったことは何でもやって、やっと恵まれた男の子だったのに」

おつぎは何も言えない。一平が小声で訊《き》いた。

「いくつで亡くなったんですか」

「六つだ。手習所《てならいどころ》に通い始めて、仲良しができてね。寄り道はいけないよと言い聞かせておいたのだが、夏場のことで、友達と川遊びに行って」

うっかり溺れてしまったのだ、という。

「三日も経《た》ってから、半町も下流で亡骸《なきがら》があがったんだよ」

おつぎは言葉が出てこないだけでなく、胸が塞がったみたいになってしまった。

「――お気の毒でごぜぇます」

一平も、喉が潰れたような声を出す。先生には聞こえなかったのか、目はぼうっと風車を見つめたまんまだ。

「妻は泣いて、泣いて、毎日泣いて」

声音は低く、一本調子だ。

「眠らず、飯も食べず、どんどん衰えていった。私は狼狽《うろた》えるばかりで何もしてやれなくて」

一平がうなだれた。風車がまたこそりと音をたて、いくつかの羽根が少しだけ回った。

「だから、妻のために絵を描いてやったのだ」

亡くなった男の子の絵を。

「あの子が笑ったり、遊んだり、妻に抱かれて眠っていたりする絵を、次から次へと描いていった。在りし日のあの子に生き写しの絵を」

先生、おらたちなんぞにこんなことをお話しになっていいのだろうか。おらたちが聞いてしまっていいのだろうか。おつぎの胸がぞわりと騒ぐ。

石杖先生は、ゆっくりとかぶりを振った。

「そんなものは、何の慰めにもならなかったよ。それが悲しいと、妻はもっと泣いて、骸骨さながらに痩せて、結局は子供の後を追うように死んでしまった」

どれほど上手に描こうと、紙っきれに命は宿らん。だって絵はただの紙切れだ。

堪《たま》らなくなって、おつぎは絵師の顔料で汚れた筒袖の袖に触れようとした。そんなお話はいけませんよ。が、おつぎの指が触れる前に、先生は身体を回してこちらに向き直った。

「一平、おまえは私の心底《しんてい》を怪しんでいるね」

先生は微笑《ほほえ》んでいた。

「おつぎがあんな怖い目に遭ったのだし、巳之助は寝込んでしまった。惣太郎が怒るのはもっともだし、賢いおまえが惣太郎の意見を容《い》れるのは当然のことだ。私は怒ってなどいないよ」

一平は顔を上げて先生の目を見たが、声もなくへどもどしている。

「ただ、私には私の考えがある。それをわかってもらいたいから、少し話を聞いてはくれないか」

頼まれなくたって聞きたい。おつぎの半分はそう思う。だが半分は、耳を塞いでここから逃げ出したいと思っている。どっちにもいかれなくて、結局はその場に釘《くぎ》付けだ。

「お聞かせ、くだせえ」

震える声で、一平が言った。ありがとうと、先生は微笑を広げた。

「妻を喪《うしな》うと、私は旅ばかりするようになった。この国を広くめぐって、知恵を、技《わ》術《ざ》を探し求めようと心を決めたからだ」

どうしたら、命を呼び戻すことができるのか。

「私は絵師だ。絵ならどれだけだって巧《うま》く描くことができる。だが、それだけでは空《むな》しかった。ならば何をどうすればいいのだろう。どうしたら、死者があの世から帰ってきて私の絵に宿り、活《い》き活《い》きと蘇《よみがえ》ってくれるのか」

「先生、そんなお話はいいよ！」

おつぎは遮《さえぎ》って、強い声を出した。

「死んだ人の魂なら、お盆やお彼岸に戻ってくるよ。だから、おらたち供養をするんだもん」

と、石杖先生はぬうっと首を伸ばしておつぎの方に迫ってきた。

「盆や彼岸には死者が帰ってくる？　ならばおつぎ、おまえは見たことがあるのかな。

盆の迎え火についてくる死者の姿を。彼岸の入りに、戸口をくぐってくる懐かしい亡き人の顔を、その目で見たことがあるのかい？」

「見、見たことはねえけど、おとっちゃんもおっかちゃんもそう言ってるから」

「そうだよ。そう言っているだけだ。皆でそう信じ込んでいるだけではないか」

それはごまかしだ。悲しいごまかしに過ぎぬ。石杖先生は言う。声音は柔らかい。表情は穏やかだ。だけど、おつぎは膝《ひざ》が震えてきた。

「私は北へ、南へ、西へ東へと旅をした。様々な土地を訪れ、その地の風習を知った。驚いたことに、多くのところで、死者を呼び返すより、死者が戻らぬよう祀《まつ》ることの方に熱心だった」

だって、みんな亡者《もうじゃ》は怖いもの。おつぎは心の内だけで叫んだ。今の先生の目つきも怖い。

——煙抜きから覗《のぞ》き込んできたご隠居様。

あの亡者の目とそっくりだ。

「生きている者たちは、死者にはもう、この世で彼らと交じって暮らすことはできないと決めつけているのだ。その寂しさと、いくばくかの後ろめたさをやわらげるために、盆や彼岸の仕来《しきた》りを設けて済ませている」

ならば、その逆をしてみたらどうなるか。

「私はそう思いついた。私の画力で、亡き者と生きている者たちを、絵のなかに共に描いてみたならばどうなるか、と」

死者の姿など、何枚描いても空しいだけだ。

「肝心なのは、死者がいたときのこの世を再現し、死者を生きている者たちと共に置くことなのだ」

そうすれば、亡き人はこの世に蘇り、そこに宿ることができるかもしれない。

「実はね、この村を訪れる以前、いったん江戸に立ち戻った際、ある商家と話がついて、私のその考えを試すことがかなったんだ」

先生の声音に、内緒話の親しみがこもった。

「私は絵を描いた。精魂込めて描いたよ」

その商家の、疫病《はやりやまい》で夭折《ようせつ》した娘を呼び戻すため、娘の寝起きしていた一室に、在りし日のその姿と、娘がかつて親しんでいた人びと、好きだった品々、愛《め》でていた景色、生きていたころの娘を囲んでいたすべてを、できるだけ詳しく描いた。

「だが、一室で描ける絵には限りがある。私が手を尽くして絵を仕上げたら、真夜中に何度か娘のか細い声が聞こえてきたのだけれど、姿は戻ってこなかった」

石杖先生は、ゆっくりと拳を握りしめた。

「もっと広い場所が要るのだ。家屋敷をくまなく使い、娘がいたこの世を再現する。

呼び戻すにはそれしかないという確信を抱いて、私は懸命に説いた。だが、娘の母親である女将は承知したのに、主人はどうしても首を縦に振らなかった」

そんなの当たり前だ。おつぎは震えながら思う。死んだ娘さんのか細い声が聞こえてきたって？

まっとうじゃない。

この先生には、それがわからないんだ。

今になってそれと知れても、おつぎはただ震えることしかできない。そして、おつぎのこんなに悲しくて、怖くてどうしようもない想いも、先生には通じない。

「しまいには揉《も》め事になってね。私はえらい目に遭った。その商家の男衆に叩《たた》き出されて」

先生は、あの欠けた歯を示して苦笑する。

「ここの歯を折られてしまった」

思い切ったようにぐいと前に出て、一平が先生に詰め寄った。

「先生、そしたら今度の離れ家のことは、最初《はな》からすっかり、先生の企《たくら》みだったんですか」

石杖先生はきょとんとした。それからにこにこっと笑った。

「人聞きがよくないなあ。私は何も企んでなどいないよ」

「そんなわけがあるかい！」

そういきり立つなと、先生は宥《なだ》める。

「私がこの村を訪れたのは、知り合いの絵師が名主殿と懇意だったものだから、その縁で招いてもらったというだけのことだ。屋敷に逗留《とうりゅう》を始めたころには、ご隠居のことも離れ家のことも知らなかった。この豊かで明るい村では、次の試みをする機会はないだろうなあと思っていたくらいで」

笑顔のままそう言ったけれど、おつぎと一平の表情に、さすがにバツが悪くなったのか、先生は鼻の頭を掻《か》いた。

「そりゃ、まあ……おまつさんから、亡くなったご隠居と離れ家の曰《いわ》くを聞いてからは、これはいい機会かもしれんと思ったけれど」

上手《うま》く名主を説き伏せることができれば、離れ家を使える。

「だが、話の持っていきようを間違うと、あの商家の二の舞になりかねん。名主殿は親不孝を悔いてはおられるが、離れ家には蓋《ふた》をしてしまいたがっていたからね」

軽率に動くわけにはいかなかった。

「いずれにしろ、離れ家を使い、亡きご隠居を囲むこの村のすべてを描くとなるならば、まず村と村人たちのことをよく知っておかねばならん」

おつぎは思わず「あ！」と声をあげた。

「だから先生、いつもあっちへふらふらこっちへふらふらして絵を描いてなさったんだね」

「ああ、そうだよ」

この村の〈この世〉を描くために。景色を、人を、試しに描いて、備えていたのだ。

「だが信じておくれ。私はそうやって好機を待ってはいたけれど、それ以上のことを企んではいない。無論、名主殿も何もご存じない」

「だから先生は、あたしに、離れ家へ案内させたんだ」

「ああ、そのとおりだ。おまえのおかげで、思っていたより早くあそこの様子がわかったから、あとあとの巡り合わせにも、うまく乗っかることができたわけだが」

――祭りが禁じられたのなら、大行灯《あんどん》の代わりになるものを工夫したらどうかな？

それにしてもと、先生は眉をひそめる。

「名主殿のご隠居は、おまつさんが噂していたとおり、かなりの恨みを抱いて死んだのだね」

「ど、どうしてわかるんですか」

「おつぎたちを驚かせた、妙な幻が現れたからさ。あれは亡き人の本物の魂などではない。死人《しびと》の念の、穢《けが》れた切れっ端に過ぎぬ」

いわば〈まがい物〉だ、と言う。

「巷《ちまた》に溢《あふ》れる亡者《もうじゃ》や幽霊の目撃譚《たん》は、おしなべてその類いなのだ。死人の念が、ボロ布の端がどこかに引っかかるようにして、縁の深い場所に引っかかっている。それが生者の目に、奇っ怪な幻になって見えてしまうだけのこと」


そんなものに価値はない。くだらん、まったくくだらんと、先生は言った。

「本物は、もっと完璧な姿形で戻ってくる。道が開けば、この世とあの世が通じるのだから」

途方もないことを言っているのに、先生は穏やかに落ち着き払っている。

「だから一平、おまえもまた会うことができるよ」

先生は一平に笑いかけた。兄ちゃんはぎょっとしたように後ずさりした。

「お、おらはご隠居の亡者なんて」

「違う、違う。隠居殿じゃあない」

おなつだよ。

「離れ家の絵のなかに、名主殿のご隠居だけでなく、この私の筆で、おなつの姿も描いておいたのだ。気づかなかったかい？」

一平は、啞然として口をぽっかり開けた。

石杖先生はすっくと背を伸ばし、離れ家の方向に目を遣った。

「今夜、離れ家に灯《ひ》がともり、建物全体が大行灯よりも明るく美しく輝いたら、それが標《しるべ》になる」

あの世から、この世に戻るための道しるべ。

「この村に縁のある死者たちが、ここで親しく生きていた者たちが、みんな離れ家に戻ってくる」

先生は目を細め、何度も何度もうなずいた。

「もう間もなくだ。標が出来て、道が開ける。そして離れ家は、蘇った死者たちの安らぐ場所になる。それは、ちょうど旅籠《はたご》のようなものだなあ」

先生はくつくつ笑った。

「離れ家は、戻ってきた懐かしい亡き人びとにとって、墓場よりもあの世よりも、どこよりも居心地のいい旅籠になるのだよ。この世の者たちは、心を尽くして歓待しなくては」

死人の旅籠——

あんまりへんてこで、おつぎは笑いそうになった。が、口から漏れ出たのはひゅうひゅう喘《あえ》ぐような呼気ばかり。

先生、おかしいよ。先生、正気なの？

こそり。

軽い音がして、塚を彩る手前の風車《かざぐるま》の羽根が動いた。その後ろのふたつも、一拍遅れて動き出した。あちこちで、こそり、こそり、こそり。

「おや、風が出てきたのかな」

先生は目が覚めたようになり、まわりを見回した。あかりの森の木立は静まりかえっている。木の葉一枚、動いてはいない。

こそり、こそり、こそり。次から次へと風車の羽根が動き始めた。ひとつは右回りに、隣のひとつは左回りに。その後ろのはまた右回りだ。

こんなの、風のせいじゃない。

おつぎはよろけるように後ずさった。風車の群れが一斉に回り出した。てんでんばらばら、右回りあり左回りあり、ぶんぶん唸《うな》りながら、みるみるうちに勢いを増してゆく。

からからからからからからからから。

兄妹の頬《ほほ》に、風車の群れが起こす風が吹きつけてきた。土臭く、湿っぽく、それとこの匂い。

——お線香の匂いだ。

思いあたった瞬間、一平ががくがくと割れたような声を絞り出した。

「お、おつぎ、逃げろ」

石杖先生は、両腕を広げて風車の風を受け、感嘆している。

「おお、凄《すご》いな。これは兆しだよ」

道が開くのだ。

一平はおつぎの腕をつかんだ。

「逃げるんだ、おつぎ！」

兄妹は弾かれたように駆け出した。

からからからからからからからから。

おつぎは一度だけ振り返った。揺れる視界に、供養塚を背にして佇《たたず》む石杖先生の姿が映った。

風車の群れが回り、絵師の野袴《のばかま》の裾を乱す。ほつれた鬢《びん》がなびく。先生は、欠けた歯を見せて微笑んでいる。

なぜかわからないけれど、おつぎは泣けてきた。それからはもう、後も見ずに村まで走った。

石杖先生は、まっとうではない。亡くした奥様とお子様を思うあまりに、正気の縁から外へ踏み出してしまっている。

いよいよ離れ家に盛大な灯《ひ》をともし、あかり様にお目覚めいただいて豊作を祈願しようというその夜を目前に、どうしてそんなことが言い出せよう。言ったところで、誰が信じてくれようか。

祭礼の支度は着々と調《ととの》ってゆく。おつぎも一平も、口をつぐみ身を縮めているしかなかった。おっかちゃんは炊き出しの手伝いに行き、妹たちも、何となく浮き立つ村の雰囲気に浮かれているのか、ずっと外にいてはしゃいでいるのに。

江戸での仕事がきついのだろう、毎年出稼ぎから帰ってくると、おとっちゃんは疲れた様子で、頰《ほほ》が少しこけている。でも村に戻り、新しい年の農事を始められることが嬉《うれ》しいから機嫌はいい。今年はそれに輪をかけて上機嫌なのは、離れ家見物に出かけてその美しさに魅せられている上に、おつぎと一平がお手伝いをしてうんとよく励んだと、村長からも、描き手の男たちからも褒めてもらったからだ。

何かというとその話をしたがり、よく働いた、おめえらはおらの自慢だと言うおとっちゃんに、おつぎは何度か胸の内を打ち明けそうになった。だがそのたびに、供養塚から泣きながら駆け戻ってきたときのあの気持ち――おつぎの持ち合わせている言葉では表しようのない想いがこみ上げてきて、恐ろしさに膝《ひざ》がまた震え出し、何も言えなくなってしまうのだった。

「おつぎは腹でも痛ぇのか。さえない顔をしとるなあ」

かえって、おとっちゃんにそんなことを言われてしまった。

今夜、離れ家で行う祭礼には、行灯祭りのときと同じく、名主様と村長と大行灯の担ぎ手たちだけが立ち合う。余野村からも村長が来たし、小森神社に参拝するだけで祭りの真似《まね》事はしないと突っぱねたはずの長木村の村長と担ぎ手たちも、おつぎたちの村長から説かれたのか離れ家を見物に来て、魂消《たまげ》て感じ入って見惚《みほ》れてしまい、結局は儀式に連なることになった。

みんな、燈火《ともしび》に輝く今夜の離れ家を見たがっている。それは、あのおたまでさえそうだった。

「一平、おつぎ、いるかい？　丈吉さんが、小作人頭どうしのじゃんけんに負けちまってさぁ。おらたち長屋の者は、離れ家に行かれるのはうんとあとの方、真夜中なんだってさ」

不服そうなことを言って、おたまが顔を見せたのは、五ツ（午後八時）を過ぎたころだった。

離れ家では祭礼が行われている。夜気は澄み渡っており、静かな夜だ。村の小作人長屋にいても、遠くかすかな太鼓の音を聞き取ることができた。

儀式が終われば、次は村人たちが順々に、燈火に輝く離れ家を拝む番だ。最初の一団は、もう近くまで行っているだろう。

おとっちゃんも妹たちを連れて出ている。長屋の連中も、今夜は大行灯の練り歩きがあるわけでもないのに、浮かれ気分であっちこっちに集っている。だが一平は囲炉裏端で黙々と草鞋《わらじ》を編み、おつぎは繕いものをしていた。

「名主様のお屋敷じゃ、村のみんなに紅白のまんじゅうをふるまってくださるんだって。おつぎ、いっしょに行かねえか？　おまつさんの手伝いをすれば、早くまんじゅうを食べられるよ」

一平もおいでよぉと、おたまはねっとり寄ってきたが、一平は手を止めないし顔も上げない。

「どうかしたんか？」

訝《いぶか》るおたまは、そんなときでも一平の前では、一人前に科《しな》をつくったような仕草《しぐさ》をする。

と、一平が急に立ち上がった。

「おら、甚兵衛さんのとこへ行く」

「兄ちゃん――」

一平は逃げるように出て行ってしまった。

「変なの。おつぎ、兄ちゃんと喧嘩《けんか》したんか？」

ほっぺたをふくらまし、目を尖《とが》らせるおたまに、おつぎはつい問いかけた。

「おたまちゃん、もう怖くねえのかい」

「へ？」

「離れ家が怖くねえの？　ご隠居様の亡者《もうじゃ》を見たのに」

「何だよう」おたまは素直に鼻白んだ。「おらはもう平気だ」

姉さんぶって、取り澄ましてみせる。

「昨日、おっかちゃんたちと見物に行ってきたもん。見違えるくらいきれいになってたよねえ」

へえ、そうかいと、おつぎはむすっと言った。

「もう今ごろは、あれにすっかり灯《ひ》がともってるんだよねえ。豪勢な眺めだろうねえ。順番を待ってるなんて、面倒くさいよ。おらたち二人で、先にこっそり見に行こうか」

「行かねえ方がいいよ」

行っちゃいけねえ。おつぎの声音と顔つきに、さすがのおたまもちょっとひるんだ。

「な、何だってんのさ」

そのけんけんした顔を見たら、おつぎは何かこう、堪《こら》えていたものがぱちんと切れたような感じがして、繕いものを放り出した。

「知らねえ。おら、バカになっちまったんだ」

一平と同じように外に出ると、小作人長屋を離れ、やみくもにぐいぐい歩き出した。

村じゅうの家々に明かりがともっている。あぜ道を、東の森の方へ向かってゆく提灯《ちょうちん》も見えた。冷え切った夜気のなかを、遠い太鼓のてん、てんという音が、いっそうくっきりと響いてくる。

今は誰にも会いたくない。人の集まっている明るいところで、みんなの笑顔など見たくない。

村を取り囲む夜と森の闇は深く、今夜は空に月も星も見えない。雲に覆われているのだ。昼間は晴れていたのに、どうして急に、こんなに曇ってしまったのだろう。

どこに行こう。朝まで安心して隠れていられるのはどこだろう。兄ちゃんと一緒に甚兵衛さんのところへ寄せてもらおうか――

気がついたら、村の南側の辻まで来ていた。迷いながら寒さに震え、うなだれて佇《たたず》んでいると、不意にそっと肩を叩《たた》かれた。

「おつぎ、こんなところで何してる?」

惣太郎だった。白い提灯を手に、小森村の半纏《はんてん》を着ている。

「惣太郎さん――」

「おめえは見物に行かねえのか」

そうだ、この人がいた。

「惣太郎さんは行かねえんですか。巳之助さんの具合はどうですか」

惣太郎はちょっと提灯を持ち上げ、おつぎの顔を照らした。

「おめえ、血の気がねえぞ」

言って、巳之助じいさんみてぇだ、と続けた。

「え！」

「じいさん、あれからずっと寝たり起きたりだったんだが、宵の口からまた悪くなってな。真っ白な顔をしてぐったり横になってる」

惣太郎は辛そうに顔を歪《ゆが》めた。

「じいさんのかみさんは心配で泣いてるし、放っちゃおけねえからな。おらがずっと付き添ってたんだが、ふいっとおめえのことを思い出してさ。おつぎはどうしてるかなって」

惣太郎さんは、おらを案じてくれてる。おつぎは一気に心がほぐれて、またぞろ泣けそうになりながら、供養塚で起こった出来事や石杖先生が語っていたことを、そっくりぶちまけてしまった。

惣太郎は、話を遮《さえぎ》らずに聞いてくれた。半纏を脱ぎ、ぶるぶる震えるおつぎに着せかけて、自分は固く腕組みをしていた。

「おらも、あの先生はどっかちょっとおかしいところがあると思ってた」

おつぎがようようしゃべり終えて息を継ぐと、惣太郎は声音を抑えて言い出した。

「どこがどうだとは言えねえ。おめえが聞いたような話は初耳で、思いもよらなかったよ。けど、石杖先生の目つきが、おらは気にくわなかった」

あんまり熱心に絵を描きたがることも。

「だがなあ、おつぎ」

惣太郎はおつぎの肩に手を置いて、慰めるようにそっと叩いた。

「この村の様子をつぶさに描いて、そのなかに生きてる者と死んでる者をいっしょくたに描き込んだら、それだけで死人《しびと》を呼び戻せるなんてのは、出鱈目《でたらめ》だぁ。そんなことがあってたまるか」

てん、てん。太鼓の音がする。

「この世とあの世が、そうあっさりと繋《つな》がっちゃ困らぁ。道が開けるって、いったいぜんたいどこに開けるんだよ。どんな道だ？　中原街道みたいな立派な道で、殿様の御駕籠《かご》も通れるのかい」

惣太郎は鼻先で笑い、首を振った。

「そんな与太話は、あの気の毒な先生の頭のなかだけのことだよ。何も起こりゃしねえ」

「そう、かなあ」

「ああ。怖いなら、無理に離れ家を見物することはねえ。夜具をかぶって寝ちまいな。朝になれば、立春だ」

「巳之助さんも大丈夫かなあ」

「きっと元気になるさ」

惣太郎の言葉には何の裏付けもないのだけれど、おつぎを慰めようとする気持ちは伝わってきた。

「こんな騒ぎが終わっちまえば、何もかも元通りになるよ、おつぎ」

遠くかすかな太鼓が、ひときわ高くてん！　と鳴って、それきり止んだ。

夜の静寂が戻ってきた。

惣太郎が、離れ家のある方向へ目を投げて、低く言った。「終わったな」

そのときだ。おつぎは両方の足の裏で感じた。ぶるん、という震動を。最初は、また自分の膝が震えているのかと思った。だが違う。地べたが震えているのだ。

惣太郎もきゅっと身構えた。「地震《じぶる》いか？」

うぉぉぉぉぉ〜ん。

聞こえてくる。伝わってくる。東の森の離れ家がある方から、何かが押し寄せてくる。その気配。それが地べたを震わせている。

うぉぉぉぉぉぉ〜ん。

生臭い。冷ややかで土臭い。そして線香の匂い。供養塚で風車《かざぐるま》が回り始めたときと同じだ。が、今度はもっと——もっと流れが強い。

せき止められていたものが流れ出した。

通じていなかったところが通じた。

そこからやってくる、圧倒的な暗い気配。

そう、〈道〉を通って。

おつぎも惣太郎も、その場に釘付けになったまま、互いがその流れにまかれ、髷《まげ》が乱れ、袖が舞い上がるのを見た。

東側から、闇に舐《な》められるように、次々と明かりが消え始めた。離れ家へと向かうあぜ道の提灯が消える。それから村の家々の灯《ひ》が消える。人びとの驚きの声があがり、それもすぐ絶える。がちゃん、どたんと音がたつ。

小森村は闇に呑《の》まれてゆく。

「惣太郎さん！」

叫んですがりついた惣太郎の腕から力が抜けてゆく。おつぎもまた、ちゃんと目を開いているのに、その目の前が真っ暗になって、天地もわからなくなって、

——おら、倒れちまう。

暗い流れのなかに呑み込まれてしまった。


「そンで、気がついたら朝になってたんです」

今、おちかの目の前に座っているおつぎは顔色がよく、声もしっかりしている。が、おちかは一瞬、それが信じられないような気がした。

「おつぎちゃん、無事だったのよね？」

「へえ」

「そうよね。そうに決まってるけど——ああ、よかった」

おちかが深く息を吐くと、あいすみませんと、おつぎは首を縮めた。

「おら、目ぇ覚めたときには何が何だか、自分がどこにいっかもわかんなくなってて」

「どこにいたの？」

「村の南の辻です。惣太郎さんはまだそばに倒れてたもんだから、おらが揺すって起こしました」

村じゅう、そんな具合だったのだという。

「家のなかでも外でも、あぜ道でも、村の衆がばたばた倒れてました」

「やっぱり、何かにこう呑まれたみたいになって、気を失ってしまったのね」

「へえ。前の夜、明かりが消えたとき、あっちこっちでばたばたどたんと音がしたのは、人が倒れたり、その拍子に持ってたものを落としたりしたからだったんです」

「それくらい、出し抜けの出来事だったのね」

よく火事にならなかったものだ。おちかはもう一度大きく胸を撫《な》で下ろした。

「倒れて怪我《けが》した者《もん》もいましたから、急いで手当てしたり、壊れたものを片付けたり、そのうちに、村長《むらおさ》はどうした、離れ家へ行った者たちはどうしたってことになってきて」

朝日がすっかり昇りきり、村のなかは何とか落ち着きを取り戻しても、離れ家からは誰も帰ってこなかったからだ。

「それで、男衆が様子を見に行くことになったんです。おとっちゃんも兄ちゃんも惣太郎さんも行くっていうから、おらもくっついて行きました」

東の森を抜けるのが、こんなに遠くてもどかしいことはなかった。焦るあまりに滑って転んだりしながら、おつぎは村の男衆を追いかけて走った。

「そンで、やっと——離れ家に着いたら」

おつぎは、ぶるりと身震いをした。

「ご隠居様がいたんです」

奥の板の間に、名主のご隠居様が座っていた。両手を膝《ひざ》に、背中を丸め、首を前に落として。

石杖先生の語っていたとおりだった。亡者は、生きていたときの姿そのままだった。逆さまにぶら下がり、煙抜きからこっちを覗《のぞ》き込むような異様な態《てい》ではなかった。ただ、その姿はくっきり見えているようでいて、少しばかり向こう側が透けている。そっち側に貼り出されている絵の線と色が、うっすらと見えるのだ。

前夜、離れ家にいた村長たちは、建物の前庭や縁側のそばでへたり込んでいた。揃《そろ》って血の気を失い、魂も抜かれた腑《ふ》抜けのようになっていて、駆けつけた男たちが大声で呼びかけ、胸ぐらをとって揺さぶって、やっとこさ正気づいたような有様《ありさま》だった。

おまけに、ぎゅうぎゅう聞き出してみても、事情がわからないのはいっしょだった。この場にいた村長たちも、何が起きたのか知らないのだ。昨夜、村の人びとと同じように地べたが震えるのを感じ、暗い流れに呑《の》み込まれてしまった。ただそれだけだというのである。

油も蠟燭《ろうそく》も燃え尽きて、離れ家の明かりは消えていた。雲が晴れ、お天道様がかがやいて、陽がいっぱいさしている。

しかし、奥には亡者がしいんと座っている。そして、そのそばには石杖先生がいた。すぐ傍らに座して、仏様を拝むように、美しい景色に見惚《みほ》れるように、ご馳走《ちそう》の山を目の前にしているかのように、顔じゅうだらんと緩ませて、ご隠居様の姿を眺めているのだった。

兄ちゃん――小さく呼びかけて、おつぎは一平の手につかまった。一平は無言でその手を退けると、一歩前に出た。さらにもう一歩。

「先生」と呼びかけた。

見守る男衆の前で、絵師は一平を見た。まばたきをしてにっこり笑い、こう言った。

「おお、一平か。ご覧、私は正しかったろう。亡き人が戻ってきて、ここに宿っている」

そのとき、おつぎは気がついた。離れ家の西側の障子が、一枚だけ開いていることに。

そちらを指して、絵師はさらに言うのだった。

「こうして、立派に道も通じた」

とにもかくにも、絵師は離れ家から外へ出された。先生は上機嫌で、何だか浮かれたようになっており、まともなやりとりもできない。男たちはさらにぶるってしまった。

ご隠居様の亡者は、おっかなびっくり及び腰で踏み込んだ男衆が、先生の手を取り、半ば抱えるようにして連れ出しても、まったく動かず、近づいた者に何か働きかける様子もなかった。それがいいのか悪いのか、にわかに判断は難しかったけれど、先生を名主様の屋敷に連れてゆくと、もうひとつとんでもないことがわかった。

「昨夜、村の家々の明かりが消えたと思ったら、ここも残らず行灯や蠟燭が消えて、あたしら、気絶しちまったんだよ」

おまつが真っ青になって語る様子は、おつぎたちが経験したことと同じだ。朝日を浴びて正気づいたことも。だが、名主様だけは、それから目を覚ましていなかった。ずっと気絶したままだというのである。

「息はしていなさるよ。だけど呼んでも、叩《たた》いても、お顔に水をかけても起きないんだ。身体は冷たくなってて、まるで――」

死人《しびと》のようだと言いかけて、おまつは泣き出してしまった。

昨夜は結局、小森、長木、余野の村長が集っていたから、これからいったいどうしたものか、相談が始まった。その場には一平も呼ばれた。というか、惣太郎に引っぱって行かれたのだ。もちろん、石杖先生が一平に話しかけた言葉の意味を問い質《ただ》すためだ。

おつぎは兄ちゃんが心配だったけれど、二人で捕まって責め立てられたところで、しゃべれる話は一緒だ。それより先生に会おうと思った。

お屋敷に行って六助に聞くと、先生は屋敷の一室で絵を描いているという。

「何か知らんけども、莫迦《ばか》に陽気に楽しそうにしとるで、気味が悪いよう」

気絶して倒れたときにこしらえた大きなたんこぶを擦りながら、六助は涙目になって言った。

「そんなら、おらが先生のお世話をしようか。先生には、おら、馴染《なじ》んでるから」

こうしてこっそり入れてもらうと、先生は熱心に下絵を描いていた。

「先生、つぎでごぜぇます。ご精が出ますが、何かお入り用なものはありませんかぁ」

「やあ、おつぎ。いいところに来た。これを見ておくれ」

先生が描いているのは、旅籠の掛け看板と箱看板だ。〈小森村　戻りの旅籠〉とある。

「この名称でどうだろうね」

わかりやすいのがいいと思うのだ、と言う。

「そ、そうですね」

「じゃあ、急いで仕上げてしまおう」

「おらにお手伝いできることはありますか」

「そうだねえ。看板を描いたら、私はすぐ江戸へ発《た》つから、その支度をしておいてくれないか」

「え？　先生、帰っちまうの」

おつぎの声が震えていたからだろう。石杖先生はちょっと目をぱちぱちさせて、優しく笑った。

「離れ家での試みがあんなに上手《うま》くいったからね。今度は、いよいよ私の家で試してみるのさ」

にこにこ顔を目の当たりにしたら、それまでちっとばかり残っていた怖さが消えて、おつぎは悲しくてたまらなくなった。

――先生は、本気で奥様とお子様をあの世から呼び戻したいんだ。

「けど先生、江戸の先生のおうちは、離れ家みたいに充分に広いんですか。そのおうちを、そっくり使うことができるんですか」

「それはなあ、確かに難しいんだよ」

先生は、まるっきりまっとうな相談事をしているように大真面目だ。

「ほら、先《せん》に話した商家の娘の場合もそうだったが、なかなかわかってもらえないからね」

おつぎは思い浮かべてみた。石杖先生がおうちに帰る——そこが小さな家なのか、ここより立派なお屋敷なのか知らないけれど、その全部を使って先生が絵を描き、飾り始めたら、まわりの人たちは仰天することだろう。先生の言い分を聞いたら、さらに怪しむことだろう。さりとて、この離れ家をこんなふうにした経緯《ゆくたて》のような都合のいい言い訳が、そうそう転がっているわけもない。

「ンなら先生、急いで帰らねえで、離れ家のことも、もうちっと様子をみてたらどうですかぁ」

「なぜだね？」

「ご隠居様は、来たばっかりですもん」

〈戻りの旅籠〉がお気に召して、長逗留《とうりゅう》するかどうかわからない。またすぐあの世に帰ってしまうかもしれないし、ここに居続けるためにはもっとああしてほしい、こうしてほしいと言い出すかもしれない。

おつぎの、頭に浮かぶそばから口にする出任せだった。でも一生懸命だった。先生を想う気持ちも本物だった。

「なるほど、うむ、一理あるな」

おつぎは賢いなあと、先生は感心してくれた。

「ならば、何日か待ってみようか」

「へえ、そうしてくだせ。したら先生、慌てることもねえよ。何か召し上がりもんをお持ちしましょう。そんで、ちっと休んでくだせ。顔料も足りなくなるでしょうから、おらが都合します」

先生とやりとりして座敷を出ると、おつぎは袖で顔を覆い、思わず、声を殺してうっと泣いた。でもすぐに気を取り直し、手で顔をごしごしこすると、台所へ行った。

その日の小森村は、ただもうわたわたしているうちに陽が暮れてしまった。一平から話を聞き出した村長たちは、石杖先生との直談判に及んだが、先生はあの調子だから、何の益もない。離れ家には見張り番が立ち、篝火《かがりび》まで焚《た》かれた。名主様は目覚めない。おつぎはおまつのことも上手に丸め込んでお屋敷に居着き、できるだけ先生のそばから離れないように努めていた。

夜になると、そこに一平も加わった。

「村長《むらおさ》たちは、当分ここに寝泊まりするんだと」

相談のために、村の主立った男衆も慌ただしく出入りしている。そのなかでも惣太郎はひときわ険しい顔をしていた。

「おらも長屋に帰っちゃならんっていうから、そんなら先生と一緒に押し込められてますって言ってきたんだ」

おめえもいたのか――と、一平はちょっとだけほっとしたような顔をした。

兄妹は、こうして先生の見張りを務めるような格好になった。夜半には、先生はまだ絵を描いていたけれど、二人とも疲れ切って、廊下で丸くなって眠ってしまった。

一夜明け、翌朝のことである。おしゃべり女中のおまつが騒々しく寄ってきた。

「ねえねえ、大変よ。おたまちゃんが昨夜《ゆうべ》から眠ったきりで、どうやっても起きないんだって」

息はしているが、身体が冷たくなって、半分死んでいるような感じだという。

「おお怖い、名主様といっしょじゃないか。これって疫病《はやりやまい》なのかね？　どうしよう。いったいぜんたい、この村に何が起きてるんだろう」

勝手に騒いでおまつが去ってしまうと、唐紙の向こうから石杖先生の眠そうな声がした。

「名主殿がどうかしたって？」

先生は昨日から着た切り雀《すずめ》で、描き散らした下絵のなかでごろ寝していたらしい。

「誰か冷たくなっているとかって、死人が出たのかい。だったら、私がすぐ離れ家の絵に描き込んであげるよ」

事情がわかっていない。まあそれも無理はないから、おつぎは説明した。

「……名主殿が、そんなことになっていたか」

にわかにしゃんとして、先生は座り直した。

「思いも寄らぬことだった。いや実際、こんなに上手くいったのは初めてだから」

筆を置き、懐手をしてぶつぶつ呟《つぶや》く。

「参ったなあ。改良する手立てがあるかしらん」

「先生ってば、何を言ってるんですか」

ようやく兄妹の困惑顔に気づいて、先生は言った。「だからさ、私が調《ととの》えたこの仕組みで道を開き、死者を一人呼び戻したら、村の生者が一人、生気を失ってしまうんだよ。どうも、そうとしか考えようがない事態ではないか」

おつぎと一平は顔を見合わせた。

「それがこの仕組みの限界なのか。囲い込める生気に限りがあるということか。だったら、他所《よそ》から強い生気を引き込めればいいのかなあ」

また一人でぶつぶつ呟き始める。

「先生、じゃ、おたまが生気を失くしちまったかわりに、誰かもう一人、離れ家に戻ってきてるんですか」

「は？　うむ、ああ」

一平の問いに、はっとしたようになって、先生はうなずいた。

「おまえとの約束を果たせたのだと思うよ」

先生が離れ家の小森村に描いてくれた死者。

次の瞬間には、一平は駆け出していた。

離れ家の土間の隅に、見慣れた野良着姿で、おなつはぼうっと立っていた。目はどこも見ていない。顔つきはのっぺりとしている。そして、おなつの姿もやっぱりちょっと透けていて、名主のご隠居様と同じように、向こう側がうっすら見えていた。土間の薄汚れた壁が見えていた。

名主様のお屋敷から離れ家まで、一平は山犬よりも速く突っ走った。だから誰よりも早く離れ家にたどり着いた。今はただ、魅せられたようにおなつを見つめている。

前後を忘れて一平を追いかけながら、「兄ちゃん、兄ちゃん、行っちゃ駄目だ！」と叫ぶおつぎの声を聞きつけ、村長や、惣太郎たち男衆も追っかけて駆けつけてきた。おつぎはおとっちゃんと一緒にいた。小作人長屋を飛び出してきたとき、おとっちゃんは、驚いたことに裸足《はだし》だった。最初はおつぎを追い返そうとしたけれど、おつぎが泣いて暴れてきかなかったから、引っ抱えて走ってくれたのだ。

「い、一平」

おとっちゃんが呼びかける。汗びっしょりになっているのは、走ったせいばかりではない。

「おめえ、しっかりしろ。おなつは死んだんだ。あれはおなつの亡者《もうじゃ》だぞう」

その悲痛な声音に、おつぎは悟った。おなつを喪《うしな》って萎《しお》れている兄ちゃんを、何かというと怒鳴りつけていたおとっちゃんも、けっして案じていないわけではなかったのだ。

しかし、一平はおとっちゃんの方を見ようともしない。村長が、おつぎたち村の女子供がいっぺんも見たことがないほど怖い顔をして、

「一平、そこを動くな」

太い声で呼びかけても、振り返りもしない。

「ご隠居は、昨日と同じところにいる」

縁側の方から戻って来て、惣太郎が言った。

「動いちゃいねえし、様子も変わってねえ」

離れ家の亡者が二人になった。戻りの旅籠《はたご》の、二人目のお客はおなっちゃんだった。

一平の足が動き、離れ家の土間へと入ろうとする。やめろ、やめとけ近寄るなと、みんなが鋭い声を放った。

「一平をつかまえろ！」

村長が怒鳴る。だが、一平の動きは速かった。

「おなつぅ！」

一気におなつに駆け寄った。そして土間の上がり框《がまち》に思いっきりぶつかって、頭か

ら転げた。

一平はおなつを通り抜けてしまった。

おなつは、ぼうっと立ったまんまだ。

「う、う……おなつ」

腹を打ったのか、くの字になって、それでも一平は起き上がって向き直る。膝ががくんと折れ、土間の床に両手をついた。

おなつがすうっと、横に動いた。脚を動かしたが足音はしないし、野良着が擦れる音もしない。流れるように漂うように、一呼吸の後には土間の反対側の隅に移っていて、こっちに背中を向けて、またぼうっと立った。

おつぎは見ていた。おなつが土間を横切るときに、一平の脇を過ぎると、その透けた身体を通して一平が見えた。

おなつ——と、小声で呟いて、一平はうずくまった。泣き出したかと思うと、その声が低い呻《うめ》きに変わり、そこでぐたりとなってしまった。

「一平!」

飛び出そうとするおとっちゃんをぐいっと引き止めて、惣太郎が素早く動き、土間に踏み込んで一平を担ぎ出してきた。

一平の顔は真っ白だ。おつぎは兄ちゃんの手を強く握った。氷のように冷えている。

亡者に触れたら凍ってしまうのだろうか。一平もまた、名主様やおたまちゃんのように眠ったきりになってしまうのだろうか。

「兄ちゃん、兄ちゃん」

頬《ほほ》を叩き、身体を揺さぶると、一平はぶるっとなって目を開いた。

「ああ、よかった」

一平の目が泳ぐ。「お、おなつは——」

「ありゃ亡者じゃ。生きて戻ってきたわけじゃねえ。勘違いすンな、この莫迦者《ばかもん》が」

村長に叱られ、一平の目から涙が溢《あふ》れ出した。

「けど、おなつだ」

「そうだなあ、おなつだ」と、おとっちゃんも涙ぐんでうなずいた。「亡者になってもべっぴんだなあ」

「親子揃《そろ》って、おめえらは大莫迦か」

男たちのやりとりが飛び交う。生きている者の怒声。生きている者の涙。生きている者の恐れ。離れ家のなかの二人の亡者は、ただぼうっとそこにいる。ご隠居様は背中を丸めて座っている。おなつは壁を向いて立っている。何も聞こえないのか。何も見えないのか。

「しかし、えれえことを考えたもんだなあ」

その声は、余野村の貫太郎だ。一同からちょっと離れたところにぬうっと立ち、しゃくれた顎《あご》の先を引いて、離れ家の奥を見遣《みや》っている。ちっとも怖がっている様子がなかった。

「絵を描いて、あの世とこの世を繋《つな》ごうなんてさぁ。あの先生は大したお人だぁ」

「感心してる場合か！」

「てめえの村のことじゃねえから、呑気《のんき》なことが言えるんだ。野次馬《やじうま》ならとっとと帰れ！」

「だども、凄《すげ》えよ。おめえら、見えねえか？　そんなへっぴり腰で離れてっから、見えねえんだろ。こっちさ来てみろ」

貫太郎はもう一歩離れ家に近づいて、奥の西側の障子戸を指さした。

「ほれ、あれだ」

「この野郎、いい加減に」

「よせ。おらたちが揉《も》めたってしょうがねえ」

仲間たちがいきり立つのを止めて、惣太郎は貫太郎に近づいた。

「おめえ、何を言ってるんだ。いったい何が見えるっていうんだよ」

「あの障子戸、一枚だけ開いてるとこさ」

貫太郎のひょろっと長い指先が揺れる。

「な？　な？」

惣太郎の目が細くなった。村長が進み出て同じように目を凝らし、呻《うな》るような声を出した。

「見えるだろ。凄《すご》いもんだなあ」

ここで、貫太郎は他のみんなを見回した。一平とおつぎの顔も見た。

「あの先には、裏庭があって、沢へ通じる小道と藪《やぶ》がある。そうだろ、おつぎ？」

「う、うん」

おつぎが何度も行き来した小道だ。

「今、藪が見えるか。え？　見えるかよ」

言われてみれば、見えないのだった。ぼんやりと明るく陽がさしたようになっているだけだ。

「今、あそこがあの世とこの世の境目になってんだぁ。亡者の通り道だよ」

まったくええことじゃねえかと感嘆する貫太郎に、惣太郎が尖った声を出した。

「この野次馬が、寝ぼけんな」

貫太郎はうっすらと笑う。

「おらは寝ぼけてなんかねえ。どれ、そばへ行って、あの先に何が見えっか覗いてみるかぁ。三途《さんず》の川が拝めるかもしれねえど」

「やめろ！」

男たちが貫太郎を取り押さえる。と、おとっちゃんに抱きかかえられていた一平が、もがくようにして身を起こしかけ、

「おらも見てぇ」

「おめえは動くんじゃねえ！」

たちまち押し潰されて、またげえっと喚《わめ》いた。

「みんな下がれ」

村長が一同を脅しつけるように、凄みのある声を放った。

「おつぎ、離れ家のなかにはまだ行灯の油が残ってるのか」

「へ、へえ」

夜通しともせるようにたくさん運び込んだから、いくらかは余っているはずだ。

「どこにある？」

「土間に」

「そうか。じゃあ火を熾《おこ》せ。焚《た》き火をしろ」

ここを焼く、と言う。

「昨日のうちに焼いちまうべきだったんだ。亡者とはいえご隠居様がいなさるのにって、遠慮なんかしちまったわっしが悪かった」

歯嚙《はが》みするように呻り、いちだんと声を張り上げて男たちを叱咤《しった》した。

「みんな手伝え。残っている油を撒《ま》いて、いっぺんに薪を放り込んで一気に火をかけるぞ」

「そんな、やめてくれ！」

一平が叫び、おとっちゃんにむんずとつかまえられてじたばたする。

「おなつがいるんだ！　せっかく帰ってきたんだ！」

「うるせえ！」

「一平、目ぇ覚ませ」おとっちゃんは暴れる一平を締め上げながら、また泣くような声を絞った。

「あれはもとのおなつじゃねえんだぞ。亡者なんだ。いくらべっぴんでも、あんなふうに身体が透けてンだぁ」

でへへへと、貫太郎が笑う。「そりゃ妙案とは思えねえがなあ」

「他所者《よそもの》がわっしに意見すんな！」

村長の顔が真っ赤に紅潮する。と、その腕をつかんで、惣太郎が止めた。

「村長《むらおさ》、落ち着いてくれ。おらもそれは妙案じゃねえと思う」

「てめえまで何を言い出す？」

惣太郎は、いきり立つ村長を押しとどめた。

「おらも、ここを焼いちまうべきだとは思う。けど今は駄目だ。村長、しっかりしてくれや。この天気にこの風だぞ」

空は青く、北風がまわりの森の木立を騒がせている。

「ここんとこ五日ばかりは晴れ続きだ。からからだよ。燃え広がったらどうするよ」

村長はぐっと詰まった。

「何日かかけて、まわりの藪や木を伐《き》っておこう。そのあいだに雨も降ってくれるかもしれねえ。そんならちっとは安心できる」

そうだな、んだ、んだと男たちもうなずく。

「家を一軒丸ごと焼こうっていうんだ。大行灯《あんどん》を壊して焼くのとはわけが違う。用心しねえと大変なことに」

そのとき、離れ家のなかで動きがあった。ずっと座って背中を丸めていた名主のご隠居様が、すうっと立ち上がったのだ。

一同はぎょっとして固まった。

が、亡者はただ立ち上がっただけだった。半ば透けた身体をかすかに左右に揺らしながら突っ立って——いや、浮いている。

おつぎはそっと土間の方を覗《のぞ》きこんでみた。で、その場にすとんと尻餅をついてしまった。

おなつがこっちを向いていた。

その虚《うつ》ろな目と目が合って、おつぎは声も出ない。ひい、ひいと息をするばかりだ。村長たちはみんなご隠居様の方に気をとられている。一平もこっちを見ていない。

おつぎはおなつと一対一で向き合っていた。

おなつが足を動かした。生きている者と同じように歩く。が、やっぱりちょっとだけ浮いているようだ。足音も衣擦《きぬず》れもしない。

おつぎに近づいてくる。土間の隅から真ん中に来て、さらにおつぎがへたり込んでいる勝手口のところまで。

——外へ出てくる。

いや、戸口の敷居の前で立ち止まった。何か、見えない壁に突き当たりでもしたかのように、おつぎの目には見えた。

そこで、おなつはふわりとかぶりを振った。嫌々をするようにかぶりを振り続けた。

そっちには行かないと言いたいのか。行かれないと言いたいのか。それとも、おつぎは来てはいけないと言っているのか。

あるいは、ここを焼かないでくれと言っているのか。

泣けてきそうになって、おつぎは手首をうんと強く鼻面《つら》に押しつけた。

そういえば、これはおなつが教えてくれたのだった。辛いことがあって泣きたくなったら、こうするといちばんよく我慢できる、と。叔父さんの家で邪険に扱われ、追い使われていたおなつには、辛いことがいっぱいあったのだ。

「どうしたんだ、おつぎ」

おとっちゃんが呼びかける。それが聞こえたかのように、おなつはすうっと動いて、もとのところへ戻った。今度はこっちに横顔を見せて、梁《はり》の方を見上げている。

「何でもねえ。おなっちゃんはおとなしくしてるもん」

泣き声ではない。しっかりと言えた。

「きっと、ここから外には出られねえんだ」

あの世から戻ってきた死人は、この旅籠の外には出られないのだ。生きていたときと同じようにふるまうことはできないのだ。

それが、死ぬということなのだ。

離れ家のまわりの藪や木立を伐り、ぐるりに火除《ひよ》けの空き地を作る。村から水樽《みずだる》をいくつも運び込んで、万に一つ燃え広がってしまったときの備えとする。長木村と余野村からも人が来てくれて、男衆は作業に励んだ。

村長は離れ家に厳重な見張りを立て、交代で夜も張り番をさせた。そして皆に、今後はどんなことがあっても、けっして亡者に近づいてはならないと、きつく言い渡した。これまで何もなかったのは幸いであって、うっかり亡者に触れたりしたら、どんなことが起こるかわからねえぞ。

毎年、たとえ前日まで雪が降っていても、行灯祭りが終わると好天になり、それが十日や半月は続くものだ。小森神社の氏子は、それこそが、あかり様がお目覚めになったしるしだと喜び合うものだった。

が、今年ばかりはまるっきり逆だ。誰もが雨や雪を待って、しかし待つ甲斐はなかった。空は晴れ、冬枯れの森をなぎ倒さんばかりに、乾ききった山おろしが吹き続ける。人びとが空《むな》しく空模様を睨《にら》んでいるあいだに、亡者は数を増やしていった。

おなつの次、三番目に帰ってきたのは、炭焼きの老人甚兵衛の連れ合い、おげんだった。死んで、ざっと十年は経っている。おなつと並んで土間に現れ、竈《かまど》があったあたりをふわふわとうろついた。台所仕事をしようとしているかのように見えた。

四番目には赤子が帰ってきた。二間続きの部屋の奥の方に現れて、そこらをはいはいした。

そういう姿は亡者なりに健気《けなげ》だったり、愛らしかったりする。近づいて声のひとつもかけてやりたくなる。皆にとって、これは本当に厄介な心の迷いだった。

赤子はどこの子だかすぐにわからず、長木村で先年死んだ女の子だと知れたときには、驚きが広がった。長木村の死者は離れ家の絵に描かれていないのに、なぜ帰ってきたのか。

――道が開けたからだよ。

今では石杖先生ばかりか、貫太郎まですっかり訳知り顔になってそう言うのだった。

「おめえら、まだわかんねえのけ？　あの世とこの世が繋がったんだからぁ、誰でもあっちから戻ってこれるのさぁ」

そんなふうだから村長に睨まれて、最初は道具小屋に閉じ込められたが、それで頭が冷えたのか、神妙なことを言い出した。

「もう離れ家には近づかねえから、全部すっかり片付くまでは、小森村に置いてくだせえ」

そう頼み込み、本当に言葉どおりに野良仕事を手伝ったり、男手が足りない家へ行って水汲《みずく》みや薪《まき》割りをしたり、まめまめしく働き始めた。

亡者が一人戻ってきたら、それと引き替えに生者が一人、死んだように冷たくなって眠ってしまう。これは石杖先生が推察したとおりで、甚兵衛の連れ合いが帰ってきた日には、その弟の嫁である余野村のばあさんがそうなってしまった。

「おげんさんは余野村の人で、弟の嫁さんとはえらい仲が悪かったそうだあ」

と、おとっちゃんが教えてくれた。亡者と入れ替わりに眠ってしまうのは、血の繋がった家族か、その亡者と良くも悪くも縁が深かった者であるらしい。名主様とご隠居様の場合は前者だし、おなつとおたまの組み合わせは後者だ。

「もしかすっと、おなつはおたまを嫌ってたのかもしれねえな」

おつぎのおとっちゃんはそう言って、歯が痛いみたいな顔をした。

村長のきつい言いつけで、一平も離れ家から遠ざけられ、小作人頭の丈吉に見張られて、朝から晩まで野良仕事だ。でもその目を盗んでは、男衆の手伝いに忙しいおつぎに追いすがってきて、様子を聞きたがってしょうがなかった。

「おなつはどうしてる？　いいな、おめえはおなつに会えて」

兄ちゃんの言うことが、未練たらしいばかりか身勝手にも思えてきて、おつぎは言い返した。

「おらだって、おなっちゃんに会いたくって離れ家に通ってるわけじゃないよ。村長《むらおさ》の言いつけだから手伝ってんだよ」

正直、おつぎだってこんなのはもう嫌だ。長木村の赤子の場合は母親が眠ってしまったと知ったときには、胸の奥が痛くなった。この気持ちを吐き出したいと、ずっと名主様のところで押込《おしこめ》を喰《く》らっている石杖先生のところに行った。

絵師はもう浮かれてなどいなかった。別人のように萎《しお》れていた。

「赤子が戻ってきたって、おっかさんは会えないんですよ。かえって可哀相《かわいそう》だよ」

先生だって、こんなことを望んでいたんじゃなかろう。死者を呼び戻すために、生者が一人犠牲になる。死者も半端にしか蘇れないし、生者は半分死んだようになってしまうだなんて。

「先生、し損じなすったんだよ。こんなんじゃ、先生だって奥様と赤子には会えやしねえ」

奥様を呼び返す代わりに、先生が冷たくなって眠ってしまうかもしれないのだから。

「やめにしなくちゃ。どうにかしてくだせえ」

石杖先生は歯の欠けたところに煙管《キセル》を挟み、うなだれていたが、おつぎの剣突《けんつく》が一段落すると、煙管を煙草盆《たばこ》に打ちつけて、ため息をついた。

「こんな厄介な事になってしまって、私もすまないと思っているよ……」

「だったら手を打ってよ！」

「手なら打っとるだろう。村長の考えは正しい。離れ家の絵をみんな焼いてしまえばいいのだ」

それしかなかろう、と肩を落として言った。

「私があの絵に込めた願望に、村の描き手たちの行灯祭りの代わりになるものを作ろうという一途な熱意が加わって、あの世への扉を開いてしまったのだ。だから絵が消えて失くなれば全て終わる。きっと終わるだろう。たぶん——終わるはずだ」

口調がだんだん頼りなくなる。

「それ以前に、誰かがあの開いている障子のそばまで行って、戸を閉《た》ててみるという手もあるかとは思うが」

それであの世とこの世の出入口は閉じる。

「だが、それだと、既に離れ家に戻ってきている亡者《もうじゃ》たちが、今度はあの世に帰っていかれず、こっちに取り残されたままになってしまうかもしれん。つまり、迷ってしまうわけだな、うん」

うん、とか納得している場合ではない。

「そしたら先生、先生があんなもんを描いたから、迷わなくて済んだ死人《しびと》が迷っちゃったってことになるじゃねえか！」

「そうなるなあ」

何から何まで私が悪いと、先生は小さくなる。

「ここは死人にとっての〈戻りの旅籠《はたご》〉だなんて、聞いたふうな口をきき、喜び浮かれていた己の浅慮を心から恥じているよ」

難しい言葉遣いをする先生だが、それで煙に巻こうとしているわけではなさそうだった。気がつけば、名主のご隠居様が帰ってきた日にはあんなに熱を入れて描いていた旅籠の看板の下絵が、一枚もなくなっている。

だが硯《すずり》にはすりかけの墨があるし、顔料の小皿も乾いていない。それに、あの木切れは何だろう。

「先生、今は何を描いてるの？」

おつぎが文机の上を覗《のぞ》こうとすると、絵師は慌てたように身体で遮《さえぎ》った。

「絵は描いてないよ。日誌を綴《つづ》っているのだ」

「でもその木切れは？」

「木切れ？　何のことだね」

「文机の、そら、その紙の下に――」

「私は日誌をつけているだけだと言っている」

おつぎは先生を押しのけようとして、先生はそれを押し戻そうとして、ばたばたしているところに唐紙の向こうから声がかかった。

「先生、入っていいかね」

貫太郎の声だ。あン人が先生に何の用があるのかと訝《いぶか》る間もなく唐紙が開き、貫太郎のしゃくれ顎《あご》が覗《し》いて「あっ」と声をあげた。

「おつぎ、いたんか。何しとる？」

「貫太郎さんこそ何の用さ」

「お、おらは、手伝いだ」

「何の手伝い？」

「手伝いといったら手伝いだ」先生も加勢する。

「男衆が駆り出されているから、どこも手不足なのだ。だから貫太郎はここで、ええと」

「そ、掃除してるだ。先生はここにこもりっきりだからなあ。ご、ごみも捨てねえと」

もごもご言い訳をして、おつぎのこともちょっと大きなごみみたいに、座敷から閉め出した。

「おめえ、離れ家に行かなくていいのか。あそこじゃ女手はおめえ一人だあ。ずるけてると、村長《むらおさ》に叱られるど」

「ずるけてなんかいねえよ！」

最初のころは、村の女衆は亡者をぶるぶると怖がって、もう誰も離れ家に近づこうとしなかった。だから雑用や賄《まかな》いには、村長も男衆も、なりゆきとはいえこの騒ぎに慣れてしまっている（少なくともそう見える）おつぎの手伝いをあてにするしかなかった。が、今はちょっと事情が違う。

長木村の赤子が帰ってきたことが知れ渡ると、子供を亡くしたことのある女たちが騒ぎ始めたからだ。みんな、考えることは同じである。次に戻ってくるのはうちの子かもしれない。離れ家に行って呼びかけてみたらどうだろう、と。

村長は激怒して、そういう女たちが近づけないように、いっそう見張りを厳しくした。女たちは集まって、離れ家を焼いちまうなんてひどい、せっかく繋《つな》がったあの世への道を閉じねえでくれと泣き騒ぐ。

村長は怒った。「おめえら、目ぇ覚ませ！　死んだ子が戻ってくるかわりに、元気でぴんぴんしてる子供が死人《しびと》みたいになっちまうかもしれねえんだぞ。それでもいいのか」

いいわけはない。だが亡くした子供には会いたい。理屈が通らなくたって会いたいのだ。

おつぎは板挟みだ。さらに辛いのは、そういう女たちのなかに、おっかちゃんも交じっていることだった。

「おっかちゃん、離れ家をあのまんまにはしておけねえんだよ。わかってくれろ」

おっかちゃんは囲炉裏端に座り、返事もしてくれずに、ぼうっとしているばかりだった。

五番目には、三年前に風邪をこじらせて死んだおゆうという村の女が戻ってきて、この女の亭主が冷たくなって眠ってしまった。亭主は女を葬るとすぐに後添《のちぞ》いとくっつき、子供も二人もうけていたから、後添いの嘆き悲しみ憤ること甚《はなは》だしく、さっさと離れ家を焼いとくれ、どれほど燃え広がったってかまうもんか、焼け焼け焼け焼け早く焼けと騒ぎ立てて村じゅうの男たちをげっそりさせ、亡き子に会いたいと願う女たちの憎しみを集めた。

このままでは、村がばらばらになってしまう。

だが、雨は降らない。空は小憎らしく晴れたまま、山おろしが一日吹き荒れた。

六番目には、もっと厄介な亡者が現れた。

「ありゃ、惣太郎のおふくろさんだ」

惣太郎が二十二のときに亡くなった母親だった。豪毅《ごうき》で働き者の、声の大きな人だった。

そしてこの亡者の代わりには、惣太郎の嫁が冷たくなってしまった。

惣太郎は動じなかった。ただ、目が据わったようになった。

「村長《むらおさ》、もう待てねえ。離れ家を焼こう」

藪《やぶ》はすっかり刈った。木もせいぜい伐り倒して離れ家のまわりを空けた。水樽《みずだる》も積み上げた。もういい。もう焼いてしまおう。

「惣太郎、おめえ――」

無理をするなと仲間たちが宥《なだ》めても、彼は泣きも笑いも嘆きもしなかった。

「おらのおっかあは、嫁いびりばっかしくさっててな」

青ざめながら、唾を吐くようにそう言った。

「これも上等な嫁いびりだあ。死んでも意地が悪いのは、いっそ筋が通ってら」

「死んだ者の悪口を言うな」

「んだんだ、あの姿、哀れだぁ」

惣太郎の母親は、奥の座敷の隅っこに、首を傾《かし》げ目を開けっ放しに、口までぽっかり開いて突っ立っているのだった。

「んじゃ、おらの女房は哀れじゃねえのか！」

惣太郎の叫びに、村長も肚《はら》を決めた。

「わかった。離れ家に火をかけよう」

幸い、今日はいくらか山おろしが緩い。

「その前に、揃《そろ》って小森神社に参拝しよう。あかり様の懐で火事を起こすんだ。無礼をお詫《わ》びして、ご加護をお願いしてからやろう」

こうして、一同は揃いの半纏《はんてん》を着込み、禰宜《ねぎ》を先頭に立てて小森神社へと向かったのだが――

そこには、とんでもない事態が待ち受けていた。社殿が荒らされていたのである。

小森神社のお社はこぢんまりした造りで、正面の観音扉を開けると、その奥は二畳分くらいの広さしかない。ご神体を収めた筺《はこ》は白木の台の上に安置され、その上から紫色の絹の頭巾のようなものが被《かぶ》せてある。

その頭巾が取り去られ、床に落ちていた。筺は消えていた。おまけに、床の上には裸足の足跡が残っていた。

禰宜は卒倒しそうになった。こんな狼藉《ろうぜき》が起こっていいはずがない。

正面の扉に、錠《じょう》はなかった。そんな必要などなかったからだ。小森、長木、余野の三村にとって、あかり様はお天道様と同じくらい尊い神様で、人がみだりに近づいていいものではない。ひたすら真摯に拝んでさえいればいいのだ。

実際、このとき村長は、初めて禰宜にこう問いかけた。

「ご神体は何なんだ」

「か、か、か、鏡」

大人の掌《てのひら》くらいの大きさの青銅の鏡だという。

「そんなら、重たいもんじゃねえな」

いったい誰が持ち出したのだ。そして今どこにあるのだ。

「――こいつは罰だ」

細い声を出したのは、余野村の村長だ。

「氏子の勝手な都合で行灯祭りを取りやめにしたから、あかり様がお怒りになったんだ。怒って、この土地を見捨てて出ていっちまったんだよ」

何を言いくさると、小森村の村長は怒った。

「おめえの目は節穴か。あの足跡が目に入らねえのかよ。ありゃ人の足だ。誰かがここに入り込んだんだよ！」

太《ふて》ぇ野郎もいたもんだと、長木村の村長が呻《うな》る。

「小森村は、どえらい不埒者《ふらち》を飼ってやがる。こんなことになるくれぇなら、あかり様を長木からお移しするんじゃなかった」

「何だと？　そりゃいったいいつの昔話だよ。だいいち、あかり様のお社を火事で焼いちまったのは、おめえら長木の衆じゃねえか！」

そうだそうだと、小森村の男たちも声をあげる。頭数ではこっちの方が断然多い。

剣呑《けんのん》な空気に、余野村の村長が割って入った。

「頼むから落ち着いてくんな。今はこんなことで揉《も》めていられる場合じゃねえだろ」

「そうだよ、村長《むらおさ》。早く離れ家を焼こう」

苦悩のせいか、惣太郎の声音には、身体のどこかがよじれたような響きがあった。

「きれいさっぱり片付けちまおう。そしたら、きっとあかり様も戻ってきなさる」

村長は目をしばたたく。「そりゃいったい、どういう意味だ」

「おらたち氏子がおかしなことをやったせいで、お社の足元に――あかり様の森の懐に、亡者《もうじゃ》がぞろぞろ現れちまった。あかり様はその穢《けが》れを嫌って消えちまったのさ」

だから亡者を追っ払おう。それがいちばんだ。惣太郎は呻《うめ》くようにそう言って、固く握りしめた拳固《げんこ》で顔を押さえた。

この離れ家が、全てのけちのつき初めだ。

名主がここにご隠居を閉じ込めて、一人空《むな》しく死なせたことがまず悪い。それからここを放ったらかしにしておいたことが次に悪い。

行灯祭りができなくなっても、ここにこの空家がなければ、皆が石杖先生の口車に乗ることもなかった。先生の采配で、ここで熱心に村の四季の絵を描くこともなかった。

もう一日待てば新しい亡者が戻ってきて、そのためにまた誰かが半分死人に変わってしまう。そんなのはもうたくさんだ。惣太郎への同情と、その悲嘆が明日は我が身のものかもしれないという恐れ。小森神社から戻ってきた男たちは、一様にその気分だったのだろう。村長を先頭に、まなじりを決していた。

見張り番に弁当を届けに来て、おつぎはちょうど、離れ家にいた。これから火をかけると聞いて、驚いた。

「けど村長《むらおさ》、また風が吹きだしただあ」

見張り番の男たちが不安そうに訴える。

「それも、何か妙な風だで」

そのとおりだった。おつぎも気がついていた。今朝方から今さっきまでは緩やかだった風の流れが、急に強まってきている。

山おろしではない。だって横風だ。

——離れ家のなかから吹いてる？

あの、一枚だけ開いている障子戸の奥から。

そんな莫迦《ばか》なことがあるものか。でも、風は風だ。しっかりと身体で感じる。

「こんだけ備えとるんだ。風のことはもうええ。燃え広がらねえように、わしらでしっかり用心しとりゃあ済むことだ」

「んでも、村長」

「うるせえ！　わっしに逆らうか！」

見張り番たちは縮み上がる。小森神社から帰ってきた一同は、油の器を持ち出してきて、離れ家の縁側や外壁に撒き始めた。作業を指図する惣太郎の目は、真っ赤に血走っている。

「おつぎ、おめえは村へ帰れ」

村長は乱暴におつぎの肘《ひじ》をつかんで、森の方へと押しやった。

「だが、誰にも何も言うんじゃねえぞ。女どもが騒ぐとまた面倒だからな」

その勢いに気圧《けお》され、ただぺこりとして行こうとするおつぎを、一人の見張り番がそっと呼び止めた。「おい、一平も連れて帰れ」

「え、兄ちゃん？」

「おめえが連れてきたんじゃねえのか。さっきそのへんをうろちょろしとったど」

おつぎは全然気づかなかった。

「そういやあ、今は姿が見えねえな。どっかに隠れてるんだろか」

こそこそとおなつに会いに来たのだ。おつぎはむかっと腹が立った。

「放っといてくだせ。火をかけるときに兄ちゃんが騒いだら、ぶん殴ってやってくだせえ」

おなつのことは、おつぎだって辛い。けど我慢してるんだ。兄ちゃんには何でそれがわかんねえのかな。

腹が立つのに悲しくて、どんどん歩いていく。おつぎの背中を押すように吹いてくる風に、油の臭いが強く混ざり始めた。

——火ぃかけて、本当に大丈夫なのかな。

ためらい、つい足を止めて見返っていると、おおいおつぎと呼ばれた。石杖先生と貫太郎がこっちへやって来る。

「先生！　貫太郎さんもどうしたの」

「村長と相談したいことがあってな。おまつさんに頼み込んで出してもらったんだ」

「男衆はみんな離れ家におるんだろ？」

「火をかける支度をしてる」

おつぎの言葉に、二人もおうと驚いた。

「やっぱり、今日やっつける気ぃか」

惣太郎の顔つきが変わっとったからなあと、貫太郎は顎のしゃくれた顔を歪《ゆが》める。

「こんなに風が吹いとるのに、乱暴だぁ。破れかぶれになっちまってるのか」

「これ、変な風だよ」おつぎも思わず訴えた。「おらがおかしいのかな。離れ家のなかから吹いてきてるみたいな気がする」

「油の臭いだ」先生は顔を強張らせ、鼻をひくひくさせた。「貫太郎、急ごう。おつぎは村へ帰りなさい。ひとつ間違って火が飛んだら、ここらはすぐに危なくなる」

二人の背中を見送って、おつぎも身を返そうとした。が、心が後ろへ引っ張られてしょうがない。

やっぱり、おらも戻ろう。

駆け戻ると、村長たちは、沢のそばの焚《た》き火から薪《まき》を取ってきて、それぞれに手渡ししたり、刈り集めた枝に火を移したりしているところだった。

惣太郎は土間の入口の外にいて、油を染み込ませたボロ布を、離れ家のなかに投げ込んでいる。

「ちょっと待て。村長《むらおさ》、待ってくれ」

石杖先生が大声で呼びかける。貫太郎も手を振り振り、おおい、おおいと声をあげる。

「何だ先生、何しに来た」

みんな気が立っている。そうだそうだと声をあげ、先生に迫る。

「村長、みんなも聞いてくれ。こんな危ないことをせんでも、私に代案がある」

息を弾ませて、石杖先生が言う。が、これはかえって男衆の怒りを掻き立てた。

「もうあんたの案にはこりごりだぁ！」

「そうだそうだ、引っ込んでろ」

「この期《ご》に及んで、まだわっしらを言いくるめようったってそうはいかん！」

村長は鬼のような形相で、先生の襟元をひっつかむと、どんと押し返した。先生は尻餅をついてひっくり返ってしまった。

「ら、乱暴な」

そのときである。どこかから声が降ってきた。

「——離れ家は焼かせねえ」

一同は、ちょっとぽかんとした。互いに顔を見合わせる。

その声は続けた。「おなつはずっとここにいるんだ。あの世に追い返したりさせねえど」

これ、兄ちゃんの声だ。

おつぎはまわりをぐるぐる見て、大声で呼んだ。

「兄ちゃん？　どこにいるンだあ？」

一人だけ地面に座り込んで目が低くなっていた石杖先生が、真っ先に気づいて離れ家を指さした。

「あそこだ」

天井の方、梁《はり》の上だ。そこに一平がしゃがみ込んでいて、下に向かって叫んでいるのだ。

村長と男衆は、わあっと離れ家の縁側に群がった。てんでに頭上を仰ぎ、目を剝《む》いて驚く。

「一平、そんなとこで何やってんだ！」

「危ねえから降りてこい」

「おまえ、どうやってそこへ上った？」

おつぎにはすぐ察しがついた。一平は身が軽い。見張り番の目を盗み、離れ家の横手か裏側から屋根に上って、煙抜きからなかに入ったのだ。

「一平、何を持ってる？」

惣太郎が険しい問いを投げ上げる。そう、一平は何か紫色の布に包んだものを後生大事に抱いて、半分懐に隠しているのだ。

「そうか――あれはてめえの仕業だったのか」

村長が、一同がぎょっとするほど太い唸《うな》り声で問いかけた。

「あかり様のお社を荒らしたのは、てめえか」

おつぎはわけがわからず、みんなの顔を見回した。見張り番たちは当惑顔のままだが、小森神社に行ってきた男たちは、一様にすうっと青ざめている。

「一平、返事をしろ！」

下から仰ぐ一平の顔もまた青白い。梁の上に猿のようにしゃがみ込み、片手で紫色の布に包まれた何かを押さえ、片手で天井を支える柱の一本につかまっている。

「おらはここから動かねえ」

声も震えて上ずっている。

「火ぃかけられるもんなら、かけてみろ」

「一平ぇぇぇ！」

村長の怒声に、その場のみんなが震え上がった。

「てめえ、何をやったかわかってるのか。この罰《ばち》あたりが、死んでも許されねえぞ。これでもう村はおしめえだ。あかり様はお怒りだ。今年は一粒の米もとれねえ。年貢も払えねえし、わっしらはみんな木の根っこを喰《く》らって、しまいにゃ飢え死にするんだぞ！」

わけがわからずうろたえるばかりのおつぎに、惣太郎が低く言った。「一平が持ってるのは、小森神社のご神体だ。お社からこっそり持ち出しやがったんだ」

掌《てのひら》ほどの大きさの青銅の鏡だ。あかり様の御力《みりき》を宿した聖なるものだ。

おつぎは目が回りそうになった。何という大それたことを。

確かに、これでは離れ家に火をかけることはできない。家を焼けば、ご神体も火に炙《あぶ》られてしまう。どんな恐ろしい神罰が下ることか。

「あ、兄ちゃん……」

おつぎは泣き出してしまった。と、まるでそれに気づいたかのように、ずっと土間の隅に佇《たたず》んでいたおなつの亡者《もうじゃ》が、漂うように部屋の方に入ってきた。それにつられてか、無心にそこらをはいはいしていた赤子の亡者も、縁側に群がっている一同の方へと近づいてきた。

「げえ、亡者が来た！」

男衆の大半が腰砕けになって逃げ出した。縁側から身を乗り出していた村長と惣太郎も、ちょっとたじろいで後ろに下がる。

背中を丸めて座っているご隠居様の亡者は、うるさがってでもいるかのように、こっちに尻を向けた。甚兵衛さんの連れ合いは動かない。惣太郎のおふくろさんは、村の女と二人で隣の部屋にいて、まるでおしゃべりでもしているかのように向き合っている。どちらの目もうつろで、その姿は半分透けていて、こうして近くで見ると、ぜんたいに何となく歪んでいるのだった。

「お、おらは、ここから、動かねえ」

一平も破れたような泣き声をあげた。

「離れ家を焼くなんて、ぜってえ、嫌だあ」

「そんじゃあ、焼かずに済ませよう」

穏やかに、ほとんどのんびりしたような口調でそう言ったのは、貫太郎である。一同のなかから進み出ると、縁側に近づく。赤子の亡者がはいはいしてきて、そのすぐそばまで寄ってきた。貫太郎は微笑み、赤子の頭を撫《な》でようとするかのように、優しく手をかざした。

「先生、あれを」

促され、みんなから少し離れて尻餅をついた格好のまんまだった石杖先生が慌てて立ち上がると、懐から小さな包みを引っ張り出した。それを受け取り、貫太郎は男衆を見回した。

「これは、先生がこしらえてくれた手形だよう」

絵馬くらいの大きさで、墨と朱色で文字が書いてある。あの木切れはそういうことだったのか！

「ここの亡者が、あの世に戻るための道中手形さ。これから、おらが一人一人にこいつを渡して、あの開きっぱなしの障子戸から、あの世に帰るように言って聞かせる」

貫太郎は履き物を脱ぐと、縁側に片足をかけた。そばにいた赤子が、くるりとお尻を向けて囲炉裏の方へと戻ってゆく。

「亡者たちがみんなあっちへ行ってしまったら、おらが障子戸を閉める。おら一人でやるから、みんなはそこにいて見ててけろ」

　そして貫太郎はひょいと縁側に上がり込んだ。奥の部屋で二人の女の亡者が顔を上げ、こっちを見た。

　おなつは縁側のすぐ手前に、うっすらとした煙のように立っていて、おつぎの泣き顔を見つめている。どこを見ているかわからない、虚《うつ》ろだったはずの眼差《まなざ》しだが、今ははっきり、見つめられていると、おつぎは感じた。生きていたときと同じ、あの優しい眼差しで。

　事の成り行きの意外さと、それとは裏腹の貫太郎の落ち着きように、一同は魅入られたようになって動けない。おつぎはぐすんと洟《はな》をすすり、袖で顔を拭った。

おなつの亡者が微笑《ほほえ》んだ――口元をほころばせたように見えた。

　貫太郎は恭しく腰を折ると、まずご隠居様の亡者に語りかけた。

「ご隠居様、おらは余野村の貫太郎と申しますだ」

　亡者は知らん顔している。

「あなた様が病で寝付いておられたこの離れ家を、あっちからこっちへ戻ってきた皆さんの旅籠《はたご》に仕立て上げたのは、このおらです。お気に召してくれたようで、ようござんしたあ」

しゃくれ顎の貫太郎は、あたかも旅籠の主人が逗留客《とうりゅう》にするように、愛想よく丁重にしゃべる。

「ソンでも、ここをずうっと旅籠にしとくわけにはいかなくなりましてなあ。ご隠居様もご存じでしょう。もう立春を過ぎて、あかり様がお目覚めです。ここらはあかり様のお足元の森だから、氏子の連中が騒がしちゃなんねえ」

この旅籠はたたむことになりました——と、貫太郎が言うと、初めてご隠居様の亡者が目を上げ、表情がかすかに変わった。おやそうかい、というように。何だようるさいねえ、というように。少なくともおつぎにはそう見えたし、固唾を呑《の》んで見守っている村長や男衆も同じだったのだろう。

「話が通じていやがる」と、惣太郎が呟《つぶや》いた。

貫太郎は手形の一枚を差し出した。

「これをお持ちしましたんで、どうぞ」

ご隠居様の亡者は、鼻先にある手形を、ぼうっと見つめた。と、ずっと膝の上に置かれていたその手がわずかに持ち上がった。

おおお、と一同がざわめく。しぃ、静かにと石杖先生がみんなを制した。

「手形のここんとこにぃ」

貫太郎は、ひょろりと長い指で、そこに書かれた文字を示してみせる。

「出立の日取りが記してあるだあ。今日の日付ですよ、ご隠居様。そンでこっちが、ご隠居様がお帰りになる先です。ごくらくって、書いてあるでしょう」

ご隠居様の亡者が、ゆっくりとうなずいた。

「そんでこっちの、ほれ手形の裏側には、皆様の三途《さんず》の川の渡し賃は、この旅籠の方でまとめて払いますっていう約定《やくじょう》を書き付けてあるんですよ。ンだから、ご隠居様はお身体ひとつで渡し船に乗ってくだすっていいんだあ」

持ち前の細い目をさらに細くして、いちいちうなずきながら、貫太郎は優しく説きつける。

「こっちも懐かしかったでしょうが、ご隠居様はもうごくらくにお住まいの方だあ。いくらのんびりできても、旅籠は仮の宿だしねえ。おらがお見送りしますから、どうぞ御出立くだせえ」

貫太郎は笑顔だ。ご隠居様の亡者は動かない。

見守る一同も固まっている。

ご隠居様の亡者が、枯れ木のように痩せ細った右手で、貫太郎が差し出す手形を受け取った。

おつぎは息を呑んだ。石杖先生が木切れに字を書いて作った手形、この世の材料で出来ている手形が、亡者が触れると、亡者と同じように、すうっと半分方透き通ってしまったからだ。

貫太郎のくしゃくしゃの笑顔は、泣きたいのを堪えているようにも見える。

「それじゃあ、こちらへどうぞぉ」

貫太郎が一歩横へどき、一枚だけ開いているあの障子戸の方へ手を差し伸べ、小腰を屈《かが》めて促すと、ご隠居様の亡者は流れるように立ち上がった。

浮かんでいる。漂っている。でも足を運んで歩いている。不機嫌なような、ただ眠そうなだけのような横顔。その手には手形。

一歩、また一歩。不可思議な明るい光に満ちた、あの障子戸の奥に向かって、亡者は歩く。

おつぎは気づいた。風が止んでる。

離れ家のなかから吹き出してくるようだった風が、いつの間にかぴたりと止んでいた。

「道中、お気をつけてくだせえ」

貫太郎が深々と頭を下げた。その前を横切り、ご隠居様の亡者は今、障子戸の敷居をまたいだ。

「名主様は、おらたち小森神社の氏子衆をよく面倒みてくださる、いいお方です。ご隠居様も、どうぞご安心くだせえ」

するると、漂うようだった亡者の動きが止まり、虚ろな目が貫太郎を振り向いた。

亡者の口が開き、そこから声が流れ出てきた。声というよりは風の震え、というよりもさらにさやかな、鳴り止む寸前の鐘の響きのように頼りなく、でもお腹の底を震わせる震動。

「ああれれぇわぁぁぁおやぁふこぉぉおおものじゃぁぁぁぁ」

貫太郎は頭を掻《か》いて苦笑いをした。

「そうですかぁ。そりゃあ、いらんこと申し上げただぁ」

貫太郎の苦笑いをひと睨《にら》みすると、ご隠居様の亡者はまたふうわりと身を返し、開いている障子戸の向こうへ、ちょっと滑稽に、ぴょいと跳ねるようにして、姿を消した。

おつぎは膝《ひざ》が萎えた。おつぎ一人ではない。男衆の何人かが腰を抜かして、次々とへたり込んでいく。

貫太郎がこっちを見た。口元には苦笑い。

「一人、お発《た》ちだあ」

うむ、ううという唸《うな》り声がする。村長だ。

「貫太郎、赤ん坊が足元にいるぞ」

声をひそめ、囁《ささや》くように呼びかけたのは惣太郎である。赤子がはいはいして、貫太郎の足にまとわりつこうとしているのだった。

すると、土間にいた甚兵衛のかみさんが部屋に上がってきた。流れるように速い。

この亡者は動きながら身を屈め、両手を伸ばして、無心にはいはいする赤子を床からすくい取って抱き上げた。

「ああ、ありがとう」

貫太郎は亡者に笑いかけた。「えっと、あんたさんは」

「炭焼きの甚兵衛じいさんの連れ合いだ。名前はおげんだ」と、石杖先生が言う。

「おげんさん」

貫太郎はまた丁寧に頭を下げ、包みから手形を二つ選《よ》り出した。

「ん、これだな。この手形はあんたの分、こっちが赤子の分だ。よろしく頼んだでぇ」

おげんは片腕で赤ん坊を抱き、空いた手で手形を二枚受け取ると、懐にしまった。

その目はやっぱりぼうっと開いているが、確かに意思が通じているように見える。

「ごくらくに帰れば、あんたが使う台所があるよ。この旅籠じゃ、好きなように炊事はできんかったよなあ」

亡者のおげんはするりと障子戸へ向かう。赤子はばぶばぶと、乳をねだるみたいに、その肩にしゃぶりついている。貫太郎は赤子に、あやすように指先を振ってみせた。

「ごくらくに帰《けぇ》ったら、乳をもらいな。おらの女房が赤子と一緒にいっから、たっぷりもらい乳をするといい」

それでおつぎも思い出した。貫太郎は、去年の春におかみさんと赤子を亡くしているのだ。

こうして、亡者の三人が旅籠を発った。貫太郎は仰向《あおむ》いて、梁《はり》の上の一平に呼びかけた。

「どうだぁ、一平。これならここを焼かなくていいだろが」

一平は依然、猿のようにしゃがみ込んでいる。その顔は梁に邪魔されて見えない。

「お、おらは、おらは」

あわあわしちまってる。兄ちゃんは、ただただおなつを帰したくない一心でめちゃくちゃなことをやってるだけなんだから。

「しかし、おげんさんって人は未練がなかったなあ」と、貫太郎は小首を傾《かし》げた。

「亭主の甚兵衛さんには会ったんかぁ」

会ってねえ会ってねえと、男衆が口々に応じた。

「わっしが、見張り番以外の者は寄せ付けねえようにしとったからな」

村長が言って、ちょっと声を落として続けた。

「こうなると、ひと目くらいは会わせてやってもよかったかな。ちっと哀れだったか」

「ンなこたぁねえ」言い切ったのは長木村の村長だ。「甚兵衛ってじいさんも押しかけちゃこなかったんだろう。それでいいって弁《わきま》えてたんだ」

見た目だけ戻ってこようが、あれはおらの女房じゃねえ、と。

「わっしもおっつけあっちへ行くから、慌てることもあんめえと言ってたよ」

惣太郎が言って、これが始まってから初めて笑った。貫太郎も納得する。「そうかあ。ええじいさまだなあ」

するとの梁の上の一平が怒った。「じ、甚兵衛さんはまだまだ死ぬもんか！」

「ふん、そんなこたぁ、おめえにわかるか。寿命ってのは人が決められるもんじゃねえんだ、この莫迦《ばか》があ」

貫太郎は素っ気なく言い捨てて、奥の部屋を見遣《みや》った。

「んじゃお次は、と。え〜とあんたらは」

女亡者二人組は、座ったまま身を寄せ合うようにしている。

「左がおゆうって女だ。右がおらのおふくろだ。名前はお吉《きち》だ」

惣太郎が貫太郎に言った。口調がぐっと落ち着きを取り戻している。

「亭主が冷たくなって眠っちまってて、後添いが怒ってるってのが――」

「おゆうだ、おゆうだ」と、男衆が唱和する。

「おゆうさん、堪《こら》えてやってくんな」

貫太郎は、死んだ前妻にすげない男に代わって詫《わ》びるように、亡者に向かってぺこりとした。

「おらのこんな頭でもよけりゃ、いくらでも下げるからよう。このしゃくれ顎の顔を立ててくんな。この旅籠はたたまなきゃならねえんだあ」

　貫太郎が手形を差し出すと、おゆうはすうっと受け取った。そのまま引っ張られるように腰を上げ、障子戸の方へと漂い歩いてゆく。

「次に戻って来るなら、彼岸だな。ちゃんと供養せんかって、亭主の枕元に立ってやんな」

　笑いながら、貫太郎は手を振った。おゆうは振り返りもしなかったけれど、その横顔がうっすり笑ったのを、おつぎは見た。

　奥の部屋には、惣太郎の母親のお吉だけが残された。惣太郎が縁側に近寄り、上がろうとする。

「やめとけ。おめえは来んな」

　貫太郎が素早く制した。

「けど、おらのおふくろだ」

「だから、おめえは来ちゃなんねえ」

　貫太郎はお吉の傍らにしゃがみ込むと、懐手をしてその顔を覗き込んだ。

「お吉さん、どうだろうなあ、ここを発つ気にはなりなさらんかねえ」

　目の前で起きていることに夢中で、しばらく恐怖を忘れていた一同が、ここで一様にぎょっとすることが起きた。お吉の亡者が白目を剥《む》いたのだ。

「怒っていなさるんか。何でかねえ。惣太郎が、女房ばっかり可愛《かわい》がるから妬けたのかい」

白目を剝いたまま、お吉は離れ家のそばにいる惣太郎を睨《ね》めつけた。

「――おっかあ」

ごくりと喉仏を動かして、惣太郎は言った。

「おらのすることが気に入らねえなら、おらに祟《たた》ってくれろ。女房にはかまわねえでやってくれろ。頼む、このとおりだあ」

そして地べたに手をつき、がばりとばかりに土下座した。貫太郎が「あ〜あ」と嘆く。

「そんなんじゃ、かえっておふくろさんが意地になっちまうだあ」

だが、蛙《かえる》みたいに身を伏せている惣太郎を睨めつけているうちに、お吉の白目は元に戻った。空っぽの眼差しが泳いでいる。

「これ、あんたの手形だあ」

差し出された手形に、お吉は手を伸ばしてきた。亡者の指が触れると、手形もみるみる透けてゆく。

「ごくらくの方が、ずっと居心地がよかろうよ。あっちにはご亭主もいるんだろ」

土下座したまま動かない惣太郎に代わり、村長がため息をついてこう言った。

「なまじ田圃《たんぼ》持ちで、羽振りがよかったのが災いでな。惣太郎の親父は放蕩《ほうとう》しやがって、こいつがガキのうちに出ていっちまったんだ」

「ありゃりゃ〜」

　貫太郎は目を閉じてかぶりを振った。

「そりゃあ辛いわ。苦労しなすったね、お吉さん。けどもよう、あんたの息子はあんたの亭主じゃねえんだ。女房を大事にしてる。それを褒めてやっておくんなせえ」

　お吉はふうっと立ち上がった。手形をしっかり握りしめている。付き添うように、貫太郎も一緒に障子戸へと向かった。

「ほら惣太郎、おふくろさんを見送んな」

　促されて惣太郎が面《おもて》を上げると、敷居をまたぎながら、お吉はまたきゅっと白目になった。一同はざざっと後ずさる。惣太郎は固まったままだ。

　そしてお吉は障子戸の向こうに消えた。

　残されたのは、おなつ一人だ。縁側に近い、部屋の端っこに佇《たたず》んでいる。

「えっと、あんたは」

「おなっちゃんだよ」

　おつぎが声を出したのと同時に、梁の上で一平が叫んだ。「おなつに近づくな！　おなつはここにいるんだ！　あの世になんか帰らねえ！」

　そんな叫びなど聞こえないかのように、貫太郎はしゃくれ顎を突き出すようにしておなつに近づいていく。

　おなつも貫太郎の方へ顔を向ける。

「やめろ、やめろ、やめてくれ！」

　一平が梁から飛び降りてきた。どすん！　その拍子に、懐に突っ込んであった紫色の布のなかから青銅の小さな鏡が滑り出て、上手い具合にすとんと床に立ち、はずみで縁側まで転がってきた。

「おお、鏡！」

「おわわわわ！」

　声をあげたのは、村長と小森神社の禰宜《ねぎ》である。禰宜は、今までは息をひそめてみんなの後ろに隠れていたのに、尻にひと鞭《むち》くらったように飛び上がると、鏡に向かって突進した。

「くそ、くそぉ」

　腰から床に落ちた一平は、すぐには起き上がれずにもがいている。そこを貫太郎が押さえつける。

「放せ、放してくれ！」

　騒ぐ一平の横っ面を、貫太郎が一発張った。

「いいかげんで目ぇ覚ませ、一平！」

禰宜が青銅の鏡を胸に抱き、縁側から転がり落ちた。村長がその背中をかばう。亡者のおなつがゆっくりと頭をめぐらせ、揉《も》み合う一平と貫太郎を見遣《みや》った。それからもう一度おつぎの方に目を寄越すと、

——うなずいた？

花びらが沢に流されるようにかすかに上下しながら、ほんわりと浮いたおなつの身体は、あの障子戸へと近づいてゆく。

一平が叫ぶ。「おなつ、行くなぁ！」

矢も盾も堪《たま》らなくなって、おつぎは履き物を振り飛ばすと、縁側に飛び乗った。

「貫太郎さん、手形をくだせえ」

おなつが極楽へ行くための通行証だ。

「ほい、これだ」

「ありがとう！」

おなつはもう障子戸の手前にいる。おつぎはととっと走って追いつき、両手の指で手形を握りしめた。

「お、おなっちゃん」

一平が叫び続ける。「おなつ、行っちゃ駄目だ！　おつぎ、余計なことすんじゃねえ。おめえ、何やってんのかわかってんのかあ！」

途端に、また一発貫太郎にほっぺたを張られた。「何やってんだかわかってねえのは、おめえだ」

「おなつ、おなつぅ」

「おとなしく見送ってやれぇ。おなつは、もうこんな姿でこっちにいちゃいけねえんだよ」

「嫌だ、嫌だ」

「兄ちゃん」おつぎは震える声で言った。「おなっちゃんがこっちにいると、おたまちゃんは、これからもずうっと、半分死人《しびと》みたいになったまんまなんだよ」

涙と鼻水にまみれた顔を無惨《むざん》に歪《ゆが》めて、

「おたまなんか知るもんか！　あんなそばえ者《もん》こそ死んじまえばよかった！」

一平は恨み、呪うような慟哭《どうこく》を吐き出した。

「なんであいつがぴんぴんしてて、おなつが死んじまったんだよぉぉぉ」

自分でも驚くほど、おつぎは腹が立った。兄ちゃんの言い分が許せなかった。

そんなの、おらだって思うよ。おたまちゃんが嫌いだよ。おなっちゃんが恋しいよ。

けども仕方がねえんだ。

――だって。

「兄ちゃんがそんなこと言ったら、おなっちゃんは悲しむよ」

おつぎは亡者のおなつのかぼそい背中を見た。障子戸の前で、おなつは振り返った。一平を見た。貫太郎を見た。そして細い首をよじって、おつぎと目を合わせた。

そう、しっかりと目と目が合った。おなつの目は生き返っていた。優しい眼差しが生きていた。

——もう行くよ。

おつぎの心に、おなつの声が囁きかけてきた。

だからおつぎも、「うん」と答えた。

「これ、おなっちゃんの手形だよ」

おなつの手が伸びてきて、受け取った。その手は亡者になっても荒れたままだった。

おなつは、大事そうに手形を胸に押し当てた。手形が透けてゆく。墨で書かれた「なつ　小森村　女　享年十七」という文字だけが、おなつの透けた掌《てのひら》の向こうに浮かび上がる。

「やめてくれ、やめて、くれよ」

貫太郎は、呻《うめ》きながら頭を抱えて泣き出す一平を引き起こし、縁側まで引きずっていって、放り出した。男衆が寄ってたかって受け止め、石杖先生が一平を抱きかかえた。

「おまえには本当にすまないことをした。どうか、ここで見送ってやってくれ」

一平は騒ぐのをやめた。先生にしがみつき、声をあげて泣いた。

貫太郎はおなつに向き直り、丁寧に頭を下げた。おなつも頭を下げ返してきた。そして障子戸の敷居に足をかけた。

思わず進み出て、おつぎはおなつに並んだ。

障子戸の奥に広がる光景が目に飛び込んできた。

草っ原だ。陽光に輝いている。それがあんまりにも輝かしいから、障子戸からこっち側にも光が溢《あふ》れ出てきているのだ。

おつぎは目を瞠《みは》った。これがあの世か。こんなに明るくって温《ぬく》くって――

いや、違う。

明るいのは景色ではない。どこまでもどこまでも広い草っ原を、こちらへ、こちらへ、群れ集まって近づいてくる「もの」が明るいのだ。それが光を宿し、光を放っているのだ。

魂？　これが亡魂《ぼうこん》というものなのか。おつぎは亡魂の群れを目の当たりにしているのか。

一瞬、一瞬、そのひとつひとつは当たり前の人の形に見える。でも次の瞬間には、ただの光の塊に変じる。そしてまた次の一瞬には人の姿に戻る。

でも、へんてこだ。絶えず震え続け、うごめき続け、輪郭を変えて、そのせいで手足が伸び縮みしているようにも見える。頭から角を生やした鬼みたいに見えるときもある。

もう、人ではない。

こっちから見たら、あれは、あれは、

――お化けだ。

「おなっちゃん！」

おつぎの口から飛び出した悲痛な叫びに、おなつは微笑《ほほえ》んで、ひとつうなずいた。

うん、お化けだね。

でも心配しなくていいんだよ。

この世の目で見るから、怖いだけなんだ。

だから、こっちから見てはならないんだ。

こっちに呼び寄せちゃならないんだ。

諦めなくっちゃならないんだ。

おつぎも、くちびるを強く嚙《か》みしめて、うなずいた。涙がぼろぼろこぼれ出た。

障子戸の向こうへと足を踏み入れると、おなつの半分透けていた身体は、内側からまばゆい光を放ち始めた。その眩《まぶ》しさにおつぎが思わずまばたきすると、その間におなつの身体は消えていた。

きっと、光になって飛び散ってしまったのだ。

その場に突っ立って涙を流していると、背後からそっと肘《ひじ》をつかまれた。

貫太郎だ。しゃくれ顎をうなずかせ、おつぎの頭を撫でてくれた。

「えらかったな。さあ、兄ちゃんのそばへ行ってやんな」

「うん」

おつぎが退くと、貫太郎はその背中を縁側の方へと押した。おつぎは裸足《はだし》で地面に降りた。

「おい、貫太郎！」

惣太郎が鋭く呼びかける。おつぎが振り向くと、一緒に出てきたはずの貫太郎は、まだ障子戸のそばにいた。それどころか戸の縁に手をかけ、今にも向こうへ踏み出そうとしている。

「何してんだ。おまえもこっちへ戻ってこい」

えへへと、貫太郎は照れたように笑った。

「おらは、ここからあっちへ行く」

一同は呆然《ぼうぜん》とした。

「女房と赤子に会いてえからなあ」

ば、ば、ばかな莫迦《ばか》なばかなと、石杖先生は泡を噴きそうだ。

「そんなことはちっとも言ってなかったじゃないか。貫太郎、おまえがそんな気でいたのなら、私は手形など作らなかったぞ！」

「すまなんだなあ、先生」

貫太郎はまったく悪びれない。照れ笑いを消し、しゃくれた顎を胸元に引きつけてうつむくと、呟《つぶや》いた。

「おらの女房はお産が重くって死んだんだよ。赤子の方も助からんかった」

ひでえ話さ――

「ああ、まったく酷い話だあ」

宥《なだ》めるように声をかけたのは、余野村の村長だ。

「だがな、女が産厄《さんやく》で命を落とすのは珍しくねえんだ。赤子だって、わしが若いころなんざ、三人に一人は無事に生まれてこなかったくらいだ。おまえばかりが辛いわけじゃねえ。どんだけ辛くたって、命がある者は生きていかなきゃな。命があるってことは、天からのお恵みなんだから」

うつむいたまま、貫太郎は「うん」と言った。

「わかってるよ。わかってるけども、おら、もう寂しくって我慢ができねえんだ」

障子戸の縁にかけている手に、ぐっと力がこもった。

「何度も死のうと思ったけんど、いざとなるとおっかなくってな。死ぬのが怖えんじゃねえよ。し損じて、死にきれなかったらまずいと思うからさ、思い切れなかったんだあ」

だが、この障子戸の向こうへ行くだけならば、造作もない。一歩踏み出せばいいのだ。

「貫太郎、いかん。思い直せ」

声を振り絞るようにして、石杖先生が呼びかける。と、貫太郎はまたにっこりした。

「何なら先生、一緒に来なさるかい？」

絵師ばかりか、その場の全員が戦《おのの》いた。

石杖先生は顔色を失い、みるみるうちに汗びっしょりになった。まだ先生にしがみついていた一平が、怯《おび》えたように身を離した。

「わ、私は――」

先生は口ごもる。

「そっか。先生はあっちに行きたくねえんだな。女房子供をこっちに戻してえだけなんだな」

貫太郎の表情に、初めてかすかに責めるような色が浮かんだ。

「じゃあ一平、おめえはどうだ？」

問いを投げつけられ、一平は貫太郎の方を見た。開いている障子戸の方を見た。

「おなつに会いに、おらと一緒に向こうへ行くかい？」

おつぎは一平の着物の袖をつかんだ。が、そんなことをしなくても、一平はその場を動こうとはしなかった。涙に濡《ぬ》れた顔に、眉毛と小鼻ばかりがひくひくと動いている。

「そうかあ。うん、そうかあ」

貫太郎はうなずいて、また優しい笑顔に戻った。

「そんじゃあ、皆の衆。おらはちょっくら、おいとましますだ」

ひょいと頭を屈《かが》めてお辞儀をする。

「この障子戸は、向こう側からきっちり閉める。だから安心しておくんなせえ」

言ったかと思うと、そのひょろりとした身体はもう障子戸の向こうに消えていた。

「貫太郎！」「おい、貫太郎！」

男衆が呼びかける。呼びかけるだけだ。縁側には近づけない。見守るだけだ。

一瞬、「へえ～」と感じ入ったような貫太郎の声が聞こえて、すぐ消えた。

障子戸が軽く滑り、閉まった。とん、と高い音が鳴った。

向こうからこっちへ溢れ出てきていた不思議な光が消えた。

みんな息を止めていた。

――風だ。

風の音がする。おつぎははっとして我に返った。

山おろしだ。森を吹き渡り、梢《こずえ》を鳴らす。枯れ草を騒がせ、土埃《つちぼこり》を舞いあげる。

これは、この世の風だ。

「――火ぃかけるぞ」

村長の重々しい声が、一同の呪縛を破った。

「この家はもう、ここにあっちゃならねえ」

一人も返事をしなかった。男衆は無言のまま動き出した。思い出したように、おつぎの鼻先に油の臭いがつんときた。

ぼぉぉぉぉ。小さな火が、瞬く間に離れ家のまわりを巡り、縁側を走り、床を滑り、柱を上ってゆく。熱い煙が目に染み、喉に刺さる。

「おつぎ」

一平がおつぎの手をつかんだ。おつぎは兄ちゃんとしっかり手を繫《つな》ぎ合ったまま、離れ家が燃えてゆくのを見つめた。


「火は離れ家を焼いただけでぇ、他所《よそ》には燃え広がりませんでした」

離れ家の外は、枯れ草の一筋が焦げることさえなかったという。

語るおつぎの声がかすれている。胸が詰まっているせいではなく、ただしゃべり疲れたのだろう。

「そんでぇ、まだ火が残ってるうちに、村から人が来て報《しら》せてくれました。死んだみたいに眠ってた名主様も、おたまちゃんも、惣太郎さんのおかみさんも、みんな目を覚ましたって」

　おつぎは、ふうっとひとつ息を吐いた。

「けど、貫太郎さんはあれっきり戻ってきません。消えちまっただあ」

　向こうに行ってしまったっきり。

「余野村の衆は、貫太郎さんがお化けになって出てくるんじゃねえかって、今もびくびくしとるらしいけど、そんなこともねえみたいですよ」

　おつぎは微笑した。「だって、覚悟の上で向こうへ渡ったんだものね」

　女房と赤子には会えたろうか。光溢れる、しかし人がもう人ではなくなっているあちらの世で、三人仲良く寄り添うことはできたろうか。

　めでたし、めでたし。そう言い切ることができない話の結末に出会うのは、おちかもこれが初めてではない。

「離れ家の焼け跡を片付けてるとき、おら、あの水瓶をめっけたんです」

　おつぎと岩井石杖が二人で初めて離れ家に入ったとき、土間にあった、ひびの入った水瓶だ。

「煤《すす》けて、真っ黒けでした。でね、触ったとたんに粉々になっちまったんですよ」

　さらにもうひとつ、粉々になっていたものがあるという。風車《かざぐるま》だ。

「明くる日に供養塚へ行ってみたら、風車がみんな壊れてたんです。羽根のところだけじゃなく、柄《え》までバラバラに折れちまって」

まるで、誰かに踏みにじられたかのような有様だったそうである。

「石杖先生は、その真っ黒けな水瓶の欠片と風車の羽根の壊れたやつを、大事そうに包んで持って行かれました」

——これを私の今後の人生の戒《いまし》めとするよ。

「戒め、ね」

「そんで、三日もしないうちに名主様のお屋敷を引き払って、江戸へ発たれました」

小森村に、絵師の出立を惜しむ者はいなかったそうだ。

「名主様も、ご自分が眠ってるあいだにどんなことが起こったのか知ったら、かんかんに怒っちまったし。でも、おらは先生をお見送りしようと思って」

おちかは微笑《ほほえ》んだ。やっぱりこの子は情のある子だ。

「そしたら兄ちゃんも一緒に来て」

それも、絵師にとっては救いになったろう。

「村の辻のところでお別れしたんですけども、先生、兄ちゃんにね、村にいてどうにも辛いと思ったら、私を頼っておいでって。先生のおうちで奉公できるように、名主様に頼んであるからって言ってくださすって」

「一平さん、どうした？」

おつぎは肩をすくめた。「村にいますよ。今んところ」

その仕草《しぐさ》が大人びていて可笑《おか》しかった。

「おたまちゃんはどう？」

半分死んだようになって、何か変わったか。

「もとのまんまです。そばえ者《もん》ですよ」

「まあ、甲斐がなかったわねえ」

「あン人は懲《し》りねえんだね。眠ってるあいだは何も食えなかったから、痩せちまって。まわりが心配してちやほや世話を焼くから、いっときは前よりもうるさくてわがままなくらいでした」

怒った口つきながら、おつぎは笑っている。だからおちかも笑った。それから居住まいを正して頭を下げた。

「小森村のおつぎさん、不可思議なお話をありがとうございました」

「あ、これでええんですか。へえ、こちらこそ」

おつぎもあたふたと平伏する。おちかは手を打っておしまを呼んだ。わざとのようにどすどすと音をたててやって来たおしまは、

「お話、お済みですか。ご苦労様でしたね」

にかっとばかりにおつぎに笑いかけ、

「お土産があるから、ちょっと待っててねえ」

「え？　おらはそんな」

「いいから、いいから」

おしまが言うには、

「おかみさんがね、あの子に御褒美《ほうび》を持たせてやろうって、急いで取り寄せたんです」

三島屋が贔屓《ひいき》にしている仕出し屋の弁当だという。

「三段のお重に、美味《おい》しいものがたんと詰め込まれてるんだよ。あんたを送りがてら、あたしがお宿まで届けてあげるからね」

おつぎは泣きべそをかきそうだ。「おら、そんな、もったいねえ」

おちかの叔母のお民は用意周到な人である。おつぎ一人にそんな豪華なお重を持たせたところで、ちゃんとこの子の口に入るかどうか知れたものではない。だから、おしまを目付役にしようというのだ。

これは、おちかにも都合がよかった。

「じゃあ、ここに残っているお饅頭《まんじゅう》も包んでいくといいわ。おしまさん、あともうひとつ、持っていってほしいものがあるから、ちょっと待っててね」

おちかは急いで自分の部屋に戻ると、手早く文《ふみ》をしたためた。お勝の控えている次の間に、おしまだけをそっと呼び寄せると、用件を頼んだ。おしまは驚いたようだが、傍らのお勝はにっこり笑う。「このお話はまだ続くんですね」

「ええ。おつぎちゃんの語りで大団円にはなったけれど、あと少し、知りたいことが残っていて」

「はい、承知しました」

おしまがおつぎを連れ帰り、半刻（約一時間）もしないうちに、その人物が三島屋に現れた。おちかはすぐさま黒白の間にお通しした。

小森、長木、余野の三村の世話役であり、三人の領主に代わってそこを治める名主様である。

苦り切った顔をして、開口一番こう言った。

「お嬢さんかね、この伊原弥次郎兵衛《いばらやじろべえ》に急ぎの用があると呼びつけたのは」

やじろべえ。名前は同じでも、愛嬌《あいきょう》のあるあの玩具とは似ても似つかない老人だ。不機嫌が顔の皺《しわ》の一本一本にまで染み込んでいるかのような顔つきで、痩せた身体は少し左に傾いている。歩き方から推して、左膝に痛みがあるようだ。

ついでに声まで不機嫌で、がらがらと早口だ。

「私《わたし》ゃ忙しい身体なんですよ。江戸の商人《あきんど》の娘さんなんぞとは違って、百物語にうつつを抜かしているような暇はなくってねえ。今夕には、ほり――ご領主様のお屋敷にお伺いしなくてはならないんだし」

ほり、と言いかけて言い換えたのは、一のお殿様のお名前だろう。

当たりだ、と思った。

おちかは神妙に手をついて頭を下げた。

「おっしゃるとおり、わたしのような者が名主様をお呼び立てするなど、たいへん僭《せん》越《えつ》なふるまいであることは百も承知でございます。失礼をいたしました。でも」

そこで慇懃《いんぎん》に微笑んで、

「おつぎちゃんからお話を聞いていて、昨年の葉月《はづき》（八月）に、三歳の姫様を麻疹《はしか》で亡くされた一のお殿様というのは、本郷にお屋敷のあるお旗本の堀越新之丞《ほりこししんのじよう》様ではないかしら、と思い当たりましたもので」

名主の弥次郎兵衛はぎょっと目を剝いた。

「お、お嬢さん、何でそれを」

おちかはしゃらっと、自分も驚いたふりをした。

「あら、やっぱりそうでしたか。奇遇でございますね。堀越様には、この三島屋は大変ご贔屓をいただいておりますの。昨年の弔事の際には、彼岸へ旅立たれる姫様のために、特にお誂《あつら》えの小物のご注文を承ったくらいでございます」

実を言うと、おつぎの語りを聞き始めて間もなく、一のお殿様がどなたなのか、おちかには見当がついていた。だが、堀越様の領地での出来事は、江戸の屋敷に出入りを許されている商人には知る由もないから、離れ家をめぐる騒動はもちろん初耳で、一部始終をいたく興味深く聞いた。

しかし、名主がこれからおつぎを伴い、堀越様のお屋敷に伺って、この一件をひとくさり「戒《いまし》めのために」語らせるとなると、話はちょっと別になってくる。

「名主様にとって堀越様が大切なご領主様であるように、手前ども三島屋にとっても、大事なお得意様でございます」

おちかには、伊兵衛のような貫禄も、お民のような目力もない。せいぜい、誠意を見せて語るだけである。

「ですから、差し出がましいとは存じますが、黙ってはおられません。名主様、離れ家をめぐる亡者の一件を堀越様に言上《ごんじょう》して、いったいどんな戒めになさろうというおつもりですか」

伊原弥次郎兵衛は、わかりやすく狼狽《うろた》えた。

「ど、どんなって、そりゃあんた、あの騒動は、もとはといえば、行灯《あんどん》祭りを禁じられたから起こったんであって」

「堀越様が姫様を喪ったお悲しみのあまり、領地できらびやかな祭りをするなと命じられたことが間違いだった、と？」

「そんな言い方はしませんよ。だ、だけどね」

名主はへどもどする。

「農村のね、まして田圃《たんぼ》の神様を敬うための祭りは、やすやすと禁じちゃいけないものなんですよ。江戸者のあんたにはわからんだろうが――」

おちかは名主の言を遮《さえぎ》った。「何故でございます？　凶作になるからですか」

「そりゃそうですよ」

「でも、小森、長木、余野の三つの村が凶作になるかどうか、まだわかりませんでしょう」

冬に大雪が降ったことは確かだ。だから夏は旱《ひでり》になるかもしれぬと、古老の甚兵衛が危ぶんでいることも確かだ。しかし、今はまだ三月である。

「田植えだってこれからでしょう。まだ、凶作も蜂の頭もございませんわよねえ」

「あんた、お嬢さん」

愛嬌のないやじろべえさんの不機嫌皺の一本一本の奥から、今にも冷汗がにじみ出てきそうだ。

「おつぎから話を聞いたんだろうが。小森神社からご神体が消えちまって――」

「それは一平さんが持ち出したからで、ご神体が亡者を嫌って、勝手にいなくなったわけじゃありませんでしょ」

赤くなったり青くなったりする名主の顔を、おちかは正面からきりっと見据える。

と、弥次郎兵衛はがくりと折れた。

「私らがしでかした過ちを打ち明けて、堀越様に思い留まっていただきたいんですよ。そのための戒めにしようと思ったんです」

「何を思い留まっていただきたいんですか」

名主は弱々しく呟《つぶや》いた。「亡くなった姫様をこの世に蘇《よみがえ》らせようとして、あれこれと手を尽くすのを」

ああ――そういうことだったのか。

「これまでにも、怪しげな巫女《みこ》だの修験者《しゅげんじゃ》だの拝み屋だのの出入りを許して、堀越様はさんざん、無駄に大枚の金子《きんす》を巻き上げられているんです。みんな偽者、食わせ者ばっかりなんだから」

本当に死者を呼び戻すことなどできない騙《かた》り屋が、堀越家をいい金づるにしているのだ。

「堀越様も奥様も、どうにも諦め切れないんでしょう。私だって放っておいたわけじゃない。畏れながらと意見させていただきましたし、ご親戚筋の皆様からもお取りなしがあったんですが」

まったく効き目がないのだという。

「かくなる上は、もう仕方がない。今度の騒動をすっかりぶちまけて、いったんあの世に渡った者をこの世に呼び返したって——真にそんなことができたとしてもですよ、ちっともいいことなんかないってわかっていただくよりほかに、もう手がないと思ったんですよ」

離れ家の騒動を打ち明ければ、弥次郎兵衛は、名主としての働きに不手際があったことを白状することになり、自分の親不孝を暴露することにもなる。それでもいい。そう思い決めている。

根は悪い人ではないのだと、おちかは思った。おつぎたちから（そこそこ）きちんと敬われるだけの人物ではあるのだ。

「そういう事情だったのなら、絵師の石杖先生が小森村に逗留《とうりゅう》していたのも、堀越様の意に沿うために、名主様が招いたからだったんですか」

岩井石杖こそ、騙りではなく、真に死者を蘇らせる技を追い求め、半端な形ではあるが、それを実現させた者なのだから。

しかし、名主は身体ごと後ずさりするようにして、「とんでもない！」と否定した。

「あの先生が村に来ていたのは、本当に偶々《たまたま》だし、私は何も知らなんだ。あの人があんな絵師だとわかっていたら、すぐに追い出していましたよ」

ただの偶然か。でも、裏返せばそれは、逝ってしまった愛する者をこの世に呼び戻したいと願う人びとは、ここにも、そこにも、どこにでもいるという悲しい真実を示してはいないだろうか。

　おちかは優しく問いかけた。「名主様、その後、お身体はどうですか」

　急に風向きが変わったので、弥次郎兵衛は問いの意味がわからないようだ。「あ？」と、目を泳がせている。

「ご隠居様の亡者《もうじゃ》が離れ家にいるあいだ、名主様は眠っていらしたんですよね。お身体がすっかり冷たくなって。目が覚めたら、すっかりもとに戻りましたか。何か障《さわ》りは出ていませんか」

「ああ、そういうことなら、私ゃ何ともない。目が覚めた者はみんな元通りで、無事ですよ」

　それはひと安心だと思ったが、

「むしろ、巳之助の方が心配だね。あれっきり弱ってしまって、つい先月にはとうとう卒中を起こして、今じゃほとんど寝たきりだ」

　おちかはおつぎの語りを聞いただけだが、小森村の人びとと知り合いになったような気がしている。気の毒で胸が痛む。

「巳之助さんが離れ家で見たもの――おたまちゃんも、おつぎちゃんも見たそうですけれど、あれはいったい何だったのでしょうね」

　石杖先生は、「死人の念の穢《けが》れた切れっ端」だと言い捨てたそうだけれど。

「さて、ねえ」
懐紙を取り出し、冷汗を押さえるようにして拭いつつ、弥次郎兵衛はまた苦い顔になった。

「存じません。親父が死んで間もなく、あれは最初、うちの屋敷に現れたんです」
それは驚きの初耳だ。

「だから私は親父が死んだ場所を封じたんだ。そしたら、あれは出なくなった」

「今はいかがですか」

「戻ってきましたよ、うちの屋敷に。家内がしょっちゅう怖がっている」
それもまた気の毒な話だ。

「だから私は、近ごろじゃ、あれこそが本物の亡者なんじゃないかと思ってますよ。岩井先生の音頭取りで離れ家にぞろぞろ戻ってきた方は、みんな幻だったんだろうって」

ちっと透けているし、浮いているし、ほとんどやりとりもおぼつかないけれど、元のその人の姿で離れ家に現れたのは、岩井石杖の指示の下、村人たちが魂を込めて描いた絵が生気を得て生まれた幻に過ぎなかった――

そう考えると、亡者一人につき、その亡者とよくも悪くも縁の深かった一人の生者が、生気を奪われたかのように冷たくなって眠ってしまったことにも、うまく辻褄《つじつま》が合うようだ。

そう、離れ家の隠居の亡者が、貫太郎から手形をもらって彼岸に帰るとき、倅《せがれ》の名主を「おやふこうものじゃあ」と罵《のの》ったのも、あれは隠居の想いではなく、倅の名主自身がその胸の奥深くに秘めていた苦しい想い、

——私は親不孝者だった。親父にすまないことをして、寂しい死に方をさせてしまった。

その想いが、亡者の姿をした幻の口を借りて、村の人びとが見守る前で吐き出されたのではなかったか。

だから、今もおなつを恋しがる一平の想いを集めて現れたおなつの幻は、一平が覚えているとおりに優しかったのだ。そして一平が嫌うおたまを眠らせて、彼から遠ざけた。

石杖先生が優れた筆さばきで呼び出し、操ってみせたのは、結局、生者の魂の方だったのかもしれない。

しかし、ではホントの亡者の方をどうすればよかろうか。

「今度はお屋敷のなかで、生前のご隠居様が使っていたお部屋を封じてみてはいかがでしょう。いわゆる開《あ》かずの間にするというか」

名主はちまちまとまばたきをして、計るようにおちかの顔を見た。

「お嬢さんは百物語をしていて、そういう話を聞いたことがあるのかね」

「さあ……。どちらにしろ、ご供養を欠かさないことが肝心だとは思いますけれど」

「まあ、そうだろうねえ」

弥次郎兵衛はすっかり萎《しお》れてしまった。

「重ねて差し出がましいことを申し上げますが、堀越様のお屋敷には、おつぎちゃんをお連れになるよりも、わたくしがお供した方がよろしいように思います」

一のお殿様に、いわばお説教をするのに、おつぎを肝煎《きもい》りにしては可哀相《かわいそう》だ。

「わたくしでは失礼に過ぎるようならば、主《あるじ》の伊兵衛ではいかがでしょう。叔父は堀越様の碁のお相手を務めたこともございますから、お目通りをお許し願えるはずです」

名主のような立場の人には、ほかのどんなことより、こういう話が効き目がある。

弥次郎兵衛は、はっと立ち直った。

「三島屋さんは、そんなにご贔屓《ひいき》をいただいているのかい？　だったら、私に助太刀してもらえたら、こんな有り難いことはないねえ」

実のところ、伊兵衛の方が強過ぎて勝負にならず、碁のお相手に喚《よ》ばれたのは一度きりなのだが、今はそこまで正直に言う必要もあるまい。

「それでは、叔父にはわたくしから事情を打ち明けておきましょう」

「よろしく頼みます」

来たときとは一転、重荷を（少なくとも半分方は）おろしたような足取りで帰ってゆく名主の弥次郎兵衛を見送って、おちかはため息をついた。

しきりの唐紙がつと開き、お勝が顔を覗《のぞ》かせた。

「お嬢さん、お疲れさまでございました。おつぎちゃん、しっかり者の可愛《かわい》い子でしたねえ」

「うちに奉公に寄越してほしいくらいよね」

「お宿では、あの子が落ち着いてお弁当を食べられるよう、おしまさんが世話しているはずですから、ご安心ください」

このへんはもう阿吽《あうん》の呼吸である。

「――絵師の先生は、今はどうなすっているんでしょうか」

お勝の呟《つぶや》きは、しんみりしていた。

「奥様とお子様のこと、諦めがついたでしょうかねえ」

「お勝さんは、石杖先生が心配なのね」

おちかは貫太郎の方が気にかかる。彼がひょいと敷居をまたぎ、渡っていったあちら側は、本当にあの世だったのかどうか怪しくなってきた。

「それもまた幻だったなら、どこかでひょっくり帰ってきますよ。わたしどもはみんな、いずれ死ぬまでは、どうしたって生きなくっちゃならないんですから」

そう言って、お勝は艶然と微笑《ほほえ》むのだった。

第二話　食客ひだる神

祭りと喧嘩《けんか》は江戸の華。

だが、江戸っ子が浮かれるという点では、この二つよりもさらに大きなことがある。春の花見だ。商売繁盛で大忙しの三島屋《みしまや》も例外ではなく、毎年、隅田堤《すみだづつみ》へ花見に繰り出すことになっている。これは、今の場所にお店《たな》ができたころからずっと続いている習わしだ。

神田からは上野山の方が近いのだが、山内では鳴り物や飲酒が禁じられている。鳴り物はともかく、せっかくの花見にご酒《しゅ》を欠いてはつまらない。さりとて、江戸の桜の大名所の飛鳥山《あすかやま》はちと遠い。船を使い、大人数でもするりと出かけられる隅田堤がいちばん都合がいいのだった。

春の吉日を選び、空模様も睨《にら》み合わせて、みんな揃《そろ》って出かけるので、三島町のお店は一日閉めることになる。が、商いをまったく休みにはしない。毎年、花見のときに使う馴染《なじ》みの貸席の表通りの一間《ひとま》を借りて、そこに出店を設けるのである。商い物は、昔、伊兵衛《いへえ》とお民《たみ》が袋物の振り売りをしていたときと同じように笹竹《ささだけ》に吊《つる》し、軒先に立てかけておく。

「お花見のときは、皆様お財布の紐《ひも》が緩くなっているからね。美しい花を愛《め》でれば、美しい小物が欲しくなるのもまた人情だし」

いい商いができるんだから、この機を逃す手はないというお民の発案だった。

但《ただ》し、日ごろは根仕事《こんしごと》をしている職人たちと縫い子たちは、この日は一切、何も手伝わなくていいのが決まりだ。ひたすら花見に浮かれていればよろしい。出店の商いは、これまた昔日よろしく主人夫婦が取り仕切る――

はずだったのだが、近年、そうはいかなくなってきた。こっちの出店が妙に人気で、お客様が集まるようになったからである。常連客のなかには、この時期が来ると、わざわざ三島屋の花見の日取りを聞いておいて、ご自分たちも花見をしつつ、出店に買い物に来てくださる向きもある。そこでまた伊兵衛が商人魂を燃やし、年に一度のこの出店でしか売らない品を用意したりするものだから、ますます人気が上がって、

「有り難いことなんだけどねえ」

番頭の八十助《やそすけ》をはじめ、店売りに携わる奉公人たちは、けっこう忙しくなってしまった。

さて、三島屋の者になって三年目のおちかは、この花見に加わったことがない。叔

父夫婦のもとに身を寄せるきっかけになった辛《つら》い出来事から立ち直っていなかったからだ。多少は気持ちが上向き、前向きになるときがあっても、そういうときほど物見遊山の楽しみは、かえって後ろめたくっていけない。花見なんぞでまわりが揃って浮かれていたら、なおさらだ。

だから今年もまた留守番だと思っていたら、いよいよ明日が花見だよ楽しみだね、という際《きわ》になって、お民に呼ばれてこう言われた。

「八十助たちにのんびり花見をさせてやりたいから、出店を手伝いに、あんたも来ておくれ」

三島屋の謎の看板娘と評判をとるほど引きこもりがちのおちかを少しでも外へ引っ張り出そうと、これまで、叔父夫婦はいろいろと手を替え品を替えてきた。しかし、これは新手である。

「遊びに行こう」というのは断りやすいが、働けと言われたら、おちかの気質《たち》ではまず断れない。お民の方もそれを承知で、薄笑いなんか浮かべながら言うのだから癪《しゃく》に障《さわ》る。

「はい、参ります」

「お客様の前に出るんだから、ちゃんとした身なりで行かないとね」

嬉《うれ》しそうに振袖を衣桁《いこう》に掛け並べているお民に、

「働くんですから、小袖でないといけません」

一太刀返すのがせいぜいで、よそ行きを着て、銀杏《いちょう》返しにお民のお気に入りの玉《たま》簪《かんざし》をさして出かけることになってしまった。

ただ――

存外、この花見は悪くなかったのである。

一つには、出店が本当に忙しかったからだ。袋物や小物を吊した笹竹はぞろりと五本も立てかけてあり、お客もそこに鈴なりになっている。藪《やぶ》入り以外は働きっぱなしの番頭の八十助と手代たちにゆっくり花見を楽しんでもらうには、叔父夫婦を手伝って、おちかがきりきり立ち働かねばおっつかない。

おちかの「お仲間です」「手下ですよ」「あたしが一の子分」「じゃあ、わたしが二の子分」と言い合うおしまとお勝《かつ》も進んで手を貸してくれて、隙を見ては手伝いにこようとする八十助を押し戻し、酌をして吞《の》ませることまでやってくれた。

二つめには、そんな忙しい間を縫って、普段は顔を合わせる機会が少ない職人たちや縫い子たちと親しくやりとりし、皆が楽しそうに花を眺め、美味《おい》しいものを食べて寛《くつろ》いでいる顔を眺めるのが嬉しかったからだ。

そして三つめには、桜の花というのは、どんなにたくさん並んで満開に咲き誇っていても、けっして賑《にぎ》やかな花ではないからである。どこか儚《はかな》く、寂しく、いっそしめやかと評していいような風情がある。

これはおちかの勝手な思い込みではなかったようで、ひと休みして花見弁当をつかっているとき、貸席の座敷にまで舞い込んでくる花びらをつまみ上げながら、お勝がこんなことを言った。

「北国のある地方では、一年のうちに出すことになったお弔《とむら》いを、ぜんぶ桜のころにするんだそうですよ」

もちろん死人《しびと》はその都度葬るのだが、弔いの儀式は桜の時期にまとめる、という意味だ。

「桜はほんらい極楽浄土に咲く花だから、満開の桜並木は、迷わず浄土に通じているからだそうですわ」

あの世の話に、おちかはふと、小森村からやってきたおつぎの顔を思い出した。あの子は元気でいるかしら。小森村は、村の衆がこぞって花見を楽しむことができるくらいまで、落ち着きを取り戻したかしら。

と、お民がぐりっと目を瞠《みは》って問いかけた。「いい話だけれど、お勝、あんたどうしてそんなことを知っているの」

「行然坊《ぎょうねんぼう》さんから、お土産話に聞かせていただいたことがあるんです」

行然坊というのは、黒白《こくびゃく》の間の語り手になったことがある上に、三島屋にとっていささか恩のある人物である。本物の僧侶ではないのだが、偽坊主《にせぼうず》と言い切ってしまうのはやや酷で、「坊主もどき」と言えばかえって怪しい。が、けっして悪い人ではない。

さらに、この坊主もどきは雲をつくような大男で、声も大きい。来ればすぐにわかるが、この一年ばかりは姿を見かけていない。だからおちかも「へえ」と思ったし、お民はもっと驚いた。

「あんた、いつあのお坊さんにお会いだえ」

「さあ、半月ばかり前になりましょうか。たまたまお店の前を通りかかられたので、お茶を差し上げたんですけれど」

おっとりと応じるお勝だが、その切れ長の目の奥に、(うっかり口を滑らしてしまったわ)という台詞《せりふ》が読み取れると、おちかは思った。

おお、これは怪しい。不思議話とは別の意味であやしい。お勝はいつの間に、行然坊とそんなに親しくなったのだろう。

武士の情けで、ここでは深く尋ねずにおこう。お民の詮索もかわしてあげようと、おちかはわざと蕩《とろ》けるような顔をして、

「ああ、美味しいお弁当だわぁ」と声をあげた。

「〈だるま屋〉さんの仕出し料理はいつも外《はず》れがないけれど、今日のこの花見弁当はまた格別ね。叔母さん、どんな注文を出したんですか」

これは煙幕として言っただけではなく、本当に見た目も美しければ味も最高、お腹にしっかり食べ応えもある、三拍子揃った見事な弁当だから、正直な感想なのだった。

お勝も、「そういえば」と、話に乗ってきた。「さっき桜模様の懐紙入れをお買い求めくださったお客様は、三島屋さんは出店であの花見弁当も売ってはくれまいか、あんまり旨《うま》そうなので涎《よだれ》が出るとおっしゃっていましたわ」

「だるま屋さんなら、最初はここの女将《おかみ》さんに紹介してもらったんだよ」

貸席は文字通り席を貸す、場所を貸すのが商売だから、慶事であれ法事であれ習い事のお浚《さら》い会であれ、酒や料理は客の方で都合して持ち込むことになる。が、そういう手間をいくぶんか省き、自在に紹介できるよう、いい仕出し屋や酒屋と方々に糸を繋《つな》いでおくのが賢い貸席の商いだ。

「そのとき女将さんが、三島屋さんの花見弁当なんだから、三色の縞《しま》の風呂敷に包んでお届けするといいって、だるま屋さんに言い添えてくれてね。そこにまた、だるま屋さんのご亭主が気の利いたお人でさ、そういう風呂敷なら三島屋さんに頼んでこしらえてもらいましょうっていうんで、だからこれはうちの特別あつらえなのさ」

これはしたり。おちかは、一人分ずつ小ぶりな三段重にしてある豪華なお弁当の中身に夢中で、包みのことまで気が回っていなかった。

「あらホントだ。内側の隅に、うちの屋号が薄く染め付けにしてある」

「ご飯が三色の縞になっていることは、わたしも気がついていたんですけども」

三の重に詰めてあるご飯は、白飯、桜飯、菜飯の三色だ。白飯には漬け物、きゃらぶきと、じゃこの炒《い》り煮が添えてある。

「確か去年のお弁当では、黒豆飯と筍《たけのこ》飯と茶飯の三色だったねえ」

「毎年、組み合わせが変わるんですね」

年に一度のお楽しみが、いっそう面白くなる趣向である。

「今年はうちの人が、せっかくの旨いお菜《さい》をのっけて食べたいから、一色は白飯にしてくれって頼んだんだよ。そうでなかったら鳥飯になっていたんだって」

そこまで言って、なぜかお民はふうっとため息をついた。

「まったくねえ。だるま屋さんもこれだけの腕前があるんだから、もっと手広くやったってよさそうなもんなのに、あのご亭主は誰にどう口説かれたって、うんと言わないのさ」

元濱町《もとはまちょう》にある間口二間の行灯《あんどん》建てのお店一軒こっきりで、増築もせず分店も出さない。暖簾《のれん》分けはしているようだが、〈だるま屋〉の屋号は名乗らせない。だから、だるま屋は増えない。

「あのご亭主には、商人《あきんど》の欲ってものがないんだよ。変わってるんだ」

「まあ、お身内だけで、仲良く商いを続けていたいんでしょう」

おちかは思いつきを言ってみたのだが、お民は納得しない。真顔になって、

「そんなことじゃありませんよ。だって、毎年この花見の時期が終わると、秋の紅葉狩りのころまで、お店を閉めちまうんだもの」

これには、おちかもお勝も驚いた。

「夏場はそっくり休業なの？」

「どこか他所《よそ》へ商いを移しているんじゃありませんか。品川あたりの浜座敷（海の家）には、けっこうな数の仕出し屋さんや弁当屋さんが屋台を並べていますから」

お民はきっぱりと首を横に振る。「いいえ、全然。だるま屋さんは、夏場はお休みなのさ」

「川開きの日も？」

「そうだよ」

おちかはお勝と顔を見合わせた。ずいぶんと訝《いぶか》しい話である。

一夕だけのことだから、花見の季節ほどではないけれど、大川の川開きもまた、仕出し屋や弁当屋の稼ぎ時だ。

夏の美と粋を集めて夜空に打ち上げられる数々の花火を眺めつつ酒肴《ささ》に舌鼓を打つのは、身分や富裕の上下を超えて、江戸っ子たちの楽しみのひとつだ。大川沿いの貸席や料理屋は軒並み満員になる。花火がよく見える場所にお店のある商家は、得意客

を招いて宴会をする。打ち上げ花火を川面から仰ぐことができるので大人気の花火船も、押し合いへし合いになるほどの数が漕《こ》ぎ出される。

それらすべての席に酒と料理が要る。だから、普段は仕出しをしない高級な料理屋が、このときだけは特別に花火弁当をしつらえて評判をとったりすることもある。

そんな好機を、だるま屋は、毎年みすみすふいにしているのか。

「そうしますと、山王祭や明神様のお祭りでも」

「だるま屋さんは店を閉めたっきりで、お得意さんにどれだけせがまれたって、仕出しもしないし弁当も出さない。先《せん》に、深川に住んでるおかみさんの親戚に頼まれたのに、あいにくですがって断っちまったこともあるんだってよ」

お民が口を尖《とが》らせて語るのは、こんな事情だ。

大川を渡った向こうの深川《ふかがわ》には、富岡《とみおか》八幡宮という由緒ある八幡神社がある。ここの例大祭は三年に一度、葉月《はづき》（八月）の開催で、百基を超す大小の神輿《みこし》が列をなして町中を練り歩き、見物の人びとがこぞって神輿と担ぎ手に水をぶっかける。だから別名「水かけ祭」とも呼ばれている。宮元の大神輿が出る前には、門前町の辰巳《たつみ》芸者たちがぞろりと居並んで〈てこ舞い〉を披露し、花笠をつけた子供たちが華やかな山車《だし》を引く。勇壮で美麗で婀娜《あだ》っぽくて、まさしく江戸の華のなかの華と言っていいお祭りなのだという。もちろん、見物人も大勢押しかけて賑わうことになる。

「それでね、この前の大祭の年は、おかみさんのおっかさんの従兄《いとこ》さんの還暦と重なったんだって」

その家は深川の建具商で、内証《ないしょう》も豊かだ。いい機会だから、永年ご贔屓《ひいき》をいただいた客筋や親戚縁者を集め、大祭の神輿行列の日にぶつけて、還暦祝いの一席を設けようということになった。そこで、だるま屋に料理を頼んだのに、

「夏は商いをいたしません、相すみませんって」

「それ、だるま屋さんのおかみさんも承知の上だったんでしょうか」

夫婦喧嘩にはならなかったのか。

「さあ、そこまでは知らない。あたしだったら黙っちゃいないけどね」

叔父夫婦はほとんど諍《いさか》いをしない。それほどべったりと仲がいいというのではなく、この夫婦の〈喧嘩〉は、お民が伊兵衛を叱るのだ。念のために言うが、その逆ではない。で、おおかたの場合、叱るお民の方に理がある。

「夏場は、食あたりが怖いですから……」

小首を傾《かし》げて、お勝が呟《つぶや》く。

お民もうなずいた。「ああ、そのへんがくさいって、あたしも思うよ。ここの女将さんも、だるま屋さんは昔、食あたりを出して懲りたことがあって、以来、夏の商いは慎《つつし》んでいるんじゃないかって言ってる」

女将もはっきりした理由を知らないのか。知っていても他言しないのか。

「おちか、やめなさいよ、その顔」

「はい？」おちかは目をしばたたいた。

「その顔って、どんな顔ですか」

「何ぞ曰《いわ》くがあって、面白そうだなあっていう顔つきですよ」

「嫌だわ、叔母さん。あたし、そんな詮索屋じゃございませんよ」

ころころ笑って「ご馳走《ちそう》さまでした」と手を合わせ、出店の商いに戻ったおちかだが、実は腹のなかで思案していた。

三島屋馴染《なじ》みの貸席の女将は、見事な銀髪を島田崩しに結った老女で、顔ばかりか喉や首まで縮緬《ちりめん》のような皺《しわ》に覆われているが、天鵞絨《ビロード》のごとき艶のある美声の持ち主だった。

花見を終えた帰りがけ、おちかは女将に一日世話になった礼を述べ、ついでのように見せかけて、内緒の頼み事をした。女将は「よござんす」と、天鵞絨の声で請け合ってくれた。

桜をもの悲しく感じるのは、満開になったと思うそばから駆け足で散ってしまう花だからかもしれない。が、だからこそ「潔い」と讃《たた》えられもする。人の心の向きは、花ひとつ見るだけでも異なるものなのだ。

隅田堤の桜がすっかり葉桜に変わったころ、貸席の女将が使いを寄越してくれて、おちかが待ちかねていた報《しら》せが届いた。

仕出し屋〈だるま屋〉の亭主、房五郎《ふさごろう》が、黒白の間の客になってくれるという。日取りもすぐにまとまった。

当日の朝、おちかは黒白の間の床の間に、出入りの花屋から取り寄せた葉桜の枝を活《い》けた。

三島屋では今のところたった一人の丁稚《でっち》の新太《しんた》が、たまたま庭を掃除していて、黒漆の花器を前に葉桜の枝を剪《き》っているおちかを見かけ、うへぇっと声をあげた。

「お嬢さん、毛虫がいませんか」

桜は、若葉が出るとたちまち虫がつく。悪くすると、花吹雪のあとに毛虫の雨が降ることもある。

おちかは微笑《ほほえ》んだ。「花屋さんの桜だから、大丈夫よ。新どんは毛虫が嫌いなの？」

「へえ……。いっぺん、表を掃いていて、気がついたら襟首から背中に入ってて」

年々――いやもっと早く、半年を節目に背が伸び、しっかりしてゆく新太ではあるが、こんなところはまだ子供だ。

「もう桜はしまいなのに、葉桜を飾るんですか」

「桜は、葉っぱもあでやかだからね」

そしておちかは、膝《ひざ》の脇に置いた小さな紙包みを取り上げて見せた。

「これを飾るのに、ちょうどいいでしょう?」

紙包みのなかには、朱色の絹の端布《はぎれ》でこしらえた小さな玉がいくつか入っている。繭玉《まゆだま》よりひとまわり大きいくらいで、中身は綿だ。形を調《ととの》える程度に詰めてあるだけなので、ふんわりと軽い。一端に糸をつけてある。

新太は察しがいい。

「枝からぶら下げるんですね」

「そうなの。今日、ここにいらっしゃるお客様にちなんで、飾ってみたいと思いついてしまってね。仕事場の方にはちょっと無理を言って、急いで作ってもらったのよ」

小さな玉には、ひとつにひとつ、黒い糸でだるまが刺繍《ししゅう》されている。

「今年の初売りのとき、宝づくしのお手玉を配ったでしょう」

鶴亀、扇子、熊手、ふくろう、招き猫などの縁起物を刺繍したお手玉を三つずつ詰めて、福袋にして出したのだ。

「あのとき、これをもっと小さくして紐《ひも》をつけて、ぶら下げる飾り物にしたら綺麗《きれい》だなって思いついたんだけど」

新太は縁側から座敷の方へ身を乗り出してきた。

「ええ、綺麗ですよ。いいなあ。お嬢さんは粋《いき》ですねえ。こういうものを枝に下げて花の代わりにするなんて、おいらなんか思いつきもしません」

　お客様の前ではちゃんと「手前は」と言い慣れてきた新太だが、おちかと一緒だとまだ「おいら」だ。が、「粋ですねえ」なんて口もきくようになってきた。

「それにこれ、商い物になりますね」

「お店で売るの？」

「店先に飾っておけば、きっとお求めになりたい方がいらっしゃいますよ。こういう縁起物づくしもいいし、ご注文を受けて、お客様の家紋や屋号を刺繡するのもいいんじゃありませんか」

「わあ、新どん。あなた立派な商人《あきんど》におなりだねえ」

　新太は大いに照れて、そそくさと掃除に戻ってしまった。おちかは吊しだるまを飾り終え、次は床の間の掛け軸を選んだ。伊兵衛に頼んで、いくつかだるまにちなんだ図柄のを出してもらったのだが、結局、叔父が、

「これがいちばん洒落《しやれ》が利いている」

　と勧めてくれたものに決めた。

　白壁に、木の葉の影が映っている。形からしてこれも葉桜だろう。そのほかには、画面の端に巻物が二巻《ふたまき》、きちんと揃えて置かれているだけだ。人物はいない。ぱっと

見ただけでは、白い部分の多いへんてこな絵だ。

しかしこの絵の落款《らっかん》のそばに、作者は小さく一文を添えている。〈大師立ッ落桜ノ壁〉。

これは、九年間も少林寺の壁を睨んで座り続けた達磨《だるま》大師《だいし》が、悟りを開いて立ち去った後の壁の絵ですよ、という意味である。

この絵解きにふふっと笑い、目を下にやれば、花器に活けられた葉桜の枝のあいだから、朱色のだるまの吊し飾りが覗《のぞ》いている――というのが、本日の趣向だ。

果たして、だるま屋の亭主房五郎は、黒白の間に通されるなり、膝を打った。

「参りました、こりゃあ味がありますねえ、お嬢さん」

さすがは三島屋さんだ、と呻《うな》る。

「手前もだるま屋ですから、絵だの置物だのけっこう集めておりますが、こういうのは初めてお目にかかりました。きっと名のある絵師の先生の筆なんでしょうなあ」

おちかは笑った。「とんでもない、叔父の碁敵で、絵も俳諧も三味線も謡いも、何でもやってみるのがお好きな紙問屋のご隠居さんがお描きになったものだそうです」

へえ～と、房五郎はさらに感じ入った。小柄で小顔、細い目の目尻が下がっているので、普通にしていても笑っているような泣いているような、何ともいえない愛《あい》嬌《きょう》のある顔だ。歳は四十の半ばほどだろうか。

紺縞の着物は縮《ちぢみ》木綿、見るからに上質なもので、きっと銚子《ちょうし》縮だろう。きちんとした外出着ではあるけれど、羽織を着るほど格式張ってはおりません——という、ほどよいさじ加減の出《い》で立ちである。

「そりゃあ、趣味人のご隠居さんだ。手前もあやかりたいものです」

房五郎は声がやや高く、ときどき語尾が軽くひっくり返る。男の甲高い声は嫌われがちなものだが、この人の場合はそれも愛嬌で、おちかはもう打ち解けた気分になってきた。

「達磨忌は神無月《かんなづき》（十月）の五日ですから、大師様の亡くなった日はわかっているんですよねえ。しかし、悟りを開かれたのは春だったんだろうか。春の終わりの、ちょうど今ごろ」

掛け軸を眺めながら、房五郎は顎《あご》の先をつまんで呟いている。

「それともこの葉桜は、季節を表しているんじゃなくて、人の命の儚さを示しているのかなあ。無常ってことですよねえ」

そこで呟きがとまり、房五郎の目が丸くなった。

「おンや！　こりゃまたまた、何て可愛《かわい》らしいだるまさんだろう！」

だるま屋の亭主は、だるまの吊し飾りが大いに気に入った。帰りにはお土産に、というおちかの言に大喜びして、

「これは三島屋さんの新しい商い物なんですか。だったら、早速にお願いしていいん

でしょうか」

　弁当を包む風呂敷の結び目にこの吊し飾りを巻き付けたら可愛らしいと思うから、と言う。

「かしこまりました。すぐ叔父に話をしておきます。この大きさでよろしゅうございますか。お色は何色《なんしょく》に」

　あれこれ相談し、おしまが茶菓を持ってきたときには、商いが一件まとまっていた。

　今日のお茶菓子は草餅だ。いい香りがする。

「いや、座を温める間もなく騒いでしまって、やかましいことでございます」

　頭を掻《か》きながら、房五郎は座り直した。

「こちらこそ、お忙しいだるま屋さんをお呼び立てするなんて、失礼をいたしました」

　房五郎は細い目をなお細めて、おちかを見る。

「貸席の女将さんから伺いましたが、お嬢さんは、うちが夏場に店を閉めてしまう理《わ》由《け》をお聞きになりたいそうですね」

「はい。物見高くってごめんなさい。ただ、わたしはこんなふうに変わり百物語なんその聞き手を務めているものですから――」

　房五郎はうんうんとうなずいた。「三島屋さんは今、商いだけじゃなく、そっちの方でも評判をとっておられますよ」

「ありがとうございます」

おちかは丁寧に頭を下げた。

「だるま屋さんの夏場の休業の理由は、充分に不思議で不可解で、百物語の一話になりそうな匂いがしたんです。ですから、駄目で元々でお頼みしてみようと、勝手に思い決めました」

房五郎の細い目が、ほとんど半円を描く。にっこり笑ってくれたのだろう。

「はい、お嬢さんのお察しのとおり、これには理由がございます。しかも、けっこう面妖《めんよう》な理由でございまして」

にわかに信じてもらえるような話ではないのだ、と言う。

「ですから、ほとんど手前と古女房の胸ふたつに、ずっと納めて参ったんでございますが」

このごろたまに、その古女房と話し合っていたのだという。

「そろそろ、この話をどなたかに聞いてもらってもいい頃合いなんじゃねえかって。それで、けっしてお追従《ついしょう》で申し上げるんじゃなしに、三島屋さんの変わり百物語のことを思い浮かべていたんでございます」

何と、おちかにとっては光栄なことだ。

「ですからこうしてお招きいただいたのは、お嬢さんが勝手に思い決められたせいじゃなくって、手前と女房の念が通じたんでございましょう」

房五郎はにっこり顔のまま、

「語って語り捨て、聞いて聞き捨て」

おちかが言うべきことを、先んじて言った。

「この変わり百物語の決まりだと、こちらも評判を聞いております。手前の話も、それでよろしいんでございましょうか」

おちかは深くうなずいた。「はい、もちろん」

房五郎はお茶を一口、ゆっくりと味わうように飲んでから、始めた。

「この話はまず手前の身の上話でございますし、だるま屋が成り立ってきた経緯《ゆくたて》を語ることにもなりますんで、ご退屈かもしれませんが、そうとう遡《さかのぼ》らなくっちゃなりません」

房五郎は今年四十六歳。この話の振り出しは、彼が二十歳で、そのころ奉公していた愛宕下《あたごした》の仕出し屋を飛び出したときだという。

「手前は根っからの江戸者じゃございません。生まれは上総国《かずさのくに》の搗根藩《とうがね》というところでして」

江戸市中から三日足らずで行き来できる土地だから、そう遠くはない。

「搗根は、昔っから菜種《なたね》作りが盛んなところでございましてね。菜種は米と違って、問屋に卸せばすぐ金子《きんす》になるから具合がようございます」

菜種は燈火に使う菜種油の素《もと》だ。上質なものには高値がつくし、年じゅう要るものだから、商いの見通しがつきやすい。

「鵜根のお殿様が菜種作りを奨励されたこともあって、あの土地じゃ、春になると一面に黄色い花をこう、ずうっと敷き詰めたような眺めが広がりますんですよ」

房五郎の生家は、城下町で菜種の仲卸商を営んでいたのだという。

「親父が興したお店《たな》でございます。本人は小作人の倅《せがれ》で、十二の歳に奉公に出た先でよく働いて、有り難いことに暖簾分けをいただいたんです」

この店が、〈だるま屋〉といった。

「手前の店も、右から左に、この親父のお店の屋号をもらったんでございますが」

もとの方のだるま屋の命名には、ちょっとした逸話があるのだそうだ。

「親父が奉公に行くとき、村のお寺の和尚さんから、こう言い聞かされたんで」

――達磨大師は、お一人で壁に向かって九年も座しておられた。凡夫でも「石の上にも三年」という。だからおまえも、九年は無理でも三年は石になれ。

「それで、親父は奉公先の菜種卸商で十八年務めたんでございます。九年の倍ですよ」

「ご立派ですねえ」

おちかが感嘆すると、房五郎はまた細い目を半円にして笑った。

「それがお店者《たなもの》の人生でございます、お嬢さん」

まっとうな人は、こういうことをさらりと言う。

「それでも、そういうのが辛い、つまらねえって、十人奉公に出たら、まあ六、七人は逃げちまいます。とりわけ最初の三年が務まらない。だから和尚さんもそんな教えを垂れたんでしょうし、それをバカ正直に守り通した親父も、まあ偉かった」

我慢強い働き者だった房五郎の父親は、十八年務めて暖簾分けを受け、そのお店には好きな屋号をつけていいと許されたので、和尚の言葉をもう一度教訓として胸に刻み直そうと、「だるま屋」の看板を掲げたのだった。

「親父は、そのときついでに女房も世話してもらいました。同じお店の奉公人仲間だった女中で、親父より三つ年下なだけですから、大年増です。しかし、それから毎年ころころと子供を産みました。みんな安産で、四男三女。その三男坊が手前でございます」

房五郎は自分の鼻の頭を指さした。

「またその七人兄弟《きょうだい》姉妹が一人も欠けずにみんな育ち上がったんだから、揃ってしぶといと申しましょうか」

いや、めったにない幸せな一家なのだ。このひとつ前の小森村の話と引き比べても、それは明らかである。

「羨ましいような福分のあるおうちです」

おちかが言うと、房五郎はうなずいた。

「はい、手前らも、折々にその有り難みは嚙《か》みしめております。七人、そんなにいがみ合うこともなく、仲良く大きくなりましたし」

ところが、兄弟姉妹が年頃になると、少しばかり困った事情が出来《しゅったい》してきた。

「さて、手前らの身の振りようをどうしたもんかと。まあ、姉と妹たちは嫁に行けば済むことですが、倅《せがれ》が四人もおりますからね」

長男はだるま屋を継ぐ。下の三人をどうするか。

おちかはきょとんとした。「倅さんたちそれぞれの分店を出してはいけないんですか」

「いけないんです」と、房五郎は言った。「江戸市中でも、札差《ふださし》さんとか薬種問屋とか、株仲間があって、みだりにお店を増やせない商いがございますでしょう。搗根《とうがね》では、菜種問屋がそうなんですよ」

藩の鑑札《かんさつ》、つまり許可証がなければ、お店を張ることが許されないのだった。

「搗根の菜種はお城の金蔵《かねぐら》の源泉《みなもと》でしたから、お店が増え過ぎて商いの筋がばらけないように、枷《かせ》をかけられていたんです。ちゃんと〈菜種番所〉というお役所がございましてね」

一店一代につき、暖簾分けは一度（一人）限り。それも同業の二店の添え状（推薦状）がなければいけない。父から子へお店を引き継ぐのも嫡子《ちゃくし》一人に限り、他の子供たちは菜種問屋を営んではならない。相続と暖簾分け、どちらの場合もいちいち番所に願い上げ、鑑札を受ける。

「まあ……」

「そんなんだから、次男坊の兄貴と手前と弟は、あぶれ者です。まあ、次兄は長兄の手伝いをして、もしもの時には代わりにだるま屋を背負うという役目がありますが、これはあんまり面白いものじゃございません」

もしもの時のために備える役というのは、もしもがなかったら出番がないわけだし、だからもしもの時がこないかと恃《たの》んでいるように見えなくもなくて、かなり気まずい。

「長兄は次兄に何となく腹が悪いし、次兄は長兄に何となく後ろめたい。そんなんで、次兄はしばらく放蕩《ほうとう》をして勘当をくらいかけたこともあったんですが、揚根みたいな狭いところで遊び人を気取っても、すぐ天井を打っちまいますからねえ」

そのうち気を取り直し、父親が奔走して探した縁談に素直にうなずいて、城下の小さな八百屋の入り婿になった。

「やれやれひと安心で、お次は手前の番でございますよ」

次兄の煩悶《はんもん》を見ていた房五郎には腹案があった。

「江戸へ出たいと、親父に掛け合いました。あてもございましてね。市中から菜種の買い付けにくる問屋の番頭さんが、奉公先を紹介してくれるっていうもんだから」

その奉公先が、愛宕下にある仕出し屋だったのである。内働きの奉公人だけでも十人を数える大店《おおだな》だった。

「そのお店は今もございますし、手前もご縁があり、お世話にもなったところなんで――」

「ええ、屋号はおっしゃらなくてかまいません。この百物語には、そういう決まりもあるんです」

さいですかと、房五郎はほっとしたようだ。

「手前は十五でそこへ奉公に上がりました。飛び出したのが二十歳ですから、凡夫の辛抱の三年は越せましたが、大師様の九年にはあと四年足りません。それでも、その四年に未練を残してあの仕出し屋に残っていたら、まず命がなかったことでしょう」

いきなり剣呑《けんのん》な話である。

房五郎は少し声をひそめた。「仕出し屋という商いは、どんなふうにも切り回せます。商い物が食いもの、つまり消えものでございますから、上等に、上品にやろうと思えばそうなりますし、客先の数をこなして手早くやっつけようと思えば、それでやっていかれます」

愛宕下のそのお店は、あとの方の口だった。

「仕出しといっても、もっぱら安い弁当ばっかりでしてね。お武家様の屋敷の家人《けにん》や中間《ちゅうげん》、岡場所や矢場の女たちの賄《まかな》い、それも何軒分もまとめて、日に二度のお届けです。人は生きてる限りは飯を食いますから、こういう客筋をつかんだら、楽に商いを続けていかれるんですよ」

そういう賄い食は、そもそも旨いの不味《まず》いのを言わない、言えない立場の者に与えるものだ。日に二度、一年じゅうほとんど同じ弁当を出したって、それで当たり前だと思う相手には何の障《さわ》りもない。

「こういう大雑把《おおざっぱ》な仕出し屋では、内働きの奉公人にもうるさいことを申しません。一度に三斗の米をといで大釜で炊く、それを日に二度やる。弁当を運ぶんだって、一人で五十人分を担いでって配って回るなんざ、こりゃ立派な力仕事でございますから、働き手を選んじゃいられないんで」

だから、そういう仕出し屋では、内働きの男衆に、こんな野郎が弁当を作れるのかと呆《あき》れるような気の荒い者や、他所《よそ》では務まらないような半端者が入り込むことがある。米さえとげれば、弁当を運べれば仕事になり、賄いがつくし、雑魚寝《ざこね》でも寝る場所を与えてもらえるからだ。

「雇う方もそれを承知で、内働きにはあっさりと日銭で労賃を払ったりいたします」

昨日は一緒に米をといでいた仲間が今日はいないと思ったら、昨日の稼ぎを握って賭場へしけこんでいた、なんてこともあるそうだ。

「手前にとって災いしたのも、この博打《ばくち》って代物でございましてねえ」

兄貴分の奉公人のなかに、根っからの博打好きがいた。心底からの悪《わる》ではなかったのだろうが、顔がいかついし目つきも悪く、左の頬《ほほ》にどこでどうしたのか目立つ傷跡《きずあと》があった。ちょっと見には筋者のようにも見え、また本人もそれと承知していて、宥《なだ》めたりすかしたり凄《すご》んだりを上手《うま》く使い分け、目下の若い衆を博打に誘い込んでは小金を稼ぐという、

「まあ、しょうもない三一《さんぴん》でございますよ」

そいつが房五郎に目をつけて、しつこく博打に誘った。房五郎が断ると、じゃあ金を貸せとせがむ。また断ると、盗む。驚いて怒ると、いよいよ腕っ節にものを言わせようと迫ってくる。

それでも、房五郎が右も左もわからないうちはまだよかった。彼が奉公して二年ほど経《た》ち、仕出し屋の商いのいろはを呑《の》み込んで、

「この商売は、しっかりコツを呑み込んで、やりようさえ間違えなけりゃ、手前のような者でも独り立ちできると思いましてて」

ままならない立場のなかで精一杯工夫して、お菜づくりを覚え、仕入れの算段を覚え、客先でのふるまいを覚え、

「ついでにちっとずつ蓄えも始めましたら、このやさぐれ者が、手前のそういう――何と申しますかねえ」

房五郎が言い迷っているので、おちかは助け船を出した。

「商人らしいところ。前向きに精進しているところ。真面目なところ」

房五郎は「えへへ」と笑った。

おちかも笑い、さらに言い添えた。

「どんなに誘われても、けっして博打なんかには手を出さない、堅物《かたぶつ》のところ」

「お嬢さん、そのへんでよしにしてください。手前はだるま屋でございまして、天狗《てんぐ》屋さんじゃございません」

房五郎は気づかなかったようだが、このとき、唐紙の向こうの小部屋に控えて、今日も変わり百物語の守役《もりやく》を務めているお勝が、小さくふっと笑ったのが、おちかには聞こえた。

「まあ、そういう手前の何のかんのが、この兄貴分の気に障ったんでしょう」

「房五郎さんの方では、そんな人を兄貴分だとさえ思っていなかったんでしょうに」

「へえ。そういう手前の本音も、存外、顔に出ていたのかもしれませんな」

ともかく、こっぴどく苛《いじ》められたのだそうだ。

「それまでのたかりや強請《ゆすり》まがいは、本当にただのまがいだったと思うほどにやられておりました。手前はしょっちゅう顔を腫《は》らして、身体のあちこちに火傷や痣《あざ》をこしらえておりました」

蓄えは必死に守り抜いたが、その分、身体は痛めつけられたのだ。

「また、ああいう三一《さんぴん》に限って目先の悪知恵は働くもんで、自分の博打仲間を内働きに引き込んで、つるんでかかってくるようになったもんだから、なおさら始末に負えなくなりまして」

お店の番頭や主人に訴えたところで、空《むな》しいのはわかっていた。自分で何とかしなくては。

「で、手前は月末《つきずえ》に労賃をいただいていたもんで、二十歳の弥生《さんがつ》（三月）の末ですよ、弁当を届けに赤坂へ行って、そのまんま逃げることにしたんです」

このときも、房五郎にはあてがあった。そのあたりの得意先に行くたびに挨拶《あいさつ》をかわし、顔馴染《なじ》みになっていた蒲焼《かばやき》屋である。

「まったくこっちの都合ばっかりで駆け込むわけですが、その蒲焼屋の夫婦の人となりを知っておりましたもので……」

前年のひどく暑いころ、この蒲焼屋の女房が、弁当を届け終えて帰り道の房五郎を呼び止めて、――ちょっとお兄《あに》いさん、手を貸しておくれよ。

「何かと思ったら、うちの若いのが焼いた鰻《うなぎ》が丸焦《まるこ》げで、恥ずかしくって客には出せない、けども捨てるなんてもったいないから食ってくれというんですよ」

もちろん、房五郎は飛びついた。奉公先の仕出し屋では、客に出す弁当よりもっと味気ない賄い飯にしかありつけないし、量も足りなくて、いつも腹を空かしていたからだ。

「鰻の蒲焼きなんざ、目も眩《くら》むような贅沢《ぜいたく》です。大喜びでいただきました」

ちゃんと鰻重《うなじゅう》になっていたが、焦げたところが見えないようにするか、あるいは焦げた皮を取ってしまったのでみっともないからか、上に飯をぎっしりと載せて、蒲焼きは隠してあった。

「一口食ったら、もう旨いの何の。それにちっとも焦げ臭くなんかねえし、ほどよく焼けた皮もちゃんとついているんですよ」

つまり蒲焼屋の夫婦は、房五郎に鰻重をおごってやるために、方便で嘘をついたのだった。

「同じことが、その年のあいだにあと二度、年が明けてからも一度ありましてね。手前がよっぽどひもじそうに見えて、気の毒に思ってくれたからでしょうが、赤の他人の若造に、大変な親切をやいてくれたもんでございます」

鰻重の飯にたれが染み入るように、房五郎の心には、蒲焼屋の夫婦の温情が沁《し》みていた。

「だから今度も助けてもらえる、助けてくだされと念じて駆け込んだんですが」

その読みは大当たりだった。蒲焼屋の夫婦は事情を聞くと、

「うちで匿《かくま》ってやりたいところだけど、それだとすぐ見つかっちまうかもしれない。だから、うちのおふくろと娘のところへ行けって」

――元濱町で煮売屋をやってるから。

「女二人の商いで、ちっと心細いと思っていたところだから、ちょうどいい。兄《あに》さん、小柄だから用心棒は無理でも、心張《しんば》り棒《ぼう》ぐらいにはなるだろうって」

房五郎も、心張り棒がわりだけではなく、米はとげる、飯は炊ける、青菜は茹《ゆ》でられる、煮付けぐらいなら作れるつもりだったから、この話は渡りに船だった。元濱町なら神田よりもさらに東、愛宕下からはあさっての方角で、あの仕出し屋の得意客もいない。

「ありがとうございます、地獄に仏とはこのことだって、着の身着のままで、その煮売屋に転がり込みましてね。で――」

ここで、房五郎は急に照れた。

「半年ほど経ったら、その蒲焼屋の娘と夫婦になっちまってたんです」

この黒白の間では珍しいことだが、おちかは明るく声をたてて笑った。

「だるま屋さん、そんなに赤くならないで」

はにかむ房五郎の表情もまた楽しいのだ。

「いやぁ、お恥ずかしい限りでございます」

蒲焼屋の娘、房五郎の女房となったお辰《たつ》はそのとき十八。年頃である。

赤坂の蒲焼屋の夫婦は、おそらく、ちょくちょく見かける仕出し屋の奉公人に、ただ同情しただけではあるまい。彼の働きぶり、挨拶のしよう、差し出された鰻重を有り難くいただくその顔つきに、いい若者だと見込んだのだ。最初から、あるいは娘の婿にどうだろうという腹があったのではないか。そこへ当の若者の方から転がり込んできたので、話に勢いがついて一気にまとまってしまった、という次第ではなかったか。

「ばあさんも元気でぴんぴんしてましたし、娘も、手前が言うのも何ですが、一人前に旨い煮物をこしらえる。だから、当時はひっそり小さい裏店《うらだな》で、鍋ひとつの商いだったんですが、繁盛してましてね。手前は一緒に暮らしながら、一からお菜づくりを習いました」

後年のだるま屋の土台は、ここで築かれたことになる。

「元濱町のお店では、煮売りだけを？　蒲焼きは出さなかったんですか」

「ええ。これがまたおかしくってね」

お辰は、鰻だろうが穴子だろうが、蒲焼きが大嫌いだったのだという。

「生まれたときからあの匂いに燻《いぶ》されて、もう我慢できないってごねるもんで、ばあさんがくっついて元濱町へ移ったというわけだったんです。ばあさんもばあさんで」

——あたしももう、一生分でおつりがくるほど蒲焼きの匂いを嗅いだ。

「飽きちまったからいいよって、さばさばしたもんでした」

この祖母は女ながらに大酒飲みで、肴《さかな》やお菜づくりに長《た》けていたのも、自分が食べたいものを作るからだった。

「手前にはいい師匠でした」

房五郎の口調には、しみじみと慕うような響きがあった。

「手前が転がり込んで五年目の秋に、卒中でころっと逝ってしまったんですがねえ。好きな酒を飲んで気持ちよく寝ているうちにあっちへ渡ったんだから、まずは大往生だったんでしょうが、手前はもっと教えてほしいことがありました。ばあさんの焼く出汁《だし》巻き卵は、口のなかでとろけるようにやわらかくって」

あれだけは今でも真似《まね》ができない、と言う。

黒白の間の語り手が、昔のことを思い出してしんみりと黙ってしまうことは珍しくない。そういうとき、おちかは急《せ》かさない。火鉢から鉄瓶を持ち上げて、新しい茶を淹《い》れ替《か》えた。

「まあ、そういう次第で」

熱い番茶の香りに、房五郎はふっと今に立ち戻って、話を続けた。

「ばあさんを欠いて夫婦二人になると、元濱町の家は火が消えたみたいになっちまいました」

房五郎とお辰には、まだ子がなかった。

「女房も気落ちしてめそめそしてますし、ちょうどそのころ、赤坂の実家の舅《しゅうと》が風邪をこじらして、しばらく寝付いたりしたもんですから、義兄《あに》夫婦が心配してくれて――」

「おにいさん？」

「ああ、話が後先になってすみません。お辰には兄貴が一人いるんです。この人が赤坂の蒲焼屋の跡取りですが、蒲焼きだけじゃなく、ぜんたいに腕のいい庖丁人《ほうちょうにん》でございます」

昔、房五郎が食わせてもらった「焦げた」鰻を焼いたのも、実はこの義兄だったという。

「その義兄と嫂《あによめ》が、箱根へ湯治に行ってこいって勧めてくれたんです」

――親父もおふくろも、もう歳だ。ずっと働き続けだったんだから、それぐらいの贅沢はしたってバチはあたるめえ。

「年寄り二人だけで箱根まで遣るのは心配だから、お辰もついていけ、ついでに子授けの願もかけてこいって」

親想い、妹想いのいい話だ。

「そのあいだ、手前は赤坂の店に入って修業をする。さっき申しましたとおり、義兄には腕がありますから、手前にもこれは嬉しい案でした」

箱根の七湯巡りは江戸で大人気の行楽で、湯治講がたくさんある。もちろんそこそこ金はかかるが、めぼしい講の請け人に一声かければ、必要な段取りをするする調《ととの》えてくれる。

「どうせなら紅葉があるうちがいいって、ばたばた送り出しましてね。こっちはばあさんの位牌《いはい》と留守番で、早々に赤坂へ行こうと思ってるところへ、今度は手前の実家から文が来たんです」

江戸へ出てきて以来、房五郎は搗根《とうがね》へ帰ったことはなかったが、お辰と所帯を持って落ち着いたころに一度音信し、それからもたまに飛脚を頼んでは文を送っていた。

「手前は字の方が得手じゃありませんで、いつも代書屋を頼むんですが、長兄はなかなか貫禄のある字を書きます」

その手跡で、母親の病が重篤であり、そう長くは保《も》ちそうにないと記した文だった。

「これには、手前よりも、義兄と嫂の方が色めき立ちました。ともかく早く帰ってやれと」

こうして、房五郎は搗根藩《とうがね》へ向かった。

「十五で故郷《くに》を離れて、ぼつぼつ十年です。でもねえ、たかが十年ぐらいじゃあ、道中の景色も、帰りついた城下町の様子も、大して変わっちゃおりませんでした」

ただひとつだけ変わっていたのは、両親《ふたおや》である。父は老い、母は病み窶《やつ》れて、横たわった身体を覆う夜具が、ほとんど持ち上がらないほどだった。

「夏風邪を引き込んだのがきっかけで、病が肺にまわったらしいんです」

一時は、家中の者が眠れないほどひどい咳《せき》をしていたそうだが、今はそれだけの体力も失ってしまい、口を半開きに、ただとろとろと眠っているばかりだった。

「お医者の先生の診立《みた》てを聞かなくたって、手前にもわかりました。こりゃもう無理だって」

房五郎が帰るのを待っていたかのように、彼が着いた日の夜更けに、母親は亡くなった。

「手前は、草鞋《わらじ》の紐をといたかと思ったら、弔《とむら》いです。実家は、長兄の代でまた少し羽振りがよくなってましたて、おふくろはそんなお店の大おかみですから、坊さんを呼んで枕経《まくらぎょう》をあげてもらって済ますってわけにも参りません。だから手前も紋付きを借りまして、おふくろの棺桶《かんおけ》を担ぐことになりました」

弔いのあと、久しぶりに兄弟姉妹《きょうだい》で飯を食い、酒を飲んで昔話をした。そのための肴は、房五郎と弟の二人でこしらえた。彼が江戸へ出たころにはまだ身の振り方が決まっていなかった弟は、長兄に元手を出してもらい、今では城下で小さな飯屋を営んでいたのだ。

煮物焼き物和《あ》え物酢の物、揚根の地《じ》のものを使って、弟はなかなか手練《てだ》れた包丁さばきを見せ、房五郎を感心させた。

「手前は、あの仕出し屋から逃げちまったことで、ひょっとすると、あそこを紹介してくれた菜種問屋の番頭さんに迷惑をかけたかなって、ちっとは気にしておりましたから、酒が入って舌が滑らかになったところで、遠慮しいしい、長兄に訊《き》いてみたんです。そしたら笑われましたよ」

——あの人なら、房五郎さんはあの仕出し屋で五年も保ったのかって、驚いていなすったよ。

語りながら房五郎は笑う。おちかはちょっぴり苦い顔をした。

「ひどいお人ですねえ」

「商人同士の〈紹介〉なんてのは、たいがいそんなもんでございますよ、お嬢さん」

房五郎は五日間、実家で過ごした。兄弟姉妹がそれぞれ立派に、幸せそうに暮らしているのは嬉しかったし、最初は初七日の法要まで留まるつもりだったのだが、

「里心がつきまして」

江戸に帰りたくなったのである。

「江戸の水が恋しいっていうばかりじゃありませんでね。早く赤坂のお店へ行って、

修業したいって思ったんです。弟の奴がいい手つきで包丁を使って、飯屋を一軒、ちゃんと切り回していたもんだから」

——俺だって。

「鍋ひとつの煮売屋の商いを、それまで不足に思ったことなんかなかったんですが、色気が出てきたとでも申しましょうかねえ」

搗根の城下町を夜明けに発《た》ち、男の足でうんと急ぎ、旅籠《はたご》をとらずに野宿で済ませ、月明かりを頼りに夜道を歩くことも厭《いと》わなければ、二日で江戸市中へ戻ることができる。但《ただ》し、これはかなりの強行軍だ。

「手前は平気でございましたよ。早く帰りたくってねえ。胸が逸《はや》っておりました」

このとき、先を急ぐ房五郎の鼓動に合わせるように、懐で快い音を立てているものがあった。

古ぼけたお手玉が三個。房五郎たちが幼かったころ、母親が縫ってくれたものである。

「三つとも、市松模様の麻の端布でこしらえてあって、なかには小豆《あずき》が入っていました。手前はこれでよく妹が遊んでいたのを覚えてましたが、そのあと長兄の娘が遊んで、姉の子供のところに戻ってきてたのを」

——おばあちゃんの形見分けだと思って、おじさんにおくれ。

「ねだって、もらってきたんです。市松模様が見えねえぐらいに、手垢《てあか》で汚れてましたよ。でも、おふくろの運針が懐かしくってね」

下手くそだったんで、と言う。

「まず、うちのおふくろほど不器用な女は、ちょっとそこらにおりません。そのお手玉だって、縫い目が粗いんで、ぽんぽん投げ上げて遊んでると、小豆が出てきちまう。まったく、この世に二つとないお手玉でございますよ」

だからこそ懐かしく、貴重な品だった。房五郎は小豆の音を聞きながらどんどん歩き、一日目の夕暮れどき、もうすぐ街道へ出るという、地元では〈ななかの切り通し〉と呼ばれているところへさしかかったとき、

「出し抜けにがくんと膝《ひざ》が折れて、その場から動けなくなっちまったんです」

膝をどうかしたのではない。痛みはないのだ。どこも痛くはない。ただ総身から力が抜けて、立っていることも難しく、冷汗がだらだらと流れる。しゃがんでも目眩《めまい》がし、呼吸が荒くなってきて苦しくて堪《たま》らない。呻《うめ》きながらその場に横になったが、ちっとも楽になりはしない。どんどん目の前が暗くなってくる。

「こりゃあ、あれにやられたんだと、手前は思いました」

語る房五郎に、おちかはうなずいた。

「ひだる神に憑《つ》かれてしまったんですね」

「おや、お嬢さんはご存じですか」

「はい。変わり百物語のお話として伺うのはこれが初めてですが、わたしの実家《さと》は川《かわ》崎《さき》宿の旅籠ですので――」

「なるほど。じゃあ旅籠のお客さんから聞いておられたんですねえ」

ひだる神というのは、またの名を「餓《が》鬼《き》」ともいう。山道や野道で行き倒れて死んだ者の霊であり、あやかしのものだ。これに憑かれると、誰でも急に激しい空腹を覚え、その場から動けなくなってしまう。

「ひだる神に憑かれたときはどうすればいいか、そっちはご存じですか」

「何か食べ物を少し口に入れればいい、と」

「おっしゃるとおりです。何も持ち合わせていないときは、掌《てのひら》に〈米〉と書いて舐《な》めるだけでも効き目があると言いますよ」

さて、〈ななかの切り通し〉で動けなくなったとき、房五郎は、竹の皮に包んだ握り飯を三つ、懐に抱いていた。

「午《ひる》過ぎに、途中の茶屋で休んだついでにこしらえてもらったものでしてね」

夕飯にはまだ早かったが、仕方がない。震える手で包みを開き、握り飯をひとつ取り出して、ゆっくりと食べてみた。

「すると、嘘みたいに目眩も冷汗も止まりましてね。やれやれ助かったと、思わず握り飯に手を合わせたもんでございますよ」

ついでに竹筒の水で口を潤し、よっこらしょと立ち上がった。狭い切り通しの前にも後ろにも、人影はまったく見えない。

「紅葉も散り始め、秋の日はつるべ落としどころか、薄赤い夕陽がお手玉を放り投げたみたいに山の端に落っこちてゆくところでした」

何とも物寂しい景色だ。房五郎は、ふと思ったのだという。

「こんなところで行き倒れて、ひだる神になっちまったのはどんなお人だったのかな、とね」

搗根《とうがね》藩は慎《つつ》ましい小藩だが、四季を通して、気候がとくだんに厳しいわけではない。〈ななかの切り通し〉も、いわゆる難所ではない。ここで行き倒れたのは、ひどく運の悪い旅人だ。

「どこからどこへ行こうとしてたのか。その旅にあてがあったのかなかったのか。病人だったのかな。そんなことまで考えちまいましてねえ」

房五郎の口のなかには、さっき食った握り飯の味がまだうっすらと残っていた。

「ただの握り飯じゃなかったもんですから」

早朝の出立を急いだので、昼飯を持って出なかった。だから途中の茶屋に寄って、

「そこの自慢だっていうおいなりさんを食ったんですが、これが旨くって」

いなり寿司は、濃い味で煮た油揚げのなかに酢飯を入れ、俵型に形を調《ととの》えたものだ。

この茶屋では、その酢飯に細かく刻んだ生姜《しょうが》の漬け物と煎り胡麻《ごま》を混ぜ込んで、ぴりりとした風味と香りを効かせていた。

「もっと食いたかったもんで、夕飯用にも包んでもらおうかと思ったんですが、おいなりさんていうのはしょっぱいから、どうしても喉が渇きます。急ぎ旅の弁当には向かねえので、茶屋のおかみさんにそう言ったら」

――うちの酢飯は、ばらけないから握り飯にもできますよ。半分、おこわが入ってるから。

今思い出しても楽しそうに、房五郎は褒める。

「道っぱたの茶屋だからって、舐めちゃいけませんよね。大した商い上手ですよ。おこわは腹持ちもいいですしねえ」

そこで房五郎は、その握り飯を作ってもらい、懐に抱いていたのだった。

「思ったとおり、揚げなしで中身だけ食っても旨い酢飯でしたよ。生姜は元気が出るし、夏場だったら食あたりよけにもなります。手前も食いもの屋の端くれで、しかもそのときは、江戸に戻ったら弟に負けねえような商いをしようと肚《はら》に決めていたもんですから、何かこう、いっそう焚《た》きつけられたような気分になりまして」

再び歩き出しながら、つい声に出して独り言を言った。

「ひだる神さんよ、いい飯を分け合えてよかったよって。俺は江戸の元濱町ってところで鍋ひとつの商いをしてるしがねえ煮売屋だけども、食いもの商売ってえのは面白いよ、俺もこれからはてめえの商いを大きくしようと思って、張り切ってるところなんだ、なんてね」

街道に出るころには夜になったが、天気に不安はなく、十三夜で月は明るい。房五郎は足を止めずに歩き続けた。母親の形見のお手玉が、胸のそばで軽い音をたてて彼を励ましてくれる。

「東海道川崎宿生まれのお嬢さんには釈迦に説法でしょうが、街道を歩くなら、野郎の身には、夜道だってそうそう物騒なことはございません」

「でも、やっぱり心細くはありませんか」

「たまには夜旅の人に行き合うこともあるんですよ」

「いえ、ですから――その行き合う人が本当に人かどうかわかりませんでしょう」

房五郎は目を丸くしてから、笑った。

「あっはっは、確かにそうだ。こりゃあ一本とられました」

とはいえ、幸いその夜に房五郎が行き合ったりすれ違ったりしたのはまっとうな「人」ばかりで、「くたびれるまでは歩こうと、残った二つの握り飯は歩きながら食い、月が傾いてゆくのを眺めながら、せっせと足を運んでいきました」

それでもさすがに足が疲れてきたなあというころに、淡い月光の向こうに、小さな地蔵堂が見えてきた。

「街道から少し脇に入った雑木林の端に、ちんまり立っていたんです。そこで仮寝をさせてもらうことにしました」

屋根の傾いた古い地蔵堂だが、小ぎれいに片付けられて、まわりの地面も均《なら》されていた。おそらく、街道を急ぐ旅人が、その夜の房五郎のように、ここを仮寝の宿に借りることが多いのだろう。「有り難いことに、近くで水音もしていました。手前は地蔵様に手を合わせ、お堂の裏に回って地べたに腰をおろすと、草鞋の紐を緩める間もなく、ころりと眠っちまいました」

鳥の声で目を覚ますと、既に夜は明けていた。とんだ朝寝坊だ。地蔵堂のそばにあった湧き水で顔を洗って口をすすぎ、草鞋の紐を締め直して元気いっぱい、江戸へ向かって歩き出したのだが、しばらくして妙なことに気がついた。

「おふくろのお手玉の音がね、小さくなっていたんです」

気のせいかと、懐に手を突っ込んでお手玉を取り出してみて、驚いた。

「三つあったお手玉のうち、一つは空っぽになっていたもんで」

中身の小豆が消えていたのだ。

「いつの間にか豆がなくなって、大の男が街道端で鳩《はと》が豆鉄砲を喰《く》らったような顔してやがる。ねえ、つまらねえ笑い話ですよ」

房五郎の母親は裁縫が下手で、だから件《くだん》のお手玉は投げ上げているうちに縫い目の隙間から小豆が飛び出してくるようなものだったから、

「手前がどんどん歩《ある》ってるうちに、小豆が抜け落ちていたのかなあって、身体を叩《たた》いてみて、袂《たもと》のなかも探ってみたんですが、小豆はひと粒も見つかりませんでした」

面妖な出来事だが、騒ぐようなことでもない。

「小豆を盗ってく追いはぎってのも珍しい。それともこういうのは、小豆洗いとかいうあやかしの仕業なのかあ、なんて」

おちかはつい、くすくす笑った。

「ひだる神にしろ小豆洗いにしろ、だるま屋さんはあやかしのものにお詳しいんですね」

「昔っから、絵草紙本を眺めるのが好きなんです。仕出し屋にいたころは、それぐらいしか暇つぶしがありませんでしたし。とりわけ、化け物草紙は珍しくって面白かったんですよ」

三島屋ではおしまが貸本屋の上客である。読み物は仇討《あだう》ちものに限ると言っている。

「小豆洗いってあやかしは、水辺に出るもんだろ？　ああ、あの地蔵堂のそばには湧き水があったか。しかし、あいつがといでる小豆は自前だろうよなあ――なんて」

益体《やくたい》もないが楽しいことを考えながら、歩く房五郎の腹が鳴る。

「早く朝飯にありつかねえと、こっちがひだる神になっちまいます」

ようよう近くの宿場に行き着き、飯屋を見つけて、外の長腰掛けに腰をおろした。そのころには朝日が昇りきっていて、座った房五郎の足元に、ちょうど彼の頭の形の影が落ちた。

「飯屋の女中さんが雑穀飯と汁物を持ってきてくれたとき、手前がぎょっとして大声をあげたんで、女中さんが盆を取り落としそうになりました」

房五郎は、何をそんなに驚いたのか。

「手前の影が、二つあったんです」

詳しく言えば、足元に落ちた頭の形の影が二つあったのだ。頭が二つ並んでいた。

「まるで、手前が誰かをおんぶしていて、その誰かの頭が手前の左肩越しに覗《のぞ》いているみたいなふうに見えたんですよ」

お客さんたらおどかさないでよ。真っ赤になって怒る女中にひら謝り、房五郎は飯と汁物の盆を受け取った。

「そのときには、影はひとつに戻ってました」

目の迷いか。光の加減で、頭の影が二つに見えただけなのか。

「気味が悪いけども、これも大の男が大騒ぎをするようなことじゃございません」

朝飯を済ませ、またその飯屋で昼飯の握り飯をこしらえてもらって、宿場を発った。

雑穀飯に漬け物、汁物には芋と青菜が入っていただけのつましい朝飯だったが、飯はお代わりできたし、房五郎は腹がいっぱいだった。少なくとも、歩き出したときにはげっぷが出そうなほどだった。

それなのに。

「半刻（約一時間）もしないうちに、もう腹がぐうぐう鳴り始めちまったんです」

膝《ひざ》もがくがくし、冷汗が浮いてきた。目の先がうっすらと暗くなる。

――おいおい、新手かよ。勘弁してくれよ。

「お上が調《ととの》えてくだすった、こんな有り難い街道のど真ん中で、またぞろひだる神にとっつかれたっていうんじゃ、たまりません」

怖いよりは腹が立って、房五郎は自分の腹のあたりに向かって怒った。

「ちったぁ場を弁《わきま》えろ、こんなところで行き倒れたんじゃ、そりゃてめえがうっかりし過ぎってもんだ。時分どきになって、俺が昼飯を食うまでおとなしく我慢してろ」

黒白の間では本当に珍しいことだが、おちかは可笑《おか》しくて、またころころ笑った。

語る房五郎も楽しそうで、

「お嬢さんがそんなにいいお顔で笑ってくださると、手前も嬉しくって若返る心地がいたします」

「すみません。笑いっぱなしでは、聞き役にならないんですけれど」

どうやら、唐紙の向こうではお勝もまた笑っているらしい。

「それで、怒ってみたらどうなりました？」

「腹が鳴るのがやみました」

相手があやかしのものでも、怒るべきときは怒れば効き目があるらしい。

「膝もしっかりしてきたんで、手前も気を取り直して、お天道様が頭の真上に来るまではずんずん歩こうって」

足を運んでいるうちに、

――ぽりぽり。

妙な音が聞こえる。

――ぽり、ぽりぽり。

その音が何の音で、どこから来るのかわかった途端に、房五郎は飛び上がりそうになった。

「手前の懐です。おふくろの形見のお手玉です」

慌てて取り出してみると、二つめのお手玉が、おおかた空っぽになっていた。

「小豆は食われて失くなっていたんですよ」

呆れ返りながら、ふと足元に目をやると、そこに落ちる頭の影がまた二つになっていた。

「どれだけ瞬きしても、手で目をこすって見直してみても、やっぱり二つある」

張り手を食らったように、房五郎は覚《さと》った。

「手前は、ここでまた新手のひだる神に取り憑《つ》かれたわけじゃなかった。〈ななかの切り通し〉で遭った奴を、ずっと背負って歩《ある》ってたんです」

——こいつは参った。

頭が二つある己の影を踏んづけて、房五郎は困《こう》じ果ててしまった。

「おまえさん、よう」

足元の影に話しかけてみる。

「いったいどうして、俺にくっついてこんなとこまで来ちまったんだい？　〈ななかの切り通し〉で、ちゃんと握り飯を食わせてやったのに」

ひだる神ならば、それで落ちるはずではなかったか。

二つめの頭の影は、じっと動かない。房五郎は、今度は自分の左の肩越しに、背中の方に呼びかけてみた。

「あれだけじゃ食い足りなくって、ずっと俺におぶさってるのか。だからって、子供のお手玉の中身を食っちまうなんざ、ちっと食い意地が張り過ぎてやしねえか？」

すると、彼の背中のひだる神の影はぶるりとしたようである。

「一応、すまながってンのか」

房五郎はため息をついた。

「このお手玉はさ、俺のおふくろの形見なんだよ。古ぼけてるし薄汚れてるし、縫い目が飛んでるから中身が出てきちまうような代物だけど、俺にとっては大事なものなんだ。だから、もう食わないでくれや。その代わり、今ここで、さっきの飯屋でこしらえてもらった握り飯を食ってやるから」

道端に寄って手頃なところに座り込み、房五郎は握り飯の包みを取り出した。

「これを食ったら、俺の背中から下りてくれろ。気の毒だがよう、ひだる神にもひだる神の仁義ってもんを通してもらわねえと、俺たち生身の者だって困るんだよ」

握り飯を食う。房五郎はまださして空腹ではなかったが、旨い。あの飯屋の飯は豪勢にも真っ白な銀しゃりで、塩も惜しまずに振ってあった。

「白飯ってのは、どうしてこんなに旨いかねえ」

房五郎は背中のひだる神に話しかけた。

「搗根《とうがね》の実家じゃ、白飯が食えるのは、年に一度か二度だったよ。だから、江戸へ出たときは驚いたさ。あんな粗末な商いをしてる仕出し屋だって、飯だけは真っ白だったからね。江戸にはかなわねえなあって思ったよ」

ひとつ食い終わり、指にくっついた飯粒を丁寧に舐めとる。ぐうぐう鳴っていた腹の音が止んだ。

二つめの握り飯にかぶりつくと、中身に昆布の佃煮が入っていた。

「おまえさんは佃煮が好きかい？　俺は大好きさ。小魚の煮たのがいいね。江戸には海苔《のり》の佃煮があって、これがまた旨いんだよ。昆布も旨いが、こいつはちっと硬いな。もっと細かく刻んであるといいのに」

ふたつ食い終わり、また指を舐める。足元に落ちる影には、房五郎自身の頭しかない。ひだる神は、飯を食っている彼とひとつになっているらしい。それはそれで薄気味悪いことではあるが、どうしようもないから、三つめの握り飯に取りかかった。

今度のは中身がなく、芯まで白飯だった。

「さっきのは、たまたま中《あた》りだったらしいぜ」

それでも旨いのは変わらない。

「あの切り通しでも言ったっけな。俺は江戸で煮売屋をやってるんだ」

うちの煮物は旨いぞと、房五郎は自慢した。

「これからは商いを広げるつもりなんだが、しかし飯屋はいけねえ。弟の猿真似《まね》をするようで小癪《こしゃく》だからな。小手調べに、白飯と煮物を詰めた弁当を出してみようかなあ」

折り詰めひとつでいいし、重箱が要るときは、義兄の蒲焼屋から古いのを借りることができる。

「そうそう、俺は江戸へ帰ったら、まず義兄《にい》さんの下でしばらく修業するんだよ。義兄さんのお店は蒲焼屋なんだ。あの店の鰻重は、思い出すだけで唾がわいてくるほど旨いんだぞ。ああ、たまらねえなあ」

しゃべりながら、握り飯を三つ食い終えた。飯粒ひとつも残ってはいない。包みをたたんで懐に押し込み、房五郎は腰を上げた。

「さあ、腹一杯になったろ。ひだる神さんよ、今度こそここでお別れだ」

達者でな、と言いかけて、いくら何でもそれは変だと思ったから、「んじゃあな」と軽く肩越しに手を振って歩き出したのだが――

半町も行かないうちに、足元の影の左肩のところから、ひだる神の頭がひょこっと覗いた。

「てめえ、まだくっついて来てんのかぁ！」

大声をあげるのと同時に、盛大に腹が鳴る。

「勘弁してくれよぉ」

何でまた、このひだる神に限ってこんなに執念深いのか。鳴る腹を抱えてしゃがみ込んでしまい、房五郎ははっと気づいた。

「おめえ、俺が食いもの商売をしてるから、離れねえのか？」

信じがたいことだが、ひだる神の頭がうんうんとうなずいた。

「あ痛ぁ」

腹だけでなく、頭も抱えたい。俺はどうしてぺらぺらと、あんなおしゃべりなんかしたんだろう。「ひょっとするとおめえ、江戸まで行って鰻重が食いてえのか」

ひだる神が、またうんうんとする。冗談じゃねえぞ。

「その分じゃ、生きてたときからよっぽど食い意地が張ってたんだろう。そのバチがあたって、ひだる神になっちまったんじゃねえのか」

ひだる神は、うんともすんとも応じない。

「おめえ、男か女か。爺《じじ》か婆《ばば》か、それとも子供かい。この世にいたときには大食らい大会で一等をとりましたとかいうんじゃあるめえなあ」

ひだる神はやはりうんともすんとも言わないが、房五郎の腹はぐうぐうと鳴り続ける。

「わかったよ。しょうがねえ、江戸へ連れてって、せいぜい旨いものを食わせてやる。俺にも、食いもの商売の意地ってもんがあるからな」

但《ただ》し、それには条件がある。

「ずっと俺にくっついてくるなら、俺が飯を食うときまでは、おめえも空きっ腹を宥めて我慢する。やたらにぐうぐう鳴らすな。食ったら、すぐに減るな。つまりがっつかなってことだ。いいな、約束できるな？」

ひだる神は、生意気にもしばらく間をあけてから、何となく不承不承の感じで「うんうん」した。

「よし。あとひとつ約束だ。まわりの人に怪しまれるから、これから先は、うっかり姿を見せねえでくれ」

ひだる神は約束を守った。残りの道中、房五郎はすぐ腹が減ることもなくなり、影の頭が二つになることもなかった。ただ、時分どきになると、日ごろの食事の倍はたっぷり食う羽目になった。

さらに、おやつも要った。通りがかりの茶屋が団子や草餅の幟《のぼり》を立てていようものなら、

「おいおい、ちょっと待て」

房五郎の足は、よろけるようにしてそっちへ引っ張られていってしまう。

「わかった、わかった。おおい、姉さん。団子を一皿くんな」

実家を発つとき、長兄が旅籠賃にと少し包んで持たせてくれた金子が、食いものに消えてゆく。

「はあ、よく食うなあ」

食うのは房五郎の口だし、いっぱいになるのも房五郎の胃袋だが、不思議と腹は張らない。みんなひだる神に吸い取られているのだろう。

——本当に取り憑かれちまってるんだ。

そう思えば首筋がうっすらと寒くなる。だが、「よく食う」というほかにはこれという害がないから、どうにも心から怖いと思いにくい。すぐ腹を減らし、あれを食い

たいこれを食いたいとねだり、甘い物が好きで、腹がきつくなるまで食べねば気が済まないのは、子供だってそうだ。

ともあれ、こんなお荷物を背負って、ぐずぐずしてはいられない。房五郎はいっそう足を速め、残りの道中はすんなりと、その日の夜半には朱引《しゅびき》の内へと帰りついた。

江戸市中に入ってから、赤坂のある木戸番を通るとき、焼き芋を紙に包んで棚に置いてあるのが目に入った途端、

「ぐぐぐぐぐぐぅぅぅ」

木戸番の女房が目を剝《む》くほどの大きな音で、房五郎の腹が鳴った。

「すまないねえ、おかみさん。急ぎ旅で夕飯を抜いちまったもんだから」

照れ笑いで言い訳すると、

「そりゃあ、気の毒に。お腹が減って当たり前ですよ。今日の売れ残りの焼き芋だけど、よかったらどうぞ」

でっかい焼き芋をひとつもらった。冷えて皮は硬くなっているが、身は黄金色に焼けていて、味が濃くってたいそう旨い。

「得をしたなあ、ひだる神さんよ」

房五郎は左の肩越しに呼びかけた。江戸の夜空はいくらか雲が多く、影は薄いが、ひだる神の頭がひょいと覗いて、「うんうん」した。

「江戸の町にたくさんある木戸番じゃ、こういう手軽な食いものを売ってるんだよ。今の季節は焼き芋に焼き栗だ。寒くなると飴湯《あめゆ》やおでんだな。水飴は一年じゅうあるぞ。春は団子やあんころ餅、夏はなんてったって甘酒と心太《ところてん》さ」

言い並べてしまってから、房五郎はぴしゃりと額を打った。

「俺ってえのは、どうしてこう莫迦《ばか》なんだ。こんな自慢話をしたら、またおめえが食いたがるに決まってンのに」

自分でも可笑しくて、身をひねって笑い歩きをしてゆくと、夜道の先でうろうろしていた野良犬が、ぴたりと止まった。そのままじっと房五郎を睨みつけながら、ううう……と低く呻《うな》り始める。

子供のころ、野っぱらで遊んでいて野犬に追われ、死ぬほど怖い想いをしたことがある房五郎は、大人になっても犬が苦手であった。江戸市中の野良犬は、田舎の野犬ほど凶暴ではないが、それにしたってこんなところで鉢合わせて、吼《ほ》えかかられてはたまらない。

野良犬から目を離さず、房五郎はそろりそろりと後ずさりをした。

と、犬はいきなり「きゃいん」と啼《な》き、尻尾を巻いて逃げ去っていった。

やれ、助かった。ひと息ついて足元を見ると、自分の影の左肩の上にくっきりと、ひだる神の頭の形が飛び出している。

「そうか、おめえもあやかしの端くれだから、獣を追っ払うぐらいのことはできるんだな」

といらか、獣に厭《いと》われるのかもしれない。

「江戸の町には野良犬が多くってなあ。俺は閉口してたんだが、これからはちっと安心だ」

またぞろ、こんなことを安易に口に出してしまう。脇が甘いと言えば甘いが、つまり房五郎はそういう気質《たち》なのだ。物事をあんまり悪いようには考えないのである。

無事に義兄のお店に帰り着き、翌日からさっそくに、房五郎は包丁の修業を始めた。旅帰りなのだから少しは休んだら、という義兄夫婦の気遣いは有り難かったが、早くいろいろ習いたかったし、彼が塔根《とうがね》にいるあいだに女房から来た文によると、もう五、六日で両親《ふたおや》と一緒に箱根から帰ってくるという。のんびりしている暇はない。

弁当商いのことを相談すると、義兄も賛成してくれた。日々のお菜づくりであれ、角張った「お料理」であれ、食いものを作る技にはとんでもなく幅がある。煮売屋から少し手を広げて弁当を出すという目先のあてがある方が、教える方も習う方も段取りがいい。

弁当に詰めるお菜は、漬け物のほかは、火を通したものだ。夏場を避ければ和《あ》え物や酢の物も使えるが、こういうものは飯に染みてしまうと、どちらもあんまり旨くなくなるので、二段重、三段重の豪華な弁当に向いている。となると、煮売屋の房五郎が、折り詰めひとつの弁当作りに、まず覚えるべきは魚や野菜の焼き物である。それから蒸し物、揚げ物と続くが、弁当には「名飯」つまり各種の炊き込み飯、混ぜご飯もいい売り物になるから、そっちも覚えろと義兄は言った。

「実は、近ごろ、うちの店にも売り物がひとつ増えたところなんだよ」

鰻の蒲焼きを使った「櫃《ひつ》まぶし」という飯だという。

「尾張から勤番で在府しているお武家様に教わったんだが、あちらじゃ鰻はこうやって食うもんだそうでなあ」

蒲焼きを細く切り、熱々の飯にたれと一緒にまぜ込んで、刻み海苔をまぶした飯だという。お重でもいいし、丼物にもなる。ならば弁当にも使えるだろう。

「お辰が嫌うから、そっちじゃ蒲焼きは焼けねえだろうが、うちから焼いたのを回してやるよ。元濱町あたりにも、上方から江戸に来ていてあちらの味が恋しいというお客がいるだろう。ちょっとした引きになるから、覚えるといい」

という次第で、房五郎はいっぺんにいろいろ習い、目が回るほど忙しい日々を過ごした。魚をおろし、塩焼き味噌漬け、からりと揚げて南蛮漬け。その一方でといだ米を出汁《だし》で炊いてまず茶飯、季節柄だから栗飯にきのこ飯。

「道中の茶店で旨いおいなりさんを食ったんだ」

と、房五郎が刻み生姜と煎り胡麻入りのいなり寿司をこしらえてみせると、義兄は感心した。

「こりゃあ、房さんのところの売り物になるよ。けど、いなり寿司は存外足が早いから、弁当にするときは気をつけな」

油で揚げたものは早く傷むから、油断してはいけない。これは弁当屋にとっては大事なことだ。

「漬け物のほかに、ちっと甘い物が添えてあると、お客が喜ぶ。そんな大げさなものじゃなく、お多福豆の甘煮ぐらいでいいんだ」

義兄は忙しいお店を切り回しつつ、房五郎に教える。房五郎もあれこれ習いつつ、手伝えるところはお店の方も手伝う。一日じゅう、こしらえては試しに食い、またこしらえては味見する。賄《まかな》いもちゃんと出してもらうから、普段のときよりたくさん食って食って食っていた。房五郎の腹がみっともなく鳴り響くことは、一度もなかった。

ひょっとしたら、ひだる神の奴、満足してどっかへ消えたのかなと思ったら、厠《かわや》へ行って一人になったとき、また足元に頭の影が現れた。

——ここにおります。

へいへい、わかったよ。

三日目の昼飯には、義兄の焼いた蒲焼きの鰻重を食った。ただ贅沢をしたわけではなく、櫃まぶしにするにはこの焼き方ではほんの少し軟らかすぎていけない、あと気持ちだけかりりと焼かねばならねえという講釈を聞きながらだったのだが、やっぱりとびっきり旨かった。

その夜である。房五郎が寝起きしている奥の四畳半へ戻ってみると、とりあえず身の回りのものを入れておくようにと嫂《あによめ》が貸してくれた行李《こうり》の上に、母親の形見のお手玉が転がっていた。

中の小豆がなくなり、袋だけになってしまったのが一つ。小豆が半分ほど抜けてしまったのが一つ。元のままのが一つ。

房五郎は首をひねった。搗根《とうがね》から戻ってきたとき、お手玉は懐から出して、この行李のなかにしまったはずである。

——何でここにあるんだ？

さらに奇妙なことに、小豆が三粒、お手玉の前にきちんと並べてある。

縫い目から飛び出してしまったのなら、そのへんに転がっていそうなものなのに、これは誰かが遊んでいる途中の五目並べのように、三つ横に並んでいるのだ。

——このごろ満腹だから、お手玉の小豆には手を出しておりません。

ひだる神が、そう言っているのだろうか。

四畳半を照らす瓦灯《かとう》の明かりでは、淡い影しかできない。房五郎自身の頭の影が、ひとつ。

「おめえ、暇だから小豆っ粒で遊んでたのかい」

ちょっと笑って小豆を指でつまんで、お手玉のなかに押し込んで、寝てしまった。

それから二日後、房五郎は、義兄が「これならほとんど年じゅう作れるし、これが旨い弁当屋はおつだよ」と言う青菜飯を炊いているとき、お辰が両親を連れて帰ってきた。

「おう、いい顔色になったなあ。よかったよかったが、挨拶《あいさつ》は後回しにしてくれ。俺は今、これで手一杯なんだ」

竈《かまど》に張りついている房五郎に代わり、義兄と嫂がお辰たちの土産話を聞き、こっちの様子を語ってくれているうちに、青菜飯が炊きあがった。蕪《かぶ》の葉を使っている。

青菜飯は、折々の旬の青菜で炊くことができる素朴な飯である。それでも作り方は二通りある。ひとつは、塩を入れて炊きあげた飯に、熱い湯で茹《ゆ》でた青菜を細かく刻んで混ぜ込む。もうひとつは、刻んだ青菜を炊きあがる直前の飯の上に置き、蓋《ふた》を戻してそのまま蒸らしてから混ぜ合わせるやり方である。房五郎は、後のやり方の方が青菜の香りが立って好きなのだが、時が経《た》つと青菜の色があせて、あんまり旨そうに見えなくなるのが難だった。

弁当に詰める飯は、冷めても旨く、かつ旨そうに見えなくてはならない。先に青菜を湯に通しておく場合は、その湯にたっぷり塩を入れて色止めすることができるので、混ぜ合わせた後も色が残り、見栄えがいい。が、香りは飛んでしまう。

房五郎は考えた。同じ青菜飯でも、飯屋や料理屋で茶碗《ちゃわん》に盛ってもらって食べる場合と、弁当で食う場合は違う。弁当で優先するべきは匂いではなく、見栄えの方だ。青菜は先に塩茹で色止めをする。そして、折り詰めを開けたとき、ぱっといい香りのするお菜を工夫するべきだ。

そこで豆腐の山椒《さんしょう》味噌焼きである。豆腐をしっかり水切りして、食べやすい大きさに切って串に刺し、田楽味噌を塗って焼いて、仕上げに山椒の粉を振る。これに野菜の煮物と漬け物、季節の魚の焼き物を一片添えれば、房五郎の青菜飯弁当のできあがりだ。

義兄のお店の重箱を借りて、人数分の青菜飯弁当をこしらえて供すると、赤坂の両親もお辰も美味《おい》しい美味しいと驚いた。箱根の湯はよかったが、旅籠の飯は通り一遍で飽きてしまったところだったから、いっそう嬉しいと大喜びだ。

房五郎が女房の土産話を聞き、元濱町でこういう弁当も売りたいという腹を打ち明けると、

「いいんじゃないの。やりましょうよ。あたしは嫂《ねえ》さんに、仕入れの段取りを教えてもらうわ。お客さんを集めるには、引き札（ちらし）でも撒《ま》きましょうか」

お辰も乗り気になり、わいわい話しているところへ、お店に出ていた義兄が話の輪に入ってきた。

「あの弁当、冷めてから食ってみた。うん、いい工夫だな」

という次第で、房五郎とお辰はもう何日かそのまま赤坂に留まり、弁当売りを始めるために、夫婦で商いを学ぶことになった。

また、その夜である。

四畳半の行李の上にお手玉が出ていて、今度は小豆粒が二つ並んでいた。

帰り旅の疲れで、お辰はよく寝ている。房五郎はしばらくのあいだ二つの小豆粒を前に首をひねったが、どうにもわけがわからないので、小豆をお手玉のなかに戻し、左の肩越しに小声で囁《ささや》いた。

「よう、ひだる神。女房が帰ってきたからよ」

これからも、しっかり食わせてやる。だから、おとなしくしていてくれよ。お辰を脅かさないでくれよ。

夫婦が気を揃えての弁当修業は、とんとん進んだ。いきなり引き札を撒くよりは、煮売屋のお客に弁当を買ってもらい、評判を広めてもらう方がいいということで、赤坂のお店の贔屓《ひいき》客の代書屋に、立派な品書きを書いてもらった。「青菜飯弁当」「焼魚弁当」「五目弁当」。振り出しはこの三品。墨痕淋漓《ぼっこんりんり》として、果たし状みたいに見えなくもない品書きだが、代書屋は、これぐらいの方が目立つと言う。

房五郎は様々なお菜を覚えた。義兄の肝煎《きもい》りで仕入れ先との話はまとまった。お辰は弁当の詰め方の工夫を考え、あれこれ試してみた。笹の葉を挟むと彩りが綺麗になる。煮物は飯の上にちょっとかぶせても味がいいが、揚げ物はいけない。

それに、房五郎はこの揚げ物が苦手だった。義兄が揚げるように巧《うま》くいかない。てんぷらの衣がべたっとしているのは、腹にもたれて最悪だ。

「いっそ素揚げにしてみちゃどうかな」

「それより、うちのお弁当に揚げ物はなしでもいいんじゃないの？　豪勢にするときは、鶏か卵を使えばいいわよ」

折り詰めは、赤坂のお店で持ち帰り用に使っているものを作っている職人が、もう少し底が深くて長さが短いものを工夫してくれたので、それを仕入れることにした。

というように忙しく、心弾んで暮らしていたが、そのあいだにも、件《くだん》の「小豆並べ」はときどき起きていた。一粒か二粒で、三粒はない。

――判じ物なのかな？

ちらりとそう思ったが、それにしたって手がかりがなさ過ぎる。ひだる神に謎をかけられる話なんて、化け物草紙でも読んだことがない。

さて、いよいよ赤坂での修業に区切りをつけ、明日は夫婦で元濱町に帰ろうという日に、房五郎は一人で櫃まぶしを作ってみることになった。

「蒲焼きは俺が焼いてやる。飯を炊いて、弁当にするところまで、房さんが試してみな」

この櫃まぶしが上手にできたなら、いい看板の弁当になるという。

「巳《み》の日とか辰《たつ》の日とか、日を決めてさ、一度に二十食までと限りをつけて、売り出せばいい。お客が列をなすようになるぞ」

まったく義兄の言うとおりで、これは房五郎とお辰の商いにとって、大事な肝《きも》になる弁当作りだ。そう思うと手が震えた。

結果としては上首尾だった。櫃まぶしは弁当にして冷めてからでも、飯に鰻とたれの味が染み込んで、充分に旨かった。

で、その夜。

行李の上に、小豆粒が三つ並んでいた。

思い出してみると、最初にこれが三つ並んだのは、義兄の鰻重を食った日の夜だった。あれ以来、小豆粒が三つは初めてである。

三は、さんだ。あるいはみか。みがいい、味がいいという謎かけか。う～ん、何だか半端だ。

「ともかく、おめえはこれからもおとなしくしててくれよ。頼んだぜ」

一夜が明け、手荷物をまとめて元濱町の裏店へ引き揚げようとしているところへ、弁当の品書きを書いてくれた代書屋がやって来た。

「これも要るだろうから、餞別《せんべつ》に」

　またも果たし状みたいな「名物　櫃まぶし弁当」だ。房五郎は有り難くいただいた。弁当売りの土台ができたら、ぜひ使おう。

　ついでに、ひょいと尋ねてみた。

「代書屋さん、ひいふうみいのみ、三つのさんには、何か判じ物のタネになるような意味があるもんかねえ。俺はひらがなしか読み書きできねえから、教えてほしいんだ」

「何だそりゃ。ものを数える三は、何をどうしたって三だが——ああ、そうか。みやさんに別の漢字をあてはめると意味が変わるということかな」

「そうそう。ンで、できるだけ縁起のいい意味のやつをひとつ、頼みます」

　のんべえで赤ら顔の代書屋は首をひねる。

「みはまず〈味〉だな。食いもの屋には大事な漢字だろう。〈実〉と書くと実入りに通じる。これもいい漢字だな。〈見〉は見ることだが、漢字一文字ならけんと読ませるのが普通だ」

　帯にさしていた扇子を取り出し、それで掌に漢字を書きながら教えてくれる。

「干支《えと》の〈巳〉、は房さんもご存じだろう。〈身〉と書けば身体のことだし、雨の日に身体に着る蓑《みの》も、一字でみとも読ませる。何かを奉るおんの意味の〈御〉もみと読むなあ」

房五郎にはぴんとこない。「さんはどうだい」

「山、桟、算」

代書屋は、掌にひらひらと漢字を書いてゆく。

「産はお産だし、ものを生み出すことだ。それと、ああ、縁起のいい意味なら〈賛〉があるなあ」

妙な形の漢字である。

「よく書画に短い文章が添えてあるだろう。あれが〈賛〉だ」

「だから、どういう意味なんだ」

「賛辞を贈っているのさ。この書画は出来がいい、私は気に入ったってな」

「さんじ？」

「褒めてるんだよ」

房五郎はへえっと思った。小豆粒が三つのさんは〈賛〉か。

義兄《にい》さんの鰻重に三つ。

房五郎が初めて一人でこしらえた櫃まぶしにも、三つ。

——旨かった。気に入った。賛辞を贈る。

あれはそういう意味だったのだ。ひだる神の奴め、洒落《しゃれ》が利いてるじゃねえか。

だが、ちょっと待て。じゃあ青菜飯弁当の小豆粒一つはどうなる？　賛には今ひとつって意味か。生意気な奴だ。

「おめえ、ただ鰻が好物なだけじゃねえのか」

房五郎はこっそり、左肩の後ろに囁きかけた。

「けども、おめえは存外、学があるんだなあ」

「おまえさん、何を一人でぶつぶつ言ってんのさ？」

「何でもねえ何でもねえ。さあ、帰ろう」

元濱町の裏店《うらだな》では、房五郎さんとお辰さん、ずっと閉めていた煮売屋をまた始めたと思ったら、弁当も売るようになったよ、へえ〜と、最初のうちは珍しがられ、三種類の弁当はそこそこ売れた。

だが、長続きはしなかった。よく考えてみれば当たり前だ。それまでの煮売りでは、手鍋や丼や小鉢を持って来るお客に、大根と厚揚げを二切れずつとか、小芋をひと盛りとかの商いをしてきたのである。馴染《なじ》み客の数が多かったから儲《もう》けは出ていたが、ひとつひとつの金子のやりとりは、吹けば飛ぶような少額だった。

そういうお客に、弁当は贅沢品だ。当初は、亡くなった婆《ばあ》さんの香典や、煮売屋がまた始まったご祝儀のつもりで買ってくれたお馴染みさんだっていたかもしれない。

そういうのは商いではなく、ただの付き合いだ。そして〈付き合い〉に頼る商人《あきんど》は、本物ではない。

工夫をこらした弁当を裏店で売ろうとするのは、簪《かんざし》や笄《こうがい》を売ろうとするくらい見当違いなことだ。それを覚《さと》って、房五郎は煮売屋をお辰に任せ、弁当は振り売りに出ることにした。弁当をたくさん担いで歩くのは、愛宕下の仕出し屋時代にさんざんやったことで、苦にはならない。木賃宿や商人宿の多い町筋を選んで振り歩くと、こっちはけっこうお客がついた。が、これは他所者《よそもの》がその町筋の飯屋や弁当屋の縄張《しま》を荒らし、まともに喧嘩《けんか》を売るのに等しい商いだから、房五郎はあんまり得意ではなかった。

小柄で顔つきも温和で、腕っ節もてんで弱い房五郎は、そもそも喧嘩が苦手だ。おっかない兄さん方に凄《すご》まれたりしたら、弁当抱えて逃げるしかない。さりとて、地回りの顔役にみかじめ料を払ってぺこぺこしながら商いするのも、そっちはそっちで釈然としねえ――というくらいの余計な気骨はあるもんだから、ままならない。

秋が過ぎ冬が来て、師走《しわす》いっぱい頑張っても埒《らち》があかず、房五郎は弁当商いを諦めた。新年の初売りからは、また煮売屋一本に戻ろう。

「いいじゃない。鍋ひとつの煮売屋でも、あたしは充分だもの」

お辰は明るく笑っていた。

「近所のみんながご贔屓《ひいき》にしてくれてるからね」

そうなのだ。お客が近所の者たちだから、この煮売屋には屋号さえない。「あそこの煮売屋さん」で用が足りていたからだ。

そんな商いを広げようというのなら、まず、新しい客がいるところへ出ていかなくっちゃいけなかった。売り物だけ作って、売るところを考えなかった房五郎は迂闊《うかつ》だった。表店《おもてだな》へ移るだけだって、ずいぶん違うはずだ。だが、差配人に訊《き》いてみたら、家も広くなるから、店賃は三倍だという。弁当作りのために蓄えを費やしてしまったから、借金しないと足らない。赤坂の義兄なら貸してくれるだろうが、それで駄目だったら？　商いが回らず、店賃を溜《た》めて追い出される羽目になったら？

「もうちっと手を考えてみるよ」

「そうね。でもあんた、もしかしたら、うちの兄さんみたいな庖丁人《ほうちょう》になりたいのかしら。だったら煮売屋はあたしに任して、赤坂のお店へ行ったっていいのよ」

蒲焼屋で働いて給金をもらい、そっちを貯《た》めて元手にして表店に移り、あらためて弁当屋を始める。うん、確かにそれは手堅いやり方だ。だが、何年かかることになるやら。

胸の底でうつうつと考えていた房五郎だが、腹の方は元気だった。

「あんた、前からこんなに大食いだった？　いえ、ちっともかまわないんだけどさ、たまには腹八分目にしとかないと身体に悪――悪くもなさそうだわねえ」

大食いを続けても房五郎は太らず、むくむこともない。まったく変わらない。無論、食ったものでひだる神を養っているからである。

——無駄だ。

お辰を脅かさないよう、姿を見せないという約束はきちんと守られていた。ひだる神はひっそりと隠れている。だから、それが居座っていることの証《あかし》は、房五郎の大食いばかりだ。おふくろの形見のお手玉は、元濱町に戻ってきてからも寝間の棚の上にさりげなく並べてあるのだが、小豆粒が並ぶことは一度もなかった。これはたぶん、弁当商いが思うようにいかなくて、房五郎が新しい飯やお菜を工夫していないからだろう。

——いつまでも俺に取っ憑《つ》いてたって、もう旨《うま》みはねえぞ。おめえ、わかってるか？　俺は腐ってるんだ。断食してやるぞ。土台、おめえを養ってやる義理なんぞ、俺にはこれっぽかしもねえんだからな。

一人で凄んでみても、相手の姿が見えず実体もつかめないままだから、何だか空振りだった。

さて、こんなふうにして迎えた初春《はつはる》、七草の明くる日のことである。

店先にしゃがんで芋の皮を剝《む》きながら、房五郎がぼんやりしていると、裏店の露地を十徳《じっとく》を着た老人がこっちへやって来る。顔見知りだから、房五郎はひょいと頭を下げた。

——師匠、また癪《しやく》が起きたかな。

十徳姿のこの老人は、近くの岩代町《いわしろちょう》に居を持つ町医者なのである。お供を従えて輿《こし》で往診に通うような派手な流行《はやり》医者ではないが、なかなか腕がいいそうで、患者は多い。この長屋に住んでいる常磐津《ときわず》の師匠もその一人で、持病の癪が出ると、小女を使いに出してこの先生を呼ぶのだった。

常磐津の師匠は、房五郎の弁当の数少ない贔屓客でもあった。おそらく師匠の情夫《いろ》なのであろう優男が遊びにくると、酒と肴《さかな》を揃えてしばらくしっぽり呑《の》んでから、弁当で締める。だからいつも二つ買ってくれるのはいいのだが、情夫が師匠をお見限りだとこっちの弁当もお見限りなので、あんまり恃《たの》みにならないのが難だった。

とはいえ、房五郎の作る三通りの弁当をすべて買って食べてくれた得難い客ではあった。

——師匠は、残念がってくれるかな。

房五郎がもう弁当商いはやめたと言ったら、「連れないわねえ。残念だわ」なんて愛想を言ってくれるだろうか。「房さんったら、あたしをがっかりさせないで」って、袖でぽんとぶつぐらいのことはしてくれまいか——

「おまえさん！」

耳元ででっかい声が弾けたので、房五郎は夢想から我に返った。叫んだのは、鍋の前にいるお辰である。

「大変！　先生が」

見れば、ちょっと先で件《くだん》の町医者が腰を抜かしている。目は開いているが、弱々しく足をばたつかせ、起き上がれずにもがいている。

「こりゃいけねえ、先生、いったいどうしなすった？」

房五郎は芋を放り出し、町医者を抱き起こした。長屋の住人たちがあちこちから顔を出し、何だどうしたと覗《のぞ》いている。

「いやあ……どうしたのかねえ。急に足が立たなくなってしまって」

ふくよかで色白なその顔からは血の気が抜け、額にびっしり冷汗が浮いている。房五郎の手につかまって半身を起こそうとするのだが、それもうまくいかない。

「目が……回る」

卒中だろうか。房五郎も冷汗の、そのときだ。

「ぐるるるきゅううう」

町医者の腹が盛大に鳴った。

――おっと、こいつは。

ひだる神に取り憑かれたときの様とそっくりじゃないか。

「せ、先生。俺におぶさりなよ。うちに入っておくんな」

「う、ううむ」

房五郎は、そろそろと集まってきた野次馬《やじうま》に、大きな声で呼びかけた。

「心配すんな。先生は病じゃねえよ。ちょっとした立ちくらみだ。病人を診るのが忙しくって、飯を抜いちまったんじゃねえのかな。何か口に入れるのがいちばんだ。さあ、こっちへ」

「う〜ん、う〜ん」

「おい、お辰！　手伝ってくれ。先生に飯を食わせるんだ」

町医者を小上がりに寝かしつけ、口元に白飯をひとかたまり持っていって食わせると、嘘のようにしゃっきりした。

――やっぱり、ひだる神の奴の仕業だ。

「おお、こりゃまたどういうわけだろう」

「先生、いいからもう一口食ってくれ」

町医者の顔色が戻ってくる。ひだる神の障《さわ》りは、何か口に入れれば消えるのだ。

「座れるかい。ああ、そんなら安心だ。先生、腹が減り過ぎて、目が回っちまったんだよ。お辰、白湯《さゆ》を持ってこい。それと飯をもっとと、うちの煮物と、ほれ、味噌焼き豆腐」

昨日は七草で、房五郎とお辰も七草粥《ななくさがゆ》を食べた。七草粥の仕来《しきた》りは、松の内のご馳《ち》走《そう》に疲れた胃の腑《ふ》を休めるためのものだというが、房五郎が塞いでいたせいで正月にもパッとしたことがなくって、ちっとも胃の腑が疲れていなかったお辰が、

「お粥ばっかりじゃつまらないわねえ」

ぼやいたものだから、房五郎は久々に、豆腐の山椒味噌焼きをこしらえたのである。それが少し残っていた。もともと弁当のお菜に工夫したものだから、冷めても旨い。小皿に載せれば山椒の香りもほんのりと立つ。

「先生、こいつは豆腐だ。味が濃くって飯に合うから、一緒に食ってみてくだせえよ」

房五郎が勧めるままに、町医者の老人は飯を食い豆腐を口にする。

「おお、こりゃ旨い！」

飯も食い煮物も食い、旨い旨いの連発で、しゃっきりと元通りになった。

「いやあ、実に旨かった。煮売屋さん、あんたは私の命の恩人だ。ありがとう、ありがとう」

お辰が淹《い》れた番茶をゆっくりと味わいながら、禿《は》げあがった額をうっすら赤くして、

「腹減りで倒れるなど、医者の不養生よりもっと恥ずかしい仕儀じゃ。しかし、昼食ならきちんととったんだが」

「何を召し上がったんですか」

「湯漬けを一膳」

「そんなんじゃ腹の足しにならねえよ」

「腹八分目に過ぎたかのう」

三人で笑い合ううちに、町医者はっと真顔になって、狭い店のなかを見回した。

「ここはてっきり煮売屋だとばかり思っていたが、こんな小洒落《こじゃれ》たお菜も扱うのかね」

「へえ、まあ、ちっとばかり」

「そうすると、仕出しを頼めるんだろうかねえ。弁当でもいいのだが」

あんまり驚いたので、房五郎はすぐ返答ができない。すると、横合いからお辰が膝《ひざ》を乗り出した。

「はい、承ります。お日にちはおきまりですか。数はおいくつ」

「今月の十五日に俳諧の会がありましてね。新年の初顔合わせなんですよ。いつも順繰りに肝煎《きもい》りを務めるんだが、今回は私の番なので」

場所は池之端の貸席に決まっており、人数は十人。句会を終えて昼食《ちゅうじき》をとるという段取りで、酒で座が乱れるのを嫌う集まりだし、

「俳人に、むやみな贅沢《ぜいたく》は野暮《やぼ》だからねえ。料理も豪勢ならいいってものじゃない。毎度、肝煎りの粋《すい》のほどが問われるので、なかなか難しくて頭を悩ましているんだが」

この味噌焼き豆腐は旨いし珍しい、と言う。

「どうだね、引き受けてくれるだろうか」

まだ口をきけないでいる房五郎の肋《あばら》を、お辰が肘《ひじ》でぐりぐりする。

「え？　はい、はあ、もちろん喜んでお受けいたします」

房五郎は舌がうまく回らない。もう諦めようとしょげていたら、こんな話が転がってくるなんて。

「それは有り難い」

そのまま細かいことを取り決めて、上機嫌の町医者を、夫婦揃って店先で頭を下げて送り出した。

「そうそう、私は常磐津のお師匠さんのところへ行く途中だったんだ」

いかんいかん、しかしまあ癪《しゃく》では死なんからなあと、医者がそんなんでいいのかというようなことを呟《つぶや》きつつ、町医者は去った。

「こいつぁ春から縁起がいいじゃないのさ」

手放しで喜ぶお辰の横に佇《たたず》む、房五郎の足元の影には頭が二つある。

房五郎はじわりと冷汗をかいた。

「まったくだが、これにはちっと裏がある」

「え？」

「俺の足元を見てくれ」

きゃっと叫んで、今度はお辰が腰を抜かした。

決まり悪そうに頭を掻《か》き掻《か》き、房五郎は続ける。

「と、まあざっとこんななりゆきで、手前は、ひだる神のことを女房にすっかり白状する羽目になっちまったんですが」

最初こそ腰を抜かして怖がったお辰だが、意外と立ち直りが早かった。その理屈が面白い。

——あやかしのものだとしても、ひだる神さんはきっと、悪いものじゃないのよ。名前に〈神〉がついてるのは、伊達《だて》じゃないんじゃないの？

実際、少々荒っぽいやり方ではあるが、お客を引き寄せてくれたのだ。

「それだって、どこまであてにできるか知れねえぞ。神様のなかには貧乏神だっているんだからなって、手前は言い返したんですけどもねえ」

房五郎の苦笑に、おちかも笑った。

「それで、俳諧の会にはどんなお弁当を出したんですか」

「山椒味噌焼き豆腐と青菜飯の組み合わせにしました。青菜は大根の葉で、一切れの魚は鰆《さわら》の味噌漬け。こっちはあっさりした白味噌で、甘みも抑えましてね」

漬け物には、赤い小梅と白い小梅のかりかり漬けを添えて紅白にめでたく、黒豆は松葉にさして飾った。煮物は里芋とれんこんと大根。大根は焦《こ》げるぎりぎりぐらいまで煮染めて、水っぽくならないように仕上げるのが房五郎流だという。

「こうして聞いているだけで美味《おい》しそう。評判はいかがでした？」

「おかげさまで、うんとお喜びいただけました」

そしてこれが、房五郎の弁当商いの道を開く大きなきっかけになった。

「件《くだん》の町医者の先生にはいい患者がついてる――というのも妙ですが、筋のいいところとお付き合いのあるお医者だという評判は聞いていましたが、その俳諧の会っていうのも大変なもんで、名のある絵師や学者、それに銀座のお役人まで入ってましてね」

言われてみれば、岩代町からは銀座も近い。

「皆さん、旨いものにも贅沢にも慣れた趣味人ですよ。だから、手前が作るちんまりした弁当が、かえって興に入ったんでございましょう」

「侘《わ》びと寂《さ》び」と、おちかは言った。

「手前はそんな言葉も存じませんでしたが」

人の心は面白いもので、どんな贅沢よりも素朴な温《ぬく》もりが染みることもある。

ともあれ、それらの粋人たちがぞろりとお客になって、折々に房五郎の弁当を注文してくれるようになった。

「そしたら、そこからまた評判が広がりますね」

「へえ、有り難いことでした」

水温む春が到来すると、物見遊山や野遊びに繰り出す人びとも増える。弁当の出番だ。もちろん花見の宴の盛りには、

「手前とお辰の二人じゃ手が足りなくなって、赤坂の義兄のところから若い衆を手伝いに寄越してもらうほどになりました」

右肩上がりの繁盛になっても、房五郎は慌てて欲を出しはしなかった。

「たまに、仕出しもやってくれとご注文をいただくことがあったんですが、それは丁寧にお断りしたんですよ。いい器をいろいろ揃えて、そこに盛りつけるところも勝負になる仕出しは、手前には荷が重い。折り詰めひとつ、張り込んでも二段重まで。そのなかで工夫を凝らして精進しようと思い決めましてね」

やがて房五郎の弁当は、手軽な贈答品にも使われるようになった。

「それで、あるとき、ある大店《おおだな》のお内儀に、ご贔屓《ひいき》の役者の楽屋見舞いを頼まれたんですが」

名前を聞いたら、商いに忙しくって芝居は評判を聞くばっかりの房五郎でさえ知っているほど売れっ子の看板役者だったので、ぶるってしまった。

「またそのお内儀も食通で、普段は役者衆を八百善《やおぜん》や平清《ひらせい》に連れて行ったり、そこから弁当をとって差し入れたりなすっているというじゃありませんか」

八百善も平清も、裏店の弁当屋とはすっぽんの料理屋の名店である。

「今度は俳諧の会のときみたいに、こぢんまりしたものを出して、侘びだの寂びだの感じていただく手は、おっかなくって使えません。お内儀のお熱が冷めたように見えちまいかねませんから」

とはいえ、名店とまっこう勝負ができないことも目に見えている。

「しょうがねえ、目新しいってことに賭けてみるしかございませんよ」

おお、とおちかは思った。

「じゃあ、櫃まぶしを？」

「へえ。そろそろ暑くなるころで、鰻も太ってきてましたんで」

これが当たって、房五郎は大いに男を上げた。

「女房も大喜びしましてね。ついでに義兄《にい》さんの蒲焼屋を売り込むことにもなりましたから」

男を上げた勢いで、いよいよ弁当屋の看板も揚げよう。そう言い出したのもお辰が先だった。

「表店に移ろう。今ならやっていかれるよって」

幸い、近くに頃合いの空き店《だな》もあった。差配人も勧めてくれた。

しかし、房五郎は腹を決めかねた。

「今のこの売れ行きは、流行《はやり》もんだ。流行ってのは、必ずきりが来る。今は来ねえだろう、まだ行けるだろうと思ってるところに限って、ぷつっと来るもんです」

どんなに好いものでも、客に飽きられるということはある。そして「飽きる」ことに理由はない。何も悪くなくても、誰のせいでもなくても、飽きられるときには飽きられる。おちかの叔父の伊兵衛も、よくそう言っている。一方、だからと言って、打って出るときを逃してばかりの慎重居士では商いは育たない、とも言う。

ためらい、迷う房五郎の、胸ひとつにかかった決断のとき、背中を押してくれたのは、またもひだる神であった。

「忘れもしません。その夏の土用の丑《うし》の日、一年でいちばん鰻の蒲焼きが売れる日でございますよ。手前の店でも、櫃まぶし弁当の注文が多くって、朝からてんてこ舞いでございました」

作った弁当の残りはあと三つというところで、房五郎の目と鼻の先で、今度は、身なりのいいお女中がへたへたと行き倒れた。

——ひだる神の奴、またやりやがった。

見事な二重顎《にじゅうあご》の、女ながらに「押し出しがいい」と評したくなるこのお女中は、房五郎とお辰に介抱されて正気づくと、

「ここは鰻屋かえとお尋ねですので、いえいえ弁当屋で鰻弁当がございます、と」

櫃まぶし弁当を供すると、美味《おい》しい美味しいともりもり食べた。そして言った。

「これなら若様のお口にも合いますわ！」

二重顎のお女中は、陸奥《みちのく》のある藩の江戸屋敷で、十二歳になる若殿様に仕えているお守役《もりやく》だった。

「この若様がお身弱《みじやく》で、とりわけ夏の暑いときには食が細っちまう。おまけに、いちばんの滋養になる土用の丑の日の鰻も食わねえ。蒲焼きの皮が気持ち悪いから嫌いだとおっしゃるそうで」

しかし、櫃まぶしでは鰻の蒲焼きを細かく切り、飯と混ぜ込んでしまうから、皮が目立たない。味は折り紙付きである。

「この弁当はあといくつある、二つか、ではそれを譲っておくれって、ばたばたと弁当の包みを抱えてお帰りになりましてね」

翌日、麗々しい書状を持参してまたやってきた。

「若殿様ばかりじゃねえ、ちょうど在府しておられたお殿様もいたくお気に召して、以降、そこもとの店に弁当の御用達を命じる、苦しゅうないという仰せでございました」

反《そ》っくり返って顎を突き出しながら、房五郎が声色を使ってみせるのが可笑《おか》しい。

「この変わり百物語では、差し障りのあるお名前は伏せていても、変えてしまってもかまわないんです。ですから強いてお尋ねはしませんが……」

「へえ、手前からは申せません。おしゃべりは男伊達じゃございませんからねえ」

伊達《だて》なら仙台藩だ。おちかは思わず胸の前で手を合わせ、わあっと声をあげた。

「すごいわ」

「そんな大藩の若様のお守役が、元濱町あたりの露地にどんな用があっておいでなすったのか、とんと見当もつきませんでね。理由をお尋ねしてみましたら」

――それが、わたくしにも判然としないんですよ。いつの間にか迷い込んでいたのです。

お端《はし》（目下の女中）に若様の滋養になるものを探させても埒《らち》があかないので、めぼしい名店のいくつかを自分で訪ねてみようと思い立ち、市中へ出てきたのだが、いつの間にかお供とはぐれ、一人で元濱町の露地へ来ていたというのである。

「それ、ひだる神さんに引き寄せられたんですよ！」

「まあ、そういうことでしょうよねえ」

伊達をお客に喚《よ》んだひだる神の〈神〉は、やっぱり伊達ではなかったわけである。

この一件で、房五郎の迷いは吹っ切れた。

「秋の終わり、ちょうど鰻の旬が過ぎた頃合いで、表店へ移ることを決めました。屋号は手前の親父のだるま屋をもらうことにして、その看板は、お祝いだからって、義兄がこしらえてくれました」

「いいお義兄さんですね」

「まったくです。赤坂のお店の人たちに、手前は足を向けて寝られません」

おちかは考えていた。房五郎という人は、最初の愛宕下の仕出し屋でこそひどい目に遭ったけれど、それ以外はとことん出会いに恵まれている。そこには、「人」ではないものまで一枚加わっているのだし。

「新しいお店で軒先に揚がった看板を仰いだときには、手前は胸はふくらむわ、目は潤んでくるわで、いやはや」

また照れて頭を掻く。

「女房の方が、もちろん喜んでいましたけども、けろっとしてましたね。おまえさん、これはひだるさんのおかげなんだからね、これからも粗末にしちゃいけないよって」

「ひだるさん？」

「そのころにはそう呼ぶようになっていたんです。で、もっと可笑しいのは」

――本当は、「先生」って呼ぶべきかもしれないわねえ。

「講釈師の語りを聴いてると、ひだるさんみたいな人は、よくそう呼ばれてるからって」

おちかはちょっと首を傾《かし》げたが、

「ああ、そうか！　食客《しょっかく》ですね」

三国志や水滸伝など、唐《から》渡りの軍記物に多い話だ。よく正体のわからない風来坊を拾って寄食させておくと、いざ戦というときには一騎当千の働きをしてくれるとか、実は優れた軍師だったとか、新しい武器を工夫してくれる発明家だったとか。そういう役に立つ居候のことを、総じて「食客」と称するのである。

「食客のひだる神さん」

「できることは決まってますがねえ」

人の腹を減らせて、食いものに引き寄せる。百発百中で外れなし。おまけに、上客を見抜く目にも外れがない。

「食い意地の神通力ですよ」

「漢字の読み書きにも明るいようですし、もしかしたら、行き倒れてひだる神になる前は、そうとうな人物だったのかもしれませんね」

「そりゃあちっと持ち上げすぎですよ、お嬢さん。戦国の世ならいざ知らず、この太平の世の中に、ひとかどの人物が山道で行き倒れるわけがねえ」

二人でまた楽しく笑い合った。

「有り難いことに、だるま屋は船出から順調でした。お得意様が増えて、すぐに小僧や女中を雇い足すようになりました。手前もお辰もきりきり働いて、それがちっとも苦になりません」

旨いものを作り、客の笑顔を見るのが心底好きでたまらないからである。

「これで万事めでたし、めでたしだったならば、本日ここで手前がこうしてお嬢さんの前にいて、いい香りのお茶と草餅をちょうだいしながら気持ちよくだべる、なんてことにはならなかったんでございますが」

房五郎はすうっと笑みを消し、真顔に戻った。

「兆しはね、前からあったんですよ」

ちょうど、櫃まぶしの楽屋見舞いで当てたころからだという。

「女房がときどき、目眩《めまい》がするというんです」

――立ったり座ったりすると、くらっとくるのよね。

「まあ、ほかにはとりわけ具合が悪いところがあるわけじゃねえんで、本人も手前も、深く気にしちゃいなかったんです」

ところがそのうちに、房五郎もたまにくらくらするようになってきた。

「手前の方は、朝の起き抜けや、夜に横になったとき、くらっというかふらりっというか」

嫌な感じに目が回るのだという。

「あわわ、お嬢さん、そんなお顔をなすらないでください。これは実は大事《おおごと》じゃなかった――いや大事だったんですけども、手前や女房の身体の障《さわ》りじゃなかったんですから」

障りが起きていたのは、裏店の家の方だった。

「家移《やうつ》りのとき、差配さんが荷物を出した家のなかをぐるっと見回して、しきりと首をひねってる。何かまずいことがありますかって訊《き》いたら」

——この座敷、ちっとばかり傾いちゃいないかねえ？

実際、そのとおりだったのだ。

「家が傷んでたんでございます」

薄べったい畳を上げて床板を剥がしてみると、すぐにそれとわかった。

「横に渡してある根太《ねだ》が、西側の端の方で、こう、裂けたように折れていましてね。そのせいで、床板が沈んでいたんでございますよ」

「なるほど……」と、おちかも納得した。「だるま屋さんとおかみさんの目眩も、寝起きしている場所が傾いていたせいなんですね」

「へえ、まったくそのとおりでして」

房五郎は苦笑いして、こめかみをほりほり掻《か》く。

「その根太の折れようも妙で、叩《たた》き折ったとか、へし折ったとかいうのではないんです。裏店の店子《たなこ》仲間に大工職の男がおりましたんで、慌てて呼んできて検分してもらいましたら」

——房五郎さん、この上に、よっぽど重たいものを載っけてたんだろう。

「おたくは繁盛してるから、千両箱を重ねてあったんじゃねえかって、からかわれたもんでした」

　何かの重みのせいで根太が少しずつ圧《お》され、じりじりとたわんで裂けてゆき、それに連れて床板が沈み込んでいった。ただ、あらわに感じ、目に見えるような沈み方ではない。日々、微細な変化の積み重ねだったから、そこに住み着いている房五郎とお辰は気づかなかった。それでも傾きが増してゆくにつれて身体の方には変調が起きていたのだし、外から入ってきた差配人には、すぐとそう感じ取れたのだ。

「でもねえ、お嬢さん。そんなに重たいものなんざ、手前も女房も、さっぱり心当りがございませんで」

　米や味噌は土間に置いていたし、座敷で暴れたり飛び上がったりして重みをかけたことなど、あるわけがない。

「手前どもには子供がおりませんしねえ」

　もちろん、千両箱を積んだ覚えもない。

「面妖《めんよう》な話ではあったんですが、まあ、ああでもないこうでもないと考え込まなくたって、裏長屋のことでございますから、建てたときから難があったって不思議はございません」

　江戸の町には火事が多い。ひとたび火が出れば火元の家が焼けるだけでなく、延焼を防ぐためにまわりの家は打ち壊されてしまう。

そんな土地柄だから、家なんか空《むな》しいものだ。よっぽどの大金持ちでない限り、手をかけ金をかけたってしょうがないと思っている。まして裏長屋となれば、柱があって屋根があって床が張ってあればいいわけで、根太《ねだ》があった？　そりゃ上等だというぐらいのものだ。

「あとの始末は差配さんに任せて、表店へ移ってしまったら、手前と女房のくらくらっというのも止《や》みましたし」

「傾いていないところで寝起きするようになったからですね」

「へえ。それに毎日、忙しくって面白くって」

弁当屋の商いに夢中で、そんなことなどけろりと忘れてしまった。

「だるま屋の看板を揚げてすぐに、白身魚のそぼろと卵のそぼろを使った二色弁当というのを売り出したんですが、有り難いことにこれが評判になりましてね」

店売りだけでなく、まとまった仕出し弁当の注文も舞い込むようになり、たちまち人手が足りなくなって、住み込みの女中と小僧を雇い入れたというのが、さっきまでのくだりだ。

ところが――である。

「だるま屋が最初のひと冬を越して、皆で正月を祝って、月の中ごろあたりからでしたかねえ。妙な案配になって参りました」

まず、小僧がやたらに風邪を引く。しょっちゅう青っぱなを垂らして、ハックションはっくしょんとやっている。熱を出して寝込んでしまうこともあった。

「食いもの屋のことですから、これはいけません。おまえ、寝るときはちゃんと腹巻きをするんだよ、などと叱っていたのですが」

奉公人にとって、お店の主人やおかみは親代わりである。

「そうこうするうちに、お辰と女中の具合もおかしくなってきたんでございます」

手足がひどく冷えて、一日じゅう、身体の節々がどこかしら痛む。

「こっちは血の道の病かと思いまして、生薬屋《きぐすりや》で煎じ薬を買ってきて飲ませたりしてみましたが、一向によくなりません。外の世間は少しずつ春めいてきているというのに、家のなかでは女房と女中と小僧が、三人三様に寒がってばかりおりました」

「だるま屋さんご自身はいかがでした？」

おちかの問いに、房五郎は思い出したように首を縮めた。

「手前は丈夫だけが取り柄《とりえ》の方ですから、これという変わりも障りもなかったように思うんですが、お辰に訊《き》いてみたら、おまえさんだって顔色がよくないわよ、と言われました」

いずれにしろ心配なので、そのころ、だるま屋の得意客に本道《ほんどう》（内科）をよくする町医者がいたから、注文の弁当を届けるついでに相談してみたのだという。すると、

──往診に出た折に、儂《わし》がいっぺん寄って診てやろう。

「何日もしないうちに、薬箱を担いだお供を連れて、ぶらぶら来てくださったんですよ」

町医者はだるま屋の奥に通るなり、怖い顔をしてぐるりを見回した。

──何だ、この家は。ひどい隙間風じゃないか。

「こうして立っているだけでも首筋がひやひやする。これじゃあ風邪も引くし、身体が冷えて当たり前だとおっしゃるんですな」

──店賃はいくらだ？　強突《ごうつ》く張《ば》りの大家が、安普請の家に高くふっかけているんじゃないのか。

町医者は大変な剣幕《けんまく》で、すぐにも差配人を呼びつけた。と、何事かと駆けつけてきた差配人も、おやと怪訝《けげん》な顔をして、

「何だか隙間風がひどいねえと言うんですよ」

──先月、店賃をもらいに来たときは、ここまですうすうしなかったような気がするけれど。

そこで一同鳩首《きゅうしゅ》してみたところ、

「去年の秋の終わりに、家移りしてきたばっかりのころは、こんなに隙間風が気になることはなかった。だから、この家がもともと立て付けが悪いということじゃあない」

お辰は言う──冬になると、莫迦《ばか》に寒い家だなあって思うこともあったけれど、冬

に寒いのは当たり前だからね。

女中は言う——でもおかみさん、冬だから寒いのと、隙間風が冷たいのは別ですよ。

洟《はな》の止まらない小僧は言う——あたいは、お正月のころから、寝ている鼻先に隙間風が通うようになったと思います。このごろでは、昼間もひやあっと風を感じて、ぶるぶるしちまうことがあるんです。

煮炊きをしているお店だから、昼間のうちは常に火がある。だから本来は、寒さや冷えを感じにくい家であるはずだ。しかし、小僧の言うとおりなら、正月明けのころから隙間風が通るようになり始め、冷えて寒くて、それがどんどんひどくなっているわけである。

「それにもうひとつ」

語りながら、当時の気持ちを思い出すのか、房五郎は難しい顔つきになった。

「あとで考えたら、これがいちばん聞き捨てならない謎解きの要だったんでございますが、小僧がこんなことを申しました」

——旦那さん、この家はえらく軋《きし》みます。

「ときどき、ぎしぎしと家のどこかが鳴っている。それも正月ごろから気になるようになってきたっていうんです」

——あたいはおっかなくって、よく眠れません。

「子供ですからね」と、おちかは言った。「家鳴りは気味が悪いでしょう」

「へえ。小僧も、お化けが出てくるんじゃねえかと、生きた心地がしねえことがあったようです」

となるとやっぱり、またぞろ建物に難があるのかもしれないから、大工に検分してもらった。果たせるかな大工は顔をしかめて、家が歪《ゆが》んでらあと言う。

――こんだけ歪《いびつ》になってりゃ、隙間風が通らねえ方がおかしいってくらいなもんだ。

家が鳴るのは隙間風のせいもあろうし、家の歪みのせいでもあったのだろう。

「いやはや、参りました。いちいち指さして、ほらここがこうだ、そこがああだと教えてもらうと、本当にあっちこっちが歪んでいて、羽目板には隙間ができてるし、床板はがたついているし」

大慌てで、できる限りは修繕してもらい、それでいったん隙間風は収まった。だが、

「家鳴りの方は一向にやみませんでね。手前もいっぺん気がつくと、莫迦《ばか》に気になるようになっちまって」

みしりみしり、ぎしぎし、がたがた。

「誰かがうちのなかを歩いてる――よっこらしょっと、えらく大儀そうな足取りで」

梯子《はしご》段を上り下りしているように聞こえることもある。夜中には、その重たくて大儀そうな誰かが寝返りを打ったように感じることもあった。

「そういうときは、家がただ軋むだけじゃなくて、揺れるんです」

地震《じぶる》いのように、ずうんと揺れる。水屋のなかの器がかたかた鳴ることもあった。

「いや、こうしてお話をしていると可笑《おか》しいですが、当時は手前も薄気味悪くって、夢観《ゆめみ》も悪くなって往生しました」

家鳴りはすなわち、家の歪みがまた少しずつ進んでいるという証であり、案の定、梅が咲き桃が咲き、桜が咲き始めるころになると、再び隙間風がひどくなってきた。女たちは寒がり、小僧は洟を垂らし、房五郎自身も、ちょっとした拍子に襟首を撫《な》でる隙間風に震えることが増えた。

「で、卯月《うづき》（四月）の中ごろに、花見弁当の商いが一段落してほっとしたせいもあるんでしょうが、とうとう女房が寝付いちまいましてね」

小僧の鼻風邪は治らぬまま、女中の顔色も悪い。寝間着に着替えて寝る間もないほど忙しかった房五郎も、身体の芯までくたびれていた。

「まず大工のところへ行ってまた修繕の相談をして、それから町医者の先生のところへ回って、いい薬を出していただこうと思い立ちました」

お店は一日閉めて、小僧にも女中にも休みをやる。温かい雑炊をこしらえて三人に食べさせてから、房五郎は身支度を調《ととの》えて外へ出た。

「だるま屋を始めてからこっち、手前がお店を離れるなんざ初めてでした」

花見弁当ではたいそう儲《もう》けさせてもらったし、また評判も上がったけれど、肝心の花はひとひらも見ずに過ぎてしまった春である。

「お店のちょっと先の火除《ひよ》け地に、いい枝振《ぶ》りの桜の古木がありましてね」

火除け地なのだから、本当は伐《き》ってしまわないといけないはずだが、

「枝振りがよくってもったいないからって、残してあったんでございますよ」

満開のころに見たかったなあ——と思いながら、葉桜のさやさやという囁《ささや》きを聞きつつその傍らを通り過ぎて、おかしなことに気がついた。

「お天道様はこれからてっぺんへ昇っていこうという時分で、ですから桜の古木には影ができています。手前の足元にも、手前の影があるはずでございます」

だが、それがない。足元は、ただ一面に真っ暗だった。

「ぜんたいどうしたことだと、ぎょっとしましてね。その場で身をひねってみたり、しゃがんでみたり、じたばたやってみたんですが」

房五郎のまわりは、ただ真っ暗なままだ。縁《へり》が少しでこぼこしてはいるが円《まる》い真っ暗で、その円の差し渡しは、二尋《ふたひろ》（約三メートル）はありそうだ。

「冷汗が出て、膝《ひざ》が震えて参りました。何だこれはと思って」

はたと思い至った。

「ひださんですよ」

房五郎には、ひだる神が憑《つ》いている。

「ひだるさんは、だるま屋を興《おこ》すきっかけをつくってくれて以来、ずっと鳴りをひそめておりました。手前が毎日腹一杯食って、商いものにも旨いものをいっぱいこしらえているから、ひだるさんも満足で満腹で、幸せだからおとなしくしているんだろう。そのくらいに考えて、まるで気にしておりませんでしたし、お店がどんどん忙しくなるんで、ほとんど忘れていたくらいでした」

ひだるさんよ――と、小さく声をかけてみた。

「そしたら、手前の足元の真っ暗が、もぞもぞっと動くじゃありませんか」

そこにいなさるんだよな？　と呼びかけると、

「真っ暗の縁がぶるぶるっと波打って、大きな西瓜《すいか》ほどの影が、のそっと現れたんでございます」

ひだる神の頭である。

「それで、手前にもはっと判《わか》った」

房五郎はおちかの前で、ぽんと膝を打った。

「足元のこの真っ暗は、要するに影なんです。ひだるさんの影なんですよ」

影がでっかくなっているから、ただ真っ暗に見えるのだ。

「いったいぜんたい何だって、ひだる神の影が、差し渡し二尋もありそうなほどに、でっかく円くなっていやがるのか？」

そうか。おちかにも判った。

「それは、ひだるさんが――」

「左様でございますよ、お嬢さん」

二人は顔を見合わせ、しげしげと見つめ合って、同時に笑い出してしまった。

「まあ、確かに大事《おおごと》ですね」とおちかは言った。

ひだる神は、太っていたのである。

「旨いもんの食い過ぎでございますよ」

毎日毎日、旨いもんをたらふく食ってりゃ、太って当たり前だ。房五郎の言を、最初は信じなかったお辰も、日向《ひなた》に連れ出して足元のでっかい影を見せて、

「ひだるさんよ、女房に顔を見せてやってくれ」

のっそり現れた西瓜のような大頭を見せたら、棒を呑《の》んだみたいになってしまった。

思えば、ひだる神は、房五郎とお辰が裏店にいたころから太り始めていたのである。座敷の根太《ねだ》が折れたのは、ひだる神の重さのせいだったのだ。何が重たいって、ひだる神が重たかったのだ。

房五郎はう～んと呻《うな》った。

「ひだるさんはもう俺に憑いているのじゃなく、俺の商いそのものに憑いているんだ」

夫婦が表店へ移ってだるま屋を始めると、ひだる神が太る「素」はいっそう増した。その重さに堪えかねて、正月明けごろから家は歪《ゆが》み始め、しばしば軋《きし》み、隙間風がひどくなった。一度は修繕しても、太り続けるひだる神の重さで、家はまたすぐ歪んだ。その家のなかで、ひだる神はさらに太り続ける。

商売繁盛すればするだけ太るのだ。

ひだる神には恩がある。感謝こそすれ、追い払おうなどと思ったことは一度もない。ただ目には見えないし、いることが当たり前になって、忘れてしまっていただけである。だが、こうなったらもう、ほったらかしにしてはおかれない。歪んだ家に住み続けて病になるのも、しまいには家が倒壊しても、命に関わる問題である。

こいつは困った。

「あんまり太ったら、ひだるさん本人にもよくないんじゃないかしらねえ。太ったら、ひだるさんはひだるさんじゃなくなっちまうんじゃない？」

そしたら何になるのかしら——と、とんちんかんなような正鵠《せいこく》を射ているようなことで悩む女房も、怒ってはいないし怖がってもいない。悪く思ってはいない。だから、なおさら困る。

ひだる神よ、どうしようか。

「太っちまったのが難ならば、やることは一つだけでございますよ」

痩せてもらうのだ。

「食いものを減らす」

まなじり決して、房五郎は女房にそう言った。

「商いを休もう」

この話そのものはおとぎ話みたいで、大の大人が真面目に語って信じてもらえる話ではない。仕方がないから、女中と小僧には、

「ここんところの御難続きを、拝み屋に卜《ぼく》してもらったら、うちがあんまり急に商いを大きくしたんで、他所様《よそさま》の恨みを買っているらしい。しばらく殊勝に身を慎《つつし》んで、恨みが引くのを待つことにしたよ」

なんて因果を含め、別の奉公先を探してやって暇をとらせたが、気のいい房五郎とお辰の下で働き、旨い賄《まかな》い飯に馴染《なじ》んできた二人は、泣いて残念がった。また商いを始めるときがきたら、きっと雇ってくださいと請われて、「おうさ」と調子を合わせた房五郎ではあったけれど、腹の底ではもうそんなことにはなるまいと思っていた。

「とにかく今はひだるさんを痩せさせて、できるだけ元のひだるさんに近いところまで戻す。そしたらそこから先は、ひだるさんがあんまりぶくぶく太らねえように案配しながら商いをしていかなくっちゃならねえからな」

そもそもの、夫婦二人で切り盛りできるくらいの商いが、たぶんちょうどいいのだ

ろう。

得意客にはお辰の病気療養を口実に謝って回り、家の歪みはまた間に合わせに修繕してもらい、だるま屋は表戸を閉じて休業に入った。ちょうど、初鰹《はつがつお》のころだった。野遊びにも行楽にも好《よ》い季節だ。商いをし損ねる。得意客だって離れていくだろう。だからうんと悔しいかと思ったが、存外そうでもなかった。ずうっと忙しく働きづめの暮らしを続けてきた上に、冷えや疲労が重なっていたから、房五郎もお辰も、休みをとってほっとした。これまで華々しくやってきたおかげで、つましく暮らすなら一年ぐらいは困らないだけの蓄えもある。

もっとも、この「つましい」というところでは、夫婦の意見が割れた。房五郎は窶《やつ》れてしまった女房が哀れで、赤坂の実家《さと》に帰して、義兄の作る滋養のあるものを食わせたいと思ったのだが、

「こんなこと、実家に言えるわけがないでしょ」

信じてもらえっこない。

「だいいち、ひだるさんにはひもじい想いをさせるのに、こっちだけ美味しいものを食べて楽していたら、バチがあたっちまうわ」

三人一緒に菜っ葉を浮かべたお粥《かゆ》をすすって暮らしましょう、と言う。

「それじゃあ、おめえの身体に力がつかねえ」

「死にやしませんよ」

という次第で、夫婦は禅寺の坊さんもかくやという暮らしを始めたのだが——

思っていた以上にきつかった。

ひだる神が泣くからである。

ぐずぐずめそめそと、朝から晩まで泣いている。言葉ではっきり、「ひもじい」「旨いものが食いたい」と訴えてくるわけではないが、泣きながら何かぶつぶつ言う。それがかえって鬱陶《うっとう》しい。

房五郎が梅干しをお菜に五分粥をすすると、

「ぶつぶつ、めそめそ」

お辰が冷飯を湯漬けにして漬け物を嚙《か》んでいると、

「ぶつぶつ、ぐずぐず」

それでも半月、ひと月と頑張っていると、意地を焼いたのかひだる神は暴れるようになった。棚に積んである器を落とし、空っぽの鍋をひっくり返し、家を揺さぶる。

しかし夫婦は負けなかった。家鳴りも、続けば慣れる。無理にでも慣れた。

するとひだる神は、だるま屋の前を通りかかる人をへたへたっとさせるという、例の得意技を使ってくるようになった。

「ふん、奥の手を出してきやがったか」

ちょろいもんだ。夫婦は、へたへた行き倒れが現れるたびに重湯を飲ませて介抱した。何度そうなっても「はい、重湯」。動じなかった。

そうしてお辰は折々に、腰に手をあてて家のなかを見回し、ひだる神に言い聞かせた。

「ひだるさん、わかっておくれ。この先もずっと仲良く暮らしていきたいから、今は我慢しなくちゃいけないんだよ」

ひだる神は納得してくれず、説教するといっそう陰気に泣くばかりだった。

大川の川開きでも店を開けず、しいんと閉じこもっていたら、「だるま屋さんはよっぽど病が重いのか」という噂が、赤坂にまで届いてしまったらしい。心配した義兄が見舞いに訪ねてきて、

「ぜんたい、どうしちまったんだよ。二人して青っちろい顔をしてさ」

なんて言っているところへ、ひだる神が階段の上から空の行李《こうり》を転がして落とすといういたずらをした。さらに二階の座敷で飛び跳ねて、家をゆさゆさ揺らし始めた。

房五郎もお辰も口の巧《うま》い方ではないし、こんな椿事《ちんじ》、言い訳のしようがない。

驚く義兄に、ひだる神のことをすっかり打ち明けた。最初のうちは、「おめえら正気か」と、ますます唖然《あぜん》とされるばかり。が、そこへ今度はひだる神が台所の水瓶を叩《たた》いて鳴らし始めたので、

「今すぐやめねえと、夕飯抜きだぞ！」

房五郎が怒鳴りつけると、止んだ。

義兄はしばらくのあいだ青くなったり赤くなったりしていたが、そこは世慣れた商人《あきんど》のことだから、腹が据わっている。

「ひとつ試してみよう」

そう言って、台所の方へ向かって両手を筒にして、呼びかけた。

「ひだるさんよ、俺は赤坂で蒲焼屋をやってる。おまえさんがいい子にしていて、早く元の重さにまで痩せられたら、二段重に櫃まぶしと煮物焼き物をぎっちり詰めて、褒美にやろう」

そうさなあ、と懐手で思案するふうになり、

「これから二月《ふたつき》で――神無月《かんなづき》（十月）の朔日《ついたち》（一日）までにはすっかり元通りになってみろ。その日の午《ひる》に、房五郎の影がまともな大きさの頭二つに戻っていたら、俺が二段重をこしらえてやる。どうだい？　承知なら、水瓶を一回叩いてくれ」

少しのあいだ、ひだる神はめそめそぐずぐずしていたが、やがて水瓶がご～んと鳴った。

「承知したってよ」と、義兄は笑った。

「あ、ありがとう、兄さん」

「何にせよ、おめえらも厄介なものを拾ったね」

「すみません」

「あれこれ苦労して痩せさせるより、拾ったところへ捨ててきちゃどうだい？」

「猫の仔《こ》じゃないんだから」

房五郎やお辰の意思で、ひだる神をここから引きはがせるとは思えない。

「それに義兄《にい》さん、ひだるさんは俺たちの福の神なんですよ。無下《むげ》にはできません」

人が好いねえと苦笑しながら、義兄は赤坂へ帰っていった。

その夜、火がなくて寂しい台所に立ち、暗闇のなかに向かって、房五郎は囁《ささや》いた。

「ちゃんと約束を守れよ。ほかの誰より、俺が辛いんだ。俺がいちばん、ひだるさんに旨いものを食わせてやりたいんだから」

この言葉に染み込んでいた情が利いたのだろう。ひだる神は従順《おとな》しくなった。まあ、二段重が食いたい一心だったのかもしれないが。

葉月《はづき》（八月）の末に、また大工に来てもらって家のなかを調べ、歪みのあるところを修繕してもらった。それ以降は隙間風も止まり、家の軋みもほとんど気にならなくなった。

こうして、約束の神無月の朔日の午前《ひるまえ》。

お天道様を仰いで、房五郎はだるま屋の前に立った。お辰が固唾を呑んで見守る。

足元に落ちた影の左肩から、かつてのようにひだる神の頭がひょいっと覗《のぞ》き、何だか得意そうに、うんうんとうなずいた。

夫婦は手を打って喜んだ。そのまま赤坂の蒲焼屋へ行き、旨いものをたらふく食って、約束通りに義兄がこしらえてくれた二段重の包みを提げて帰ってきて、それを台所の一角に置いた。

翌朝、二段重は空っぽになっていた。

房五郎は市へ買い出しに出かけた。お辰は台所の道具を洗い、米をとぎ湯を沸かした。だるま屋は商いを再開した。

それからの何年かは、ずっと手探りを続けることになった。ひだる神が太りすぎずにいられるようにするには、一年のうち、どこでどれぐらい商いを休めばいいのか。

「いっそ、お客さんにわかりがいいように、一月《ひとつき》おきに店を開けたらどうかしらねえ。ひだるさんにも、続けて何ヵ月もひもじい思いをさせなくていいし」

「おまえ、そりゃ世間様を舐《な》めてるぞ。そんな店を誰が贔屓《ひいき》にしてくれるもんか」

「じゃあ、お正月から如月《きさらぎ》（二月）いっぱいは？」

「二月はともかく、初春《はつはる》は注文が多いんだぞ」

これまでだるま屋の上がりの多寡を点《つ》けてきた帳面を広げて、夫婦で侃々諤々《かんかんがくがく》やった。

結局、今のように、花見弁当で忙しい時期が終わったら休業にして夏を越し、秋風が立ち始めたら商いを再開するという決まりに落ち着くまで、けっこう手間がかかった。夏場は、食あたりが怖いので商いを遠慮いたします、という口実が使いやすい時期だが、それでも不審がるお客は多かったし、どうしても頼むという大口の注文が惜しくて盛夏の半月しか休まず、ひだる神を太らせてしまって慌てた年もある。

市中の仕出し屋や弁当屋の同業者のあいだでは、だるま屋の評判はかなり悪い。傲《おご》っている。商いというものを軽んじている。実は亭主が凶状持ちで、世間様を憚《はばか》る身の上なのではないか——などなど、あらぬ噂を立てられたことも一度や二度ではない。房五郎も人の子、気に病んだときも、歯噛《はが》みしたときもあった。

本当ならついてくれるはずの客筋も、休業でずいぶん失っているはずだ。評判を聞いて遠くから来てくれた客に、間の悪いことに「あいにく明日から休業でございます」と言わねばならず、怒鳴られるばかりか殴られるという災難もあった。

世にも奇妙な苦労をしてきた。それでも房五郎とお辰は、これらの事情を固く秘密にしたまま、義兄一人を除いては誰にも言わず、覚られもせぬように注意深くして、ここまでやってきた。

「世間様に知られたら、ひだるさんが恥ずかしいだろうから」と、お辰は言う。「珍しがられても、怖がられても可哀相《かわいそう》だし」

房五郎もそう思う。

ひだる神は見世物ではない。夫婦にとっては、人生を共にしてきた仲間だ。あの小豆粒三つや「うんうん」が、この人生をつくってくれた。

痩せても枯れても――いや、太っても神様だ。

語り終えた房五郎は、満面に温かな笑みを湛《たた》えている。黒白の間でこういう笑顔を見ることができるのは、本当に希《まれ》だ。おちかは、心の内が洗い浄《きよ》められてゆくような気がした。

とはいえ、話がおつもりになって、ひとつ大きな謎が残った。

「だるま屋さんをお呼び立てしたわたしどもの方から、これを伺うのは野暮《やぼ》かもしれませんが」

みなまで言わずとも察したのだろう。房五郎は剽軽《ひょうきん》に眉毛を上下させると、

「へえ、そりゃ怪訝《けげん》に思われますよね」

なぜ今このときに、こうもあっさりと、ひだる神のことを打ち明けたのか。

「三島屋さんはうちのお得意様ですが、だから気を兼ねて、どうしてもお話ししなくてはならねえと思い詰めたわけじゃございません。手前が物見高い助平じいさんで、これを好機に、お店の奥にひっそり引きこもっておられるお嬢さんのお顔をとっくり見てやろうと企《たくら》んだわけでも――いや、それはちっとあったかな」

「まあ、ありがとうございます」

「お礼なんか言っちゃいけませんよ。そういえばうちの小僧、といっても、もう立派な一人前の男になってますがね、あいつが、三島屋のお嬢さんはたいそうな美人だ、絵姿が瓦版に載ったくらいなんだって騒いでましたが」

確かに一度、お店の宣伝になるからと、瓦版のタネになったことがある。

「軽率なことをして、いつまでも祟《たた》って困っております」

「さいですか。そりゃあ見事な絵姿でしたでしょうが、お嬢さんがお嫌なら、手前は拝見していないのが手柄でございましたね」

またにっこり笑って、房五郎は座り直した。

「昨年の長月《ながつき》（九月）の初めですから、夏の休業が明けて商いを始めて間もなくのことでしたが、実家から文が来ましてね」

しばらく前に倒れ、病みついていた父親が死んだ、と。

「何と八十ですよ」と、目を瞠《みは》って言う。「よく生きたもんでしょう。おふくろが先に逝っちまったときには、すぐ後を追うんじゃねえかというくらい弱ってたんですがねえ」

房五郎は急いで故郷《くに》へ向かった。

「二、三日のことなら、店のことは小僧に任せておけます。だから今度は女房も一緒に行きたがったんですが、どうも実家からの文の内容が剣呑《けんのん》だったんで、手前一人で帰りました」

「剣呑？」

「へえ。何だか親父には女がいたとか、隠し子までつくっていたとか」

それはまた凄《すご》いが、房五郎の実家は搗根藩《とうがね》では由緒ある菜種問屋なのだ。大旦那様に、女の一人か二人、寄りついていたところで不思議はないか。

「おふくろがいなくなって、その後もういっぺん、親父には春が来たんですかね。これだから、男ってのは困ったもんだ。身内でも油断できません」

そんな事情で、行きの道中は足も心も急《せ》いた。

「帰ってみたら、実家のなかはてんやわんやでございました。手前もそこそこ江戸の水に馴染《なじ》んで、お江戸の華の喧嘩《けんか》はたくさん見聞きしてきましたが、ああいうのは初めてでしたよ。身内の連中がみんなして、棺桶《かんおけ》を挟んで泣いたり喚《わめ》いたりつかみ合ったりしてて、死人《しびと》も驚いて起き上がってくるんじゃねえかと心配になったほどです」

房五郎もにこにこ話しているし、おちかも笑ってしまった。

「それでも立派な弔いを出すことができましたし、親父が囲ってた女ってのは」

ここで声をひそめて、

「えらく婀娜《あだ》っぽい後家さんでしてねえ。さめざめ泣いてくれたんで、手前はそんなに悪く思えませんでした。並んで座って坊様のお経を聞いて、ちっと慰めたりしたくらいです。そのせいで、あとで嫂《あによめ》に嚙《か》みつかれましたが」

とっくに江戸の人となっている房五郎には、実家の争いは手に余る。あとはよろしくと尻に帆をかけて帰途につき、

「親父の一生は幸せだったよなあと思いながら、一人でてくてく歩いて参りました」

そうして、あの〈ななかの切り通し〉にさしかかった。

「また、秋の夕暮れどきでございましたよ」

あたりには人っ子ひとりいない。風にまかれて、落ち葉がかさこそと鳴っている。真っ赤な夕陽が、悠然と西の空に浮かんでいる。

「もちろん、行きにも通りかかっているんですよ。でも、急《せ》いていてそれどころじゃありませんでしたからね」

帰路でようやくゆっくり足を止めて、房五郎はひだる神に話しかけた。

「あれから二十二年だよ。ひだるさん、あんたも懐かしかろうなあって」

あんたのおかげで、俺も幸せだ。親父の幸せほど色っぽくはねえけど、他人《ひと》様にはちょっと譲りたくねえような、珍しい幸せをつかませてもらったよ――

「でもね、お嬢さん」

房五郎の足元の影の左肩に、ひだる神の影は現れなかった。

「おい、どうしたんだいって呼んでも、出てこないんですよ」

夕暮れで、日差しが弱いからだろうか。立っている場所が悪くて、影が見えにくいんだろうか。

「でも、場所を移しても、飛んでも跳ねても何をしても、手前の影は一人ぼっちなんです」

佇《たたず》む房五郎のまわりを、秋風だけが吹きすぎてゆく。

「なかなか、その場を離れがたくって」

陽が落ち切るまで、房五郎はそこにいた。

「けども、帰ろうと思ったら、そりゃもう帰心《きしん》矢の如《ごと》しってもんでしてね。若いころのようにはいかねえのに、宿もとらずに野宿で済まして、とにかく一心にだるま屋目指して」

家に帰り着くと、旅装も解かず埃《ほこり》も落とさずに、お店の前に立ち、声に出してこう言った。

「ただいま、俺もひだるさんも帰ったぞ！」

店先にいたお辰は仰天した。立派に一人前になった小僧にも、あれから何人か出代わりした女中たちにも、ひだる神のことは内緒である。

「お客さんもいる時刻でしたから、そりゃ女房は驚きましたよ。慌てて、手前を勝手口の方へ連れていきました」

しかし、房五郎の頭はひだる神のことでいっぱいだった。

「なあ、見てくれよお辰。俺の影を見てくれ。ひだるさんはいるよな？　いるだろ？　俺の左肩からひょっこり頭を出しているだろ？」

一緒に帰ってきてるよな？

だが、ひだる神は現れない。いくら呼んでも、地団駄踏んでも、待っても待っても現れなかった。

「女房が手前の手を握って、こう言いました」

——おまえさん、ひだるさんも帰ったんだ。故郷《くに》に帰ったんだよ。

「莫迦《ばか》なことを言うな、今さらあんなところに帰ってどうしようってんだ、そもそもあいつは行き倒れだったんだぞ、うちしか頼るところはねえんだ。うちみたいに旨いものを食わせられるところが、ほかのどこにあるっていうんだ」

語る房五郎の声がだんだん大きくなり、必死になり、そしてふっと力が抜けた。

「お恥ずかしい話ですが、手前は、顔を覆っておいおい泣きました」

ひだる神の野郎、この恩知らず、不人情ものめ、帰ってこい、帰ってこい。

帰ってきてくれ。

「結局、それっきりです」

ひだる神は、房五郎のもとを去って行った。

「あとでちっと落ち着いて考えてみたら、思いあたったんですよ。親父の弔いでたっぷりお経を聞かせちまったのがいけなかったかな、と」

ひだるさんも成仏しちまったんだな。うんうん、きっとそうだよ。だから、いけないなんてことはないわよ。夫婦はそんなやりとりをした。

「でもね、お嬢さん。ひだるさんがいなくなったからって、だるま屋の商いが傾いたってことはございません」

慌てたようにそう続けてから、房五郎はつと言葉を呑み込んだ。

「傾いて――おりませんか。今年の花見弁当はお気に召していただけましたか」

おちかは、身体ぜんたいで大きくうなずいた。

「はい。いつものように美味しくて贅沢で、さすがはだるま屋さんだって、みんなで喜びました」

「ああ、よかった。手前の腕は鈍っちゃいねえんだな、うん」

房五郎も身体ぜんたいで安堵したようである。へたへたっとなった。

ひだる神は去り、思い出になった。それが懐かしいから、房五郎は語る気になってくれたのだ。おかげでおちかもいい話を聞けた。これはひだるさんの置き土産だ、と思った。

「そしたら、だるま屋さん、今年の夏はどうなさるおつもりですか」

ひだる神が太る心配をしなくてよくなったのだから、休業しなくてもよかろう。おちかの問いかけに、房五郎はしかし、「はい、まったくそのとおりで」とは応じなかった。

「さいですねえ。でも、二十二年も続けてきた習いなんで……」

だんだん声が小さくなり、うなだれる。おちかは黙って見守っていた。

やがて、房五郎はぽつりと呟いた。

「自分でもおかしいんですがねえ」

言って、目を上げる。困ったような、ちょっと翳《かげ》った顔になっていた。

「何だかねえ、あれからずっと、胸に穴が開いたような感じがしているんですよ。手前だけじゃありません。女房もそう言うんです」

——張りがなくなっちまったね、おまえさん。

「無理もありませんよ。二十二年も一緒にいたお仲間がいなくなってしまったんですもの」

「そういうもんでしょうかねえ」

「はい」

「これが、寂しいってことでしょうか」

「そう思います」

「お嬢さんは、お笑いになりますか。もしも手前が、その、故郷《くに》に帰ろうかと思っていたら……あっちで弁当屋を始めようかって」

「とんでもない、笑ったりするもんですか。ただ、だるま屋さんがこっちのお店をたたんでしまうのなら、とても残念ですけれど」

「ああ、そんなことはいたしません。だるま屋の看板は小僧に任せます」

房五郎の目に、晴れやかな色が戻ってきた。

「手前はね、お嬢さん。〈ななかの切り通し〉に立って、大きな声でこう言ってやりたいんでございますよ」

おおい、ひだる神よ。俺も帰ってきてやったぞ。

「俺のつくる卵焼きやそぼろ飯、焼き味噌豆腐の味が恋しいだろう、って」

おちかは思った。わたしはどうやら、考え違いをしていたらしい。この話はひだる神の置き土産ではなかった。

――だるま屋さんの置き土産だったんだわ。

それから数日後、だるま屋のおかみのお辰が三島屋にやって来て、小さなだるまの吊《つる》し飾りを、山ほど注文してくれた。すっかり作って納めるまで、二十日ほどかかったろうか。

「変わり百物語のおかげで、だるま屋さんとの縁がいっそう深まったねえ」

百物語を始めたばかりのころは、語り手の話がどんなふうだったか、いちいち叔父夫婦に向かって語り直していたおちかであるが、近ごろでは自分一人で聞きっぱなしにすることが多い。それで伊兵衛もお民も何も言わない。

だが、皐月《さつき》（五月）も月末になってのこと、寄合から戻った伊兵衛がおちかを呼んで、

「会合のあとで、だるま屋さんの二色弁当が出たんだがね。ちっと味が変わっているような気がしたんだ。不味《まず》くなったというんじゃない。でも、今までとは違うんだ。私の舌のせいじゃないよ。何人かでそう言い合ったんだから」

何か心当たりはあるかと問われたので、おちかは房五郎が語ってくれた話をした。

「味が変わったのは、だるま屋さんがいよいよ小僧さんにお店の舵《かじ》取りを任せようとしているからじゃありませんか」

主な作り手が房五郎ではなくなったので、味も微妙に変わったのだろう。

すると伊兵衛は色めきたった。

「おまえ、そんな大事《おおごと》なら、もっと早くに教えてくれなくっちゃいけないよ。だいいち、どうして房五郎さんを止めなかったんだ。故郷《くに》へ帰るなんて、もったいない」

おちかは神妙に「気が利かなくってあいすみません」と謝っておいたけれど、房五

郎と相対してひだる神の話を聞いたなら、そしてあの顔を見たならば、

——これが、寂しいってことでしょうか。

止められるものではなかったと、あらためて思った。

「お勝がついていてくれるから、このごろはすっかり油断して、おちかの好きにさせていたけれど、次は私も並んで聞き役を務めようかねえ」

あら気憶劫《きおっくう》だわ、どうしよう。でも存外面白くなるかしら。などと胸の内で算段しつつ、次の語り手を待つうちに、江戸の町は梅雨に入った。

第三話　三　鬼

数日、生ぬるい小雨が降り続いた。蛙《かえる》たちには嬉《うれ》しい日々だ。蝦蟇《がま》仙人にもそれは同じなのだろう。口入屋《くちいれや》の灯庵《とうあん》老人は、いつにも増して艶々《つやつや》と、油で濡《ぬ》れたような顔をしている。

長火鉢を挟んでその蝦蟇面と対面し、

「ずいぶん気を持たせるねえ」

渋い面持ちになっているのは伊兵衛《いへえ》である。

「次の語り手は、よっぽど難しいお方と見える」

灯庵老人が、黒白《こくびゃく》の間の次の客になる人が決まりました——と報《しら》せて寄越してから、その日で十二日を数えていた。それも、二度も日延べをしている。伊兵衛が焦《じ》れるのも無理はない。

「こっちは今日か明日かとお待ちしているのに、ただ気が向かないというだけで日延べを繰り返されては堪《たま》りませんよ」

蝦蟇仙人はむっつりと言い返す。

「三島屋《みしまや》さんも野暮《やぼ》なお人だ。酔狂でやっていることで、他人《ひと》を急き立《せ》てるもんじゃありません」

「それだって、私も暇な身体じゃないんだから」

「お嬢さんは暇でしょう」

おちかの方に火花が飛んできた。

「はい、わたしは暇ですけども、今度は叔父さんも一緒に聞き手を務めたいんだそうですよ」

灯庵老人の額の深い三本皺《じわ》が、ぐうっと持ち上がってへの字を描いた。

「何ですと？　仲介役の私を抜きにして、勝手にそんな気になられちゃ困りますな。三島屋さんの変わり百物語は、花も恥じらう年頃の娘が聞き手だということで評判なんだから」

普段おちかには、すぐ「番茶の出花は短い」とか「あっという間に嫁《い》き遅れになる」とか嫌味ったらしく言うくせに、こういうときばっかりは持ち上げる。

「だったら、私は唐紙の向こうに隠れていりゃあいいんでしょう」

「その方が評判を損ねずに済みますな」

と、話はまとまったものの、引き揚げてゆくときの灯庵老人は、身体のどこか柔らかいところを握り潰されたみたいな顔をしていた。

おちかもちょっぴり不安になった。よっぽど難しい語り手。灯庵さんにあんな顔をさせる「難しさ」って、どんなことかしら。

三度の日延べはなく、その謎はほどなく解けた。


次なる語り手は、年のころは五十の半ばだろう、人品骨柄いやしからぬ武士であった。これまでおちかは、百物語の聞き手として、二人の武士の語りを聞いたことがある。どちらの方《かた》とも、堅苦しいやりとりにはならなかった。一人は浪人者で手習所《てならいどころ》の師匠だから、武家とはいっても市井《しせい》の人であり、しかも聞き手として会う前から、おちかはその人となりを知っていた。もう一人は初めての勤番で江戸に出てきたばかりで、お国訛《なま》りを恥ずかしがっている若侍だった。

もちろん、どれほど優しげな人であれ、若者であっても、語り手が武士ならば、身分の差があることを弁《わきま》えていなくてはならない。先《せん》の二人のときだって、それは当然あるべき心構えだった。

だがしかし、今回の語り手を黒白の間に迎え入れるとすぐに、これは先のお二人のときの比ではないと、おちかは覚《さと》った。ただ年齢のせいばかりではない。その威風漂う立ち居振る舞いから推して、これは相当な家格のお武家様だと察しがついたからである。

身形《みなり》は三つ紋のついた黒絽《くろろ》羽織に、平袴《ひらばかま》は細かい縞《しま》の入った千歳茶色《せんざいちゃいろ》。案内してきたおしまに両刀を預けるときも、その仕草は無造作に流れるようでいて、隙を感じさせなかった。

三島屋には武家の客も多いが、ご贔屓《ひいき》をいただいている方には、こちらが商いものを背負ってお屋敷に伺うのが常だ。通りがかりにふらりと店先を覗《のぞ》くような武士はまず軽輩だし、着流し姿で寛《くつろ》いでいる。

年季の入った女中だが、いつもお店の奥で立ち働いているおしまには、こういう気の張るお客様はめったにないに違いない。踏ん張っているような硬い顔をしている。

――きっと、わたしも同じだわ。

お国訛りの若侍を迎えたときには、事前に灯庵老人から、失礼のないようにとガミガミ言いつけられたものだ。しかし今度は何の忠告もなかった。このお方なら会えば一目瞭然、いくらおちかが跳ねっ返りだって、神妙にふるまうだろうと踏んだのか。それでも忠告しておいてくれるのが、仲介人の親切だろうに。

「この度は、ようこそ三島屋の変わり百物語にお越しくださいました」

おしまが茶菓を運び、座が落ち着くと、おちかは三つ指をついて深々と頭を下げた。

「わたくしはちかと申します。当店の主人・伊兵衛の姪《めい》にあたる者でございます。叔父の名代《みょうだい》として、お話の聞き手を務めております」

当の伊兵衛は、灯庵老人との約束に従い、百物語の守役《もりやく》であるお勝《かつ》と並んで、唐紙の向こうに隠れている。

黒白の間の上座に端座した来客もまた、慇懃《いんぎん》に一礼を返してきた。

「お約定《やくじょう》を取り付けながら、当方の勝手により二度も日延べをしていただき、まことに申し訳ない。お詫《わ》び申し上げる」

威風はあっても居丈高ではない。声音には、自然と人の耳を惹きつける豊かな響きがあった。

「畏《おそ》れ多いお言葉にございます。当店の変わり百物語は、粋人の皆様がお集まりになって催す百物語会と趣を異にしてはおりますが、お客様からお話をいただき、わたくしがそれを拝聴するというだけの、いたって素朴な座でございます。どうぞゆるりとお寛ぎの上、お心のままにお語りくださいませ」

「かたじけない」

来客は正面からおちかを見つめる。何を言われるのかと、いっそう心を引き締めていると、

「この花は貴女《あなた》が活《い》けたのかな」

床の間の方に軽く半身をひねり、そう問うた。

本日の床の間には、薄紫の小花を円錐《えんすい》のようにつけた栴檀《せんだん》の枝が活けてある。栴檀

はよく庭園に植えられるものだが、花が咲くのは今の季節だし、素焼きの瓶にこの枝を投げ入れるように活けると風情があると、伊兵衛が好んでいる。

「はい、お恥ずかしゅうございます」

「掛け軸は」

「叔父が選びました」

絵ではなく書である。般若心経の二百七十六文字だ。伊兵衛本人も「いつだったか忘れた」というころ、神田明神下の古道具屋の店先で見つけ、二束三文で買い込んできたものだというのだから、名のある書家の筆ではない。号にも、誰も見覚えがない。というか、妙に漢字がごちゃごちゃと込み入っている号で、読み取れないのだ。しかし伊兵衛は気に入っているらしい。

そんな由来をおちかが語ると、なるほどとうなずいて、「よい手跡です」と、来客は褒めた。

「左様《さよう》でございますか」

膝《ひざ》の上で手を揃《そろ》え、おちかが神妙にうなずくと、来客は堪えかねたようにふっと笑った。

「これは手習い用の手本でござる」

「は？」

思わずくだけてしまったおちかだが、来客は軽く膝をずらして床の間の書に近づき、指で号のところを示してくれた。

「この号は、漢字が潰れているので判りにくいが、〈漢子道塾師筆《かんこどうじゅくしひつ》〉と書いてある。貴女のお歳では知らなくて当然だが、もう二十年ほど昔、江戸市中で、〈漢子道塾〉という看板を揚げた書道の塾が流行ったことがあるのですよ」

手習所とは違い、習子《ならいご》（生徒）は大人ばかりだったという。

「漢籍に通じておらぬ町人でも、風流を解すれば、己の手で風格のある書を書きたいと思うこともありましょう。そういう者を習子にとって、書道を教えておった」

いっときは瓦版に載るほど評判になり、人を集めたのだそうだ。

「某《それがし》が初めて出府したころのこと故、よく覚えております。貸本屋から借り出した書物にこの塾の引き札（ちらし）が挟み込んであり、町人たちのあいだでこのような習い事が流行るとは、江戸は豪儀なところだと驚いたものでござる。かなりの束脩《そくしゅう》（月謝）を取っておりましたからな」

となると、素っ町人ではなく裕福な商家や地主、家主ぐらいの金と暇がある人びとの習い事だ。

「三年ばかりは習子を集めていたように思います。その後ひどい冷害と干魃《かんばつ》があり、江戸市中でも米価が上がるとすぐ左前になったらしく、火が消えるように廃業してしまったが」

おちかはまったく知らなかった。昨今、似たような塾も、少なくとも神田界隈《かいわい》では見当たらない。

「この手本は、漢子道塾の忘れ形見のようなものでござるな。習子が師匠の手跡を惜しんだものか、功徳ある二百七十六文字を捨てるのは勿体《もったい》ないと思ったのか、軸に仕立てたものでござろう。それが古道具屋の片隅に流れ着いていたのを、貴女の叔父上が見出されたというわけだ」

唐紙の奥で、伊兵衛が冷汗をかいているだろうことが目に浮かぶ。

「お武家様」と、おちかは小声で言った。「当店の主人は、叔父上とお呼びいただくほどの者ではございません」

すると来客は破顔した。目元に笑い皺が刻まれると、いっそうの貫禄が漂う。

「左様かな。先ほど申し上げたように、習子に正しく美しい漢字の姿を教えようという一心で書かれたこの手本は、余計な衒《てら》いがなく、書として佳《よ》きものでござる。その価値を見抜いた貴女の叔父上も、ひとかどの人物であろう」

とんでもないとんでもないと、伊兵衛が出てきてしまうのではないかと思ったが、唐紙は動かない。お勝が止めてくれているのかもしれない。

口元に笑みを湛《たた》えたまま、語り手はおちかに向き直った。

「両刀を手挟み、未《いま》だこのように月代《さかやき》を剃《そ》ってはおりますが、某《それがし》――いや、私は既に緑《ろく》を離れ、市中の知己を頼って暮らしております。つまりは居候をしておる身の上」

なるほど。だから、これほどの佇《たたず》まいの武士が、灯庵老人の口利きと繫《つな》がったのだ。

「いっそこの髪を坊主に剃り上げ、両刀を置いて十徳《じっとく》を着込み、隠居の態《てい》になりきろうかと思っておるところでござるが、それにはこの話を語ってからの方がきりがよい。けじめも付く。勝手ながらそう思い決め、まかり越した次第でござる」

ありがとうございますと、おちかはもう一度平伏した。

「二度の日延べのうち、一度は急な所用が出来《しゅったい》したのでござるが、一度は……白状しますと、私の心中に迷いが生じました」

この胸の内の話を、本当に語っていいものか。

「手前どもの変わり百物語は、語って語り捨て、聞いて聞き捨てでございます」

「おお、それについては灯庵殿から伺い、私も承知しております」

「お名前や、お話に出てくる場所も、伏せておかれて差し支えございません」

「いや、そのお気遣いは無用でござる」

柔らかな声音のなかに、一瞬、厳然とした響きが交じった。

「あれから、そろそろ十月《とつき》が経《た》ちましょうか。その当時、市中でお耳を騒がせはしなかったかな」

「とおっしゃいますと」

「我が栗山藩は、主家《しゅけ》森氏が嗣子《しし》なしとして改易に処せられ、二万石の領地はご公儀に召し上げられ天領となり申した」

え？　と思った。

——そういえば。

大名家の代替わりや、改易・転封《てんぽう》が行われる場合には布告があるが、商家の株仲間や組合には回状が回る。各藩は文字通り一国一城で、その経済は独立しており、そこに異動があれば、商取引に様々な変化が起こるからである。紀伊國屋などの豪商はもちろん、市中で大店に数えられるところならほとんどの商家が、懇意の藩に「大名貸し」つまり融資をしているから、相手が代われば貸し金の取り立てや清算、新たな融資の組み起こしなど、目まぐるしく手続きをしなければならない。

幸か不幸か、三島屋は人気店とはいえ袋物の商いだけで、まとめて貸すほどの財を持っていないから、大名貸しとは縁がない。だから、御用達を賜っている御家のことでなければいちいち気に留めることはないのだが、山陰の外様の小藩・栗山藩の改易についてはちょっとばかり噂になったから、確かにおちかも耳にした覚えがあった。

曰《いわ》く、栗山藩を治める森氏にはちゃんとお世継ぎの若様がいたのだが、嗣子届け出の手続きに不手際があったものだから、いざ藩主が病死すると、嗣子あらずの扱いにされてしまったのだという。しかしこれは表向きの口実であって、実情としては、前々から家中《かちゅう》で内訌《ないこう》（内紛）が絶えず、領民の強訴《ごうそ》や一揆が頻発する栗山藩を苦々しく思っていたご公儀が、嗣子届け出の些細《ささい》な過誤をあげつらって改易に追い込んだのだ、という噂だった。

こういう噂の出所は、栗山藩御用達筋の（たくさん融資をしていた）商家である。金を貸している方は立場が強いから、遠慮のない言いっぷりになる。栗山藩は内証《ないしょう》が苦しく、借金を重ねながら金利をねぎったり、返済期間を引き延ばしたり、ずいぶんと貸し手を困らせた経緯《ゆくたて》があるようで、この改易を「いい厄介払いだ」と言い捨てた商家もあったとか。いくら何でもそれは言い過ぎだと、お民《たみ》が嫌な顔をしていた。

「ご存じのようでござるな」

来客は、おちかの顔色を正しく読んだ。

「市中で種々の噂話が流布したことは、私も承知しております。その上で申し上げるが、ご公儀が、栗山藩の失政をまっこうからお咎《とが》めの上で改易を申しつけられるのは容易《たやす》いことであったにもかかわらず、嗣子なし故に断絶という名目を立ててくだされたことを、我ら家中の者どもは、むしろお慈悲と受け止めるべきでござる」

恐ろしいことを言う。いや、厳しいと言うべきか。ぶるりと戦《おのの》くおちかの前で、来客は淡々と続けた。

「金山銀山を擁するわけではなく、要衝でもない二万石が天領とされたのも、彼の地を治めようという新しい藩主を、なかなか求め難かったからでありましょう。それほどに、我が故郷《ふるさと》は人心の荒廃が激しい。すべて我らが負うべき責《せき》にござる」

おちかも、自分の軽率なふるまいのせいで身近な親しい者を亡くし、自責の念に耐えきれず実家《さと》を離れて江戸に出てきた。この三島屋に落ち着いて、百物語を通していくつかの人生に触れ、少しずつ立ち直ってはきたものの、まだ折節に胸が塞がることがある。

だが、今ここに端座している人の口から出た言葉には、それを遥《はる》かに超えて余りある重さがあった。己の身一つの煩悶《はんもん》だけでは済まぬ、政《まつりごと》に携わったことがある者だけが抱え得る重さが。

「私は村井清左衛門《むらいせいざえもん》と申します。この十年ほどは、栗山藩の江戸家老を務めておりました」

江戸家老とは、大名家の江戸屋敷の采配を取り仕切り、藩主が在国で江戸を離れている際は、それに代わる権限を持つ要職である。二万石の外様の小藩とはいえ、その座に就いていた人ならば、この貫禄もうなずける。

「しかし、今はこのように空《むな》しい居候」

言って、おちかに微笑《ほほえ》みかける。

「胸に凝《しこ》る昔話を、どうにかして一度は吐き出したいものだと願い、こちらの変わり百物語にすがろうとして、それにもまた迷い躊躇《ためら》ってしまう心弱い老人に過ぎぬ。貴女もどうぞそのおつもりで、暫時耳を傾けてはいただけませんか」

迷わず、おちかは返答した。

「はい、お伺いいたします」

どこから切り出そうか――と、しばらく思案した後に、村井清左衛門は語り始めた。

「我らが主家・森氏の出自は筑紫《つくし》であり、栗山藩には三十二年前に移封《いほう》されてきたものでござる。三十二年といえば、おおよそ親子二代の長さ。その程度では、領民たちの鼻からは、まだ森氏の他所者《よそもの》の匂いが抜け切れませぬ。前藩主は、徳川将軍家による江戸開幕以前からその地に根を張っていた旧家でありましたから、なおのことでござったろう」

それがまず一つめの困難だった、と言う。

「二つめの困難は、とにもかくにも、栗山藩は貧しかった」

山がちで水田耕作に適した土地が少なく、河川は短く急で、しばしば氾濫する。これという名産物もなく、鉱山もない。良港もない。

「それでも前藩主と領民たちのあいだには、遠く合戦の時代からこの地を守り、貧しさに耐え、肩を寄せ合うように生き抜いてきたという、固い紐帯《ちゅうたい》がござった」

だからこそ保《も》ってきたのであり、一方、その紐帯がもたれ合いの元にもなって、

「何とかしてこの貧しさから抜け出そうという、いわば闘争心のようなものを欠いておりました」

筑紫からやって来た〈他所者のお殿様〉の目には、それが歯がゆく映った。

「水田が足りぬなら増やせばよい。河川が暴れるなら流れを矯《た》めればよい。良港がないのならば調《とと》えればよいという次第で、次から次へと施策を考えたのでござるが」

実行に移すには、人手と金が要る。

「人手は領民たちを徴用し、老若男女に様々な労務を課して、それに従わぬ者、果たせぬ者は容赦なく罰しました。年貢や税の代わりに、労働を搾り取ったという形になりましょうな」

一方、資金の方は借りるしかない。このとき栗山藩が頼ったのは大坂の商家だったが、

「一筋縄ではいかぬ大坂商人たちが、呆《あき》れて口をつぐんでしまうほど押しを強く、集められるだけの金子《きんす》を集めた。ただ浪費するのではない、藩のため、領民たちのためであり、強欲な商人どもにはわからぬ政《まつりごと》のためなのだから、何を憚《はばか》ることがあろうか、と」

ところが、これが三つめの困難になった。

「どれほど志があり、目的が立派でも、借りた金には利子がつき、返済期限がござる」

返せなければ、貸し主と揉《も》める。

「当時の藩主は、このたび嗣子と認められなかった若君の祖父、大殿《おおとの》でござる。壮年ながら、血気盛んな主君であらせられました」

語る清左衛門の眼差《まなざ》しに、昔を懐かしむ色はまったくない。おちかは息を詰めて聞いていた。

「英明なお方でしたが、大殿は万事に理が勝ち気味な上に、そういう気質の方にありがちなことで、短慮なところがおありでござった」

よろずの勘定、経済というものを軽く見ている節もあり、大枚の金を借り受けていながら、貸し主の商人たちのことを見下していたそうだ。

「栗山藩を貧から抜け出させるための施策は、どれも正しい策ではあるが、実るまで時がかかり、辛抱が要るものばかりでござった。大殿はそれをお待ちになれず、結果が見えぬとすぐ施策の方を変えたり、手直しをされたりなさる。それでまた余計な時と金がかかるという始末で」

家臣たちも戸惑うし、徴用されている領民たちの側には不満と不安が募ってゆく。そして、借金もかさんでゆく。

「それでもどうにかこうにか藩政の舵《かじ》取りをお続けになり、いくつかの作事も、中断を挟みつつも進めていったのでござるが、大殿が栗山藩主になられて七年めに、遂《つい》に破綻が訪れました」

増え続ける借金を返さぬまま、言を左右に言い訳を重ね、抗議されれば大名家の威信を振り立てて退ける栗山藩のやり方に、堪忍袋の緒が切れた貸し主の数名が、気を揃えて時の老中に訴え出たのだという。

「貸し主の言い分の方が筋が通っておりますから、ご老中もこれをお取り上げになりました。幸い、内済の形でけりがつきましたが」

栗山藩は累積債務の半分を返し、合わせて藩主が隠居し、その嫡子《ちゃくし》を新藩主に立てるべし。

「この殿が若君の父君でござる」

大殿には子息が三人いたが、長男、次男ともに夭折《ようせつ》し、新藩主は三男だった。

「当時は十七歳のお若さで――」

初々しいというよりは痛々しかった、と言う。

「ご幼少のころからお身弱《みじゃく》であった上に、藩主の座に就かれますと、しばしば痞《つか》えの発作に苦しまれるようになられました」

痞えというのは、にわかに胸が痛んで呼吸《いき》が苦しくなる病だが、これという治療法がない。そもそもはっきり病と言い切っていいかどうか怪しいところさえある、いわゆる〈気の病〉だ。

よろずに理が勝ち気味でせっかちな父親を頂き、兄たちが次々と亡くなり、藩政には失策が続き、領民たちは貧に喘《あえ》いでいる。そうとう気が強い人でもへこたれそうな状況下で、身体の弱い十七歳の青年が、借金の揉め事の挙《あ》げ句に老中の命令で藩主の座に押し上げられてしまったのである。痞えになっても不思議はない。

大名家の当主といったら、どんな小さな家だって、おちかのような町娘にとっては雲上人である。が、今は仰いで憧れるより、気の毒だ。

「大殿の失政を目の当たりにしてこられた殿は、それを巻き返そうという意志を持たれる以前に、くじけてしまわれました」

清左衛門の口調が、少し重くなった。

「それでも父君がご健在のうちはまだよろしかったのでござるが、隠居されて一年足らずで、大殿が卒中でみまかられますと、ますますいけなくなりました」

何もしなくなってしまったのだという。

「万事において、父上がなさっていたとおりでよい、そのとおりでよい、前例に倣《なら》えと下知《げじ》されるばかりでござった」

家臣たちが何を言上《ごんじょう》しても上の空で、右から左に聞き流す。作事も、新田開発も、領民の徴用も、借金のことも、何も考えない。己の背負っているものから目を背けてしまった。

「しかし、大殿はもうおられぬ。そうなると、家老衆や各奉行などが、これまでの施策を元に、それぞれ勝手な思惑で政《まつりごと》をする羽目になる」

家中には人材もいるが、人材ならざる者もいる。栗山藩のために働こうと志して働ける者もいれば、志だけで空回りする者もいる。些細な意見の相違で党派を組みたがる者が現れれば、そのなかで権勢争いに精を出す者も出てくる。

結局、栗山藩は揉めるばかりで何も変わらず、貧からは一歩も抜け出せなかった。

「徒《いたずら》に年月ばかりが過ぎてしまい申した」

清左衛門が小さくため息をもらし、すっかり冷めてしまった茶に手を伸ばしたので、おちかは軽く目礼してから、新しい茶を淹《い》れた。湿気った空気のなかにも、若葉のような香りが立つ。

「有り難い」

「粗茶でございます」

「いやいや、藩邸では、我らは白湯《さゆ》を飲んでおりましたから――」

あんまり吃驚《びっくり》したので、つい口に出してしまった。「まさか、ご家老様が」

「貧に喘ぐ小藩のことでござるよ。殿と御正室様が御所望になるとき、来客をお迎えするときのほかは、茶など贅沢《ぜいたく》品でござった」

おちかは顔が熱くなった。「ご無礼をお許しくださいませ」

清左衛門は微笑み、恭《うやうや》しい手つきで淹れ代えたばかりの茶を喫した。

「これがざっと栗山藩の歴史でござるが」

「はい」

「私が語る話の、これは前置きに過ぎません。当藩は貧しかった。家臣も領民も貧のなかに閉じ込められておった。それを頭に置いてくだされ」

「かしこまりました」

湯飲みを置き、語り手は少し背を伸ばした。

「私の生家、村井家は、筑紫時代から森氏に仕えておりました。代々小納戸役《こなんどやく》を拝命しておりましたから家格は上士に入りますが、平役《ひらやく》から昇ることはなく、石高は六十石でござった」

小納戸役というのは、主君の衣類や身の回りの小物、城内で使う備品などを調《ととの》える役職である。

「それならば、村井様の代で江戸家老をお務めになったのは、大変なご出世を果たされたのでございますね」

おちかの言に、清左衛門は苦笑した。

「さて、それがどの程度の出世であったのかも、おいおい語ることにしましょう。ただ、ひとつ先に申し置いておくならば」

栗山藩江戸藩邸――上屋敷でも下屋敷でも、村井清左衛門本人のいないところでは、誰もその名をまともに呼ばなかった、という。

「私には綽名《あだな》がついておりました」

倹約《けんやく》清左衛門という。

「何かというと『倹約せい、倹約せい』と、皆を叱るからでござる」

それを、名前の清左衛門に引っかけた綽名である。

「とうてい、華々しく出世を果たした傑物の綽名ではござらん」

確かに、これまた栗山藩のやりくりの厳しさを物語り、同時にそんなことを自ら打ち明ける村井清左衛門の人となりを示す逸話でもある。

「三島屋も、商いものには贅《ぜい》をこらした品をこしらえますが、奥では倹約第一でございます」

「それは重畳《ちょうじょう》でござる」

褒められた。唐紙の奥で、伊兵衛はまたどんな顔をしているだろう。

「私は早くに父を喪《うしな》い、十八で家督を継ぎ申した。当初は小納戸役見習いでござった。これを仰々しく、小納戸役端《はし》と称するのですが」

端がとれて正式に小納戸役に就き、妻を迎えたのが二十二年前、二十九歳のときだという。

では、清左衛門は今五十一歳か。表情や声音はもっと若々しい。居住まいはもう少し老けている。

おちかは頭のなかで引き算をしてみた。森氏が筑紫から栗山藩に移封されたのが三十二年前。大殿の借金と失政により老中が介入し、藩主がその三男に代わったのがそれから七年後、つまり二十五年前である。新藩主がその座に就いて三年目に、村井清左衛門は晴れて〈端〉抜きの小納戸役に昇ったわけだ。

それにしても――

「失礼ながらお尋ね申し上げますが、お武家様がお役目に就きながら、十一年も見習いのまま留め置かれるというのは、よくあることなのでございますか」

「さあ、まず珍しい仕儀でござろう」

清左衛門はさばさばと答える。

「これも栗山藩の内証が苦しい故でしてな。端ならば禄は正役の半分、三十石で済みますので」

そういうことか。上役の誰かが三十石を惜しんだがために、清左衛門は長いこと端に留められていたのだ。こんなのは節約でも倹約でもなく、ただいじましいだけだ。だが、目先のそんな小細工をせずにはいられないほど、栗山藩は窮乏していたということだ。

「端のままの十一年のあいだは、母にも妹にも苦労をかけどおしでござった」

清左衛門には三つ年下の妹がいた。名を志津《しづ》という。

「母も志津もよく倹約に努め、辛抱を重ね、内職をして苦しい家計を支えてくれました」

正規の家禄《かろく》の半分しか戴いていなくても、身分は上士なので、おおっぴらに内職はできない。仕立物や繕い物、子供の玩具作りなどの手仕事をひっそりと引き受けて日銭を稼ぐ。清左衛門の体面上、村井家に一人は中間《ちゅうげん》を置かねばならないが、婢《はしため》や下男を雇う余裕はないから、家の内のことも母娘だけで切り盛りした。

「いつかもう少し楽をさせてやりたいと願ううちに、母は私が二十二の歳に亡《の》うなりまして」

村井家は兄妹二人きりになってしまった。

「志津は十九。とうにどこかに縁づくか、許婚者《いいなずけ》が決まっていてもいい年頃でござったが」

志津本人にその気はなかったし、清左衛門も妹は終生生家に留まるものと思っていた。

「それというのも――」

清左衛門は少し悲しげな眼差しになった。

「妹は、七つの歳の春先に、重い熱病にかかりましてな」

何とか命は拾ったものの、何日も高熱に浮かされたせいだろう、志津は耳が遠くなった。聞こえにくいと話す方にも不便が生じて、だから口数も少ない。

「母と私と妹のあいだでは、大きな声で話し、身振り手振りを加えることで意思の疎通はかなったのでござるが、外ではそう容易くいきますまい」

世間には、そう親切な者ばかりいるわけではない。他家へ嫁がせるのは不憫《ふびん》な気がした。

「それに、あれは骨惜しみをせぬ働き者でしたし、気性も明るく、聡明《そうめい》でござった。私にとっては頼りになる、良き妹だったのです」

言葉だけなら自慢げなのに、語りながらさらに、清左衛門は悲しげな顔になる。

「ただ――どういう皮肉でござるかなあ」

身体が丈夫だったのだ、という。

おちかは問うた。「丈夫でおられることが、なぜ皮肉なのですか」

「いや、丈夫は結構。しかし丈夫過ぎるとなりますと」

眉の端を下げて、言いにくそうに、

「いっそ、頑丈と表した方があたるほどの丈夫さでござるよ。いや、頑健《がんけん》か」

身の丈は清左衛門の耳に届くほど。肩幅は同じくらいあり、ぜんたいに骨太だった。つましい暮らしの割には肉付きもよかった。

「はあ」と、おちかはうなずいた。

「つまり、妹は大女だったのでござる」

兄妹の亡父が大柄な人だったので、その性質《たち》を受け継いだのだろう、と言う。

「どれほど聡明でも、他者との意思の疎通にやや難があり、身体が大きい。ただそれだけで、志津はずいぶんと冷やかされ、白い目で見られ、陰口を叩《たた》かれて笑いものにされました」

本人はよく堪え、努めて聞き流し、気にするふうもなく日々を暮らしていたという。

「我が妹ながら感じ入るというか、頭が下がるような思いをしたものでござる」

清左衛門の同輩のなかには、あくまでも彼のためを思って忠告するのだと、

――志津殿を尼にするがいい。

出家を勧める者もいたという。

「妹がいては、私に嫁が来ぬと申しましてな」

――あんなに幅をとる小姑《こじゅうと》がいては、村井家に、おぬしの嫁が入る場所がなかろうが。

「お節介ですわね」おちかはばっさり言った。「余計なお世話でございますよ」

村井清左衛門はちょっとまばたきをして、おちかの顔を見つめ直した。そして、片頬だけでふうっと笑った。

「貴女《あなた》もなかなか気丈とお見受けする」

「失礼いたしました」

「いやいや。今のそのまなざし、志津を思い出しました」

悲しげだった目元が、少し緩んだ。

「ともあれ、そのような余計なお世話は家の外へ閉め出しましてな。妹と私は平穏に暮らしていたのでござるが」

事件が起きた。清左衛門が二十四歳、志津が二十一歳の真冬のことである。

「栗山領の冬は凍《い》てつき、山地では大雪になりますが、城下ではさして雪を見ることはござらん。しかし、その年は尋常ではない頻度で雪が降り」

城下に暮らす人びとも、慣れない雪かきに追われる羽目になってしまった。

「我らの住まう武者長屋筋でも、雪が積もるたびに、各家の中間《ちゅうげん》や下男どもが大わらわで熊手を使っておりました」

村井家も同様だったが、先代から仕えている老齢の中間一人だけでは、とても手が回りきらない。雪かきは一度やって済むものではなく、降り続いているあいだは、積もったらかく、積もったらかくの繰り返しだ。放っておけば道が埋もれてしまうし、家が傷む。

「在宅しておるときは、私も進んで熊手を使いました。そして私が登城してしまうと、志津が代わりに雪かきをしていたのでござるが」

その姿が面白いと噂されるようになった。

「体格に見合い、妹は力も強いので、手際がよろしかったのです。慣れぬ仕事であっても進んで務める。これは本来、褒められこそすれ嗤《わら》われることではござらん」

しかし志津は武家の娘だ。長刀《なぎなた》の稽古ならともかく、勇ましく熊手を振り立てて雪かきをするなど、体裁のいいことではなかった。そもそも内職さえおおっぴらにはできず、体面を保たねばならない家柄だ。

「誰ぞがそばで、みっともないからやめなさいと忠告してくれるならば、それは親切でござる。あいにく、志津はその親切に恵まれなんだ」

――ほら、村井家の志津殿がまた雪かきをしてござる。

――ご覧なさいよ。まあ、力持ちだこと。

近隣の人びとは目を丸くして見物し、笑いながら囁《ささや》き合った。志津が自邸のまわりだけでなく、皆の出入りする道筋や武者長屋の門のところまで親切に雪かきしてくれるのを、礼を言うどころか物笑いの種にして眺めていたのだ。

「そうして、ある日」

清左衛門が役務を終え、下城して家に帰ると、志津の姿が見えない。老いた中間が一人、おろおろしながら彼の帰りを待っていた。

「聞けば、ほんの四半刻（約三十分）ほど前、屋敷の裏手で雪かきをしている志津を、何者かが連れ去っていったというのでござる」

中間もその場を見ていたわけではなく、声を聞いただけだというから、詳しいことはわからない。ただ、何者か——一人ではなく数人の男たちが通りがかりに志津に声をかけ、その様子が酔っ払いのように騒がしいと気にしているうちに、揉《も》め事が起きたらしい。男たちの笑い声がして、きゃっと悲鳴があがり、

「兄《あに》サ！」

助けを求めて志津が叫ぶのをはっきり耳にしたと、年老いた中間は目に涙を溜《た》めて訴えた。

「その場を検《あらた》めてみますと、雪道の上に数人の足跡が入り乱れ、かなり争ったらしき様子で、さらにその足跡をたどると、少し先で志津の履き物が片方脱げ落ちておりました」

——これは、拐《かどわ》かされたのだ。

清左衛門は門番のところへ走った。ここに詰める番士は、栗山城の外郭《そとぐるわ》を囲む屋敷町と武者長屋を警備することが役務で、ここに住む家中の者の顔をおおかた見覚えているし、清左衛門たちの方も番士たちを知っている。誰が志津を連れ去ったのであれ、見かけていればすぐ誰それとわかるはずである。

ところが、門番は今朝から志津を見かけていないという。志津はまだこの門から外に出てはいない。門の内のどこかにいるのだ。

――何ということだ。

清左衛門は青くなった。志津を掠《さら》っていったのは、町場の破落戸《ごろつき》や遊び人の類いではない。家中の者なのだ。

いったん口を引き結び、少しのあいだ間を置いてから、清左衛門は顔を上げておちかを見た。

「先ほど申し上げましたように、志津は家中で密《ひそ》かに笑いものにされておりました。この出来事も、何者かが雪かきをする志津に関わり、おそらく悪さをしかけ、こじれた挙げ句の仕儀であろうと、私には容易に想像がつき申した」

志津は助けを求めて叫んだが、相手は笑い声をあげていた。そこも薄気味悪く、恐ろしい。

「志津は小納戸役端の妹で、嫁ぎ先も見つからず生家に居食いしておる年増女」

武家社会では最下層の女だ、と言う。

「相手がどんな人物であれ、少なくとも志津よりは身分のある者たちでしょう。私も軽率に騒ぐことはできません」

だから厄介だと、理詰めでは判《わか》る。おちかは胸のあたりがつかえるような心地になってきた。

「でも、拐《かどわ》かしでございますよ。一刻も早く捜し出し、助けて差し上げなくては。番士の皆様だって、こういうときのために務めておられるのでしょう？」

清左衛門はゆっくりと首を横に振った。

「果たして拐かされたのか、事情ははっきりしておりません。ただ中間《ちゅうげん》の話があるばかり。しかし、事実として志津は姿を消しておる。主君に仕える武士やその家族が定められた居所《きょしょ》から立ち退けば、これはまず逐電《ちくでん》でござる」

逐電とは、家を捨て身分を捨てて逃げることだ。武家社会では、ほとんど死ぬことに等しい。逐電者を出すのは、その家の不始末であり不名誉なことだ。

「村井家の志津がいなくなりましたと手続きを踏んで届け出れば、それはすなわち逐電の疑義ありと言上することであり、主家のお沙汰《さた》をお伺いせねばなりません」

拐かされましたと大声で訴え、手分けして捜してくださいと呼びかける。そんな当たり前のことが、公《おおやけ》には難しいのだ。

「しかしこういう場合、方便がござる」

怪しい出来事として喧伝《けんでん》するのである。

「志津が神隠しに遭い申した、どなたか何か見かけておられぬか、天狗《てんぐ》の仕業か、はたまた狐《きつね》や狸《たぬき》に化かされたか、志津が姿を消してしまい申した、どなたか何かご存じないか、と」

「ああ、それならいくらでも大きな声で触れ回ることができますね」

　おちかは思わず胸に手をあてた。

「首尾はいかがでございました？」

　清左衛門はまた、いったん押し黙った。

「妹は、三日後の朝早くに帰されて参りました」

　辛い話を掘り起こすために力を込め、膝の上で拳を握っている。

「姿を消した日に履《は》き物が片方落ちていた、あの場所でござる」

　志津は着物を剝がれ、裸足《はだし》で、下着の上に薄汚れた半纏《はんてん》を着せかけられただけの姿で、そこにうち捨てられていた。手足はしごきで縛られており、

「何度も縛り直されたのか、志津が抗《あらが》ったのか」

　縛られたところが擦り剝《む》け、血が滲《にじ》んでいた。

「髷《まげ》は乱れ、顔は殴られ叩《たた》かれて腫《は》れ上がり」

　言って、清左衛門は苦しそうに息を継いだ。

「きつく猿ぐつわをかまされておりましてな」

　早朝の寒気と、高ぶる感情にわななく清左衛門の指では、なかなか結び目を解いてやることができない。志津は兄が奮闘しているあいだ、ずっとその猿ぐつわを嚙みしめて泣いていたと言う。

「手ひどく痛めつけられている上に、志津は辱《はずかし》めを受けておりました」

語る清左衛門の顔を正視できずに、おちかは手元に目を落とした。

「それは医者の診断を待たずとも、私にも薄々察しがつくことではござったが、本人は固く口を閉じ、この三日のあいだに何があったのか、誰にどのような目に遭わされたのか、遂にひと言も語ろうとはしませんでした」

それでも一度、清左衛門は拝むようにして聞き出そうと試みたことがある。すると志津はこう答えた。

――神隠しに遭いました。

「そのあいだのことは全て忘れた、と」

これ以上問わないでくれという無言の叫びを、清左衛門は聞いたと思った。

「思い出したところで今さらどうしようもなく、むしろ私を困らせることになる。妹がそう思っていることが伝わって参りました」

清左衛門の声が、かすかに震えを帯びる。

「また、志津が迷いも躊躇《ためら》いもせずに〈神隠し〉という言葉を使ったのは、私がそれを方便にして捜していたのを、志津も気がついていたということだと思いました」

志津は、妹を捜す清左衛門の訴えが伝わるところに囚《とら》われていた。志津を掠《さら》った者たちも、それを知りながら監禁を続けていた。

そうして、三日で気が済んだのか飽きたのか、放るように返して寄越したのである。

それは無論、生かして帰しても志津が何もしゃべらず、非道な下手人どもの名を明かすことはけっしてないという自信と侮りがあったからに違いない。

「妹の背中には、切り傷が——薄く刻んでござった」

二文字。血が凝ってかさぶたになり、その二文字が浮き上がって見えた。

「牛女《うしおんな》、と」

初めてそれを見たとき、清左衛門は血が煮え、逆上した。

「私はとっさに刀の柄《つか》に手をかけ、立ち上がろうとしたのです。このような非道なことをした輩を捜し出さずにおくものか、一人残らず見つけて斬り捨ててやる、と」

その手に、志津の手が重なってきた。身体につり合った大きな手、長い指だ。水仕事で荒れており、今は冷え切っている。

——兄サは村井家の戸主ですよ。

「村井家を守るために堪えろ、怒るなという意味でしょう」

この非道な輩を罪に問おうとすると、村井家の存続が危なくなる。

最悪だ。清左衛門は覚《さと》った。志津をこのように虐《しいた》げた輩は、村井家よりも身分が上なのだ。家格が高いのだ。

「しかし、私は腹が治まらなかった」

何が家格だ。何が身分だ。吹けば飛ぶような外様の二万石、領民の大半が貧しさに喘ぎ、城の金倉にも米倉にも隙間風が吹き込み、隅には蜘蛛《くも》の巣がかかっている。こんな情けない小藩の家中で、誰が偉いものか。何を畏れ憚《はばか》ることがあろう。

「もともと口数が少なかった妹でござるが、これを境に、家のなかでもほとんど口をきかなくなり申した。傷が癒え、背中の文字が目立たなくなっても、志津は元通りにはなりません」

清左衛門もまた、元通りにはならなかった。大らかで気の優しい小納戸役端の青年は、怒りに燃える復讐《ふくしゅう》者になった。

「妹は、悲しみのうちに己を閉ざして全てを諦めている。その傍らで、私は滾《たぎ》る怒りをどうしても抑え難かったのでござる」

志津を弄《もてあそ》んだ下郎どもを捜そう。必ず見つけて成敗してやる。それで村井家が絶えたとしても、父も母も許してくれるだろう。たとえ許されず、不忠不孝の汚名を着て、この身が地獄に落ちようとかまうものか。

そしてこれは、いざ本気を出して取りかかると、かえって口惜しいほどに容易だった。なぜなら、志津が村井家に返されて半月ばかり経つと、それまで少しは村井家の——というより藩の目付の様子を窺《うかが》っていたのであろう件《くだん》の下手人どもも、気が緩んだのだろう。志津の一件を自慢たらしく、言いふらし始めたからである。

栗山城下にも、せせこましいが花街がある。噂は当初、そこから漏れ始めた。そのうちに、そこへ通う者たちの口から町筋に広がり、やがて家中でもひそひそと知れ渡るようになった。

――あの牛女は、やっぱり大味だった。

――我らがああして味見をしてやらねば、半ばは女である分、牛にさえ番《つが》うことができずに孤独をかこっていたろうよ。

――我らは、いい功徳《くどく》をほどこしてやったのだ。

「そんな……非道《ひど》いことを」

おちかはこれまで、この黒白の間でずいぶん恐ろしい話を聞いてきた。酷《ひど》い話も聞いてきた。だが、この世の者のこれほど非道な、浅ましい所業を聞くのは初めてだ。

「この下郎どもは三人、しばしばつるんで遊蕩《ゆうとう》していた若侍でござった」

藩の上層部、役方の組頭の子息が二人と、御先手組《おさきてぐみ》の与力の子息が一人の三人組だ。

「さすがに嫡男《ちゃくなん》ではござらん。次男以下の部屋住みの身でしてな。良い家柄に生まれても、それなりに鬱屈するものを抱えてはいたのでしょう」

志津の一件の半年ほど前にも酒気を帯びた上で乱闘騒ぎを起こし、それぞれの親父殿からきつく叱られていた。だが一向に懲りなかったばかりか、さらなる悪事に走ったのだから、何ひとつ酌量してやるべきところなどない。

おちかは、話の初めの方で清左衛門が、栗山藩は人心の荒廃が激しいと語っていたことを思った。

将来が定まらぬ部屋住みとはいえ、相当の家格に生まれついた青年が、悪ふざけにもほどがある悪事をさらりとやってのける。

しかもそれを得々として語る。語っても何の障《さわ》りはないとたかをくっていられる。そんな空気が、清左衛門の若いころから、確かに栗山藩にはあったのだ。

やる気のない主君のせいか。その下でてんで勝手に政《まつりごと》をいじる重臣たちのせいか。抜け出すことができない貧しさのなかで、家中の誰の心の底にもゆっくりと怒りが降り積もり、その行き場のない怒りが、ぶつけやすいところへ向かったのか。

弱い者いじめは世の常だ。上士なら平士へ。金持ちなら貧乏人へ。男なら女へ。大人なら子供へ。

やるせなく煮えるばかりの怒りや、身を腐らせる倦怠《けんたい》をいっとき忘れるために、人は弱い者を打ち、いたぶり、嘲《あざけ》る。

その瞬間に、人でなしへと堕《お》ちるのに。

「村井様は、その三人をどうなすったのですか」

その人でなしどもをどうしたのか。

「一人は討ち果たすことがかないました」

その一人は御先手組の与力の子息で、これが首謀者であった。婦女に粗暴な所業をした前歴が多々あり、行状よろしからずと、藩校や藩の道場への出入りを差し止められていた時期さえある、侍《さむらい》とは名ばかりのならず者だった。

他の二人も首謀者の道場仲間で、だから清左衛門は彼らが道場へ来るのを待ち受け、正々堂々の立ち合いを申し入れた。

「お一人で、一度に三人を相手にされたのですか」

「はい」

歯切れ良く、清左衛門は答えた。

「首謀者を斬り伏せ、仲間の二人が刀を捨てて逃げ出したところで、道場の師範が止めに入られましたのでな。私も刀を収め申した」

――そこまで。もう充分だ。

あとの二人も、命は拾っても、堂々と立ち合いを挑まれながら背中を向け、刀を捨てて逃げたというだけで、武士としてはもう死んだのと同じである。いや、斬り合って死ぬ以上の不名誉だろう。

「家中の者が武士《もののふ》の本分である剣術や槍術《そうじゅつ》を学び、魂を精錬する道場の庭先を、私闘の血で汚したのでござる。私はその場に居直り切腹する所存でござったが、それもまた師範に止められました」

――村井清左衛門の身柄は、私が預かる。

「村井様は、その、何と申しましょうか」

軽々しい表現はしたくなくて、おちかは困った。

「腕に覚えがおありだったのですね」

すると清左衛門は爽やかに笑った。

「どれほどの覚えでござるかの。ただ、この道場の師範代を務めたことがあり申す」

ああ、それなら。おちかの胸もすっとした。

「家臣の私闘は、理由の如何《いかん》を問わず、よくて切腹、悪くすれば斬首でござる。村井家の断絶も、私は覚悟を固めておりましたが、ただ志津には生きていてほしかった。ですから師範に願い上げ、ただひと言」

——死ぬな。

「そう伝えていただき、あとはお沙汰を待つ身の上となり申した。さて……おおよそ四十日ばかりは番所の獄舎で過ごしましたろうか」

清左衛門の処分はなかなか決まらなかった。

「どうやら、重臣方の意見が分かれていたようなのです。紛糾に紛糾し、よろずにつきよきにはからえの我が殿は困《こう》じ果てておられたご様子で」

そうしてぐずぐず長引いた挙げ句、実に意外なお沙汰が下された。

「私は切米《きりまい》取りの下士の身分となり、山奉行配下の山番士として、領内北部の洞ヶ森《ほらがもり》村というところに送られることになり申した」

　そこで三年を勤め、無事に山を下りることができたなら、村井家は再興、清左衛門も再び小納戸役端として取り立てるというのである。

「山奉行というのは、領内の山林を管轄する役所でござる。山番士はそのもっとも下級の役人で、山村の警備にあたります。野盗や獣害から村民を守るという建前がござるが」

　実は村民の日常に過怠がないか見張り、逃散《ちょうさん》を防ぐことの方が重要だ。貧しい栗山藩では山村の貧窮はいっそうひどく、逃散がよくあった。

「家中でも、忌まれ憎まれる役務の一つでござる。とはいえ、私闘で相手を斬った家臣の処分としては異例であり、甘すぎます」

　——何ぞ裏があるのではないか。

「私を山へ追いやり、かの三人の縁者か、あるいは逃げた二人に討たせて名誉を挽回させようという企てがあるのかとも思いましたが……」

　いや、もっと異様な話だったのである。

　獄舎から引き出された村井清左衛門は、山奉行与力・元木《もとぎ》源治郎《げんじろう》の屋敷で数日を過ごしてから、洞ヶ森村へと発《た》つことになった。

このとき、清左衛門には一人の同僚が現れていた。半月ほど前に城下で喧嘩《けんか》沙汰を起こし、領外へと逃れようとするところを捕縛され連れ戻されたという、悪い意味で華々しい経歴の持ち主の、須加利三郎《すがりさぶろう》という二十歳の若侍である。

利三郎は番方徒組《かちぐみ》の砲術隊の一員で、つまり鉄砲撃ちだ。須加家は、彼の祖父が江戸で砲術指南をしているところを先代藩主に召し抱えられたという、砲術一途の家柄だった。

その喧嘩沙汰の顚末《てんまつ》とは、城下で同僚と許可なく鉄砲の町打《ちょううち》(遠距離射撃)を競い、その勝ち負けをめぐって口論となり、相手を殴ったというのだから、いろいろな意味で性質《たち》が悪い。確かに利三郎は鼻っ柱の強い若者で、顔つきも見るからに短気そうな癇癪《かんしゃく》持ちだった。ただ、腕はそれなりに確かであるらしい。

つまり、このとき処罰として洞ヶ森村に送られようとしている二人は、それぞれ剣術と砲術に秀でた者なのだ。洞ヶ森村とは、そんな腕の立つ山番士が必要なところなのか。

与力の元木源治郎は隠居が近い老人だった。屋敷の奥に清左衛門と利三郎を並べて座らせ、その事情を順々と語ったが、歯が抜けているので、ときどきふがふがと聞き取りにくくなった。

「洞ヶ森村は、領内北の生吹山《いぶきやま》山中にある。実は上村《かみむら》と下村《しもむら》の二つに分かれておってな。上村は十二世帯、下村が十世帯ばかりじゃ」

そもそもは檜《ひのき》の植林のために拓《ひら》かれた村で、村民たちは陸稲《おかぼ》と炭焼きで暮らしを立てながら、こつこつと植林に励んでいる。ただこの事業は、もう三十年ほども前から始まっているのだが、一歩進んで二歩退き、二歩進んでまた一歩退くというほどに、遅々として進行を見ない。

「生吹山は険しく、気候も厳しい。雨が降ればたちまち土砂の川が生じ、風が吹けば森がなぎ倒される。夏は頻々と旱《ひでり》に見舞われ、真冬の厳寒期には、村民の粗末な小屋ばかりか山奉行の屯所《とんしょ》も埋もれるほどの大雪が降る。雪崩もしばしば起こって、麓からかろうじて通じておる道を塞ぐ」

老与力は、ふがふがと恐ろしい話をする。

「儂《わし》は、城下から持ち込まれた瓶のなかの酒が一夜で凍るのを見たことがあるぞ」

当然、村民たちの暮らしは楽なものではない。過去には餓死者も出ている。一度や二度ではないし、一人や二人ではない。

「そんなところに、なぜいつまでも植林の村を置くのですか」

短気者らしく、利三郎が問いを挟む。年老いた与力は、たるんだ頬をぶるりとさせて答えた。

「殿が止《や》めよとおっしゃらぬ。重臣の誰も、これは諦めた方がよろしゅうござると進言せぬ」

檜は高く売れるからの、と言う。

「植えて育てばの話でしょう」

きんきんと癇性《かんしょう》な声を出す利三郎を、清左衛門は諫《いさ》めた。「しばらく口を閉じていろ」

「何を、この切腹し損ないの恥知らずが」

いきなり剣突《けんつく》だ。まったく喧嘩っ早い奴である。

「死に損ないの恥知らずなら、貴殿も同じだ」

利三郎の顔がゆでだこのように赤くなり、元木源治郎は歯の抜けた口を開いて笑った。

「二人とも、そのように言い争っておられるのも今のうちじゃ。洞ヶ森村に赴けば、嫌でも互いに互いを頼るようになる」

その言い様の不吉な思わせぶりに、清左衛門は思わず利三郎と顔を見合わせた。

「洞ヶ森村の者どもは、それほど手強《てごわ》いのですか」

「上村と下村で争い合っているとか」

てんでに問いかけるのを、老与力は聞いているのかいないのか、

「逃げる者もおる。死ぬる者もおる」

淡々、ふがふがと続けた。

「だが、どちらの村からも人がおらなくなることはない。働き手が減れば、他所《よそ》から新たに領民を移住させておるからの」

洞ヶ森村に入る――入れられる領民には、他の山村からかり集められた農民たちのほかに、駆け落ち者や盗人《ぬすっと》、心中の片割れなど、何らかの罪を犯した者もいるという。

「なるほど物騒な村だ」

にわかに嬉《うれ》しげな顔つきになり、利三郎が呟《つぶや》いた。腕の見せ所だと言わんばかりだ。

「屈強な山番士が入用なはずでござるな」

そんなところじゃと、元木源治郎はふがふが続ける。「この四、五年、検見役《けみやく》は、洞ヶ森村には秋の収穫時に登るのみになってのう。尚のこと、巡視と警備には山番士が頼りであった」

洞ヶ森村に置かれていた山番士は二人、その二人とも欠けたので、清左衛門と利三郎が送り込まれるのだ、と言う。

検見役は作物の作柄を検分し、年貢の取り立てにあたる役職である。藩の要職の一つであり、農村や山村にとっては、これまた煙たくて恐ろしいお目付役だ。なのに、洞ヶ森村には秋に登るのみだという。年貢を取る時期しか足を運ばないということだ。

「不便至極で、年貢は少ない。幾度も登っても、労力が無駄じゃ」

それは役人の側の過怠ではないか。

「先の山番士はなぜ欠けたのでしょう」

「まず一人、戸辺五郎兵衛《とべごろべえ》は煙のように姿を消した。今一人は」

名を田川久助《たがわきゅうすけ》という。昨年の秋の初め、這《は》うようにして生吹山を下りてきたという。

「一人は逐電、一人は勝手に下山してきたのでござるか」

「左様。だが是非もない」

正気を失っておったからの。

「歳は二十三というから、その方らと大差ないわ。しかし頭髪はすべて白髪と化しておったそうな」

清左衛門と利三郎は、今度は互いの顔を見合わせるのではなく、申し合わせたようにじいっと、老与力の顔を凝視した。

「田川の言うことには」

——鬼がおります。

「洞ヶ森村には鬼がおるそうじゃ」

座敷に、つと沈黙が落ちた。

須加利三郎が吹き出した。何かを破くようにけたたましく笑い、懐紙を取り出して洟《はな》をかむ。

「失礼仕る。まるで子供だましの怪談のようで」

「まあ、そうであればよいが」

　老与力のとろんとした表情に、強いて事もなげに装っているふうを感じて、清左衛門は、背筋をつと冷たい手で撫《な》でられたような気がした。

「元木様は、洞ヶ森村にいらしたことがおありなのでしょうか」

「二年ほど」

　村が拓かれて間もなくのころだったという。

「儂《わし》は鬼になど遭わなんだ。洞ヶ森村はひたすら貧しく、人が生きるにはぎりぎりの場所だと痛切に感じたが、それ以上のことはなかった。だが、それ以降に流れた時の重みで、あの村は変わり果てておるのじゃろうな」

　若い山番士がまったく正気を失い、逃げ帰ってくるほどの場所に。

「そなたらも逃げてよいのだぞ。逃げれば再勤はかなわぬ。だが、それでも逃げずにおられぬようなことが出来《しゅつたい》したならば、山を下りるがいい」

　須加利三郎の顔からも、いつのまにか笑いが消えていた。

「いったい、どれほどの事が起こるというのでございますか」

「だから鬼よ。それ以上のことは、儂《わし》も知らぬ」

　そこで話は打ち切りになった。

「山に入る支度は我が家で調《ととの》えよう。二人とも、家人と別れの面会は許されぬ。ただ、文や伝言があるならば、儂が取り次ごう」

獄舎に繋《つな》がれているあいだ、清左衛門は妹に面会することも、文を交わすことも許されなかった。ただ人づてに、志津は生きており、亡母の縁戚に養われて細々と暮らしていると聞いたばかりだ。

清左衛門が文を託すと、翌日には志津から返信があった。文ではない。半紙できっちりと包まれたものを開いてみると、端布《はぎれ》でこしらえたらしいお守りが現れた。中には一巻《ひとまき》の黒髪が入っている。志津の髪だ。

女の髪は巌《いわお》も繋ぐという。これから険しい山に分け入り、山番士として務めようという兄が、三年の年季を無事に終え、城下へ帰ってこられるようにという願いを込めて、志津が切った髪だ。

――この髪が、私の命の糸だ。

三年を乗り越えれば、村井家は再興がかなう。また兄妹二人のつましいながらも平穏な暮らしを取り戻すことができる。その望みを心の支えに、けっして逃げまい、くじけまい。

こうして、村井清左衛門は洞ヶ森村へ登った。折しも凍える長い冬がようやく終わりに近づき、目指す生吹山の山頂近くには、どこかで雪崩が起きたのか、雪煙がうっすらと漂っていた。

洞ヶ森村は、本当に貧しかった。

清左衛門がそれなりに覚悟していた以上に貧しい。なにしろ日に二食が雑穀や芋の浮いた薄い雑炊で、米というものにはめったにお目にかかることがない。陸稲《おかぼ》を育ててほそぼそと収穫する米は、年貢として取り上げられてしまうからだ。

檜《ひのき》の植林の傍ら、男たちは炭を焼き、女たちは麻を育てて紡ぐ。そうして作った炭も麻糸も、いったんは全て年貢として上納し、ぜんたいの四割分ほどの売り上げが下賜されるのだが、この売り上げは毎年ほとんど檜の苗木とその手入れに必要な肥料や道具に費やされてしまうので、洞ヶ森村の者たちは、もう長いこと金子《きんす》をやりとりして物を売り買いすることを忘れていた。

陸稲や芋や豆、菜っ葉の畑を作るには、春先に山焼きをする。灌木《かんぼく》や雑草を焼き払い、その灰を土に鋤《す》き込んで肥料にするのだ。これは山を荒らすのであまりよろしくない耕作法なのだが、こうでもしないことには、翌年のための種籾《たねもみ》、種芋や豆がどんどん痩せていき、収穫量が落ちてゆくので、やむを得ないのだった。

上村と下村は標高ではほとんど同じ高さに、一帯に広がる洞ヶ森のなかにあった。上村がもともとの洞ヶ森村で、下村は入植から五年ほど後にそこから分かれたのだという。だから正しくは「先」村と「後」村なのだろう。二つの村は三里ばかり離れており、上村は生吹山七合目あたりの南東斜面に、下村は南西斜面にへばりついている。

山番士の屯所《とんしょ》――といっても、村民たちの住まいと同じ板葺《いたぶ》きの屋根に丸石を載せた小屋に、形ばかり板塀を立て回し、栗山藩の旗印を立てただけの代物だが、それは上村にある。だから山番士が下村を見回るには、森を抜けて四里の山道を往復しなくてはならない。天候や季節によっては一日で行き来できないので、下村に一泊する。そのための小屋が下村にもあり、昔はそこにも旗印を立ててあったそうだが、とっくに失われてしまった。それが主家に対して不忠不敬だと、検見役《けみやく》に咎《とが》められたこともないそうだ。というのは、検見役は上村にしか入らないからである。下村へ赴くどころか、植林の様子を検分しに森に分け入ることもないというから、何のための検見役か、そも何のための植林かもわからない。

これは本当に、元木源治郎が話していたとおりの事態だった。誰も「この植林は取りやめにしよう」とか、「もっと新しい方策を考えよう」などと沙汰《さた》しない。ただ漫然と、同じことを続けているばかりだ。

檜の森は、実際に検分してみると、まったく育っていないわけではなかった。土砂崩れや雪崩で台無しになってしまったところもあるが、無事なところもある。ただ森の育成には時がかかるから、洞ヶ森村の者たちが、その時をしっかり待ちながら暮らしていくことさえできれば、この事業は現状よりもずっと上手《うま》くいくはずだと、清左衛門は思った。

清左衛門も須加利三郎も、城下で生まれ育った。山村の暮らしは初めてである。最初のうちは驚くことばかりだったが、そんな二人にも、

——この村の有り様《よう》は変わっている。

そう思えることがいくつかあった。

まず、老人と幼子がいない。暮らしがあまりに厳しく、赤子や幼子は育たないし、老人になるほど長生きできないということなのだろうが、下は十一と十三の兄弟、上は四十路の男までで、それより年上も年下もいないのだ。それがこぞって日々生きるために働いている。

さらに病人がいない。身体に不具合がある者も見当たらない。

屯所には、前任の二人が記した人別帳《にんべつちょう》があった。上村と下村に分けておらず、ある者が洞ヶ森村へ入った年月と名前、性別、出身地を順に記し、村で死んだ者や逃亡した者の名前に線を引いてあるだけの簡素なものだが、新任の山番士としてこれを調べ、村人たちにも確認してみて、清左衛門と利三郎はまたぞろ驚いた。

元木源治郎は、「上村が十二世帯、下村が十世帯ばかり」と言っていたが、これは世帯というより、単に、人が住まうことのできる小屋の数であった。実際には、上村には二十四人、下村には二十一人の村人がいる。この四十五人中、ここに来る以前から夫婦だったという組み合わせが三組、兄弟姉妹が二組ずつ、父子と母子がそれぞれ

三組。あとは皆、単身でここへ入れられたり、ここで夫や妻や子を失った者同士が寄り添い合って新しい家族をつくっていた。

洞ヶ森村に入れられる領民には、駆け落ち者や盗人、心中の片割れなど、何らかの罪を犯した者もいると、元木源治郎は話していた。聞き合わせてみると事実そういう前歴のある者もいたし、そうした罪人に連座した不運な親族もいた。

しかし村民の大半は、領内の他の農村や山村で一揆の企てに加わったり、年貢を納めきれなかったり、逃散《ちょうさん》して逃げ切れずに捕らえられたりした——謂《い》わば藩政に弓を引いた、脛《すね》に傷持つ農民たちだった。単身者が目立ったり、家族の構成に欠け落ちがあるのも、これなら当然であろう。

「この村は、ほとんど獄舎に等しいな」

利三郎はそう言って呆《あき》れたし、清左衛門は、元木源治郎のふがふが語りの裏に隠されていたものの暗さに憮然《ぶぜん》としてしまった。

最年長の四十路の男は名を欣吉《きんきち》といい、洞ヶ森村の村長《むらおさ》だ。欣吉は領内の農村から普通に入植してきた領民の息子で、三十年前、両親と弟と四人で生吹山を登ったのだという。つまり最初の入植者で、残っているのは彼一人だけだった。

「みんなここで死にましたで」

初期の入植者たちの首尾がよくないと、次の代からは、もう「曰《いわ》く付き」の者たちが入り始めた。それでも農民たちばかりならばまだいいのだが、まるで農耕に馴染《なじ》みのない町場の咎人《とがにん》・罪人も混ざって引っ立てられてくるようになったのだそうだ。

欣吉たち根っからの農夫は、かえって困った。

「山鍬《やまくわ》の使い方から教えねばならねっぐらいでござえますから」

たまりかねて逃亡を謀る者が現れると、追って捕らえるのは山番士の役目だ。だが、生吹山中には熊や山犬が徘徊《はいかい》し、植林や農作業で山に分け入って獣害に遭うこともあるほどなので、深追いしてはならないという。

「どうせ誰も、この山で迷っちゃ助からねぇ」

獣に食われるか、行き倒れるかなのだ。

人別改《あらた》めも、検見役が登ってくるときに行われる。逃亡者や死者が出て減った頭数《あたまかず》はそのとき確認され、また新たな入植者が引っ張ってこられるのだが、すぐ来るとは限らない。

「ンじゃけぇ、手不足でぇ、番士様にも野良仕事をしていただくことがござえます」

植林はともかく、自分たちの口を養う芋や豆を作る農作業は、山番士も手伝わねばならないのだ。前任の二人も、よく畑仕事をしていたという。

「土臭い役務もあったものだな」

利三郎は不満たらしく顔を歪《ゆが》めたが、清左衛門は別段、農事を疎ましいとは思わない。気になること、怪しむべきことがもっとほかにあった。

欣吉によると、前任の戸辺五郎兵衛と田川久助も、三年の年季で屯所に詰めていたらしい。少なくとも欣吉はそう聞かされていた。どちらにも清左衛門や利三郎のような「切腹し損ない」の事情があった様子はなく、山奉行配下の山番士として、ごく当たり前の役務に就いていただけのようだ。

彼らの身に何があったのか。

それがあまりに恐ろしく、忌まわしいことであったが故に、次の山番士には、清左衛門と利三郎という死に損ないが選ばれたのだろう。

——鬼がおります。

欣吉に尋ねても、何も知らぬという。ただ、いつもと変わらぬ秋のある日に、屯所から二人がいなくなり、

「巡視にお出かけだと思っとりました」

帰りを待っていたら、数日後、城下からものものしい出で立ちの山番士の一隊が登ってきて、

「田川様ぁ、正気を失《な》くして山を下りておられたぁ、戸辺様はいなくなっちまったぁ、聞かされました。おらたちには何がなんだかさっぱりだぁ」

その前後の事情は、清左衛門も利三郎も初めて聞く。呆《あき》れ返ることに、屯所へ登っ

て来たものものしい一隊は、半日ほど上村のまわりを捜索し、戸辺五郎兵衛が見つからないと、そのまま村を離れてしまったのだという。

「では、それ以来、俺たちが登ってくるまでは、この村には山番士がいなかったのか」

「へえ」

「山番士がいなければ、見張りもいない。何かあっても守ってもらえぬ。おまえたちも下山することができたろうに、なぜそうしなかった？」

清左衛門の問いに、欣吉は無邪気な、およそ四十路の男とは思えぬ澄んだ目をして、こう答えた。

「おらたちは、もう他所《よそ》では生きていかれねえ」

この村で生きて、この村で死ぬ。

「おらたちは、この山の衆でごぜえます」


「鬼というのは、要するにこの生吹山を喩《たと》えた言葉ではないのかな」と、利三郎は言った。

雪解けが進み、風も温む春の日のことだ。清左衛門と利三郎は連れ立って洞ヶ森を抜け、上村から下村へと向かっていた。

二人とも笠をかぶり、蓑《みの》を着けていた。頭上は好天だが、みっしり繁《しげ》った洞ヶ森の木立の隙間を、ときどき雲がよぎる。生吹山の天気は気まぐれだし、未《いま》だ寒気も強いので用心が要った。清左衛門は両刀のほかに手斧《ておの》を装備し、利三郎は背に鉄砲を負い、火皿と弾薬を入れた革袋を提げている。

下村への巡視は、本来は一人で行い、一人は屯所に残るべきだ。しかし、山に慣れない清左衛門も利三郎も、単独行をする自信がなかった。屯所を空けても、村長の欣吉があのように言い切っていた以上、誰も逃げる気遣いはなかろう。

——二人でおれば、もしも鬼に遭っても心強い。お互い、口には出さずそう考えてもいた。

「俺の方が遠目が利く」

と、利三郎はいつも清左衛門の先に立って歩く。今も、ぬかるむ道を用心深く一歩ずつ踏みしめながら、前を向いたまま話しているのだった。

「なぜ山が鬼なのだ」

「険しさも深さも、あの凍《い》てつく寒気も、地獄のようだ。この世とは思えぬ」

だから鬼の山なのさ、と言う。

「おぬしにしては弱気な言を吐くものだ」

すると利三郎はきっとなり、

「俺のどこが弱気なのだ。おぬしのようにあれこれ勘ぐって入り組んだ筋書きをこしらえるより、この方が潔いぞ」

天然自然が手強《てごわ》いと述べているだけなのだから、と息巻く。

生吹山のこの一帯に広がる森は、うっそうとして昼なお薄暗く、足を踏み込めばあたかも洞窟のなかにいるように感じられるので、洞ヶ森の名がついたのだという。多くの鳥たちが棲み着いているが、朝夕に鳴き交わすその声も遠く高く、独特の反響を伴って聞こえてくる。初めてそれを耳にしたとき、清左衛門はふと思った。

——鳥ではなく、鳥の霊が啼《な》いている。

種々の雑木が入り交じり、陽光を遮るほど密な森だ。確かに手強く、謎めいている。

下村への巡視は、これがようやく四度目である。屯所に落ち着いたばかりのころは、雪が深くて森に入ることができなかった。永年のあいだに踏みしめて通した道は雪の下に埋もれていたし、目印に一定間隔で伐《き》ってあるという枝は樹氷に覆われて見分けがつかない。厳寒期は、村人たちも、よほどの急用がない限り行き来をしないという。

「では、そんな危急の折にはどうやって知らせ合うのだ？」

「狼煙《のろし》を焚《た》きますンで」

悠長というか、不便なものだ。洞ヶ森村のおかしな点は、ここにもあった。なぜ上村と下村に分かれているのか。山深く、暮らしにくい場所であればあるほどに、できるだけ大勢で集まって暮らしていた方が何かと心強いだろう。なのに、わざわざ二ヵ所に分かれているのが不可解だ。

上村に落ち着き、下村へ出かけてみて実感したが、とりわけどちらの方が便利だとか、水利がいいとか、土が柔らかいなどの違いはない。植林にしろ畑作りにしろ、充分な労力があって初めて、拠点を二つにするべきだ。現状の洞ヶ森村では、二ヵ所に分かれていいことなど何もないと、清左衛門には思われた。

「仲間割れしたんだろう」

自身が短気な利三郎は、あっさりとそう決めつけた。清左衛門も、確かにそういうことはありそうだと、いっときは思った。だが、いざ下村を訪ねてみると、そんな様子はまったく感じられない。こちらの二十一人を束ねているのは悟作《ごさく》という三十路前の男で、最初の入植者である欣吉を、万事において頼りにしているようだった。

悟作は十五のとき、弟と二人でここに送り込まれてきた。この兄弟も案の定、出自の村で両親が斬罪に処されて残された子供らだった。凶作の年に年貢が足らず、しかも隠し米をしたというので、村の半数の大人が処刑されるか水牢《みずろう》に放り込まれて獄死したというのだから、無惨《むざん》な話だ。

どうにも不可解だから、清左衛門は欣吉にも悟作にも尋ねてみた。上村と下村に分かれていて、何の益があるのか。すると悟作は「さあ……村長《むらおさ》に聞いてくだせえ」と要領を得ないし、欣吉は件《くだん》のあの子供のような目で、分かれていた方が用心がいいと答えるのだった。

「一つところに固まってえぇ、もろに雪崩にやられたら、いっぺんで全滅だで」

それはそうだろうが、そこまで凄《すさ》まじい雪崩はやたらに起こるわけではあるまい。めったにないことに備えるために、不便と不安を忍んで村を二つに割っておくのが上策とは思えない。

村人たちは山番士に従順であり敬虔《けいけん》であり、山に慣れない清左衛門と利三郎を軽んじることもなく、進んでいろいろ教え、助けてくれた。前任の二人、戸辺五郎兵衛と田川久助のことも懐かしがり、一様に気の毒がっている。山の植林村の厳しい暮らしを共にした間柄だから、身分を越えた親近感があるのだろう。

ただ、二人の逃亡もしくは失踪について尋ねると、判で押したように欣吉と同じ申し状を言い並べるばかりだ。戸辺も田川もその年の冬を越せば任が明けるところだったそうで、つまり既に二冬《ふたふゆ》を上村の屯所で過ごしていたのだから、三度目の冬を目前に、にわかに臆したり嫌気がさして逃亡したというのでは平仄《ひょうそく》が合わな過ぎる。そのへんをどう思うかと清左衛門が問うても、「はあ、そうでごぜえますねえ」と首をひねるか、「お気の毒なことでなまんだぶなまんだぶ」で有耶無耶《うやむや》だ。

「この村の連中には、何かを深く考える知恵などないのさ」

短兵急に片付けてしまう利三郎を横目に、清左衛門は考え込んだ。

さてここであと一つ、他の「おかしい」とは種類が違うが、清左衛門の目には同じように不穏に見えるおかしなことがあった。

上村の屯所に、戸辺五郎兵衛と田川久助がつけていたはずの日誌が残されていない。山番士に限らず、どこかで任に就いている役人は、必ず日誌をつける。そしてそれは記録として保管される。うっかり損失すれば咎《とが》められるほど大事なものなのだ。だが、洞ヶ森村の屯所にはそれが見当たらない。しかも、前任の二人の日誌だけでなく、それ以前の日誌もそっくり消えていた。

おそらく、田川が正気を失って山を下りた後ここへ来たという、ものものしい山番士たちの仕業に違いない。戸辺と田川が日誌につけていた内容が、外に漏れないようにするためである。

——隠蔽、ということだ。

前任の二人の日誌を読めば、二人の身に起こったことが判《わか》る。細部まで判明しないまでも、おおよその筋書きが判るのだろう。山奉行は（あるいはもっと藩の上層部かもしれないが）、それを嫌った。二人の以前の日誌も持ち去ったのは、その方が二人の日誌の欠落が悪目立ちしないし、以前の日誌にも、多少の手がかりになりそうな記述があったせいかもしれない。

かもしれないばかりで歯がゆい、しかし、この推察はそう見当違いでもなかろうと、清左衛門は思う。ただそうなると、さらに解せないことが生じてくる。

役人が日誌に書くのは公《おおやけ》の記録だ。山番士なら日々の天候は重要な記録事項になるし、作業のはかどり具合、病人や怪我《けが》人が出たならその詳細、獣害があったならその顛末《てんまつ》。つまり村ぜんたいに関わる事柄を記すのである。

だから、そこに隠蔽しなくてはならない「何か」があったなら、その「何か」を、二人の山番士しか承知していないということはあり得ない。村人たちも何かしら知っているはずだ。

ならば、彼らも口止めされているのか。しっかり口を閉じ、清左衛門のような詮索好きにあれこれ問われても、本当のことを言うなと。

——それにしては、ここの村人たちは怯《おび》えていないように見える。

もともと獄舎のような村に閉じ込められているのだから、今さら口止めぐらい怖くもないのか。「もう他所《よそ》では生きていかれねえ」村人たちは、何があろうと洞ヶ森村にしがみつくしかないのだから。

それならそれで仕方がない。清左衛門とて、死に損なってここへ送られてきた身の上だ。三年のあいだ踏ん張れば再勤がかない、また志津と共に生きることができる。その希望だけを見つめていればいいのだ。

しかし、不穏な疑惑は胸にわだかまる。

清左衛門と利三郎のような捨て駒にしていい人材が見つかるまで、山奉行は洞ヶ森村に山番士を送らず、放置していた。

それほど、この村の「何か」を恐れている。元木源治郎はその「何か」の一端を知っていたはずだ。だから「逃げてもいい」と言ったのだ。

——鬼がおります。

その鬼が、村の外にいるのならばかまわない。清左衛門がもっとも懸念するのは、鬼がこの村の内にいる、いや、村そのものである可能性だ。村人たちが口止めされているのではなく、彼ら自身が秘密そのものである可能性だ。

「おらたちは、もう他所では生きていかれねえ」

欣吉が子供のような澄んだ目をしてそう言い切るのは、彼ら自身が秘密であり禁忌になっていて、戸辺と田川が屯所から逃げ出したのは、思いがけずそれに触れてしまったからではないのか。

下村への三度目の巡視のあと、一人で胸に呑《の》んでいるのが辛くなってきて、用心深く言葉を選びながらも利三郎にこの考えを打ち明けると、「考えすぎだ」と一蹴された。

「ここの連中は食うことに手一杯で、悪さなどせんさ」

戸辺と田川の二人は、昨秋《あき》、巡視に出て山道に迷ったのだろう、と言う。

「そして、冬眠前に餌を漁っている熊か、獲物が減って飢えた山犬にでも襲われたに違いない」

ちりぢりになって逃げ、戸辺はどこかで死んだ。田川は何とか山を下りたが、恐怖と衰弱で白髪と化し、正気を失った――

「山奉行が震え上がっているのは、洞ヶ森村を拓《ひら》いて三十年も経《た》つのに、生吹山では、山番士でも、ひとたび道に迷えばまだそんな惨事が起こるのかと思い知ったからだろう」

「ならば、日誌は」

「ようやく俺たちのような、その厳しい山の獄舎の村にふさわしい山番士が見つかったのだから、新規まき直しで、古い記録は処分したってよかろうよ。だいたい、俺たちのようなにわか山番士に、前任者の日誌など参考にもならん」

短気な者によくあることだが、利三郎は頭の回転も速い。とんとんと理を立てて言い募り、

「結局、おぬしは臆しているのだ」

鼻先で清左衛門を笑った。

「思い煩うことで、己の怯懦《おくびょう》をごまかしている。俺はそういう輩は好かぬし、信用せんぞ」

こうして二人のあいだには、わざわざまたぐ必要もないほど狭いが、覗《のぞ》き込めば底知れず深い溝ができてしまった。

――なるほど、この山が鬼なのだと見切ってしまえば、胸騒ぎは治まる。

利三郎も、三年を首尾よく耐えて城下に帰り、砲術の技を活《い》かして再勤したいのだ。そのためにはできるだけ早く気を落ち着け、腹を据えてしまうに限る。だから、何だかんだと勘ぐり考えを巡らせる清左衛門が鬱陶しいのだろう。

実際、二人が上村の屯所に入って六十日が過ぎたが、日誌が消えているという一点を除けば、怪しい事は何もない。人別改《にんべつあらた》めを済ませ、村人たちの顔と名前も覚えた。下村の方はまだ心許《こころもと》ないが、日々共にいる上村の者たちを見間違うことはない。個々の気性や村での役割も、だいたい呑み込めてきた。

末期だったとはいえ、いきなり厳冬の生吹山に登り、まず、利三郎が言うとおりの地獄のような寒気を経験したのは、かえってよかったのかもしれない。春から夏へ、山村の暮らしも、これから少しは楽になってゆくはずだ。村人たちが従順であることも、他藩に比べて農村での騒乱が多い栗山藩のなかでは特筆すべき長所ではないか。

これからは、少々業腹ではあるけれど、いくらか利三郎に倣《なら》ってみようかと清左衛門が考えるのも、春の陽気のおかげだ。人は、自分で思っている以上に、お天道様に気分を左右されるものなのである。

さて、四度目の巡視で着いてみた下村では、ちょっとした騒動が起こっていた。昨日の朝早く、村の近くに熊が現れたのだという。

幸い、被害はなかった。藪《やぶ》の向こうにちらちらと黒い毛並みが見えただけだ。が、悟作が男衆を連れて調べに行ってみると、足跡がいくつも残っていた。男の掌ほどの大きさがあるというから、立派な成獣である。

「冬眠から覚めて飢えていると、村に寄ってくることがあるんでごぜえます」

昨夜は用心のために要所で篝火《かがりび》を焚き、女衆はひとつの小屋に集めて過ごしたという。

「下村に鉄砲撃ちはいるか」

古い鉄砲が一丁あるが、使える者はいないという。昔はいたが、死んでしまったのだそうだ。

「じゃあ、また熊が現れたら、俺が撃ってやるしかなさそうだな」

ひととおりの検《あらた》めが済むと、須加利三郎は、しばらく下村に留まると言い出した。

「事のついでだ。こっちでも念入りに日誌を探し直してみよう」

上村では心当たりを探し終えた。下村でも、山番士が泊まる小屋のなかは検めたが、それ以上のことはしていない。

「誰かが預かっていたりしてな。存外、ひょっくり出てくるかもしれんぞ」

まさかと思った清左衛門だが、

――いや、日誌は見つからなくても、何かわかることはあるかもしれない。

ここの従順《おとな》しい村人たちには、利三郎の短気が損気にならず、きびきびと頼もしく見えるらしい。いろいろ考え事が多くて顔色が暗めな清左衛門より、明るく親しみやすい。利三郎が一人でいれば、口が緩む者が出てくるかもしれない。

「では、任せよう」

村に来てバラバラになるのは初めてだが、利三郎はけろりとして、むしろ楽しげに見えた。

——ははあ。

と、清左衛門は思った。

下村の二十一人のうちに、女は九人いる。そのなかに、二十歳と十八歳の姉妹が一組あった。姉の方は村に来てから夫となる男を見つけていたが、妹の方はまだ単身《ひとりみ》で、姉夫婦と同じ小屋に住んでいる。名前をみねといった。

人別改めの際に聞き合わせたところによると、三年前、出自の村で生家が失火を出し、家族は焼け死に、生き残った姉妹は村から追放されて、洞ヶ森村の入植者になったのだという。

利三郎は、最初から姉妹に同情的であった。とりわけみねには優しく、会うたびに声をかけている。みねも、巡視というとすぐ仕事の手を止めて挨拶《あいさつ》に出てくる。清左衛門はその様子に、ほかの「怪しい」とは違うあやしさを覚えていたのだが、どうやら下衆の勘ぐりではなかったようだ。

襟や袖口の擦り切れた着物を重ね着し、髪はまとめて団子にしただけ。顔も手足も薄汚れているが、十八のみねには、やはり娘盛りの輝きがある。その目が、熊退治をしてやろうという山番士様を見つめて輝いていた。利三郎もそれを承知だから、楽しげに浮かれているのである。

一人で上村に帰ることになった清左衛門は、熊よけの鳴り物をもらい、それを腰に着けて、日が暮れぬうちに洞ヶ森を抜けた。鳴り物は竹を短く伐り細く割って束ねたもので、村人たちは〈じゃら〉と呼んでいる。なるほど、歩くとじゃらじゃら賑《にぎ》やかな音がした。

その音だけを供に、道すがら考えた。

――須加が色好みだというわけではない。

二年も三年も、こんな辺鄙《へんぴ》な場所に閉じこもるのだ。山番士が村の女とねんごろになることは、充分にあり得る。人の性《さが》としては、そういう事がまったくない方が不自然だし、女がよほど嫌がらない限り、村民たちも黙認するだろう。

山番士が、洞ヶ森村にいるあいだだけの女房を持ったら、その女がいつか孕《はら》むこともまた自然だ。

――その赤子が生まれたら？

これまで、そういう赤子も、村民の赤子らと同じように、苛酷《かこく》な暮らしのなかで育つことがなく、幼くして死んでしまったのか。

——一人も生き延びずに？

三十年ものあいだ、たった一人も。

その赤子は、獄舎の罪人のような村人同士のあいだに出来た子ではない。父親は山番士、藩の家臣の一人なのだ。赤子も妾腹《めかけばら》の子ではあるが、武士の血筋を引いている。

——誰か一人ぐらい、己の血を分けた赤子を大切に思い、城下へ連れていって育てようと思う山番士はいなかったのか。

清左衛門はつと足を止め、眉をひそめた。

——それとも、それは禁じられているのか。

だから、赤子はみな空《むな》しく死んでいったのか。

今、洞ヶ森に生きている者どものことは、おおかたわかった。次は死者のことを知らねばならない。目が覚めたように、彼は思った。最初の入植以来、何人の死者が出ているのか。赤子は何人生まれ、誰が何歳まで育ち、死んでいったのか。もっとも長生きした者はいくつだったのか。

屯所にある人別帳では、昔のことはわからない。過去を掘り起こそうと思うなら、一人一人に聞き合わせて調べていくしかない。

やってみよう、と思った。一人であれこれ詮索し、疑心暗鬼に囚《とら》われているよりも、洞ヶ森村の歴史を探ってみるのだ。

話の切れ目に、村井清左衛門はひと息ついた。ずっと謹聴していたおちかも鉄瓶の湯加減を見る。

「まず欣吉に尋ねますと、洞ヶ森村では、赤子が生まれて十《とお》まで育たぬうちは人別帳に載せぬ習いであるとわかりました」

つまり、十歳までは人と認めない。

「江戸でも、〈子供は七つまでは神の内〉と申しますな」

「はい」と、おちかはうなずく。「わたしの実家《さと》のある川崎宿《かわさき》でも、そのように言い習わしておりました」

赤子の命はそれほど儚《はかな》い。七つまでに天に昇った子は、早く生まれ変わってくるようにとの願いを込めて、幼い子供だけを集めた墓に葬られる。

「だが、それよりもさらに年長の十まで育って初めて人の世の者だと認めるということは、洞ヶ森村では、人の数を命の数ではなく、働き手の数だと定めているということでござる」

七つではまだ大人に養われるばかりだが、十になれば草取りや糸巻きぐらいは手伝える。男の子なら、森に連れて入ることもできる。労働力になる者は人に数え、そこに至らぬ者は人ではないと線を引いているのだ。

「これは、村の墓所を見ても一目瞭然でした。赤子も子供も大人もいっしょくたの投げ込み墓で、墓標も卒塔婆《そとば》の類いも一切ない。ただ土を固めてあるばかりの塚でござる」

死んだ者はもう働いてくれない、何のあてにもできないと、埋めっぱなしにしているように見えた。あまりの素っ気なさに、清左衛門がつい怒気まで浮かべて欣吉を問い詰めると、

――獣にやられますで。

「個々に土を掘って埋めたのでは、熊や山犬、鼠《ねずみ》がたかりやすくなるから、一所《ひとところ》にまとめて深く葬って土を固め、荒らされぬように、よく用心しているのだというのです」

――村井様はご存じないでしょうが、獣はまず亡骸《なきがら》を喰らって、人の肉の味を覚えます。

「理屈は通っておりますな」

「でも、やっぱり少し薄情なように思えます」

清左衛門はうなずき、おちかの顔を見た。

「しかし、私は欣吉のその淡々とした口ぶりが、何やら哀れにも思われたのです」

「とおっしゃいますと」

「死んだ者は、もうここにはおらん。洞ヶ森村から離れることがかない、ようやく楽になった。だからここで供養する必要はない。そんな本音が垣間見えるような気がし

たものですから」

むしろ、生きている方が辛《つら》い。

「実際、洞ヶ森村の歴史をたどろうという試みを始めますとな」

日々の野良仕事と、暮らしてゆくことそのものに追われている村民たちをいちいち捕まえ、じっくり顔を突き合わせること自体が困難である上に、

「皆、口が重いのでござる」

最初の入植者である欣吉でさえ、昔のことはもうおぼろでよく覚えていないと、語りたがらない。

――また人別改《にんべつあらた》めでごぜえますか。誰も嘘なんぞついてはおりませんで、お許しだせえ。

「これは私が短慮であったと思いました」

獄舎の罪人のような村人たちが山番士に恭順であることと、親しみ信用していることとは違う。

「まずは私が洞ヶ森村の暮らしに馴染《なじ》み、村人たちといくばくかでも苦労を共にしてからでなくては、誰も昔話などしてくれようはずがござらん」

それは、ここまで貧しく閉ざされていなくても、山村や農村ではそんなものだろう。

「これには時がかかる。じっくりと、水滴が岩を穿《うが》つような辛抱を重ねて調べていこ

うと思いますと、おかしなもので、三年という年季が短いようにさえ思えました」

「それは、村井様がお一人で」

清左衛門は苦笑した。「須加にも話はしましたが、またぞろ鼻先で笑われただけでござる」

――酔狂な男だ。まあ、好きにしろ。

「あの男もあの男で、忙しくなっておりましたから」

下村に寄りついた熊は、結局、あれから十日ばかり後にまた現れたところを、利三郎が撃ち殺した。彼の鉄砲の腕前は確かで、身の丈五尺ばかりの成獣を、まず一発を胸にあてて倒し、二発目で眉間を撃ち抜いて仕留めたという。

「頼もしい山番士ぶりに、下村の者どもは皆感じ入りましたが、なかでもみねが喜びまして」

これを機会に、利三郎とみねはいっぺんで出来合ってしまった。

「以来、下村への巡視には単身進んで、しかも必要以上に頻々と出かけて、なかなか上村に戻ってこなくなりました。私の任は、それだけ軽くなったとも言えますが」

下村での利三郎の人気をあて込み、あちらの村人たちの口を開かせてもらおうと恃《たの》んでも、そちらはてんで不発であった。

「須加はみねを得て、忍耐一途の三年の任期に、少しは旨味《うまみ》が加わった。それで充分だったのでござろう」

前任者の二人にまつわる謎への興味もすっかり失ってしまい、

「夏の初め、生吹山でも一年でもっとも日が長い時期に、二度にわたり、行方知れずのままの戸辺五郎兵衛を捜そうと、欣吉を案内に立て、三人で山に分け入ったのでござるが」

利三郎は、自慢の鉄砲の出番を待っているばかりで、捜索には気乗り薄だった。

――今さら捜しても詮無いだろう。

「それでもこの捜索で、私も利三郎も洞ヶ森一帯の地理をおおよそ知ることがかないました」

洞ヶ森を越えてさらに山頂まで登るのは、夏場でも困難であること。生吹山山中には、切り立った断崖や険しい尾根道、深い淵など、人を呑み込む剣呑《けんのん》な場所が数多《あまた》あること。

「戸辺は山に呑まれてしまったのだ。正気を失いながらも、田川久助が無事に麓までたどり着いたことの方が希《まれ》な幸運だったのだと、私も実感したのでござる」

こうして、一歩ずつ足元を踏みしめるように、清左衛門は洞ヶ森村の山番士の暮らしを積み重ねていった。そしてその年の秋に、（清左衛門の思い過ごしでなければ）いささか怖《お》じけた風情で、検見役《けみやく》一行が登ってきた。

「検見役は、私と須加が無事でいることに驚き、相変わらず貧しいままでも、村民が無事に暮らしていることにも驚くという始末」

それでもどうやら胸を撫《な》で下ろしたらしいので、一通りの検《あらた》めと年貢の納入が済んだところで、清左衛門は日誌の紛失のことを尋ねてみた。

「すると、にわかにまた怖じけたふうになりましてな。声をひそめ、逆に私に尋ねたのでござる」

――やはり、紛失しておるのか。

「聞けば、昨年の秋、件《くだん》のものものしい一隊が洞ヶ森村に乗り込んだとき、既に日誌は失われていたというのでござる」

ならば、前任の二人が村から姿を消した後、すぐに日誌も消えていたわけである。

「村人の誰かが持ち去ったか、処分してしまったということになりますね」

「左様でござる。私はあらためて思いました」

二人の山番士が村から逃げた原因は、村にある。

やはり、この村そのものが謎なのだ。

鬼は村の内にいる。あるいは村そのもの。

「村民の信頼を勝ち得ねば、彼らから何も聞き出すことはできぬ。一方、私の胸には彼らに対する疑義が募る。心中、苦しゅうござった」

みねと夫婦のように暮らし、呑気《のんき》にしている利三郎が羨ましく思えることもあった。

「とりわけ、長い冬を迎え、私は上村に、須加は下村に閉じこもりがちになりますと、疑念に孤独が加わりまして」

折節、志津がくれたお守りを取り出し、そっと握りしめて自分を励ますしかなかった、と言う。

おちかは、とても尋ねにくいことを一つ思いついた。どう訊《き》こうか迷っていると、

「私にも、みねのような村の女が現れなかったのかとお考えでしょうかな」

清左衛門は察しがいい。おちかは赤くなってしまった。

「失礼なことを考えまして、お恥ずかしゅうございます」

「いやいや」

そういう女は現れなかった。ただ、上村に住んでいる、洞ヶ森村ぜんたいでも最年少の兄弟、十三歳の富一《とみいち》、十一歳の千治《せんじ》と親しくなった。

「この兄弟は、十《とお》と八つのとき村に入っておりました」

兄弟の両親は城下で小間物屋を営んでいたが、父親が、店先で女客に絡んできた酔っ払いを止めようとして争いになり、番所に引っ張られた。

「悪いのは酔っ払いの方ですが、これが運悪く、城下の金貸しでございました」

家中に顧客が多く、番所にも顔が利く人物で、一方的に喧嘩《けんか》を売られて怪我《けが》をした

と言い立て、ぬけぬけとその言い分を通してしまった。

「父親はすぐ召し捕られ、夫を庇《かば》い、金貸しの言い分の方が嘘だと言い立てた母親もまた捕らわれまして、酷《むご》たらしく拷問にかけられた上、二人とも死罪とあいなりました」

「何てひどい……」

思わず漏らしたおちかの呟《つぶや》きに、清左衛門も声音を低くした。

「仕置の後、残された小間物屋のささやかな身代は、その金貸しのものになってしまったそうでしてな。これは、番所の役人と結託しておらねばできることではない。まったくひどい話もあったものでござる」

両親と家をいっぺんに失った富一と千治は、彼らの祖母と共に洞ヶ森村に送られた。だが、高齢の祖母は山村の厳しい暮らしに耐えられず、ほんの数ヵ月で死んでしまった。

「では、あとは十と八つの子が二人きりで暮らしていたのですか」

「欣吉が二人の父親代わりとなり、上村の者が皆でずいぶんと世話を焼いてくれたそうです。また富一が賢い子で、もうこの村で暮らしていくしかないのだと、早々に覚《さと》ったのでしょう。幼いなりにできる仕事は手伝い、弟を守り育ててきた。またこの兄弟が、揃《そろ》って体格に恵まれていたのも幸いでござった」

清左衛門が会ったとき、十三歳の富一はもう大人のような顔つき身体つきをしていたし、十一歳の千治も、城下で暮らす同じくらいの年頃の子供より、はるかにしっかりしていたそうだ。

「富一は植林や伐採を、千治は畑仕事をして、粗末な小屋ではありますが、兄弟二人で立派に暮らしておりました」

それでも、清左衛門が彼らと親しくなったのは、兄弟にとっては涙が出るほど懐かしい城下の話をねだられたことがきっかけだというから、その胸の内を想《おも》えば痛ましい限りだ。

「いつか二人でこの山を下り、どこかで商いの修業をして、また小間物屋の看板を揚げたい。両親の墓も建てたい。富一はそう言っておりました」

清左衛門は思い決めた。必ず三年の年季を無事に務め、村井家を再興しよう。そのあかつきにはこの兄弟を引き取ろう、と。

「村井様にとっても、それが大きな励みになったのですね」

「はい。当時の私の歳では、まだ兄弟の父親代わりは務まりませんでしたが、年長の兄か、叔父のようなつもりでおりました」

栗山藩の人心は荒れ、秩序と治安を司《つかさど》る番所の役人でさえ鼻薬に酔って正義をないがしろにする。それならせめて、自分一人でできるだけのことをしよう。この兄弟と共に洞ヶ森村で生き抜き、本来あるべき人生を取り戻すのだ。その決心が、清左衛門を強くした。

「一人前に働き、しっかりしているとはいえ、千治の方にはまだ頑是無《がんぜな》いところもあり、私がこしらえてやった竹とんぼに大喜びするなど、可愛《かわい》らしい子でござった」

一方で、この兄弟が清左衛門の暮らしを助けてくれることもあった。草鞋《わらじ》や雪沓《ゆきぐつ》の編み方を教えてくれたのは千治だし、笹竹《ささだけ》で簡素な釣り竿《ざお》を作り、沢で釣り上げた魚を開いて干し魚にする手順は富一から教わった。

春、夏、秋と生吹山で暮らし、冬に入って村が冬ごもりすると、清左衛門はよく兄弟と雪かきに励んだ。ついでに雪玉を投げ合って遊んだ。

「もっとも雪深い師走《しわす》の半ばから如月《きさらぎ》（二月）にかけては、須加は下村に行ったまま、私は屯所で一人きりでした。よく兄弟を呼び寄せて、読み書きを教えたものでござる」

打ち解けてくると、上村のこれまでについての話も、前任の二人の山番士のことも尋ねやすくなったが、この兄弟の口からは、めぼしい話は出てこなかった。やはり、子供は子供なのだ。

それでも、二人と語らっていると楽しかった。

「心身の両面で、私が大過なく最初の冬を越すことができたのは、まったくこの兄弟のおかげでござった」

生吹山に春の兆しが見え、雪解けが訪れると、冬ごもりは終わる。

「私はさっそく下村の様子を見に行くことにし、このときは欣吉が同行してくれました」

洞ヶ森村の奥はまだ雪が厚く、道も大半が覆われてしまっている。欣吉に案内してもらいつつ、

「雪崩の多い場所や雪解けで足場が悪くなるところを教わりながら、ようよう下村にたどり着いてみますと」

下村の面々に変わりはなかったが、

「みねが孕《はら》んでおりました」

腹がいくらかふくらんでいるし、つわりも出ているので間違いようがなかった。本人は窶《やつ》れているし、みねの姉は心細そうな顔をしている。

山番士と村の女のあいだに子ができたらどうなるのか。清左衛門の疑念の一つが、まさに目の前で起こっていた。

「それで、須加様は」

「手放しで喜んでおりました」

これにには清左衛門も当惑した。

「おぬしは喜んでいい立場なのかと問いますと、無論だ、誰に遠慮が要るものかと」

——俺は城下に妻も子もおらん。年季が明けたら、みねと子供と共にこの山を下りる。

「まあ、それなら私が余計な心配をすることもなかろうと、胸を撫《な》で下ろした次第でしてな」

ただ、これで須加利三郎は完全に下村べったりとあいなった。

「本人も悪びれず、下村のことは引き受ける、上村のことはおぬしに任せたなどと言い放つ始末でござる。みねとはまったく夫婦同然に暮らしており、下村の束ね役の悟作を差し置いて、村長《むらおさ》のようにふるまっておりました」

下村の女たちの見るところでは、赤子が生まれるのは夏の末だろうと言う。春、夏は食糧の不安も少ない。みねも赤子も、きっと乗り切れる。

「須加が嬉《うれ》しそうだったことで、私もちと浮かれましてな。帰り道、欣吉につい、気負ったようなことを言ってしまいました」

——欣吉、生まれ来る赤子は、洞ヶ森村の希望だぞ。大事に育てような。

欣吉は何も応じなかった。笑いもせず、村の女が山番士に通じてしまった不作法に恐縮しているわけでもない。

「ただ押し黙っているばかりでござった」

その黙りようが、清左衛門の胸にも小さな影を落とした。

さらにもう一つ、奇妙なことがあった。

「富一も千治も、まだ下村へ行ったことがないと言いますのでな。あるとき、巡視のついでに、兄弟を下村に連れて行こうと思い立ちました」

長らく上村と下村に分かれているとはいえ、元をただせば洞ヶ森村は一つなのだ。

一度ぐらい訪ねておいた方がいいだろう。

「ところが、欣吉がいかんと申すのです」

――ここの者どもは、いっぺん上村と下村に分かれたら、それっきりになるのが仕来《しきた》りでござえます。山番士様にも、とっくりご承知いただかねばなりません。

「村長のあまりの剣幕《けんまく》に兄弟が怯《おび》えてしまいまして、結局、私も引き下がりました。だが、どうにも得心がいきませんで、理由を問うてみたのですが、欣吉はとにかくいけないの一点張りで、話になりません」

他の村人たちにも確かめてみると、上村と下村を往来するのは、上村では欣吉だけ、下村では悟作だけだという。

「そして、皆それを不審に思ってはおらん様子なのです。まあ、日々の暮らしに精一杯ですし、わざわざ洞ヶ森を抜けてゆくほどの用がござらんのでな。女たちは口々に、森で迷うのが怖いと申しますし」

もっともな言い分ではある。

「ただ、欣吉ほどではないが上村では古株の男たちが、私の問いにふっと動揺したと申しますか」

物言いたげな様子を見せたように思えて、清左衛門の心に引っかかった。

「村井様と仲良しの兄弟はいかがでしたか」と、おちかは尋ねた。「下村に行ってはいけない理由を、どう言い含められていたのでしょう」

清左衛門は、一瞬どきりとするほど鋭い目になって、おちかの顔を見た。「よいことをお尋ねくだすった」

兄弟は口々に、村長がいけないと言うから、と答えた。洞ヶ森は深くて怖いし。

「そして千治が何気なくこう言い足したのです」

――森で迷子になると、鬼に遭うんだ。だから怖いんだよ。

鬼に遭う。

昨秋、正気を失って城下にたどり着いた田川久助は、こう訴えた。

――鬼がおります。

おちかは息を呑んで清左衛門の目を見つめた。彼もまたうなずき返す。

「意外なところで、初めて〈鬼〉が出て参りました。私は色めきたちましてな。さらに問いかけましたが、千治はぽかんとして、これまた先《せん》に村長《むらおさ》がそう言ってたと申すばかり。富一は笑って、そんなの作り話だと弟をからかい」

兄弟喧嘩になって、清左衛門は二人を宥《なだ》めたり叱ったりしなければならなかった。

「洞ヶ森は確かに深く、生吹山には難所が多々ござる。子供がうかうか踏み込まぬよう、欣吉が作り話をしたということは、充分にあり得ます。怖いものの喩《たと》えに〈鬼〉という言葉を使うのも、さして珍しいことではござらん」

だから、考え過ぎてはいけない。しかし、考えずにもいられない。

「私の前の山番士、戸辺様と田川様とも鬼の話をしたことがあるかと問うてみますと、兄弟は顔を見合わせて、てんでにかぶりを振ります」

——だって、威張ってたから。

「またぞろ千治があどけなく言い、富一はこちらの顔色を窺《うかが》うような目つきになりました」

——おらたちはざいにんだから、しょうがねえ。

「子供ながらに、吐いて捨てるような、悔しさの滲《にじ》んだ言い様でござった」

前任の二人は村の者たちに厳しくあたり、山番士として反《そ》っくり返っていたのだ。

「村の大人たちからは、けっして出てこない本音でござる。私は勢いづいて、さらに問いました」

——先の山番士は、去年の秋に、二人とも急に村からいなくなってしまったのだよな？

——うん。

——何故いなくなったか知っているか。

——知らないよ。

「隠し事をしているのではなく、この兄弟は本当に知らぬのだと思いました。それほどさばさばとした様子でして」

ただ、ここで今度は富一が、清左衛門には初耳のことを口に出した。

――ただ、いなくなっちゃう何日か前から、戸辺様は具合が悪くって、屯所で寝込んでたよ。

――具合が悪い？　どんなふうに？

――知らない。村長がお見舞いに行ってたけど。

「威張りくさっていて煙たい山番士のことなど、兄弟にとってはどうでもよかったのでしょう。だが村長は事情を知っている。私はすぐ欣吉を問い詰めました」

ところが、こちらはこちらで空とぼける。さて、そんなことがありましたかなあ。寝込んでおられた？　はあ、おらは存じませんで。

「まったく歯がゆい限りでござる。私も腹が煮えまして、つい手札をさらしてしまいました」

――屯所から山番士の日誌が失くなっている。とったのは欣吉、おまえか。この村の出来事の、何を隠そうとしているのだ。

すると、欣吉の目がぼうっと虚《うつ》ろになった。嘘をつこうという目ではない。邪気も感じられない。そしてその虚ろな眼差《まなざ》しとよくつり合う、魂が抜けたような声で、こう言ったという。

「村井様、あんまり詮索なさると、この山を下りられなくなりますで」

おちかの面前で語る清左衛門の頰《ほほ》が、遠い回想に圧されて強張《こわば》っている。

「その言葉を聞き、その表情を目の当たりにして、私は怒りが失《う》せました。寒気を覚え、腕に鳥肌が浮きました」

恐ろしかった、と言う。

「武士たる者、脅されて腰砕けになったのでは面目が立たぬ。しかし、その場ではもう言葉もなく引き下がってしまったのです」

一つ大きく息を吐くと、清左衛門は下を向いた。先を語る力を奮い起こしているのだと、おちかは思った。

「そのままで――あればよかった」

押し殺したように低く、そう続けた。

「欣吉は私を脅したのではなかった。あれは衷心《ちゅうしん》からの助言であった。洞ヶ森村の謎は、私などに背負いきれるものではなかった」

村井清左衛門がそう思い知ることになったのは、その年の梅雨明け間近のことだった。

「一夜の大雨でにわかに増水し溢《あふ》れた沢にはまり、富一が泥水に溺れてしまったのでござる」

事が起きたとき、清左衛門はたまたま下村に赴いていた。上村に帰ってみると、千治が目が腫《は》れるほどに泣いていて、すがりついてきた。

いた。

「村井様、兄ちゃんが死んじまう」

富一は欣吉の小屋に寝かされていた。駆けつけた清左衛門は、その姿を見て凍りついた。

増水した沢の泥水には、砂利や岩の欠片、へし折れた枝などが交じっている。そのなかで溺れた富一の身体は傷だらけになっていた。片脚が折れ、右腕の肘《ひじ》から先がぶらぶらしており、背骨も傷めているらしく、身体が妙にねじれてしまっている。

かろうじて呼吸《いき》はしていた。素早く浅い息で、ほとんど吐き出しているばかりだ。目は半目になり、涙がにじんでいる。口は半開きで舌が覗《のぞ》いている。枕頭《ちんとう》に付き添う欣吉は青ざめていた。

「なぜこんな羽目になった？　大人どもは何をしていたのだ」

雨が上がったので、植林したばかりの開墾地の様子を見に、富一を含めて四人で登っていった。途中で、ごうごうと泥水がうずまく沢の様子を面白がり、富一が近づいていったので、同行していた男衆が、それ以上は流れに寄るなと諫《いさ》めて、

――わあ、おっかねえ。

富一も戻ろうとしたそのとき、立っていた足場が崩れて、土砂ごと流れに呑み込まれてしまったのだという。

「男衆は必死で流れを追っかけてって」

助ける方も命がけだった。それでも何とか富一を引き揚げ、泥水を吐かせると息を吹き返したので、背負って村まで連れ降ろしてきたのだ。

富一は呼んでも応えない。頬に触れると冷え切っている。泥水に揉《も》まれているうちに枝が刺さったのか、深い傷から血が流れている。

「折れた骨を接ぎ、傷を縫って血を止めねば」

「そげなこと、おらたちじゃ無理だぁ」

「ならば医者を呼ぼう」

「この村には医者なんか来ねえ」

「私が城下から連れて来る！」

激情のままに言い切って、清左衛門ははっとした。どんな理由であれ、勝手に村を離れたら、課せられた役務をまっとうし得なかったことになる。村井家の再興も、小《こ》納戸役端《なんどやくはした》として再勤することもかなわなくなる。

清左衛門の動揺と逡巡《しゅんじゅん》を労《いたわ》るように、欣吉は薄気味悪いほど優しい声を出した。

「村井様、千治を頼みます。身体は大きぃなったけども、中身はまだ子供だで、兄ちゃんが死ぬのを見せるわけにゃいかねえ」

「富一は……このまま死なせるしかないのか」

「今夜一晩は越せねえでしょう。おらが看取《みと》ってやりますだ」

肩を落として外へ出る清左衛門の代わりに、女衆の一人が入ってきた。富一に着せるのだろう、洗いざらしの浴衣を持っている。

——あれがあの子の死装束か。

清左衛門は膝《ひざ》が震えた。小屋の外では、千治が地べたに座り込んでいた。上村の村人たちが皆、欣吉の小屋を遠巻きにしている。女衆は泣いており、男衆はうなだれていた。泣くだけ泣いて泣き疲れ、千治は飯も食べずに眠ってしまった。その傍らで、清左衛門も眠れない一夜を過ごした。

夜明けに訪ねていってみると、富一はまだ保《も》っていた。

快方に向かっているのではない。ただ保っているだけだ。しかし、清左衛門の目には希望の光が見えた。富一は丈夫な子だ。いや、もうほとんど若者の体格だ。何とか乗り切り、回復するかもしれない。

「欣吉、薬湯や膏薬《こうやく》はないのか。これまでも、おまえたちは、怪我《けが》や病に自力で対処してきたのだろう？　何か手当てをしてやってくれ」

欣吉はのろのろとうなずいた。

「村井様は、千治のそばにいてやってくだせえ。あいつは貴方《あなた》様に懐《なつ》いてるでぇ、お願《ねげ》えします」

千治と二人で屯所にいると、村の女が雑炊を持ってきてくれた。

「千治、泣いていないで飯を食え。富一はきっとよくなる。おまえが先に萎《しお》れてしまってどうするんだ」

千治は泣き泣き雑炊を食った。屯所の炉端で、清左衛門は彼に念仏を教えた。西に向かって手を合わせ、御仏《みほとけ》に、先に西方浄土へ渡っている兄弟の両親に、富一をお救いくださいと願えと教えた。そして彼も一緒に拝んだ。一心に拝んだ。しかし心を無にすることはかなわず、迷いと闘った。

富一の命を助けるためなら、己の将来を捨ててもいいか。

山を下り、城下から医者を連れて戻る。今日、一日あればできることだ。それで村井家の再興を諦めてもいいか。

――志津、俺を許してくれるか。

迷いは胸に重く、心を塞ぐ葛藤に息が詰まる。目の前が暗くなったり明るくなったりした。

ぱらぱらと雨の音が聞こえてきて、清左衛門は我に返った。朝方は晴れていたのに、今は薄暗い。小窓から外を覗いてみると、空は流れ来る黒雲に覆われており、遠く稲妻が閃《ひらめ》いている。

梅雨の終わりには、こうしたにわか雨と雷が何度かある。毎年のことだが、今はただ恨めしく思われた。

千治は炉端に座って居眠りをしている。両手は膝の上に落ちているが、合掌の形を残したままだ。頬《ほほ》には幾筋も涙の跡が残っていた。

清左衛門の胸の底から、強い感情がこみ上げてきた。

富一を助けたい。この兄弟はさんざん苛《か》酷《こく》な目に遭ってきた。この上、千治が一人ぼっちになっては、あまりに哀れだ。

雨音がざざっと強くなった。稲妻が光る。あたりは夕暮れ時のように暗くなった。遠くで雷鳴が轟《とどろ》いた。

――すまない、志津。

山を下りよう。

清左衛門は深く息を吐くと、土間の壁にかけてある笠と蓑《みの》を取り、身につけた。心を決めた以上は、一刻も早い方がいい。

屯所の木戸をくぐる。外には誰もいない。雨雲が通り過ぎるまで、村人たちも小屋のなかに引っ込んでいるのだろう。

篠《しの》突《つ》く雨の向こうに、欣吉の小屋が見える。日よけと風よけに立て回した葦簀《よしず》に、大きな雨粒が弾《はじ》けている。その音が喧《かまびす》しい。

――富一、私が戻るまで頑張るのだぞ。

ぬかるんだ地べたに大きく一歩踏み出した、そのときだ。雨の向こうで何かが動いた。笠の縁を持ち上げ、清左衛門は雨脚を透かして目をやった。

欣吉の小屋の葦簀のそばに、異様なものが立っていた。

——誰だ。

とっさにそう思ったのは、蓑を着ていたからだ。人である。だがそれなのに異様だった。笠ではなく、筒型の籠《かご》をかぶっている。煤《すす》を塗りたくったように真っ黒な籠だ。だから顔がまったく見えない。

身の丈は、清左衛門よりは小柄だ。蓑がくるぶしの上まで届いている。その裾から覗いているのは、季節外れの雪沓《ゆきぐつ》だった。

「誰だ」

清左衛門が鋭く声を投げると、その人物は素早く逃げ出した。蓑にあたって雨粒が跳ね返る。

「待て、何者だ！」

欣吉の小屋から隣の小屋の裏手へと逃げてゆく。清左衛門は追いかけた。村の景色がかすむほどの土砂降りのなかを、漆黒の籠が抜けてゆく。

「待て、待てというのに！」

村の端まで追いかけたところでぬかるみに足をとられ、清左衛門はついよろめいた。姿勢を立て直してきっと頭を持ち上げる。激しい雨に、笠の縁からも滝のように水が流れ落ちる。

異様な人物は消えていた。

森に逃げ込んだのか。しかし、何とすばしっこいことか。強い雨脚とぬかるみをものともせず、風のように姿を消してしまった。

あれは誰だ。あんな出《い》で立ちで、何をしていた？　欣吉の小屋から出てきたのか。あるいは、小屋のなかの様子を窺《うかが》っていたのか。

啞然《あぜん》として佇《たたず》んでいると、背後で慌ただしい人声があがった。

「千治、早う来い、兄ちゃんがいかん」

村の男が屯所の前で千治を呼んでいる。見れば欣吉の小屋の戸口が開いており、雨に濡《ぬ》れるのも厭《いと》わず、村人が集まっている。

そのなかの一人が清左衛門を認めて、かぶりを振った。

「富一！」

泥水を跳ね散らし、清左衛門は欣吉の小屋に駆け戻った。そこへ千治もやって来た。

富一は息が絶えていた。小さな貝のような瞼《まぶた》も、苦しげに浅い呼吸を続けていた口も閉じていた。

「兄ちゃん、兄ちゃん！」

千治の泣き声が、雨音のなかに響いた。

清左衛門にとってはやるせないことだが、富一は上村の習いに従い、村の男たちの手で、あの投げ込み墓に葬られることになった。一人きりになった千治は、欣吉の小屋に身を寄せた。

上村で死者が出たことを、下村にも知らせねばならない。あちらにいる須加利三郎を呼ぶ必要もある。清左衛門は森の一角の小高いところまで欣吉について行って、彼が狼煙《のろし》を焚《た》き、一筋の煙が立ち上るのを見守った。雷雨が通り過ぎると梅雨はきれいに明け、空は抜けるように青かった。

下村からは悟作と須加利三郎がやって来た。悟作は神妙にうなだれているばかりだったが、利三郎は富一の死の詳しい経緯《ゆくたて》を聞くと、兄弟の身の上を深く哀れんだ。

「次はもっと良いところに生まれてくるのだぞ」

投げ込み墓に土をかける作業を見守りながら、手を合わせてそう呟《つぶや》いた。傲慢、短慮な男ではあるが、優しく情の濃いところも持ち合わせているのだ。あるいは、みねの腹のなかで育っている己の赤子の運命を、富一の上に重ね合わせているのかもしれなかった。俺の子は、こんな山のなかで死なせはせんぞ、と。

それにしても、あの黒い籠をかぶった人物は何者だったのか。

あれは欣吉の小屋のすぐ外にいたのだ。何か見てはいないか。心当たりはないか。問うても、欣吉はまるで要領を得ない。

「さあ……おらは富一についておりましたんで、何も存じません」

そればかりか、清左衛門の言を疑うようなことまで言い出した。村井様、あんなえらい雷に遭うのは初めてだで、びっくりなすって、何か見間違いしたんじゃごぜえませんか。

「確かに見たんだ！」

清左衛門の訴えに、利三郎の方は、しばらく置き去りにしていた山番士の本分と、前任者の二人の身に降りかかった怪事のことを思い出したのだろう。この件に、真面目に興味を抱いた。

「そんなに素早く逃げていったのか」

「うむ、まさに飛ぶような動きだった」

こうして落ち着いて思い出してみれば、あの怪人物は泥水を撥ね上げることさえなかった。雪沓を履いていたからだろうか。

「あのときの雷雨は出し抜けだったからな。下村でも、森に入ったり畑にいたりして、男衆のほとんどは村にいなかった」

「上村でも同じだ」

「ならば、そのなかの誰でもあり得るわけだ」

黒い籠をかぶって蓑を着込んでしまえば、顔はもちろん、体付きもわからなくなる。

手がかりは身の丈だけだが、比べる対象の清左衛門が長身なので、利三郎を含むほとんどの男が当てはまってしまう。

「黒く塗り潰した籠をかぶるなんて、何とも不吉で、弔いにこそ似つかわしいようなことだが」

富一を葬るときには、村の誰もそんなものをかぶってはいなかった。

「栗山領内で、そういう習いがあると聞いたこともないしなあ」

そう言って、利三郎は首をひねったが、

「習いといえば、俺は赤い狼煙を見たぞ」

富一が死ぬ前日、沢で溺れた日のことだという。

「あれは何だと悟作に訊《き》いたら、上村で病人か怪我人が出たという報《しら》せだと言っていた」

森には、火にくべると赤い色の煙を出す木の葉があるので、必要なときのために集めておくのだという。

さっそく欣吉と悟作に確かめてみると、これは二人とも素直に認めた。

「富一の怪我が重かったから、焚きましたんで」

「下村から誰か手助けに来てくれ、という報せではないのか」

「そんなんじゃごぜえません。むしろ、誰かが病で寝込んだときなんかは、疫病《はやりやまい》かもしれませんで、こっちへ来《く》んなと報せます」

なるほど、それは理にかなっている。

清左衛門はふと気がついた。洞ヶ森村を二つに分け、自在に往来することを禁じているのも、そういう理由ならば得心がいく。一村を壊滅させるほどの大雪崩は珍しくとも、疫病ならもっと頻々と起こり得る。すぐ命に関わる病ではなく、眼病や腹下しであっても、ぎりぎりの山の暮らしのなかでそれが流行ったら、村民たちはたちまち窮し、やがては命とりの重大事にまで発展しかねない。

「何か良いこと、吉事があったと報せる狼煙はないのか」

利三郎の問いに、欣吉も悟作もかぶりを振った。

「ごぜえません」

「ならば、俺の赤子が生まれたなら、また森を横切るしかないか。悟作、そのときは頼むぞ。村井殿にお報せしてくれ。いち早く、赤子の元気な顔を拝んでもらいたいからな」

楽しげに呑気《のんき》なことを言い置いて、利三郎は下村に帰っていった。生きる張りを得て力強い彼の歩みに、うつむいた悟作がちょこちょことくっついてゆく。洞ヶ森へと入ってゆくその背中を見送って、清左衛門は一人取り残された。

その年の夏は暑かった。日照り続きで地面は乾き、村民たちも渇きに苦しんだ。富一を喪い、千治とも疎遠になり、清左衛門の身辺は火が消えたように寂しく、これまでいちばん痛切に、ここの暮らしの辛さが堪《こた》えた。

それだけに、夕風の涼味が増し、律儀《りちぎ》な秋の虫がか細く囁《ささや》き始めるころ、下村から悟作が訪れて、朗報をもたらしてくれたときは嬉《うれ》しかった。

「須加様のお子が生まれましたでぇ」

女の子だという。

「赤子もみねも無事なのだな」

「へえ。けどもお産が重かったんで、須加様はえらくご心配になってます」

それを聞いてはなおさらじっとしておられず、清左衛門は下村へ赴いた。

「清左衛門か、よく来てくれた」

訪ねてみると、利三郎は窶《やつ》れていた。みねのお産は重いどころではなく、三日三晩苦しんで出血もひどく、いっときは命も危ぶまれたのだという。「当分、静養させねばならん。赤子に乳をやることもままならんから、姉が付き切りで看病し、赤子には重湯を作って与えている」

なるほど、利三郎が住んでいる小屋の土間にはたっぷりとふくらんだ米袋があった。干魚や、鳥や兎《うさぎ》も吊《つる》されている。

「これはみねに食わせるのか」

「おう、そうとも。俺が鉄砲撃ちで幸いだった」

みねが孕《はら》んでから、利三郎はしばしば鉄砲を持って森に入り、獣を仕留めているのだという。

「ますます励まねばならん。みねには滋養のある食いものが要る」

清左衛門の胸の奥を、つと不穏な風がよぎった。

みねと赤子を大事に想う利三郎の気持ちはわかる。しかし、彼が鉄砲を持って森で気ままに猟をするのは、村人たちにとって心地好《よ》いことではあるまい。ここの森は猟場ではなく、植林と畑作の場なのだ。

それに、あの米袋の米は、下村の者どもで分け合うべき貴重な食糧だ。利三郎は、山番士の都合でそれを独り占めにしている。

――もっと早くから諫《いさ》めておくべきだった。

近ごろの利三郎は、こうした勝手なふるまいを続けてきたのだろう。己の女が可愛《かわい》い。その女が孕んでいる子が可愛い。

それは専横だ。利三郎が己のことに夢中で、清左衛門もまた下村を彼に預けっぱなしにしているうちに、下村では利三郎に対する反感や恨みが溜《た》まっているのではないか。

そう思いつつ村人たちの顔色を窺うと、どれも皆パッとしない。須加様の赤子が生まれてめでたいと口先では言祝《ことほ》いでいるが、誰の目も笑っていない。むしろ、眼差《まなざ》しには険がある。

みねも、そもそもひ弱な女である。姉妹二人を合わせて、どうにか一人分の労働力だったかもしれない。その片方が孕んで妊婦になり、働き手としてはさらにあてにできなくなった。だが、働かなくても飯は食う。

そして現状はもっと悪くなった。産後の肥立ちが悪くて寝付いたみねも、その世話にかかりきりの姉も、働かず、働けず、しかし養ってもらうことを必要としている。赤子も同じだ。貴重な米が、この子の重湯になる。育てば、もっと食いものを要するだろうし、利三郎も与えたがるだろう。

そういう者は、下村にとってはお荷物ではないか。洞ヶ森村の厳しい暮らしに、勝手に出来合って勝手に子をなした山番士とその女は、余計な重石《おもし》となってのしかかっているのだ。

利三郎は若く頑健《がんけん》な武士だ。鉄砲の腕もある。山番士の権威も身にまとっている。下村の者たちは、彼に抗《あらが》うことはできまい。だが人の我慢には限界がある。一人では恐ろしくてできぬことも、衆を頼めば――ということもある。

利三郎がみねと赤子のそばにいるあいだに、清左衛門は悟作に頼み、村の主立った者を集めてもらった。そして、そこで頭を下げた。

「赤子の誕生は本来めでたいことだが、この村では話がちと違う。皆に負担をかけることになり、私も須加殿も心苦しく思っておる。何分、よろしく面倒を見てやってくれ」

集められた村人たちは、一様に無言だった。その沈黙に、清左衛門は自分の懸念が的を射ていることを覚った。

「何か困ったことがあったら、いつでも狼煙《のろし》を焚《た》いて報《しら》せろ。遠慮は要らぬ」

悟作に説く一方で、無駄を承知で利三郎にも説いてみた。赤子の顔を見たことだし、いったん上村の屯所に戻り、山番士の役務に専念しろ。

利三郎は最初は笑い、清左衛門が本気で説教していると気づくと、真っ赤になって怒った。

「おぬしは上村、俺は下村が縄張りだ。指図など受けぬ！」

「我らは洞ヶ森村の山番士だ。得手勝手なふるまいは許されん」

「ならば、おぬしはどうなのだ」

利三郎は清左衛門の顔に指を突きつけ、唾を飛ばして罵《のの》った。

「富一という子が死にかけているとき、おぬしは欣吉に、城下から医者を連れて来ると言ったそうだな」

清左衛門は言に詰まった。「それは――」

「しかも、実際に山を下りようとした。ひどい雷雨のなか、身支度をして屯所を出るところを見たと、欣吉が教えてくれたわ」

見られていたのか。あのときの清左衛門は、悲愴な顔をしていたろう。その表情から、胸の内まで察せられていたか。

しかし、訝《いぶか》しい。欣吉が小屋のなかから外を見て、清左衛門に気づいていたのなら、あの黒い籠《かご》をかぶった面妖《めんよう》な人物にも、彼がそれを誰何《すいか》して追いかけたことも知っていたのではないか。

「真に、欣吉がそう言ったのか」

「嘘をついてどんな得がある？」

身勝手なのはどちらだと、利三郎は怒りに吼《ほ》え立てた。

「おぬしが山を下りれば、おぬしを止められなかった俺もまた、お役目をしくじったことになってしまう。俺たちは一蓮托生《いちれんたくしょう》なのだ。よく覚えておけ！」

この諍《いさか》いは、二人の山番士のあいだに深い溝を穿《うが》った。その後も清左衛門は下村を訪ねたが、利三郎はほとんど口もきかない。彼の方から上村へ足を運んできたのは、秋の年貢時に検見役《けみやく》が登ってきたときだけで、しかもその到着を待つあいだに、清左衛門の耳元で剣呑《けんのん》なことを囁いた。

「検見役殿に、つまらぬ告げ口をしようなどと思うなよ」

「どんな告げ口だ」

「いろいろと、言いたいことが腹に溜まっているのだろう。だが、やめておけ。せっかく永らえてきた命を無駄にするだけだ」

俺は鉄砲撃ちだと、利三郎は言った。

「今さら念を押されずとも知っている」

「だがおぬしは、俺の町打《ちょううち》（遠距離射撃）の腕前のほどを目にしてはおらん。教えてやろう。一町（約一一〇メートル）離れたところから、的の幕に記された親指の頭ほどの星印にあてるのだ」

二町まで離れても外すものかと、利三郎は勝ち誇った。

「俺は猟をするために洞ヶ森を歩き回って、よくよくここらを知り抜いた。いい足場と、見通しのきく場所がいくつかある。それがどういうことかわかるか。今の俺は、いつでも好きなようにおぬしを撃つことができるのさ」

だから口をつぐんでおれ――と嘲笑《あざわら》った。

清左衛門は尋ねた。「みねと赤子は元気でいるのか」

利三郎は急にたじろぎ、「おまえの知ったことか」と吐き捨てて、顔を背けた。それっきり、清左衛門を避けるようにして目も合わせなかった。

その年も検見役は、二人の山番士が無事でいることに驚き、それなりに感じ入ったのか、褒めるような言葉まで口にした。

「両名とも山の暮らしに馴染《なじ》み、いい面構えになっておるのう」

まずは年貢の検《あらた》めと納入を済ませ、清左衛門と利三郎は、この一年の出来事を言《ごん》

上《じょう》した。検見役は、富一の不慮の死にいたく関心を抱いたが、

「泥水で溺れたことが原因なのだな。つまりその——怪しげな出来事ではないのだな？」

要するに、鬼に害されたのではないのかと、そればかりを気にしているのだ。

「怪しきもの、人ではない異形のもの、鬼らしきものなど、一度も現れてはおりません」

利三郎はあっさりと言い放った。清左衛門の方は、そうはいかない。件《くだん》の黒い籠《かご》をかぶった怪人物のことを話すと、検見役は眉をひそめた。

「何と、それはまた面妖な」

「はい。逃げ足の速さもまた格別で——」

するとと利三郎が割って入った。

「激しい雷雨のなか、村の誰かしらが蓑《みの》を着け、雨よけに手近な籠をかぶっていただけのことでござる。逃げ足が速かったというのも、村井にはそう感じられたというだけに過ぎませぬ。おおかた、雷鳴の轟きに足がすくんでおったのでしょう」

「いや、私は」

「そもそも得物《えもの》の金棒も持たず、蓑を着て雨のなかをうろつく鬼などあり得ましょうか」

二人の顔を見比べていた検見役は、自信に満ちた利三郎の方に軍配を上げた。うふ、うふ、と笑み崩れると、安堵したように言った。

「まったく、須加の言うとおりじゃのう」

検見役の笑いに、利三郎はさらに勢いを得て続けた。

「一昨年の雪解けからこれまで、私は巡視に励み、洞ヶ森一帯をくまなく調べ上げましてござる。しかし、重ねて申し上げますが、鬼など見かけたことはございません。私の鉄砲がものをいいましたのは、昨春、下村を脅かす熊を一頭撃ち殺したときのみでござった」

「おお、そうか」

「深山《みやま》に踏み迷えば、人は容易く心乱され、ありもせぬものを見ることもございます。戸辺五郎兵衛も田川久助もそのようにして、戸辺は命を、田川は正気を失ったのでございましょう。要は胆力を欠き、武士《もののふ》足らぬ二人であったが故に、かのような不始末をしでかしたのでござる」

なるほどと、検見役は膝《ひざ》を打った。

「ようわかった。須加利三郎、そなたこそが心頼もしい真の山番士じゃ。村井も、もう少々心胆を鍛えておけ。あと一年、年季が残っておる」

富一が欠けても、その分を埋める入植者も、新しい咎《とが》人も、ここへ送り込まれてはこない。

「そなたらが三年を過ごせれば、山奉行殿もまたお考えになるであろう」

生吹山にも洞ヶ森にも鬼などいない。ならば何を恐れることもない。これまでどおりに入植と植林を進めていけばいい、と。

「しかし、それでは何も変わりません」

思わず、膝をついたまま身を乗り出して、清左衛門は訴えた。

「この村の暮らしは苛酷に過ぎ、村人たちは他のどこからも孤立したまま捨て置かれております。富一のような怪我《けが》人が出ても、ろくな手当てをほどこすことさえかなわないません。そのような知恵も手立ても与えられていないからでございます」

それがどうしたと、検見役は応じた。

「洞ヶ森村は、もとからそういう村なのじゃ」

のほほんとしたその表情に、清左衛門は絶句してしまった。

「そなたと須加の役務は、洞ヶ森村に変事がないか確かめること。よもや変事があったなら、それを取り除き、何も変わらぬように平らげること」

念を押すように嚙《か》み砕いてそう説き、またへらりと笑ってみせた。

「須加は鬼などおらんと言うておるではないか。当初案じられていたよりも、存外、易しい役務ではなかったかの。これでそなたら二人とも再勤がかなうのじゃ。励めよ」

そして検見役は山を下りていった。利三郎も悠々と下村へ引き揚げた。

清左衛門は、腹の底を燻《いぶ》られているような気がした。

三年、何事もなく生き延びればいい。だからやり遂げようと思っていた。だが、今はやたらと腹が立つ。

無責任だ。今や洞ヶ森村の住人となりきった身には、山番士の役割を果たし、現状を何も変えないことの方が無責任だとわかってきた。

――間違っている。

洞ヶ森村がここにあり、村民たちが閉じ込められていることが間違っている。これは失政だ。それを変えずに守ることが、家中の武士として正しいふるまいであるわけがない。

「欣吉、嘘をつこう」

利三郎や検見役とのやりとりの毒が回って、いささかやさぐれた気分だったから、清左衛門はずけずけとそう切り出した。

「腐《くさ》れ検見役めはほどけた顔をしていたが、そうは問屋がおろすか。まだ間に合う。戸辺殿と田川殿の奇禍《きか》を逆手にとって利用してやろう。私と、おまえと悟作の三人で口裏を合わせ、生吹山にはやはり恐ろしい鬼がおります、とうてい人が住める場所ではありませんと訴えようではないか」

そうだ、それで何の不都合がある？　謎を解こうだの、村人たちの暮らしを助けようだの、生真面目に考えて誰のためになろうか。

謎の答えも、真実も要らぬ。必要なのは、もっともらしい嘘の方だ。それで村人たちは救われる。

だが欣吉は畏れ入ることも、清左衛門に調子を合わせて取り入ることもなかった。

「そげなことをおっしゃらず、村井様も須加様も、年季を終えて山を下りてくだせぇ」

その淡々とした言い様に、清左衛門はかえってむきになった。

「須加のことなら気に病むな。私が説き伏せてやる。いや、言い負かしてやる。腕ずくでもかまわん。鉄砲の腕自慢など、武士の本分ではない。真剣勝負の立ち合いであれば、私はけっして彼奴《きゃつ》に負けんぞ」

いきり立つ清左衛門に、欣吉はぽつりと言った。

「村井様らしゅうねえお考えです」

いけません、と。

「ちっと聞き齧《かじ》っただけですけぇ、ご無礼なことを申し上げるかもしれませんが、村井様も須加様も、ここでお役目をまっとうせねばぁ、お困りになるんでございましょう？」

清左衛門は、顔に水をかけられたように瞬きをした。

「な、何を言い出す。私のことなどいいのだ」

よくはない。ないが、清左衛門はどうにかしてこの現状を動かしたいのだ。

——きっと、志津もわかってくれる。

志津にとっても、村井家の再興が本当に望ましいことだろうか。妹は、この先もずっと栗山藩にいて、はたして幸せだろうか。何も悪いことをしていないのに辱められ、世間を憚《はばか》る身の上に落とされてしまったままで。

栗山藩の失政が、そんな非道を許している。

もう、たくさんだ。

はっきりとそう思考した自分自身に、清左衛門は新鮮な驚きを覚えた。

志津を連れ、栗山藩を離れよう。この地から出ていこう。生吹山で二冬を越せるなら、他のどこに行ったって生きていける。それが自分の本音だ。

「私は人として、より良く、より正しく生きたいと思うだけだ。おまえはどうだ？　この不当な仕打ちから逃れたいとは思わないのか」

すると、欣吉はまたぼうっと、清左衛門の知らない遠くを見るような目になった。

「おらたちのことは、どうぞご案じくださいますな。村井様は御身を大事になすってくだせえ。そうでねえと、本当にこの山を下りられなくなってしまいますで」

一度聞いた台詞《せりふ》だ。抑揚を欠いたその口調の、いわく言い難い不吉で切実な響きも同じだ。

「それはどういう意味だ」

清左衛門は思い切ってまっこうから問うた。

「あまり詮索すると、私が山から下りられなくなる。以前にもそう言ったな」

欣吉はうっすらと笑った。「へえ、そうでしたかなあ」

「欣吉、おまえは何を隠しているのだ」

「隠し事なんぞございません」

ただ心配なだけだ、と言う。

「山番士様だってぇ、病にかかったり、怪我をすることがある。したらここで命を落とすだぁ。村井様は立派なお方だでぇ、そげな羽目になってほしゅうねえんでございます」

そして深々と頭を下げた。

「畑へ行かねばぁ。ごめんくだせえ」

年貢を納めて一段落しても、のんびりしてはいられない。厳寒期に備え、できるだけの食糧を確保しておかなければならないのだ。

植林し、耕作をし、ただ命を繋《つな》ぐためだけに、日々、身を粉にする暮らしだ。

欣吉はそれでいいと言う。山番士がいない時期でも、誰一人ここから逃げようとはしなかった。

それほどに、皆、諦めきっているのか。

——ざいにんだから、しょうがねえ。

くちびるを噛みしめて、清左衛門はその場に一人、取り残された。

生吹山の秋は短く、冬は駆け足でやってくる。尾根に白い筋がつき始めたかと思うと、ほんの数日後には洞ヶ森にも小雪が舞い、やがてすっかり雪化粧をまとう。

また冬ごもりの始まりだ。この二度目の冬は、清左衛門にとってはひときわ辛《つら》く、寂しいものとなった。

身辺に誰も寄りつかない。村人たちは彼を遠巻きにしている。賄《まかな》いをしてくれる女たちも、話しかけても無言で頭を下げるばかり。皆、欣吉に何か言い含められたのか。千治でさえも、まったく慕い寄ってこなかった。

巡視をし、日誌を書き、炉端で火をくべて、ぽつねんとしている。気がつけば丸一日、誰とも話をしないこともあった。

睦月《むつき》（一月）の半ば、数日は空が晴れ、凍えるような北風が吹きすさび、これが酒も凍る寒さかと身に染みたところへ、どっと大雪が降った。

いったん氷の板のごとく凍りついた雪の上に、新しい雪が積もったのだ。こういうときは、いわゆる表層雪崩が起きやすい。昨冬の経験で、清左衛門もそれを弁《わきま》えていた。

仰ぎ見る生吹山の山肌は、絹のように滑らかな雪の衣に覆われている。大雪をもたらした雲が去り、青空が戻ってくると、その眺めはまさに絶景だった。しかし不用意に登ってはいけない。物音をたてるのも厳禁だ。手を打ち合わせたり、くしゃみを一つしただけで、雪崩の契機になる。

「この雪がもういっぺん凍れば、落ち着きますで。それまでの辛抱だぁ」

欣吉の言葉を胸に刻み、腿《もも》まで届く雪をかき分けながら上村のまわりをぐるりと回って巡視を済ませ、戻りしな、下村の方角に赤い狼煙《のろし》が上がっているのを見つけた。

急いで欣吉の小屋に行き、空を指さしてみせると、村長《むらおさ》は眩《まぶ》しい雪の照り返しに目を細め、ふうっと白い息を吐いた。

「何ぞあったんでしょう。村井様、下村へ行くのはお控えくだせえ。どっちにしろ、今は森歩きは難儀でごぜえます」

下村で怪我人か、病人が出たのか。もしやみねか赤子ではあるまいか。清左衛門の胸は騒いだが、屯所に留まっているしかない。

ところが、その翌日の昼前にはまた狼煙が上がった。不吉な黒い線のように立ちのぼる煙は、下村が急な変事を報《しら》せているしるしだ。

もうぐずぐずしてはいられない。

「欣吉、私は下村へ行く」

幸い、空は晴れて北風もやんでいる。深い洞ヶ森に入ってしまえば、いきなり雪崩に押し潰される危険も少なくなる。

「ならば、おらもお供いたします」

踏俵《ふみだわら》を履いた欣吉が先に立って道を踏みしめ、ときどき鉈《なた》で木の枝や幹に印をつけながら進んで行った。清左衛門は何度か吹きだまりにはまって、欣吉に引っ張り出してもらった。分厚い手袋をしていても指がかじかみ、鼻の下からは小さな氷柱《つらら》がぶらさがった。

ようようたどり着いた下村では、村人たちが悟作の小屋に集まっていた。いや、集められていたのだ。狭い小屋には入りきれず、戸外に溢《あふ》れた者たちは、一様に縮み上がっていた。

彼らの表情に、清左衛門はぎょっとした。これは寒さのせいばかりではない。皆、怯《おび》えている。

「いったい何事だ」

問いかけに、小屋のなかから雄叫《おたけ》びのような声が応じた。須加利三郎だ。無精髭《ぶしょうひげ》の生えた頬《ほほ》はこけ顎《あご》は削《そ》げ、目ばかりが爛々《らんらん》と底光りしている。

「おお、来てくれたか!」

わしづかみにした鉄砲で村人たちを押しのけ、掻《か》き分けるようにして出てくると、清左衛門に迫ってきた。

「清左衛門、あれが出た。みねと赤子が、や、やられてしまった」

小屋の奥には悟作と、みねの姉が並んで背中を丸めている。みねの姉の瞼《まぶた》が腫《は》れている。清左衛門と目が合うと、両手で顔を覆ってしまった。

そして、清左衛門は見た。

薄べったい布団の上に横たわる、華奢《きやしや》な女と、痩せた赤子。どちらの顔にも、洗いざらした手ぬぐいがかけられている。

「みねも赤子も――死んだのか」

「ああ、死んだ。二人とも死んでしまった」

無精髭だらけの顔を歪《ゆが》め、利三郎は泣き始めた。その狂乱につられるように、みねの姉もまた声をあげてむせび泣いた。

「今朝、夜が明け始めたころだった。黒い籠《かご》をかぶり蓑《みの》を着込んで、あれが現れたんだ。おぬしの言うとおりだったよ。まったく出し抜けに、あたかも手妻《てづま》を見るようだった」

富一が息を引き取る直前、雷鳴と篠突《しのつ》く雨のなかにぬうっと立っていた、あの異様なもの。あれがここにも現れたというのだ。

「確かに見たのだな？」

「見たさ！　俺はここにいたのだ！　夜通し二人に付き添っていたのだ。ただ、ほんのわずかのあいだ、厠《かわや》に――厠に立って戻ってみたら」

あの異様なものが、横たわったみねと赤子の上に、蓑をふくらませて覆い被《かぶ》さっていた。

――何者だ！

「俺は叫んだ。するとあれは素早く起き直り、外へ逃げ出したから、あとを追いかけた。だが、あれはまるで疾風《はやて》のようで」

利三郎は地団駄《じだんだ》を踏んだ。

「目と鼻の先にいたのに、手を伸ばせば、あれの蓑をひっつかむことができたのに、みすみす逃げられてしまった。あれは、瞬く間に姿を消してしまった」

そして小屋のなかでは、みねと赤子が息絶えていたのだった。

「くそ、くそ、くそ！　俺の目の前で！」

利三郎は怒り狂い、泣き騒ぐ。

「清左衛門、手伝ってくれ。あれを見つけ出して八つ裂きにしてやる！」

ろくに寝ておらず、食事もとっていないのだろう。利三郎はふらふらと足元が定まらず、紙人形のように頼りない。

「わかった、わかったから少し落ち着け。おぬしの方が死人《しびと》のような顔をしている」

「あれはみねと赤子の仇《かたき》だ。俺は仇をとらねばならない。頼む、手を貸してくれ」

泡を噴いて訴える。棍棒《こんぼう》でもつかむように鉄砲をつかんでいるが、火皿も火薬袋も見当たらない。利三郎はすっかり度を失っている。これでは、村人たちが怯えるのも当たり前だ。

清左衛門は利三郎を外へ引きずり出した。村人たちがさあっと道をあける。彼らの顔には山番士に対する畏敬も親しみもない。清左衛門は悲しみと惨めさに胸が詰まった。

「皆、自分たちの小屋に戻っておれ。誰も村を出てはならん」

村人たちは殊勝に頭を垂れる。利三郎が怒鳴った。「必ず下手人を見つけるぞ！　覚悟しておれ！」

利三郎の小屋には火の気もなく、散らかっていた。汚れた襁褓《おしめ》が盥《たらい》に放り込まれたままだ。

「ともかく、そこに座れ」

清左衛門に押しやられ、炉端にくずおれながらも、利三郎は泡を噴きながら言い募る。

「あんなふざけた形《なり》をしおって、顔と体付きを隠せば正体が露見《ばれ》ぬとでも思っているのか。百姓めの浅知恵よ、笑わせるわ！」

「村の誰かが下手人だと言いたいのか」

血走った目で、利三郎は清左衛門を睨《にら》みつけた。

「ほかに誰がいる？　この洞ヶ森には、我ら二人と村人たちしかおらん」

村の誰かが黒い籠をかぶり、蓑を着て、みねと赤子を殺して逃げた――

「悟作の奴め、何も知らぬとそらっとぼける。そもそもあいつが、みねと赤子をあいつの小屋で看病するなどと言い出したところから妙だった。あちらの方が日当たりがいいだの、北風が通らぬだのと調子のいいことを言って」

頭を抱え、ぎりぎりと歯嚙《はが》みをして、

「俺は疑ってかかるべきだった。悟作があれを手引きしていたのだ。いや、悟作ばかりか、村じゅうの皆がぐるになっているのかもしれんぞ。だからこそ、あれはあんなに素早く姿を消すことができたのだろう。誰かの小屋に飛び込み、簑と蓑を脱ぎ捨ててしまえばいいのだからな。そうだ、まったくそうに違いない」

そしてにわかに「おお」と声をあげ、かっと目を見開くと、清左衛門の肩を揺さぶった。

「おい、富一という子供が死んだのも、きっと同じ仕掛けだぞ！」

猛《たけ》り狂っていても、利三郎は呆《ほう》けてはいない。前後の事情を考えれば、なるほど清左衛門にもそう思えた。

そして、それはもう一つ別の、背筋が凍りつくような洞察を引き寄せた。

まさか。

清左衛門は、努めて平静に、ゆっくりと問うた。

「みねと赤子は、具合がよくなかったのか」

涙をこぼしながら、利三郎はうなずいた。

「産後の肥立ちが悪く、あれ以来ずっと寝たり起きたりしていたのだ」

赤子も、母親の乳がなくてなかなか太らず、ひ弱なままだったという。

「そこへ運悪く、この寒気で風邪を引き込んでな。三日ほど前からは、もう眠ったきりで……。赤子も弱り果て、泣き声さえたてん。俺は心配で心配で、そばを離れずに看《み》ていたのだが」

ほんのわずかの隙をつかれて、二人とも殺されてしまった——

暗澹《あんたん》として、清左衛門は考えた。

富一は死にかけていた。みねと赤子も死にかけていた。

富一のときには、村長《むらおさ》の欣吉がそばにいた。みねと赤子のときには、下村の束ね役の悟作がそばにいた。

そこへあの異様なものが現れて、三つの命が断ち切られた。

富一は、あるいは助かったかもしれない。だがあの怪我では、その後の暮らしには大きな障《さわ》りが生じただろう。歩くことができぬどころか、一人で寝起きすることさえ難しかったかもしれない。

みねも、ずっと具合が悪かった。赤子は無事に育つ見込みが少なかった。それでも、みねは山番士の女で、赤子はその子だから、山番士の権限で良い食べ物を与えられ、大事に看護されていた。

洞ヶ森村の他の者どもにとっては、この三つの命はお荷物だ。労働力にはならず、人手と食糧をくうばかりの「無駄」だ。

そんな「無駄」を、生吹山の苛酷《かこく》な自然、洞ヶ森の厳しい暮らしは許さない。

あの異様なものが誰なのか、それはまだわからない。どのような取り決めにより、その「誰か」があの扮装《ふんそう》をするのかもわからない。

だが、「何故《なにゆえ》に」という理由はわかった。

間引きだ。

洞ヶ森村では養ってやることができず、負担になるばかりの命だから、除かれた。これは、村を生かすために行われる——行われねばならないことなのだ。だから、村長や束ね役が見届けるのだ。

「村井様、須加様」

二人の山番士ははっとして振り返った。小屋の戸口に欣吉が立っていた。

「悟作さぁ、しくじったようで。まことにあいすまんことでごぜえます」

清左衛門は、初めて見るように、欣吉の顔を見つめた。これまで清左衛門が日々馴《な》染《じ》んできた欣吉ではないように思えた。

「何を言っている？」

「もっとも、悟作ばっかり責められません。実は、おらもしくじりました。村井様に、あの鬼サの姿を見られてしまってぇ」

鬼。

――鬼がおります。

「本当ならばぁ、山番士様にはけっして知られちゃならねえことでごぜえます」

それは、洞ヶ森村の秘事だ。

「だから、おらや悟作のような束ね役がそばにおって、きちんと見張っとるんです」

やはり、欣吉は見ていたのだ。悟作も承知していたのだ。

「ずっと隠しおおせてきたんだけども、まンず戸辺様と田川様のことがあったし」

行方知れずのままの戸辺五郎兵衛と、正気を失って山から逃げた田川久助。

「おらたち、下手の打ち続けだぁ」

欣吉は肩をすぼめてかぶりを振った。

「こげなこと、もうやっていかれんのかもしれません」

その目が虚《うつ》ろになっている。ああ、この目を見るのは三度目だと、清左衛門は思った。

「こうなったからには、すっかりお話しいたします。あの鬼のこたぁ、村の衆はみんな承知しとりますが、それはおらや悟作がよくよく言って聞かせとるからでぇ、見たことがある者は、上村でも古株の二、三人ぐらいです。下村にゃあ、一人もいねぇ」

どのみち、全ては洞ヶ森村の村長《むらおさ》、この欣吉一人が負うべきことだと言う。

「ほかの連中は勘弁してやってくだせえ。お願《ね》げえでごぜえます」

膝《ひざ》を折ると、欣吉は土下座した。着けたままの蓑に、細かな雪が凍りついている。

欣吉が震えると、その雪が土間に落ちた。

そもそもは二十八年前、欣吉の家族を含む最初の入植者が洞ヶ森村を拓《ひら》いて四年目の夏の出来事が始まりだという。

「村の男が、藪《やぶ》を刈っていて、鉈《なた》で腕を切っちまいましてなあ」

傷そのものは浅く、二十歳ほどの若者だったから、縛って血止めをしておけば、命に別状はなかった。本人も元気だった。

だが、数日経つと様子がおかしくなってきた。

「傷が膿《う》んで、腐ってきたんでぇ」

洞ヶ森村でも夏は暑い。ものは腐る。

「えらく痛がり始めましてな。熱も出て、瘧《おこり》にでもかかったみてえな有様《ありさま》でした」

医者はいない。村人が知恵を集めて何とかするしかない。

「こういうときは、鋤《すき》の先を火で炙《あぶ》って熱くして、傷を焼くといいんだぁ。最初にそうしておきゃあよかったって、おらの親父は言うとったです」

荒療治に、若者はひいひい泣いて辛《つら》がった。

「そんでもこれで命が助かるって、助けてやろうと思ってやったことです」

しかし、欣吉の父親が言うとおり、少し遅かったのかもしれない。運がなかったのかもしれない。傷を焼き塞いだ火傷がまた膿《うみ》を持ち、腐れ始め、若者の腕は丸太のようにふくらんでいった。

「ぐったり寝付いちまって、ふうふう喘《あえ》いでるばっかりです。食いものも受けつけねえ。下《しも》の方も垂れ流しだぁ」

――こりゃもう、楽にしてやった方がいい。

「村長が、男衆と相談して決めましてなあ」

――むごいことだで、めったにゃやれん。儂《わし》がやるから、みんな承知してくれ。

「おらはまだガキでしたけども、生まれ育った村でも、そういうことはあったからね」

養いきれぬ赤子。働き手としてあてにできなくなった老人。回復する見込みのない病人や怪我人を楽にしてやり、村落の負担を取り除く。

「仕方ねえ。あの若いのは、もしも何とか命だけ拾ったとしても、ずっと面倒みてやらねばならねえ。そりゃ、いけませんでぇ」

その若者は母親と二人で入植していた。母親は村長や男衆に懇願した。お願いだから、命だけはとらんでくれ。

「倅《せがれ》の面倒は自分がみる、自分が食わせる、みんなには迷惑をかけねえって、泣いて泣いて、地べたに頭をすりつけて拝んだけども」

――だども婆《ばあ》さん、おめえ、自分の口を養うだけだって手一杯だぁ。村のためだ。皆のためだ。堪《こら》えてくれ。

「おらの親父が言うことにゃ、そういうときには晒《さらし》を使うんだそうで」

晒にたっぷりと水をふくませ、それを顔に強く押し当てて押さえつけると、息ができなくなってすぐに死ぬ。これがいちばん楽で、死に方もきれいだという。

「その若いののおふくろさんは、もといた村で亭主が強訴《ごうそ》に加わりましてな、打ち首になっちまった。だからもう倅だけが生きる頼りだったもんで、そのあと、ちっとおかしくなっちまいました」

洞ヶ森の暮らしは元に戻った。厳しく、貧しく、食うや食わずの罪人の村の暮らしだ。

「けどもその年の冬、今度はたちの悪い風邪が流行《はや》ってぇ」

咳《せき》の病だったそうで、これにかかると血反吐《ちへど》を吐くほどの咳が続く。なかでも衰弱の激しい病人が三人いた。

「それでなくたって、冬は食いものが足りねえ」

死にかけの病人を、三人も抱えていることはできない。

「だから村長がまた男衆を集めてぇ、そンときはくじを引かせたです」

この三人を「取り除く」者を、くじ引きで決めたのだった。

「村のためだからね。みんなのためだぁ」

この病人たちにも家族がいた。日々の暮らしのなかで親しくなった者もいた。恋仲の者もいた。

「村井様も須加様も、城下のお方だぁ。だからご存じねえでしょうけども、山里や村じゃ、こういうことがあっても恨んじゃならねえのが決まりです」

いずれ死ぬ者だったのだと、諦めるのだ。

「いつまでもぐずぐず恨んでると、恨んでる方が八分になります。それっくらい、こりゃあもうしょうがねえことなんで」

しかし洞ヶ森村の場合は、他の山村や農村とは異なる事情があった。

「他所《よそ》の村と、まるっきり行き来がねえ」

洞ヶ森村は孤立していた。

「誰もここから逃げられねえ」

村民たちは閉じ込められていた。

「入植者のなかには、根っからの百姓じゃねえ者もまじってました」

村のために、「お荷物」になる弱者を除くという仕来《しきた》りに、怯《おび》えてたじろぐ者もいたのだ。

「だから……遺恨が残りましてなぁ」

それでなくとも息苦しい洞ヶ森村が、いっそう牢獄《ろうごく》のようになり、とげとげしく冷ややかな空気が村民たちを押し包んだ。

「けども、おらたちはここで暮らすしかねえ」

今後もこういうことはある。覚悟しておかねばならない。だが、それによって秩序が崩れ、村そのものが崩壊し、もっと多くの者の命が危なくなっては元も子もない。

「それで、村長《むらおさ》が肚《はら》を決めたんでぇ」

洞ヶ森村を二つに分けよう。

「新しく別の村を拓くなんざ、すぐにやれることじゃあねえ。けども、そうしないとここじゃあやっていかれねえからって」

「……どういう意味だ」と、利三郎が訊《き》いた。すっかりおとなしくなってしまって、血走ったままの目をしばしばさせている。

「村を二つに分けておけば、いざというとき、この嫌な役目を分担し合うことができるという意味だろう」と、清左衛門は言った。

欣吉はのっそりとうなずいた。「左様《さよう》でごぜえます」

上村でその必要が生じたときには、下村の者がこれにあたる。下村のそのときには、上村の者がこれにあたる。

「そうやっておけば、身内や親しい者が始末されちまったとき、残された者も、その……手をかけた者と、毎日毎日顔を合わせんで済みますけ」

欣吉の声がかすれた。「せめてそれぐらいはせんと、おらたちみんな辛《つら》すぎますで」

「では、あの赤い狼煙《のろし》は」

「へえ。上村から下村へ、下村から上村へ、誰か寄越してくれという報《しら》せでごぜえます」

あの世へ送らねばならぬ者ができた。洞ヶ森を抜けてこっちへ来てくれ、と。

その度に、男衆はくじを引く。

「これまで三十年余りのあいだに、何度そういうことがあった？」

欣吉はのろのろと右手を持ち上げた。指を折り始める。五本の指を折りきって、今度は開いていき、また親指から折ってゆく。

「いい、やめろ」と、清左衛門は制した。欣吉はだらりと手を下ろした。

「病人や怪我人じゃなくっても、そうせねばならんこともあって」

言い訳がましく、ぶつぶつ呟《つぶや》く。

「食いものを盗もうとしたり、暴れたり、怠けたりした者《もん》を――」

「わかった。もういい」

欣吉はやめない。

「そういうときは、そいつが逃げちまってくれるとよかったんですけども」

生吹山が呑み込んでくれる。

「そうでないと、えらく酷《ひど》くって」

怒りと恐怖に暴れる者もいたろう。命乞いする者もいたろう。

「おまえはさっき、本来は山番士に知られてはならないことだと言ったが」

清左衛門は欣吉の顔を見た。

「それほどのことを、過去の山番士が誰一人、まったく気づかなかったわけはあるまい」

欣吉は答えない。だから、清左衛門は続けて言った。「皆、見て見ぬふりをしていたのだ」

そして、はっと思い至った。日誌の紛失の理由はそれだ。

過去の山番士たちも、洞ヶ森村の密《ひそ》かな掟《おきて》に介入することはなくとも、申し送りのため、日誌には記したろう。だから、前任の戸辺五郎兵衛と田川久助の身に変事があって騒ぎになると、日誌はそっくり遺棄されてしまったのだ。

これは、この村だけの罪と恥なのだから。

「今度は誰だったのだ」

低く呻《うな》るような声を発し、須加利三郎がぶるりと総身を震わせる。

「上村でくじにあたったのは誰だ。みねと赤子を殺したのは誰だ。言え！」

叫ぶが早いか欣吉につかみかかり、その首をねじあげようとする。二人のあいだで蓑がわさわさと騒ぐ。

「やめろ。欣吉を責めても詮無いことだ」

「うるさい！」

欣吉はまったく抗《あらが》わず、利三郎につかまれ、揺さぶられている。清左衛門は気づいた。何度も見たはずのその虚ろな目つき、弛緩《しかん》しきった表情のなかに、初めて恐怖が浮かんでいる。

「——わからねえ」

囁《ささや》くように、欣吉は答えた。

利三郎は吼《ほ》える。「この期に及んでまだ隠し立てするか！」

「隠してなんかねえ。おらたちも知らねえ」

あれは村の者じゃねえから、と言う。

欣吉の目にうっすらと涙が浮かんできた。

「あれは誰でもねえ。けども、お山のどっかから来るんです」

「ふざけるな！」

清左衛門は二人のあいだに割って入り、利三郎から欣吉を引き離した。そして欣吉の腕をつかむと、その顔を真正面から見つめた。

「それはどういう意味だ、欣吉」

今や欣吉はぼろぼろ泣いている。

「話してくれ。誰でもないとはどういうことだ」

「このクソ野郎はホラを吹いているだけだ」

またつかみかかってくる利三郎を、清左衛門は強く押しやった。窶《やつ》れ疲れた利三郎は、呆気《あっけ》なく転んで土間に這《は》いつくばる。

「言え、欣吉」

欣吉の頰《ほほ》も、鼻の下に凍りついた雪も、涙に濡《ぬ》れている。

「――最初は、十年前の春のことで」

上村で、月足らずの赤子が生まれた。母親の方も出血でひどく弱っていた。

「おらは赤い狼煙《のろし》を焚《た》きました」

雪解けの生吹山の青空を彩る、真紅《しんく》の煙。

「したら、あれが来たんでごぜえます」

狼煙を焚いて、一刻ほどしか経《た》っていなかった。欣吉も、ずいぶん早いとは思ったが、

「森の雪も解けて道が出来てましたですけぇ、急いで来れたんだろうと思ってぇ」

しかし、訪れた者の風体は異様だった。煤《すす》を塗りたくったような真っ黒な籠《かご》をかぶり、蓑《みの》を着て雪沓《ゆきぐつ》を履いている。

つまり、顔がまったく見えない。

「話しかけても、返事もせんです。けどもそれもまあ、誰だってこんな役目は嫌だからぁ、今までだってみんな口数少なくなっちまうで」

「受け入れる側で名を問うことはなかったのか」

「ねえです。誰だかわからねえ方がいい」

赤子と母親の〈始末〉は手早く済んだ。黒い籠をかぶった人物は、来たときと同じように音もなく去った。

「それで、おらたちが亡骸《なきがら》を埋めようと支度をしとるところに、下村から人が来たんです。くじにあたったたってぇ、おらを訪ねてきたんですよ」

事はもう終わっているのに。

「んじゃあ、あれは誰だったんだってぇ」

それから半年ほどして、夏の終わりに、今度は下村で食あたりが出た。五人もいっぺんにあたり、そのうちの一人が瀕死《ひんし》になった。

下村の赤い狼煙を見て、欣吉はくじを引かず、進んで自分が行こうと決めた。もちろん、この前の出来事が不審だったからである。

「おら、一人で洞ヶ森を抜けて行きました」

腰につけた〈じゃら〉が賑《にぎ》やかに鳴るが、欣吉の足取りも、心も重かった。

みっしりと繁《しげ》った洞ヶ森の小道を、一人でとぼとぼ歩いて行くと、目の隅を黒いものが風のようによぎった。

「烏《からす》かと思ったけんど、違った」

その黒いものは、欣吉の行く手を何度も横切る。それもまた、下村を目指している。

「何度かびっくりさせられて、目ぇ凝らして、そしたらそれがちょっとだけ止まって、おらの方を振り返ったんです」

あの異様な風体の者だった。黒い籠。蓑と雪沓。

「森ンなかに突っ立ってて」

唐突に身を返し、走り出した。呆《あき》れるほど足が速い。まさに飛ぶように森を抜けてゆく。

同じだ、と清左衛門は思った。富一が死んだとき、私が欣吉の小屋のそばで見かけた者と同じだ。その風体も、疾風《はやて》のような動きも。

「後を追っかけようにも、まるでかないません」

欣吉は、恐れ驚きながらも、ともかく下村を目指した。

「ようよう着いてみたら、〈始末〉は済んでおりました」

当時、下村の束ね役は悟作ではなく、もっと年長の男だったが、欣吉を見て腰を抜かしかけた。そして、半年前の欣吉と同じことを言った。

——じゃあ、あれは誰だ。

同じことは、その後も続いた。上村で赤い狼煙を焚くと、欣吉はあれに会った。下村で赤い狼煙が上がっても、こちらではくじを引かず、いつも欣吉が下村に行った。するとやっぱり下村では事が済んでいて、黒い籠をかぶった者が、先に訪れているのだった。

「おら、思ったでぇ」

涙も鼻水も凍るような寒さのなかで、抑揚を欠いた平たい声で、欣吉は語る。

「お山のどっかに、三つめの洞ヶ森村があるんですよ。あれは、そっから来《く》ンだぁ」

それは、生吹山の鬼かもしれない。

「あれのおかげで、おらたちは手ぇ汚さずに済むようになった」

ならば、生吹山の慈悲かもしれない。

「あんなに手早く人の命をとるんだぁ」

それが誰であれ、どんなモノであれ。

「おらたちは、あれを恨んじゃおりません」

あれもまた、洞ヶ森の秘事。

「愚かな」

吐き捨てて、利三郎が土間に唾を吐いた。

「三つめの村だと？　どこにそんなものがあるのだ。誰がそこに住まえるというのだ」

「待て、利三郎」

いきり立つ利三郎を押しとどめ、清左衛門は欣吉に問うた。

「戸辺五郎兵衛と田川久助も、あれと遭《お》うたのだな？」

――鬼がおります。

「話してくれ。二人にいったい何があった」

欣吉はまたはらはらと涙をこぼした。

「あのとき、戸辺様は、毒茸《どくきのこ》のせいで寝込んでおられたんでごぜえます」

巡視の際に森で茸を見つけ、欣吉たち村の者が止めるのも聞かずに焼いて食べて、中毒したのだという。

清左衛門はあっと思った。富一と千治が話していたではないか。行方知れずになる前から、戸辺五郎兵衛は具合が悪かったと。

何という粗忽《そこつ》者だ。

「戸辺様は、ふだんから、おらたちの言うことにはお耳を貸してくださらねえ方でした」

前任の二人は威張っていた。それもあの兄弟が言っていたことだ。

同僚の田川久助は、用心深く茸を食わずにいて無事だった。苦しむ戸辺を看護していたが、容態《ようだい》はいよいよいけない。

「これではもう、お助けしようもねえ」

欣吉は言って、口をつぐんだ。

「欣吉」と、利三郎が凄《すご》みのある声を出す。「おまえ、それでどうした」

欣吉の涙はとまらない。

「どうしたと訊《き》いておる。答えろ！」

「──赤い狼煙を焚きました」

清左衛門の背筋を悪寒が駆け上った。

「あれは来たのか」

鬼は来たのか。

「へえ」

「戸辺を殺しに来たのだな」

楽にしてやるために来たのだ。

それは慈悲だ。

しかし、鬼の所業だ。

「その場を、田川様に見られてしまいまして」

同僚の命をやすやすと奪い去った胡乱《うろん》な風体の者を、田川久助は追いかけた。疾風《はやて》のように逃げるあれを追って、追って、森に、山に分け入った。そして行方が知れなくなった。

数日後、運良く城下へたどり着いたときには、正気を失い、頭髪が真っ白になっていた。

清左衛門はぞっと震えた。田川久助は、きっと、あの黒い籠に隠されている顔を見たのだ。

う！」

「――村井」

低く、重々しく呼びかけて、須加利三郎が立ち上がった。「あれを引っ捕らえよ

翌日、陽が高くなるのを待って欣吉に赤い狼煙を焚かせると、清左衛門と利三郎は屯所に潜んで待ち受けた。

上村の者どもには、小屋に入ってけっして外へ出てはいけないと言い渡してある。また、村の外から屯所への通り道は、北側の一筋だけを残して、荷車や樽《たる》などで周到に塞いだ。訪れるにも逃げ去るにも、あれはそこしか通れない。

二人は重々支度を調え、清左衛門が病人のふりをして、布団に横になり夜着をかぶった。利三郎がその枕頭《ちんとう》に座している。無論、鉄砲の準備は万端《ばんたん》だ。いつでも撃てるように弾薬を込めて背中につけている。

屯所の裏口の戸が開いて、欣吉が戻って来た。すかさず、利三郎が言う。

「大きな声をたてるなよ」

「へえ」

「邪魔だてしたらどうなるかわかっておるな」

欣吉は土間の隅で丸くなって座った。しばらくすると、小さな声で念仏を唱え始めた。

その日もよく晴れ、空は青く澄み渡っていたが、風が強かった。折節、屯所の軒下

を、突風が唸《うな》りをあげて吹き抜けていく。村のなかでも積もった雪が舞い上がる。山はきっと地吹雪だ。

どれくらい待ったろうか。気配に、清左衛門は閉じていた目を開けた。

「村井」と、利三郎が押し殺した声で囁く。

かたん。どこか近くで音がした。

屯所の囲炉裏に燃えていた火が、すうっと消えた。風のせいではない。吹き消されたのではない。

火が、失《な》くなった。

「なむあみだぶつ、なむあみだぶつ」

欣吉の念仏が低く聞こえ、

「なむあみ」

唐突に切れた。

清左衛門は夜具をはねのけて起き直った。利三郎も立ち上がり、腰の小柄《こづか》を抜き放った。

黒い籠《かご》、長い蓑《みの》、雪沓《ゆきぐつ》。

屯所の入口に、あれが立っていた。

あたりの空気が凍りついた。

「曲者《くせもの》！」

利三郎が叫び、次の瞬間、それはもう身を翻して二人の山番士の視界から消えていた。

清左衛門は追った。利三郎も追った。二人とも必死だった。白い息を吐き、時にはわけのわからない雄叫《おたけ》びをあげながら、無我夢中で追いかけた。

黒い籠、長い蓑、雪沓を履いたそれは、ほとんど足が宙を踏んでいる。そこかと思えばあちら、あちらかと思えばさらに引き離されている。

森を縫い、木立のあいだを見え隠れするその姿を、しかし清左衛門は一度も見失わなかった。利三郎も同様で、何度かつんのめるように足を止め、鉄砲を撃とうとしかけたほどだ。

——あれは、我々を導いている。

洞ヶ森を抜け、生吹山の山頂を目指して、いったいどこへ連れていこうというのか。

森が終わった。斜面が鼻につきそうなほど急になる。二人の山番士の前にそびえ立つ、ただ真っ白な雪に覆われた山肌。黒い籠が、長い蓑が、飛ぶように登ってゆく。

ここに至ってようやく、清左衛門は確信した。

あれは、この世の者ではない。

雪に覆われた山肌に、足跡はひとつも残されていないのだから。

「おおい、待て！」

清左衛門は息をあえがせながら呼びかけた。

「待ってくれ！」

横殴りの突風が吹きつけてきて、地吹雪が舞い上がる。微細な氷の粒が突き刺さり、清左衛門はつい身を伏せて顔をかばった。

おおう、おおう。雪を吹き飛ばして風が鳴る。

泣いているようだ。吼《ほ》えているようだ。

膝をつき、背中を丸めて突風に耐える。総身が凍えて、このまま氷柱《つらら》になってしまいそうだ。

風は、いきなりやんだ。

清左衛門は身を起こし、顔を上げた。

青空を背に、一面の雪に覆われた山肌。あたりは静まりかえっている。

傍らで、ざばりと雪を踏んで利三郎も起き上がる。顔まで雪にまみれ、震える手で鉄砲をつかんでいる。

黒い籠と長い蓑は、およそ一町《いっちょう》は離れた急斜面の高みに立ち、こちらを向いて、二人の山番士を見おろしていた。

「おまえは何者なのだ」

蒼天《そうてん》の下。冴《さ》え冴《ざ》えとした静寂のなか。

凍えきって、清左衛門は呂律《ろれつ》がまわらない。息があがり、もう大きな声は出せない。つん、と火薬の匂いがする。利三郎が火皿に火薬を入れているのだ。火縄がちりちりと焼ける。

利三郎は鉄砲を構えて狙いを定める。

純白の急斜面にぬうっと立ち、黒い籠も長い蓑も動かない。

「須加、やめろ。撃つな!」

清左衛門の叫びと同時に、発砲音がたった。

弾が飛んでゆく、その瞬間。

時が停《と》まったような、永遠の刹那。

その後に、清左衛門は見た。

利三郎の撃った弾は、見事に命中した。

漆黒の籠が、軽々と宙にはね飛ばされた。

籠が隠していた顔はなかった。

そこに、人はいなかった。

一呼吸遅れて、長い蓑がその場にばさりと落ちた。

中身は空っぽだったのだ。

黒い籠は、蓑から少し離れたところに、上下逆さまになって、ぽつんと落ちた。

清左衛門の心の底から、言葉にならない叫びがわき上がってきた。

この悲しみをどうしよう。

この怒りをどうすればいいのか。

立ちすくんだまま、清左衛門は泣けてきた。

喘《あえ》ぐような呼気が聞こえた。利三郎だ。強張って固まった身体をほぐすように、ゆっくりと銃身を下げてゆく。目を剝《む》いている。睫《まつげ》が凍っている。

「――か、からだ」

そうだ。あの内には誰もいない。あれは誰でもない。

「利三郎」

呼びかけて、清左衛門は彼の肘《ひじ》をつかんだ。

「もう、よそう」

そのときだ。山の唸《うな》りが響いてきた。

風かと思った。だが違う。足元から震えが伝わってくる。

清左衛門は前方を仰いだ。山肌が揺れている。白い雪煙が押し寄せてくる。

「逃げろ！」

身を返して走り出し、すぐと雪に足を取られて転び、利三郎に助け起こされ、互いにしがみつき合った。

「走れ、走れ！」

ごうごうと山が鳴る。

生吹山は人を許さない。

人は罪をおかすものだから。

洞ヶ森は秘事を抱いている。

そこには人の罪があるから。

大いなる雪山の轟《とどろ》きは、ちっぽけな二人の山番士をあっさりと呑み込んでしまった。

――兄サ！

「志津の呼ぶ声に、私は目を覚ましました」

語り疲れた様子もなく、村井清左衛門は端然として座している。

いつの間にかしとしとと、梅雨の弱い雨が縁側を打つ音が聞こえる。おちかは、遥か遠い真冬の雪山から帰ってきたようで、ふとまわりを見回してしまった。

目が合うと、清左衛門は微笑した。その笑みに、ようやく我に返る心地がした。

「気がつくと、私は下村の小屋に寝かされておりました。雪崩に埋もれているのを、悟作たちが懸命に掘り起こし、助けてくれたのでござる」

「須加様も」

「はい。二人とも命を拾い申した」

希な幸運であるが、これには理由があった。

「雪崩が収まった後は、また一面の雪。我らがどこに埋もれているのか、まったくわからぬ。そのまま凍え死ぬところだったのですが」

清左衛門が肌身離さず持ち歩いていた志津のお守りのおかげで救われたのだという。

「お守りのなかに収めてあった妹の長い黒髪が、大きく盛り上がった雪の上へ、一筋、まるで目印のように伸びておったのでござる」

下村の者たちは、それを手がかりに雪を掘って、清左衛門と利三郎を見つけたのだ。

まさに、女の髪が命を繋《つな》いだのだ。

「聞けば、私はそのときでもう三日も死んだように眠っていたのだそうでして」

そのあいだに、須加利三郎は村長《むらおさ》の欣吉を伴い、山を下りていた。

「年季はあと一年残っております。何故《なにゆえ》に須加が山を下りたのか、私は驚くばかりでしたが」

雪の下から掘り出され、村人たちに介抱されて正気づくと、須加利三郎もまた自らの強運に驚いた。彼も凍傷を負ってはいたが、怪我らしい怪我はなかった。そして清左衛門のお守りのことを知ると、深く感じ入ったようになり、

「昏々《こんこん》と眠っている私の枕元に長いこと座って、物思いに沈んでいたそうでござる」

やがて欣吉を呼び寄せて、しばし何かを語らった。それからさらに悟作を呼び、

――俺はこれから、欣吉を連れて城下へ下り、山奉行与力の元木源治郎様に会いに行く。

「もう、村をこのままにしてはおけないと」

凍傷でまだらに赤くなった顔に、精悍《せいかん》な決意を浮かべていたという。

「洞ヶ森村で何が起きているのか。長いあいだ、どれほど無惨《むざん》なことが隠されてきたのか。そして戸辺五郎兵衛と田川久助の身に何が起きたのか」

――鬼とはいったい何なのか。

「包み隠さず言上《ごんじょう》し、この無体な植林も入植も取りやめにして、皆をお助けくださるようお願いしてみる。いや、何が何でもこの言い分を通してみせると意気込んで」

――年季を残して山を下り、しかも強訴《ごうそ》の真似《まね》事に及ぶのだ。俺も欣吉もお咎《とが》めを受け、無事では済まぬだろう。

「それでも、村井と村の者たちだけは助けたい。迷いのない口調で、そう申したそうです」

――俺はさんざん勝手なことをした。命を拾ったのは、まったく村井のおかげだ。いや、村井の妹御のおかげか。

「せめてもの礼と罪滅ぼしに、私を志津殿のもとへ帰してやりたい。そう言い置いて出ていったそうでござる」

その決意を聞いては、清左衛門もじっとしてはいられない。だが彼はひどく足を傷めており、歩くどころか立つのもやっとだった。

「あれほど我が身が情けなかったことはない。須加も欣吉も無事で済まぬ上に、彼らの訴えなどもみ消されてしまうだろう。悲しいかな、それが我が栗山藩の政《まつりごと》なのだと、ほぞを噬《か》む思いでおったのですが」

それから十日ばかり経つと、城下から山奉行配下の番士たちの一隊が登ってきた。

「形としては、私も村の者たちも、一人残らず召し捕られたのでござるが」

一同、無事に山を下りたのだという。

「村の者たちは、先に下りていた欣吉と一緒に、城下の外れの空き屋敷に囚《とら》われることになりましたが、須加の身柄は元木様のお預かりになっておりましてな」

清左衛門も、かの与力の屋敷で彼と再会した。

「過去の経緯《ゆくたて》と引き比べると、これは驚くほど慈悲深い計らいでござる。私と相対しては、須加は相変わらず鼻っ柱が強く」

――俺の言上が殿のお心を動かしたのだぞ。

「などと手柄顔をしておりました。それもあながちほらではござらんが」

実のところは、須加利三郎の訴えが、もともと洞ヶ森村の抱える闇を（薄々《うすうす》ながら）察していた元木源治郎に届き、この与力が、若き日に山番士を務めた経験のある筆頭家老に働きかけ、奇っ怪で無惨な洞ヶ森の謎を知って驚いた筆頭家老が藩主に言上に及び――という次第だった。

「何事も『よきにはからえ』で済まされていた殿ではござるが、本来、暗愚《あんぐ》の方ではない。家臣や領民を無駄に死なせて心が痛まぬ冷血な方でもござらん」

清左衛門と利三郎は藩主に召し出され、その口からそれぞれに洞ヶ森村での体験を語ったが、

「その折、殿のお顔には驚愕《きょうがく》と恐懼《きょうく》が浮かび、我々に下された労《ねぎら》いのお言葉にも、しみじみと実《じつ》が込められておりました」

――よくぞ生きて戻った。よくぞ、この事を報《しら》せてくれたな。

「いっそ痛々しい若殿様だなどと、思い上がった感を抱いていた私は、安堵とともに恥じ入った次第でござる」

こうして、洞ヶ森村は救われた。村人たちは、その後数年間、領内のあちこちに送られて労役に就いたが、この件が強訴であるとされて死罪になったものはいない。

「しかし、欣吉だけは」

あるとき、労役先からふっつりと姿を消し、そのまま行方知れずになってしまった

という。

「おそらく、生吹山に戻ったのでしょう」

欣吉には、他にもう居場所がなかった。


三年の年季をまっとうすることはできなかったが、身体が癒《い》えると、清左衛門は元の小《こ》納戸役端《なんどやくはした》に戻された。村井家も再興がかない、志津を呼び寄せて、ようやく兄妹二人の暮らしを取り戻したのだった。

「雪崩に呑《の》まれ、死の淵を彷徨《さまよ》っているとき」

――兄サ！

「私が聞いた妹の声は、夢幻《ゆめまぼろし》のものでござった。しかし、再会した志津に問うてみますと、不思議なことが判明しました」

清左衛門が雪崩に呑まれたまさにそのとき、親族の屋敷にいた志津は、唐突に、激しい胸騒ぎに襲われたのだという。

「すぐと、私の身に何かあったのだと思った。そこで妹は一心に亡き父母に祈り」

一刻ほどして、これまたまさに清左衛門が雪のなかから掘り出されたころ、

「志津の頭髪がごっそりと抜け落ち、それと同時に胸騒ぎがやんだというのです」

巌《いわお》も繋ぐ女の髪。兄を想《おも》う、妹の心だ。

胸が震えて、おちかは目を伏せた。

清左衛門は、穏やかな声音で続ける。「そうそう、上村にいた千治は、やはり一年ほどは労役を課せられておりましたが、その後、村井の家に引き取ることがかない申した」

養子にすることはできなかったが、志津にもよく懐いて村井家で暮らし、やがて城下の小間物問屋に奉公に上がった。

「今では、その問屋の番頭を務めております」

念願だった父母と兄・富一の墓を立て、菩提を弔うこともできたという。

清左衛門は小納戸役端として精勤し、二十九歳のとき正役にのぼり、妻を娶《めと》った。さらにその年、藩主の江戸出府に随行を命じられ、初めて江戸の地を踏む。これが人生の転機になった。

「当時の江戸藩邸を仕切るご家老が、国許《くにもと》を離れておりながら、何故かしら事情通でしてな」

清左衛門の、洞ヶ森の奇禍《きか》を知っていた。

「そのころには、全てがとうに片付いた昔話になっておりましたのに、ご家老はいたく興味を抱いておられ」

生吹山から生きて帰った村井清左衛門とは、どういう男なのか。

「是非《ぜひ》とも本人から話を聞きたいと御所望になり、いやはや、細かいことまで何度もお尋ねを受けて語ることになりまして、私はいささか閉口したのでござるが、おかげで、どうやらご家老に見込んでいただけたようでして」

出府を終えて藩主が国許へ帰るときが来ても、清左衛門は定府《じょうふ》となり、その江戸家老の側近として務めるようになった。

そうして、のちのちには彼自身が江戸家老にまで出世して、「倹約せい」の清左衛門と綽名《あだな》され、栗山藩江戸藩邸を切り回してきたのである。

「諸藩の財政には、江戸藩邸での費《つい》えが大きな負担でござる」

だからこその倹約清左衛門だ。

「しかし、費えを切り詰めるだけでは大本《おおもと》からの解決にはならぬ。栗山藩にはその手立てが見つからず、とうとう貧から抜け出せぬままとなりました」

結局は藩の内訌《ないこう》も収まらず、此度《こたび》の改易に至ったわけである。

今、おちかの面前にいる元江戸家老は、肩の荷をおろしたような、安らかな顔をしている。

「今も折々に、洞ヶ森村のことを、欣吉の泣き顔を、あの雪山で私と須加を見おろしていた、真っ黒な籠《かご》をかぶったもののことを思い出します」

真冬の生吹山に立つ、空っぽの〈鬼〉。

「今となっては遠いことながら、私はようやく確信に至り申した」

あれと向き合ったとき、胸の奥からわき上がってきた想いを、今ならば言葉にできる。

おまえは、私だ。

「あれは、栗山藩にあった全ての理不尽、全ての業、全ての悲しみが凝ったものでござった」

私は、おまえだ。

「私が志津のために人を斬ったように、あれも洞ヶ森村のために人びとを殺してきた」

私とおまえは、同朋《はらから》だ。

だから清左衛門は、声をあげて泣きたかった。叫びたかった。

「おそらく須加も、あれと対峙し、あの空っぽのなかに何かを見出したのでしょう」

己の罪。己の欲。みねと赤子の喪《うしな》われた命と、ここにある己の命の重さ。

「だからこそ、村の者たちを助けようと肚《はら》を決め、山を下りていった。私を妹のもとへ帰してやろうと思ってくれた」

鬼は、人から真実を引き出す。

おちかはゆっくりとうなずいた。

「志津様は、今も村井様とご一緒にお暮らしなのでしょうか」

ふっと瞬きをしておちかの顔を見ると、清左衛門はにっこり笑った。

「いやいや、志津は縁に恵まれ嫁ぎ申した」

「まあ、それはおめでとうございます」

「夫と共に、永《なが》らく江戸市中に住まっております。私が居候しておる先も、実は妹夫婦の家でして」

義弟が砲術指南塾を営んでおります、と言う。

「ほうじゅっ――」

おや？　と思って、おちかは小首を傾《かし》げた。

清左衛門の笑みが広がる。

「志津の夫は、須加利三郎なのでござる」

「え？」

おちかの驚きに、清左衛門はますます嬉《うれ》しそうだ。

「小納戸役端《こなんどやくはした》に戻された私と同様、須加も一度は砲術隊に戻りました。洞ヶ森の奇禍《きか》を共に生き延びたことで、我々は気心の通じた友になり、しばしば訪ね合ううちに、須加は志津とも親しくなったのですが」

一年ほど経《た》つと、須加は「さらに砲術を学びたい」と、禄《ろく》を返上して江戸へ出ると言い出した。

「その際、志津に求婚したのでござる」

そういう経緯《ゆくたて》だったのか。

「しかし私は、その求婚に、当初は反対したのでござるよ。須加は志津に恩義を覚えておりましたからな」

——村井の妹御のおかげで命を拾った。

「恩義故に娶《めと》ろうというのはいけない。そのうえ志津は、身体にも心にも、深い傷を負っております」

牛女と刻まれた傷は、一生消えない。

だが清左衛門の反対に、利三郎は真っ赤になって怒ったという。

——俺は志津殿に惚《ほ》れたのだ。志津殿が否とおっしゃるなら諦めるが、おまえにとやかく言われて引き下がるわけにはいかぬ。

「短慮で頑固、言い出したら聞かぬところはまったく変わっておりませんでな」

語る清左衛門が剽軽《ひょうきん》な呆《あき》れ顔をつくるので、おちかも笑ってしまった。

「利三郎の奴め、志津の手を取ってかき口説くこと、かき口説くこと」

——この須加利三郎、砲術の道を究めるために浪々の身となり申すが、貴女《あなた》にはけっして苦労をおかけしません。三年、いや五年の猶予をくだされ。必ず砲術師として世に立ち、貴女を幸せにすると固くお約定《やくじょう》申し上げる。

「志津様は、そのお申し出を受けられたのでございますね」

「考えが足りぬとは思いませんか」

二人で笑った。

「結局、利三郎が砲術師として独り立ちするまでには六年、塾を開いて弟子をとるようになるまでには十一年を要しました。志津にも相応の苦労があったことでしょうが、よく夫に仕え、支えて、今も仲睦《むつ》まじく暮らしております」

夫婦のあいだには子が三人、孫が七人いるという。

「洞ヶ森村が結んだご縁でございますね」

「まったく。利三郎は老いても相変わらず短慮で困りますが、塾生たちには敬愛されておるようでござる」

暗く深い洞ヶ森、雪山を飛ぶように行く鬼、多くの命が失われた悲しい語りの末に、ぴかりと夫婦の幸せが輝く。

「村井様、お話をありがとうございました」

「礼を申し上げるのは私の方でござる」

これでもう、胸を塞《ふさ》ぐものはない。そう言い置いて、村井清左衛門は黒白の間を去った。

それから数日後のことである。

「まあ、灯庵《とうあん》さん。もう次の語りのお客様の相談ですか」

いつものように脂ぎった渋面を下げて、口入屋の蝦蟇《がま》仙人が三島屋を訪ねて来た。

「いいや。私はお嬢さんのためにわざわざ足を運んできたんですよ」

もしも他所《よそ》から耳に入ったら辛《つら》かろうから、と言う。

「わたしが辛い?」

問い返して、おちかの脳裏にさっと、鳥の影がよぎるような予感が閃《ひらめ》いた。

灯庵老人は、じいっとおちかの顔を見据える。

「先日、変わり百物語に周旋《しゅうせん》したお方が」

名を伏せて、持って回った言い方だ。

「お腹を召されて亡くなりましたよ」

おちかは声を失った。

まさか、と思う。だがその心の半面に、(やっぱり)という想いもまたこみ上げてくる。それは身分や武家のしきたりの故ではなく、人の心の有り様としての納得だ。

栗山藩は改易され、御家は断絶、家中の者たちは禄を失い、この先の行方も定まらぬままちりぢりになった。江戸家老の要職に就いていた村井清左衛門は、その責を負ったのだ。

あの方は、そういうお方だった。

「覚悟を固めた立派なご最期で、ただ一通、妹さん宛の遺言状が認《したた》めてあったとか」

村井清左衛門は、その覚悟の最後の石一つを積むために、洞ヶ森村の話を語りたかったのではないか。

――これでもう、胸を塞ぐものはない。

「どなたが介錯《かいしゃく》を……」

「義弟にあたる、元は栗山藩士だった方が務められたそうですよ」

須加利三郎だ。おちかは思わず両手で頰《ほほ》を押さえた。

「こういうことには、私ら下々の者が関わるもんじゃありません」

わざとのように憎々しく、灯庵老人は続けた。

「ただ、一つ解せないことがありましてな」

村井清左衛門が切腹して果てたその場に、奇妙なものが残されていたというのである。

「あんたなら、その意味がお判《わか》りになるような気がしたんで、訊《き》いてみようと思ってね」

「何が残されていたんですか」

籠《かご》ですよと、灯庵老人は答えた。

「煤《すす》を塗りたくったように真っ黒な籠です。亡骸《なきがら》を浄《きよ》めようと動かしたら、どこから
かひょっくりと、縁先に転がり出てきたそうなんです」

ああ――と、おちかは思った。

私とおまえは、同朋《はらから》だ。

遠く、洞ヶ森の闇がざわめく音がする。

第四話　おくらさま

今日も蒸し暑い。

おちかは、黒白《こくびやく》の間の花器に酸漿《ほおずき》を活《い》けている。

変わり百物語はお休みしているし、叔父の伊兵衛《いへえ》が碁敵を招くこともないので、この座敷にはもう一月《ひとつき》近くも出番がない。掃除はきちんとしているから埃《ほこり》ひとつないが、人気《じんき》もない空の座敷の様がうら寂しげに思えて、季節の花ぐらいは飾ろうと思い立ったのだ。

変わり百物語を休んでいるのは、伊兵衛とお民《たみ》にそう言いつけられたからである。梅雨の初めにここに来た語り手、村井《むらい》清左衛門《せいざえもん》というお武家が、語り終えて帰った数日後に切腹して果てた。おちかには、こういう経験——語り手の死——は二度目のことだったが、何度あっても慣れられることではない。気持ちが重く塞いだし、涙も流した。それを案じた叔父夫婦が、当分休もうと言い出したのである。

ただ、これだけなら、おちかとしては何とか気の取り直しようがあった。

語り手に死なれてしまうのは、聞き役としては本当に悲しい。だがその語り手は、人生の最後に吐き出したい話をすっかり吐き出そうと、最初《はな》から覚悟を固めた上で三島屋《みしまや》を訪れているのだ。ならば、語りを終えて気が済んだろう、いくばくかは心が軽くなったろうと願いつつ、静かに手を合わせるべきだろう。それ以上のことをあれこれ思い煩うのは、かえって差し出がましい。

亡くなった二人の場合、おちかはそのように心を調《ととの》えることができたから、悲しみはしたけれど、引きずることはなくって済んだ。聞き役としては役目を果たせたのだ、と思えたからだ。

むしろ、以前ここで人殺しを告白した語り手が番屋に引っ立てられてゆくのを見送ったときの方が辛《つら》くって、あとあとまで残心が痼《しこ》ったものだ。この場合は、語り手から話を引き出さない方がよかったのではないかという迷いと後悔が生じたからである。

それでも、三島屋の看板で続けている変わり百物語なのだから、おちか一人が吹っ切れればよしというわけにはいかない。叔父夫婦が愁眉《しゅうび》を開くまで次の語り手はなしということで、日々を忙しく暮らしていたら、水無月《みなづき》（六月）に入ってすぐに、とんでもないことが起きてしまった。

伊兵衛とお民には倅《せがれ》が二人いる。長男の伊《い》一郎《いちろう》は二十三歳、次男の富次郎《とみじろう》は二十一歳。どちらも十五、六になるまでは袋物作りのいろはをしっかり叩《たた》き込まれ、それから「他店様《よそ》の釜の飯を食ってこい」と奉公に出された。伊一郎は通油町《とおりあぶらちょう》の小物商〈菱屋《ひしや》〉に、富次郎は新橋尾張町《しんばしおわりちょう》の木綿問屋〈恵比寿屋《えびすや》〉にいる。

兄弟ともに、そろそろ三島屋に帰ってきていい頃合いである。先々は伊一郎が今の三島屋を継ぎ、富次郎はどこかに分店を出すことになるのだろう。嫁取りもせねばならない。

おちかはこの従兄《いとこ》たちに、一度だけ会ったことがある。江戸へ出て来たばかりのころ、二人が顔を見せに来てくれたのだ。ほんの一刻ばかり語らっただけだが、優しい従兄《あに》さんたちだとわかって嬉《うれ》しかった。またこのとき、二人がそれぞれの奉公先で、けっこうきりきりと追い使われているらしい話を聞き、驚いたことも覚えている。普通の奉公人は、自分の用事で仕事を放って出かけることなど許されないから、伊一郎も富次郎も、他店で修業中とはいえ、大事な預かりもののお客様扱いを受けているのだろうと思っていたのに、そうでもないらしい。

――あたしも、この三島屋でしっかり働かなくちゃ。

と、気を引き締めるよすがになった。もっとも伊兵衛に言わせると、おちかは少々気を引き締めすぎで、娘代わりの姪《めい》っこを甘やかしたくってしょうがない叔父としては、てんでつまらないのだそうである。

伊一郎は菱屋で、富次郎は恵比寿屋で、それぞれ働きがいいので頼りにされている。

半年ほど前になるが、菱屋の主人が三島屋を訪ねて来て、しばらくのあいだ叔父夫婦と話し合っていたが、何だかがっかりしたような顔をして帰っていったことがある。あとでお民に聞いたら、伊一郎を入り婿にくれという話を断ったのだという。富次郎の方にも、恵比寿屋の娘と夫婦にならないか、それならすぐにも暖簾《のれん》分けをするがどうかという申し出を受けたことがあり、やっぱり断ったとお民は笑っていた。

「どんなにいい話だって、本人にその気がなかったら駄目だわよ」

叔父も叔母も、兄弟は三島屋に帰ってきて、おちかと兄妹のように働き暮らすのを楽しみにしていると言う。一方でおちかは、兄弟が帰ってきて嫁をとったら小姑《こじゅうと》の立場になる身として、厄介者にはなりたくないなあと、薄ぼんやりと気に病んでもいた。

が、そんなのは万事がつつがないときの話である。

水無月の朔日《ついたち》（一日）、午過《ひるす》ぎのことだった。恵比寿屋から息急《いきせ》ききって小僧さんが走って来た。それを迎えた伊兵衛とお民も、すぐ大慌てで駕籠《かご》を呼び、新橋尾張町へとすっ飛んでいった。

「いったいどうしたの？」

おちかの問いに、番頭の八十助《やそすけ》が青くなってこう教えてくれた。

「富次郎さんがお怪我《けが》をなすって、命が危ないというんです」

それ以上の詳しいことはわからず、不安が募るばかりで、三島屋の者たちも動揺した。いつものように落ち着いていたのはお勝《かつ》ぐらいで、幼いころから兄弟を知っているおしまは、もう生きた心地ではないような顔色になっていた。

その日も陽《ひ》が暮れてから、やっと伊兵衛が帰ってきて事情を説明してくれた。

「恵比寿屋さんで、手代が二人、貸した金のやりとりをめぐって大喧嘩《げんか》をしてね。止めに入った富次郎が側杖《そばづえ》をくって殴られて、頭を強く打っちまったんだ」

以来、富次郎は昏々《こんこん》と眠ったまま。呼吸《いき》はしているが呼びかけても応えず、お民は枕頭《ちんとう》につきっきり、菱屋から駆けつけた伊一郎もそばにいるという。

「お医者様のお診立《みた》ては？」

「自然に目が覚めるまで待つしかないし、けっして動かしてはいけないということだ」

これを聞いて、おしまはすぐさま近くの神社にお百度を踏み始めた。一夜に百度のお参りを、富次郎が助かるまで幾夜でも続けるという。おちかも八十助とお勝と、伊兵衛の先祖代々の位牌《いはい》が祀《まつ》ってある仏壇の前で手を合わせて祈った。

朗報が入ったのは、三日後の朝のことである。富次郎が目を覚まし、呼びかけに応じてお民の手を握ったという。

命は拾っても、当分のあいだは安静にしておらねばならない。お民は富次郎を三島屋に戻したがったが、すぐ動かすのは剣呑《けんのん》だと医者に止められて、自分が恵比寿屋に居着いて看護することにした。以来、もう半月ほど、神田三島町と新橋尾張町のあいだを、おしまと丁稚《でっち》の新太《しんた》が行ったり来たりしながらお民を手伝い、三島屋の方は何とかこれまでどおりの商いをしているが、気持ちはまだまだ落ち着かない。変わり百物語がお留守になってもしょうがないという次第であった。

花屋に頼んで持ってきてもらった酸漿《ほおずき》は、実が青い。これがみんな赤く染まるころには、富次郎従兄《にい》さんがすっかり元気になって三島屋に帰ってきますように——

心の内で念じながら花ばさみを使い、黒漆塗りの花器を前に座っていると、

「ごめんください」

黒白の間の縁側の方から呼びかけられた。

小柄な若い男が、自分の頭よりも高い風呂敷包みを背負い、その結び目に胸のところでしっかり両手をかけて、小腰を屈《かが》めている。おちかと顔が合うと、丁寧にぺこりとした。

こんなふうに荷を背負ってくる商人《あきんど》は他《ほか》にいない。貸本屋である。

三島屋では、おしまが好んで貸本屋を呼び、草双紙《くさぞうし》や人情物の読本を読んでいる。面白いですよと、おちかも勧められたことがあるのだが、黒白の間で語られることの方が身に迫って面白く、それ以上のものが読み物から得られるとも思えないので、いつも気のない返事をしていた。

が、おしまとやりとりしている出入りの貸本屋の顔ぐらいは見覚えている。この小

柄な若い人ではなく、もっとおじさんだったはずだ。

だから、こう声をかけた。

「はい、どちらさまでしょう」

「毎度ご贔屓《ひいき》をいただいております〈瓢箪古堂《ひょうたんこどう》〉でございます」

はて、あのおじさんはそんな風雅な名前のお店の人だったかしら。

「うちの者が読本を借りているお店ですか」

「はい、左様《さよう》でございます」

若い男の声音は優しく、ぜんたいに飄々《ひょうひょう》とした雰囲気を漂わせている。

「ひょうたんこどうさん？」

確かめるつもりでおちかが問うと、「いえいえ」と言う。

「〈ひょうたんこ・どう〉でございます」

ん？　何がどう違うのか。

「瓢箪に古いに堂と書きますが」

若い男は右手を風呂敷の結び目から宙に浮かせ、指でするすると難しい漢字を書いてみせた。

「これは手前どもの主人があとからこじつけた当て字でございます。主人の故郷《くに》では瓢箪のことを〈ひょうたんこ〉と呼びますので、本来はそれに堂をつけただけの屋号でございました」

ひょうたんこ。愉快な響きだ。

「瓢箪から駒が出るように、文字で書かれた読み物のなかから真《まこと》が転がり出ることもあるというのが由来でございます」

そう言って、若い男はほんわかと笑った。

「三島屋さんには近ごろご心配事があると聞き及びまして、本日はご様子伺いに参りました。手前は出商いに不慣れなもので、お庭に迷い込んでしまいまして、失礼をいたしました」

また、ぺこりとする。おちかも花ばさみを手にしたまま会釈してしまい、これは少々行儀が悪いと、慌ててはさみを置いて縁側の方を向いた。

「まあ、ご丁寧に。うちのおしまは台所の方におりませんでしたか」

「はい。また出直して参ります」

背中の書物はそうとう重いだろうに、若い男は軽々と踵《きびす》を返し、またふっとこちらを見返った。

「富次郎さんは、だいぶよくおなりだそうで、皆様も一安心ですね」

あら、よく知っていること。

「はい、ありがとうございます」

と、おちかが応じたところで、黒白の間の次の間の方からお勝の声がした。「お嬢さん、お勝でございます」

つっと唐紙が開く。顔を覗《のぞ》かせたお勝は、縁先に立っている瓢箪古堂の若い男を見て驚いた。

「どちらさまでしょう」

「貸本屋さんよ」

瓢箪古堂は「毎度ありがとうございます」と一礼し、今度はさっさと庭から出ていった。

おちかはなぜか、ふっと気が軽くなった。

――変だけど、嫌な気分じゃないわ。

むしろ温かな心地だ。あの若い男の表情やしゃべり方に、淡い愛嬌《あいきよう》を感じた。愛想ではなく、自然とにじみ出てくる愛嬌だ。

お勝はと見れば、まだ唐紙のところに座ったまま、瓢箪古堂がいたところを見つめている。飛び出しそうなほどに目を瞠《みは》っている。

お勝のこんな様は珍しい。

「そんなにびっくりしたの？」

笑いながら声をかけると、何度か瞬きして我に返ったようになり、今度は、しげしげとおちかの顔を見た。

「なあに？　穴が開きそう」

「お嬢さん」

お勝は大真面目な顔をしている。

「はい」

「わたくし、おかしなことを申し上げますけれど、笑わないでくださいね」

変わり百物語の守役《もりやく》であり、禍祓《まがばら》いのお勝は、おちかの大切な仲間である。頼もしい姉さんのような女《ひと》でもある。どんなときも慌てず騒がず、心を乱すことなく、おちかを受け止めてくれる。

その女の、この真剣な眼差《まなざ》し。

「どうしたの？」

託宣するかのように重々しく、お勝は言った。

「お嬢さんは、今のあの方とご縁がありますよ」

「え？」

お勝は、まるで花が咲くように晴れやかな笑顔になった。

「今さっき、おしまさんが恵比寿屋さんへのお使いから戻ってきましてね。ここ二、三日のうちに、富次郎さんが三島屋にお帰りになるそうです」

これには、おちかも飛び立つような心地になった。「本当？」

「はい。お身体《からだ》の具合が落ち着いて、お医者様のお許しが出たそうです。おかみさんも、涙ぐんでおいででしたわ」

朗報は三島屋を駆け巡り、さあ支度を調《ととの》えねば、快気祝いだ、富次郎さんの好物は何だっけ――などという騒ぎに取り紛れて、おちかがおしまに瓢箪古堂のことを尋ねたのは、その日も夜になってからであった。

「ああ、十郎《じゅうろう》さんが来たんですね」

そうそう、いつもおしまがおしゃべりしている、軍記物に詳しい貸本屋のおじさんは、十郎という名前だった。

「それが違うのよ。別の人だったの」

これこれこんな人とおちかが説明すると、おしまはきょとんとした。

「さあ……あたしには心当たりがありません。本当に瓢箪古堂の人でしたか？」

そういえばあの若い男は、「出商いに不慣れだ」と言っていた。

「いつもは店番をしている人が、たまたま出商いに来たのかもしれないわね」

「そうですねえ。あたしもお店の方には行ったことがないし、十郎さんしか知りませんから」

十郎さんたら腰でも痛めたのかしら、などとおしまは案じている。

一方、端《はた》でこのやりとりを聞いていたお勝は、終始楽しそうに微笑していて、

「瓢箪古堂さんですか。いい屋号ですね」

「ねえ、お勝さん。ご縁があるってどういう意味？」

「その折が来ればわかりますわ。おやすみなさい。今夜はいい夢が見られそうです」

おちかを煙《けむ》に巻くのだった。


さて、それから三日の後。

富次郎が三島屋に帰ってきた。

但《ただ》し、これは手放しで喜んでいい事態ではないということが、すぐにわかった。富次郎は、新橋尾張町から神田三島町まで、ほぼ一日かけて、休み休み歩いて帰ってきたのである。

「駕籠《かご》に乗れないんだよ」

上手な担ぎ手を選り抜き、どれほどゆっくり担がせても、揺られているうちに目が回ってくるのだという。

「頭を強く打ったせいでしょうか」

「どうもそのようだね。お医者様は、半年も静養すれば治るっておっしゃるけど」

頭が痛いとか、どこかが痺《しび》れるとか、手足の動きが悪いということはない。物忘れ

もない。しかし困ったことに、日常の暮らしのなかで立ったり座ったりすると――それは駕籠に乗っているときも同じで、つまり頭を動かすと、途端にくらっと目が回ることがあるのだという。

「じゃ、歩いているうちにも」

「用心しないといけないのよ」

おちかとはほぼ二年ぶりに顔を合わせた富次郎は、見た目は元気そうに見えた。初対面のときよりもちょっと顎《あご》がこけたかな、というくらいだ。

「おちかちゃん、帰ってきたよ。これからよろしくお頼みします」

爽やかな声音も同じである。

「こちらこそよろしくお願い申し上げます」

「そんなに畏《かしこ》まらないでさ」

「従兄《にい》さん、お身体は――」

「うん、悪くない。けど、何だか出し抜けに目が回ることがあって、それだけは困ったもんだ」

ちっとも困ったふうではない顔で言う。おちかはだんだん思い出してきた。長男の伊一郎は、育ちのいい二代目の落ち着きがある人だが、次男のこの人は、皐月《さつき》の風のように軽やかでけろっとしているのだ。

静養しろ、安静にさせろと医者に命じられても、ときどき目眩《めまい》に襲われるほかはこれという難がないのだから、富次郎とて寝てばかりはいられない。実際、お民に口うるさく休め、横になっておれと言われると、

「床ずれができちまいますよ、おっかさん」

などと言い返して、本人は笑っている。

三島屋のなかを歩き回ったり、仕事場の様子を見にいったり、縁側で居眠りしたり、くつろいで過ごす富次郎の様子を、おしまも目ざとく観察していて、安堵したり心配したりと忙しい。富次郎がちょっとでもふらついたりすると、

「若旦那《だんな》！」

どこからともなく、おしまは飛んでくる。それはもう目ざといし耳ざとい。

「わたしが商いの修業に出ているあいだに、おしまも忍術の修業を積んでいたらしいね」

当の富次郎に冷やかされるほどだ。

「だって、若旦那のお身体が心配で」

「有り難い限りだけど、その〈若旦那〉はやめておくれよ」

その呼称は、いずれ三島屋を継ぐ伊一郎のものだというのである。

「おとっつぁんが大旦那、兄さんが若旦那というのが筋だろうさ」

「じゃあ、どうお呼びしたもんでしょうか」

「おちかちゃんに、いい案はないかい」

相談を持ちかけられ、おちかが思案しているうちにも、

「二の若旦那、次の若旦那、若若旦那、富旦那、居候旦那、目眩の旦那」

次々と言って、おちかとおしまを笑わせる。

「まあ、小旦那というのがいいところかな」

というわけで、奉公人たちには小旦那と呼ばせることに決めた。もっとも、おちかは「従兄《にい》さん」のままでいいという。

「それなら従兄さんも、わたしを〈ちか〉と呼び捨てにしてくださいな」

「それでいいのかい。聞き役殿、とかじゃなくっても」

富次郎も、変わり百物語のことはよく知っているのだった。

「恵比寿屋にいても、評判は耳に入ってきたからね。瓦版も見たよ」

「お恥ずかしいことです」

「何を言ってるんだ。恵比寿屋で、どうだ俺様の従妹《いとこ》はべっぴんだろうってさんざん自慢しまくったんだから、ご本人様に今さら決まり悪がられたら引っ込みがつきませんよ」

恵比寿屋での富次郎は手代格で、同僚の喧嘩に割って入るくらいだったのだから、奉公人同士のあいだでも隔てなく打ち解けていたのだろう。丁寧な「わたし」より、

「俺」という自称がしっくりくる感があった。またその「わたし」も、「わたし」と「あたし」の中間くらいの響きがあって、ざっかけない。

一人じゃまだ心細いからと、富次郎はよくおちかを散歩に誘った。近所をぐるっと回って帰るぐらいだが、富次郎はおちかが来る以前から三島町に住んでいたわけで、思い出が多い。

「あ、ここの煮売屋はなくなっちまったんだね。惜しいなあ、旨《うま》かったのに」

「この柿の木、こんな狭いところに枝を張ってて健気《けなげ》なもんだろ。艶々《つやつや》した大きな実が生《な》るんだよ。だけど渋柿なんだ」

「あの露地の先に新内《しんない》のお師匠さんが住んでいて、うちのお得意様だったんだけど、どういうわけかおっかさんが嫌っててね」

おちかの知らないことをいろいろ話してくれた。

「叔母さんがお得意様を嫌うなんて、びっくりしました」

「虫が好かない女《ひと》だって、師匠が買い物に来て八十助と話し込んだりしていると、こっそり箒《ほうき》を逆さまに立てたりしてたんだ」

箒を逆さまにして立てるのは、長居の客を追い出すためのおまじないである。

「おっかさんは勘のいい人だから、何かあったんだろう。やあ、今日は油照りだねえ。おちか、甘酒を飲んで帰ろうか」

通りかかった甘酒売りを呼び止めてやりとりしているうちに、

「おっと、ちょいとごめんよ」

富次郎がおちかの腕につかまって目をつぶった。くらりとしたのだろう。

「従兄《にい》さん、大丈夫ですか」

「──うん、おさまった」

仲間の喧嘩を見かねて仲裁に入った代償が、これだ。世の中は理不尽なものである。その喧嘩の詳しい経緯《ゆくたて》について、叔父夫婦からは特に話がない。富次郎もしゃべらない。こっちからせがんで聞き出すことでもないので、おちかも尋ねなかった。富次郎様大事のおしまも、そのへんは奉公人の線引きを弁《わきま》えている。ただ、おちかとお勝には、

「小旦那様をあんな目に遭わせた手代どもは、恵比寿屋さんで、ちゃんと罰を受けたんでしょうかね」

なんて、鼻息も荒く言うことがある。

とんだ災難で恵比寿屋を立ち退いてきたのだし、富次郎は店先にも出られないし、だから三島屋ではお得意様にお披露目することもなく、親しくしている先に、内々で彼が戻ったことを報《しら》せるに留めていた。それでも律儀《りちぎ》な人はいるもので、そのうちの一人が黒子《ほくろ》の親分、この界隈《かいわい》に睨《にら》みをきかせている紅半纏《べにはんてん》の半吉《はんきち》という岡っ引きである。

「若旦那のご快癒おめでとうございます」

口上はそれでも、酒はまだ身体に障《さわ》るかもしれないと配慮したのだろう、豪勢な料理の折り詰めを持参して挨拶《あいさつ》に来た。

ひとしきり叔父夫婦と一緒に語らったあと、富次郎がおちかを肘《ひじ》でつっついた。

「この親分さんが、うちを押し込みから守ってくれた心強いお人だろ」

先年の秋、三島屋は〈金魚の安《やす》〉という通り名の頭目を戴く一味に狙いをつけられ、半吉のおかげで危うく難を逃れたことがあった。けっこうな騒ぎになったので、その折には伊兵衛が倅《せがれ》たちのところにも使いを遣《や》り、かくかくしかじかだがみんな無事だと伝えたから、富次郎も聞き知っているのである。

「あたしの働きなんぞ、大したことじゃございません。三島屋さんには、もっと頼もしい助っ人がおられましたんで」

半吉の言葉に、富次郎はいっそう興に乗った。

「それなら、詳しく教えてくださいよ。そうだ、黒白の間を使っちゃいけませんか、おとっつぁん」

「ああ、いいよ」

そこで半吉と富次郎、おちかは黒白の間に座を移すことになった。

「ふうん……。おちかは、ここで変わり百物語をしているのか」

しみじみと座敷を見回して、富次郎は感慨深げに呟《つぶや》く。

「お経なんか飾って、お寺さんの奥のようだ」

前回の語り手、村井清左衛門が来たときの、般若心経を書いた手習いのお手本を掛けてある。語りの後で切腹して果てた清左衛門の菩提のために、そのままにしてあった。

「辛気《しんき》くさくてお嫌でしたら、取り替えましょう」

「いやいや、このままでいいよ。清々《すがすが》しい」

黒白の間が、久々に人気《じんき》を得て喜んでいるのだろうか。今日は花もなく香も焚《た》いていないのに、確かに空気にほのかな涼味がある。

「さあ、親分さん。語った、語った」

半吉が押し込みの件を語り、話のなかに出てくる人たちのことは、おちかが説明の口を添える。おしまが茶菓を運んでくると、

「ちょうどいい。お勝は、変わり百物語の守役をしているんだろう。おしま、呼んできておくれよ」

富次郎にねだられて、結局、ぞろりと顔を並べる賑《にぎ》やかな場になった。

へえとかほうとか合いの手を入れながら、富次郎は嬉しそうに話を聞いていたが、いちばん笑ったのは、半吉たちが押し込み一味と大捕物を繰り広げているあいだじゅう、おしまがぐうぐう寝ていたというくだりだ。

「それでこそ、わたしのおしまだ」

「おからかいになっちゃ嫌ですよ、若旦那」

「若旦那じゃないよ、小旦那だよ」

すっかり肴《さかな》にされているおしまを、おちかもにこにこ眺めていたのだが、不意に火の粉が飛んできた。話の続きにすんなりと、富次郎がおちかに問いかけてきたのである。

「で、おちかは、親分の助っ人をしてくれたその手習所《てならいどころ》の若先生が好きなの？」

件《くだん》の手習所とは、本所亀沢町《ほんじょかめざわちょう》にある〈深考塾《じんこうじゅく》〉で、若先生とはそこの師匠の青野利《あおのり》一郎《いちろう》という浪人である。若先生と呼ばれているのは、もともとそこには年配者の大先生がいたからで、青野利一郎自身はたぶん、そんなに若くはない。初めて会ったときには、目元涼やかで口跡爽やかな人だったものだから「若侍だ」とおちかも思ったが、その後の付き合いで思い直した。たぶん、おちかよりも十《とお》は年上だろう。もっと上かもしれない。彼の人生には、おちかなど思いも及ばぬ苦難の時期があったらしいことも、半吉がぽろりと漏らした言葉から察せられるところがあった。

出し抜けに「面！」と打《う》たれた感じで、おちかは返事ができない。おしまはにっかり笑っており、お勝は慎《つつ》ましやかに知らん顔をしており、半吉親分はお勝ほど上手に芝居ができないから慌てて饅頭《まんじゅう》を口に入れている。

「どうなんだい、おちか」

富次郎はしらっとして返答を迫る。

「ど、どうしてまた、従兄《にい》さんはそんなことをお尋ねになるんですか」

「だって、おちかの顔に、〈ほの字〉が浮かんでいるからさ」

おちかは頬《ほほ》が熱くなった。すると富次郎はあははと笑った。

「わたしも、可愛《かわい》い従妹にこんな意地悪をしちゃいけないね。ごめん、ごめん」

ほの字なんだから返答は決まってるさと、勝手に納得してしまう。

「おちかにとってはいいことだ。ほっとしたよ。わたしだけじゃない、兄さんも案じていた」

二年前、おちかは不幸な出来事で幼馴染《おさななじ》みの許婚者《いいなずけ》を亡くした。許婚者を手にかけたのは、おちかの実家、川崎宿《かわさき》の旅籠《はたご》〈丸千《まるせん》〉に拾われた孤児で、彼もまたおちかとは兄妹のような間柄であり、それでいて「拾って育ててもらった」恩に縛られている身の上の若者だった。

悋気《りんき》や猜疑《さいぎ》や引け目、恩と仇《あだ》が煮詰まった挙《あ》げ句の行き違いに二人の命が失われ、おちかは深く傷ついた。実家を離れて江戸の叔父夫婦のもとに身を寄せ、ひょんなことから変わり百物語の聞き役を務めるようになって、世間には多くの悲しみがあり、行き違いがあり、幸も不幸も様々な有り様があるとわかってきて、ようやく立ち直りつつあるところだ。

だが、まだ惚《ほ》れたの腫《は》れたのは早い。自分がそういうまっとうな幸せを求めるのは

後ろめたい。そう思っているはずなのに──

「従兄《にい》さん、わたしは」

「いいって、いいって。ごめんよ。このとおり謝るから、そんな顔をしないでおくれ」

富次郎はおちかの腕を優しく叩《たた》くと、

「なあ、お勝」と、守役の方に水を向けた。

「はい、なんでございましょう」

「これから、わたしをおまえの仲間にしてくれないかな。一緒に変わり百物語を拝聴したいんだ」

「へえ？」

おちかは間抜けな声を出してしまった。

「従兄さんが？」

「いけないかい」

「いけなくはありませんけど、身体の方が」

「身体の方がこんなんで、まだ商いの手伝いはできないし、暇で暇でしょうがないからさ。面白いんだろ、百物語」

「はあ、確かに面白いもんでございますよ」

半吉親分が口を入れる。「あたしは三島屋さんのではなく、他所《よそ》様の怪談語りの会のことしか存じませんが、お話を聴くうちに、浮き世の憂さを忘れます。ただ興があるだけでなく、身が清められるような心地にもなるもんでござんす」

「そりゃあいい。面白い上に、そんな効能があるんならもっといい」

富次郎様大事のおしまが反対するわけはなく、お勝もその言葉にうなずいている。

「じゃあ、叔父さんと叔母さんがいいとおっしゃるならば」と、おちかは言った。

他所様の釜の飯を食って世間を見てきた富次郎は、話の持って行き方が巧《うま》い。おちかと並んで聞き役を務めたいというのではなく、お勝の仲間になってこっそり聴きたいというのなら面倒はないし、身体の具合が悪くなったり、期待したほど面白くないと思えばよしてしまえば済むことだ。伊兵衛もお民も、あっさりとこれを許した。

さっそく、丁稚の新太が口入屋《くちいれや》の灯庵《とうあん》老人のところへ走る。新しい語り手を周旋《しゅうせん》してくださいという口上に、

「何だね、やめたんじゃなかったのか」

と憎まれ口をきいた蝦蟇《がま》仙人も、変わり百物語の再開が嬉しいのか、目は笑っていたそうな。

こうして、厳しい夏の暑さも山を越し、陽が暮れれば秋の虫の音が小さな鈴を転がすように聞こえるようになったころ、黒白の間は久々に客を迎えることとなった。

お勝と一緒に次の間に隠れる富次郎だが、見苦しくないよう身支度は調《ととの》えている。

目眩《めまい》がきたら無理をせず、横になってもいいように、そのへんはお勝が万事気配りをする。

「あのね、おちか」

次の間に入るときになって、思い出したようにおちかを呼び、富次郎は笑いかけてきた。

「わたしも、ただの暇つぶしや遊び半分の気持ちではないんだ。わたしなりに思うところがあるんだよね」

明るい笑顔だが、ふざけてはいない。

「恵比寿屋で、したたか頭を打ったあのときね」

目の前がどんどん暗くなっていくなかで――

「思ったんだよ。こんな情けないことで死んだなら、俺は化けて出るぞ」

これには、おちかもぴりりとした。お勝は穏やかに二人を見守っている。

「とうてい安らかに成仏なんぞできない、とね。あれこそが無念というもので、あのまんま死んでいたら、怨念ってやつに凝り固まったはずだ。だから、目が覚めておっかさんと兄さんの顔が見えたときには、泣きたくなるほど安堵したよ」

ああ、俺は生きている。

「首の皮一枚で、この世に繋《つな》ぎ留めてもらった。町医者の先生の手当てのおかげだし、一心に看護してくれたおっかさんや皆のおかげだし、もちろん、おしまのお百度のおかげさ」

微笑《ほほえ》んで、富次郎は軽く胸の前で手を合わせる仕草《しぐさ》をしてみせた。

「私はこうして今日もお天道様を仰ぎ、美味《おい》しいご飯をいただいて、笑って話をしている。こんなに幸せなことはないね。心から有り難く思っているんだ」

だが、それだからこそ、折々に思い出さずにはいられないのだという。

「ああ俺は死ぬんだ——というときの、あの気持ちをさぁ」

悲しかった。悔しかった。腹が立って胸が裂けてしまいそうだった。

「自分で思い返しても、あのときの自分が恐ろしい。あの真っ黒な無念が恐ろしい。だけど哀れでたまらない」

この世に、あのときの自分よりも恐ろしいものがいるだろうか。あのような無念よりも、悔しい想いがあるだろうか。あれは自分一人のことではなく、人という生きものは、誰でもああいう想いに囚《とら》われてしまう機会があるのか。それが煩悩《ぼんのう》であり、業《ごう》というものなのか。

「それで、思いついたんだ。おちかと一緒に百物語を聞いてみたらいいんじゃないかってね」

おちかはうなずいた。「従兄《にい》さんのお気持ちの本当に深いところは、わたしなんぞにはわかりかねます。でも、わたしにとってそうであるように、従兄さんにとっても、ここにいらっしゃる語り手の方々のお話を伺うことは、きっといい手当てになると思います」

「へえ、手当てとおっしゃるかい」

「はい。たちまち効いて嘘のように治るお薬とは違いますけれど」

恐ろしく、忌まわしく、悲しい話であっても、それは人の言葉で語られるものだ。そこには語り手と、話のなかで語られる人びとの、命の温《ぬく》もりがこもっている。

「おちかはいいことを言ってくれるねえ。よし、しっかりとここに書き留めておきましょう」

富次郎は胸の上に掌《てのひら》をあてて、つと目を閉じた。

「それじゃあ、お勝、よろしく頼みますよ」

「はい、小旦那様」

用意は調《ととの》い、おちかも聞き手の場所にきちんと座した。

本日の黒白の間には、半分ほど赤と黄色に変わりかけた紅葉に、萩《はぎ》を取り合わせて活けてある。掛け軸は、これも今が旬の味である秋刀魚《さんま》を描いた墨絵だ。二尾が折り重なっていて、上の一尾は背びれを上に、下の一尾は腹を上にして反り返っている。その構図のせいか、よく太ってぴちぴちと美味しそうな魚の絵というよりは、何か別の意味が隠された判じ絵のように見える。

黒白の間はお店から離れた奥なので、三島屋の商売繁盛の喧騒《けんそう》も、ここまでは届かない。のんびりした静けさのなかで、庭を囲む板塀の向こうを、焼き栗売りが通りかかった。子供らがはしゃぎながら走り過ぎる声も響く。ちょうど八ツ時（午後二時）だ。手習所からうちへ帰ってゆくのだろう。

日差しにはまだ晩夏の名残があるが、今日の風はすっかり秋風である。紅葉や銀杏《いちょう》が色づくのも進むだろう。語り手のために用意してある茶菓子は、お民が贔屓《ひいき》にしている近所の菓子屋の芋羊羹《いもようかん》だ。一年じゅう売られている看板商品だが、今の時期がいちばん甘いという。

それにしても、語り手の来るのが遅い。

約束の刻限はとっくに過ぎている。

「従兄《にい》さん、お勝さん」

おちかは唐紙の向こうの二人に声をかけた。

「ちょっと様子を見てきますね」

つと立って廊下に出る。人気《じんき》はない。まわりを見回し、耳をそばだてる。

「おしまさん？　八十助さん、いますか」

いつも語り手を案内してくるのは、おしまか番頭の八十助だ。

返事はない。おちかは廊下をつたって表の方へと歩いていった。人声が耳に入ってくる。

「はい、いらっしゃいませ。本日は何をお探しでございましょう」

「こちらの品がお目にとまりましたか。ありがとうございます」

店先のやりとりが賑やかだ。小物を季節の意匠に替えようという粋人のおかげで、四季の節目はいっそう忙しくなる三島屋である。手代たちも、丁稚の新太もきりきり立ち働いている。

首をのばして帳場の方を覗いてみると、八十助の後ろ姿が見えた。算盤《そろばん》を弾《はじ》き、大福帳をつけている。伊兵衛の顔は見あたらないから、出かけているのだろう。そういえば今朝、寄合があるとか言っていたっけ。

——どうしようかな。

結局、おちかはするりと引き返した。黒白の間に通じる唐紙を見遣《みや》る。ひょっとしたら語り手と行き違いになっているのかもしれない。

「失礼いたします」

声をかけ、きちんと座って開け閉《た》てした。

開けたときには、上座に誰もいなかった。

唐紙を閉て、伏せていた面を上げてみると、そこには女がちんまりと座っていた。

あっと声をあげなかったのは、あんまり驚いたので、かえって息を呑《の》んでしまったからだ。どきん！　心の臓がいっぺんだけ跳ねた。

おちかは目を瞠《みは》り、そこにいる女を見つめた。

かなりの年配者である。来客への礼を棚上げにして言うならば、老婆だ。痩せさらばえている。背中が曲がっているうえに下顎《あご》を突き出すような姿勢で座っているので、着物の合わせの部分が喉元に上がり過ぎ、後ろ襟の抜けは不格好に深くなり、うなじから背中の上の方まで見えている。

驚いたことに、島田髷《しまだまげ》を結い振袖《ふりそで》を着ていた。どちらも若い娘の支度だ。着物は大胆な縞柄《しまがら》で、魔除《まよ》けの意味もある可愛らしい〈麻の葉〉柄と黒繻子《くろじゅす》の昼夜帯《ちゅうやおび》を合わせ、花簪《はなかんざし》も華やかに美しい。

「――いらっしゃいませ」

おちかはその場で指をついて挨拶した。

「お待たせしてしまいました。わたくしが変わり百物語の聞き役を務めます、この家の主人伊兵衛の名代《みょうだい》、ちかと申します」

老婆はこちらを見返ろうともしてくれない。耳が遠いのか。それとも気を悪くしているのか。

「お客様」

もう一度呼びかけると、あさっての方を向いたまま、老婆がぺらぺらっとしゃべった。

「風変わりな絵もあったもんだわぁ」

おちかはまたびっくりした。声音は年齢相応にしゃがれているのに、しゃべり方は娘のように甘ったるく、舌足らずだ。

気を呑まれてしまって固まっていると、ようやく老婆はおちかを見た。

「そんなところにいないで、早くこっちにお座りなさいな。あたしはおしゃべりをしに来たのに、それじゃあしゃべりにくくってしょうがない」

「は、はい」

おちかはぎくしゃくと膝《ひざ》立ちになり、急いで下座の定位置についた。

「外しておりまして、お客様と行き違いになってしまったようでございますね。たいへんご無礼をいたしました」

「ちっともかまいません」

鼻先をつんと上げて、老婆はすまし顔をする。

「この掛け軸を眺めて、たんと楽しんでおりましたから」

二尾の秋刀魚の絵のことだ。

「左様でございますか。お気に召してようございました」

「これは、秋刀魚の魂が抜けてゆくところを描いた絵だわねえ」

「は？」

老婆は愛らしく小首を傾《かし》げ、左右の人差し指を使って、掛け軸の二尾の秋刀魚と同じ形を示してみせる。

「上の秋刀魚が、これから捌《さば》かれるか焼かれて食べられてしまう方。下の秋刀魚が、その身体から抜けてゆく魂の方でしょう。それとも逆かしら。あなた、どうお思いになる？」

そんなふうに観《み》てはいなかった。面白い鑑賞である。

「わたくしは、ただ二尾の秋刀魚が描いてあるとばかり……」

「ただ並べて描いてあるだけならばねえ。でも、これはそうじゃない。こういう絵には、絵師が何かしら頓知《とんち》を隠しているもんですよ。そのつもりで観なくっちゃつまりません」

先の般若心経の書もそうだったが、伊兵衛は古道具屋の店先で見つけたものをほいほい買い込む癖がある。この秋刀魚の掛け軸もその口だ。どんな絵師の作か知れず、頓知かどうかもわからない。

老婆の口調は自信たっぷりで、それでいて嫌味がない。表情にも茶目《ちゃめ》っ気がある。おちかは釣り込まれるようにして微笑んだ。

「お客様は、頓知がお好きなのですか」

「うんと品のいいものならばね。嫁入り前の娘でございますから」

この台詞《せりふ》は頓知ではなさそうだ。さて、今回は難しい語り手のようである。

変わり百物語を続けていけば、様々な語り手に出会うことになるだろう。感じの悪い人もいれば、文句の多い人もいよう。怪談にまぎらせて他人の悪口を言いたい人が来ることもあろう。なかには作り話をするほら吹きもいるかもしれない。そのように覚悟はしてきたつもりだが、

──このお客様は、夢を見ている人なのだわ。

現身《うつせみ》の姿は老婆だが、心は若い娘なのだ。そういう夢を見ている語り手なのである。それがいけないということはない。夢の語りが立派に百物語の一話になるならば重畳《ちょうじょう》だ。機嫌を損ねぬよう、受け答えにはよく気をつけようと胸にたたんだ。

「それではこれからひととき、どうぞよろしくお願い申し上げます」

いつものように、聞いて聞き捨て語って語り捨ての決まりや、人の名前なども変えていいことを告げる。火鉢にかけた鉄瓶はほのかな湯気をあげているけれど、茶菓の支度がされていない。今日はとことん、おしまと呼吸《いき》が合わないようだ。

「とんだ不調法でお待たせしました上に、お茶も差し上げず、重ねて失礼ばかりでお恥ずかしゅうございます」

手を打っておしまを呼ぼうとすると、老婆はおっとりと遮った。

「いいえ、どうぞおかまいなく。お茶もおやつも要りません」

「でも——」

「甘いものは歯に悪うございましょ。あたしは月に一度、朔日《ついたち》（一日）にしかいただきませんの。ですから本当におかまいなく」

きっぱりとした言い様なので、おちかも素直に従うことにした。

あらためて相対すると、老婆は薄化粧をして紅をひいている。そのくちびるを開いて語り出した。

「これからお話ししようというのは、あたしの家の話です。昔っから芝の神明町《しんめいちょう》三丁目で香具屋《こうぐや》を営んでおりますが」

香具屋は各種の香料・香油や、それを入れる匂い袋を扱う商売だ。ついでに櫛《くし》・笄《こうがい》やかもじ、白粉《おしろい》などの小間物も一緒に商う場合が多い。ただ芝の神明町というと——この近辺とは様子が違い、大きな武家屋敷とお寺がたくさん建ち並んでいるあたりではないか。となると、客筋はもっと物堅いかもしれない。

おちかがそんなことを考えていると、老婆がふいと目をしばたたいた。

「不躾《ぶしつけ》ですみませんけれど、それはそういう着物なのかしら。それともあなた、あたしを待たせてはいけないと慌ててしまって、裏返しに着ているのかしら」

「とおっしゃいますと」

「模様のある方が裏になっているんだもの」

確かに、今日のおちかの着物は表が土器色《かわらけいろ》の無地で、裏は千草《ちぐさ》色の網目格子にとんぼがぱらぱらと飛んでいる。いわゆる裏模様で、一見は無地に見えて、ちらりと覗《のぞ》く模様が控えめながらも洒落《しゃれ》ている。

来客に礼を尽くすにはきちんとした身形《みなり》をするべきだが、聞き役なのだから華美に着飾るのはいけない。そんな立場のおちかには便利な着物だが、とりわけ珍しい意匠ではない。同じくらいの年頃の商家の娘なら、三人寄れば一人はこの裏模様だろうし、あとの二人のうちの一人は裾模様だろう。これも地味な色目の無地に裾まわりだけ模様を配した粋な着物だ。

――この方はご存じないのだろうか。

思案していると、老婆はきゅっと顔をしかめ、「ああ、嫌ぁねえ」と声をあげた。

「それが近ごろの流行《はや》りなんだわね。まったく、流行りすたりにはかないやしない。着物も帯も髪形も、十年もすればまるっきり変わっちまって。髷《まげ》だって、あんなに流行った〈かもめ髱《たぼ》〉なんか、あなたはまるでご存じないでしょう」

知らないばかりか、どんな髪形なのか見当もつかない。着物の裏模様にしても、昨今出始めたものではない。実家の川崎宿でさえ、おちかが物心ついたころには、「江戸ではこういうのが粋なんだよ」と、呉服屋さんから聞かされていたような。

老婆は小さくため息をつくと、

「ごめんなさいね。この先のお話を聞いてもらえればわかりますけれど、あたしは女浦島太郎でございまして、娘盛りからこっち、時のうつろいから切れた暮らしをして参りましたの」

言われてみれば、豪奢《ごうしゃ》な振袖の縞柄《しまがら》は、いくぶん色が褪《あ》せているようだ。綸子《りんず》の帯は、おちかの締めているものより心持ち幅が狭い。

とうに亡くなった実家の祖母が、自分が若いころには帯幅は狭く丈も短く、着物もこんなに裾を引かなかったと話していたことがある。世の中が豊かになると女はみんなお姫様のようになるんだね、と。もちろん普段着ではなく、年に一度あるかないかの晴れ着のことではあるけれど、確かに世の中ぜんたいにゆとりがなければ、女の着物をたっぷりと裁《た》って仕立てることなどできまい。

「うちの商いものも、こちらさまほどじゃございませんが、流行物《はやり》を扱いますのでね。そのうちの娘が昔風の格好をするのもどういうものかと思われますが、あたしは好きでそうしているんで、だぁれも怒りゃしません」

あたしは梅《うめ》と申しますと、おきゃんな娘のように、ぴょいと頭を下げた。こうしてよく見ると、白髪交じりの地毛はだいぶ寂しくなっており、かもじをたくさん入れて、何とか島田に結っている。

「うちの屋号は美仙屋《びせんや》でございます。ちょっと珍しいでしょう」

指で畳に字を書いてみせてくれる。

「初代の主人《あるじ》は、備前屋《びぜんや》という香具屋に奉公して、暖簾《のれん》分けでお店を持たせていただいたんだそうでございます」

だからそのまま〈備前屋〉にしてもよかったのだが、

「そのとき本店のおかみの姪にあたる人をお嫁にもらいましたら、たいそうな美人でね。もう天にも昇るような心地に舞い上がって、手前は美しい仙女をもらいました、つきましてはそれを屋号にいたしますって」

微笑ましいではないか。

「そうして生まれた娘がこれまた美人でねえ。ますます舞い上がって、おお、これこそ屋号の言霊というものだ、もったいない、有り難い」

身をくねくねさせ、芝居がかったふうに手を合わせてぺこぺこすると、

「世間様から見たら、いい加減にしろってくらいなものですよ」

けらけらと、お梅は口を開けて笑った。歯が何本か抜けている。

「でもねえ、本当に言霊かどうかはわかりませんが、確かに美仙屋の娘は、代々みんな美人なんですよ。お嫁さんも美人ばっかりに縁があって。あたしのおとっつぁんは六代目ですが、その女房であるおっかさんも、色白の細面で髪が豊かな人でした」

でも——と言って、不意に怖いような目つきになる。

「右目の下に、大きな泣き黒子《ぼくろ》があったんですよ。こういう女は悲しみ事をよく招き寄せるから験《げん》が悪いって嫌う向きもあったのに、なにしろおとっつぁんが惚《ほ》れ抜いて、しゃにむに嫁にとったんだって」

ちょっとまばたきすると、目つきが元に戻った。

「結局、おとっつぁんもおっかさんも、涙ながらに娘と生き別れる羽目になっちまったんだから、やっぱり験が悪かったのかもしれません」

剣呑《けんのん》な話がこぼれてきた。

「もしや、その娘さんがお客様ですか」

「いいえ、あたしは違います」

年子《としご》の姉のことだという。

「あたしたちは三姉妹で、長女が藤《ふじ》、その二つ下の次女が菊《きく》、末のあたしが梅でございます」

目は落ちくぼみ、頬《ほほ》から顎《あご》のあたりなど、骨の輪郭がそっくり見えるほど削《そ》げてしまっているお梅ではあるが、額は広く、鼻筋が通っていて、おちょぼ口。若いころにはきっと美人だったろう。

「お美しい花づくしの三姉妹ですね」

「ええ、それはもう」

お梅はちっとも謙遜しない。

「でも、誰がいちばんきれいかって言ったら、そりゃもうお菊姉さんでした。大奥に上がったらいいって、評判になったくらいです」

いったい何があって、美仙屋はその珠《たま》のような次女と別れることになってしまったのか。

「このお話そのものは、お藤姉さんが十七、お菊姉さんが十五、あたしが十四のときの出来事でございます。遠い昔話を、気長に聞いていただかないといけませんけれど、あなた、かまいませんかしら」

「はい、お伺いいたします」

お梅は、ひたとおちかを見つめた。目の奥を真《ま》っ直《す》ぐに見通すような強い眼差《まなざ》しだ。

「あたしは、もうこんなおばあさんだけれど」

自分でそれと承知しているのだ。

「心の時は止まったまんまなんです。お菊姉さんと別れたときのまんま」

十四歳のままなのだ。

「お出かけするのに、せいいっぱいおめかしして参りました。さっきからあなたが笑わずに——笑いそうになるのを堪《こら》えるふうもなくって、どんなに嬉しいか」

しんみりしてはいない。口調はきびきび、しゃっきりしている。

「香具屋というのは、うちに限らず、お店の構えはそんなに大きくありません。でも香料は、ほんの一欠片《ひとかけら》で百両、二百両もする材料を使うこともありますから、商いは大きいんです」

商売上手なら、儲《もう》けもざくりと入ってくる。

「だから、あたしたちは贅沢《ぜいたく》に育ちました」

娘たちが美しく、豪奢にしていることが、お店の雰囲気をよくするという余禄もある。

「もともと美人の三人娘を、いいだけ着飾らせて、中身も外見と釣《つ》り合うように、行儀作法もきちんと習わせて、まあ、うちの両親《ふたおや》ときたら、甘くもあり厳しくもありで」

三人姉妹は、たいていの望みをかなえてもらうことができたのだけれど、

「二つだけ、厳しく言い聞かされている決め事がありました」

一つは、色恋の禁止。

「うちには娘が三人きりで、兄も弟もおりませんでしたから、お藤姉さんは婿をとらなくっちゃいけません。お菊姉さんとあたしは嫁に行きますが、その嫁ぎ先も、美仙屋と釣り合うところでなくっちゃいけない」

だから好いたの惚《ほ》れたの、付け文をもらったの渡したの、色恋沙汰はやめておけ。

「大店《おおだな》や名店にはよくあるお話でしょう」

「三島屋さんはどうかしら」

「うちは成り上がり者でございますし、わたしは主人の姪で、娘ではありませんから」

「それだって縁談は来るでしょうに」

お梅はふふん、と鼻息を吐いた。

「まあ、ここでお嬢さんをいじめたってしょうがないから、勘弁してあげます」

畏れ入りますと、おちかは頭を下げた。

「色恋は御法度《ごはっと》で、あたしたち三姉妹もつまりませんが、まわりにいる男の方たちにとってこそ、これは本当に酷《むご》い決め事でございました」

ずいぶんと男《ひと》を泣かせたと、さらりと言う。

「お藤姉さんにもお菊姉さんにも、あなたと添えないのならば死にますという男が、幾人もおりましたからねえ」

お茶、お花、踊りに三味線にお琴と、三姉妹は様々な習い事に励んでおり、その行く先々で見初《みそ》められたし、行き帰りに付け文をしようと待ち伏せる若者もいたという。

「用心のためにと、おとっつぁんが、あたしたちのお供にわざわざ人を雇ったくらいでした」

芝居見物に出かけて、たまたま隣の桝《ます》席にいた商家の若旦那に一目惚れされて求婚されたが、

「あいにく、うちには娘が三人おります、どの娘をお望みでございましょうかってお尋ねしたら、三人のうちの誰でもいい、本音をいえば三人とも嫁にほしい、他の男に盗られるのは忍びないとか譫言《うわごと》のようなことを言って寄越したもんで、おっかさんが女中頭と二人がかりで塩まいて追い返したなんて顚末《てんまつ》でございました」

お梅はあからさまな自慢話をしているのに、傲《おご》ったふうには聞こえない。それが不思議で面白く、おちかは微笑んで拝聴している。

「可笑《おか》しいわよねえ。でも、当人たちにはけっこうな気苦労があったんです。ずいぶんと、やきもちも焼かれましたしねえ」

お藤は琴が上手で、また本人も熱心に習うものだから、ほんの数年で師匠に並ぶほどの腕前になり、艶やかに着飾ったお浚《さら》い会で、その美貌と妙なる琴の音がある人物の目にとまった。

「ところがその人が、まあ遊び人でね。師匠のいい人だったもんだから、一大事」

地獄絵図ですよ――と言うので、おちかは吹き出してしまった。

「ご、ごめんなさい」

「いいの、いいの。あれにはあたしも笑い転げましたから。師匠もなかなか色っぽい中年増《ちゅうどしま》でしたけれど、ご自分の情夫《いろ》が女弟子に心を移してすげなくなったとみるや、取り乱して泣くわ喚《わめ》くわ引っ搔《か》くわ、野良猫みたいに爪を出してギャーギャー騒いでねえ。みっともないったらありゃしませんでしたよ」

もちろん、美仙屋の跡取り娘が、三味線の師匠と出来合っていた遊び人などを婿に迎えるわけはないが、お藤は、これに懲りてお琴の稽古をやめてしまったという。

「あたしは悔しかった。お藤姉さんの弾く琴の音を聴くと、いつも心がすうっと澄んでゆくような気がしたものなのに」

お梅は懐かしそうに目を細める。

「おとっつぁんも残念がっていたんですよ。お藤の琴を、おくらさまも楽しみにしておいでだったろうになあって」

おくらさま。ここで初めて出てきた言葉だ。おちかが目顔で問いかけると、お梅もすぐと気がついた。

「あら、あたしときたら、先走りまして。こうして他人様《ひと》とゆっくりおしゃべりするのは本当に久しぶりなので、話が下手くそなんですよ」

そして口元に軽く指をあてると、ちょっと思案してから続けた。

「おくらさまというのは、うちの神様です」

ええそう、神様――と、自分に確かめるように小さく呟《つぶや》く。

「美仙屋の商いが滑らかに運ぶよう、家の者たちがつつがなく幸せに暮らせるように守護してくださる、うちだけの神様でした」

このおくらさまが、三姉妹が守るべき二つめの決め事に関わっているのだという。

「おくらさまは、うちの奥の蔵座敷にお住まいでした」

家と別個に建ててある蔵ではなく、家の一部と繋《つな》がっている蔵である。

「廊下の突き当たりに、黒漆に金箔の唐草文様をつけた、立派な両開きの扉がありましてね。閂《かんぬき》と錠前がかけてあって、鍵はおとっつぁんしか持っていません。朝と夕、おとっつぁんに鍵を開けてもらって蔵座敷に入っていって、なかに置いてある常香盤《じょうこうばん》のお香を替えるのが、あたしたち三姉妹の役目だったんです」

「じょうこうばん、でございますか」

「ご存じありませんか。お寺さんで見たことがないかしら」

見かけているのかもしれないが、わからない。

香時計《こうどけい》とも称しますと、お梅は言った。

「もともとは仏様のためにずうっとお香を焚《た》くための道具だったんでしょうけれど、お香の量で、時を計ることができますでしょう」

今点《つ》けたお線香がとぼったら出かけましょうとか、蚊遣《かや》りが燃え切ってしまったからもうだいぶ夜も更けたようだとか、ゆっくりと燃えるものは、時の経過の目安になる。

「盤の大小で、どれぐらいの時を計れるか違ってきますけれど、うちにあったのは差し渡しがこれくらい」

と、両手を肩幅に開いてみせる。

「小判の形をしていましてね。お皿のような焼き物でした。置きやすいように糸じりはついていましたけれど、縁はなくって真っ平ら。その盤の全体に、薄く均《なら》して灰をまきましてね。その上に、ちょうどこう渦を巻くように筋をつけるんです」

その筋のなかに粉末香を入れ、端に火を点けると、じりじりと燃えて薫香《くんこう》がたつ。香を替えるときは、盤の上の灰と燃えかすを灰入れに捨て、盤を拭《ふ》き浄《きよ》めてから新しい灰をまき、また筋をつけるところからするのだという。

「なかなか手間がかかりますね」

「ええ。あたしたちも最初は一人じゃできなくて、おとっつぁんに教えてもらいながら覚えました」

常香盤そのものは、さらにひとまわり大きな器に浅く水を張ったものの上に据え、それを座敷の真ん中に配置する。

「火事の心配はないのでしょうか」

「蔵座敷のなかは空っぽで、燃えるものなんかありませんでしたからねえ。六畳間くらいの板敷きで、天井と壁は白漆喰《しっくい》塗りになっていました」

美仙屋の神様がおわすところなのに、

「神棚とか、お札《ふだ》の類いはないのですか」

「ないんです。それでいいんだと、おとっつぁんが申しておりました」

——但《ただ》し、ここの香を絶やしてはならない。

「朝夕に取り替えるんですから、だいたい半日は燃えている常香盤でしたけれど、いつも早め早めに替えるようにしておりました」

三姉妹が順ぐりに、一人ずつ行って替える。

「急ぎの用があったり、風邪で寝込んだりで、朝はお藤、夕はお梅なんてことも何度かありました。でも、本当はそれも慌ただしくってよくない。おくらさまに顔をお見せするのは、一日に一人の方がいいんだということでした」

おちかの頭の隅をよぎった疑問に、お梅は先回りして答えてくれた。

「月の障《さわ》りがあってもかまいません。おくらさまは苦しゅうないとお許しくださるから、順番を違えたり飛ばしたりしないで役目を果たすよう言いつけられておりました」

「ならば、おくらさまは女の神様なのかもしれませんね」

思いつきで口にしたことだが、お梅はぎくりと身じろぎをした。つと座り直し、射《い》貫《ぬ》くような目でおちかを見据える。

「あなた、うちと似たような話を聞いたことがおありなのかえ」

「は？」

「ほかにも、うちのおくらさまと同じような話を知っているのかしら」

おちかも姿勢を正して答えた。「いいえ、ございません」

一拍おいて、お梅は痩せた肩を落とした。

「そう。ないの」

うなだれて、軽くかぶりを振り始める。

「あるんならよかったのに。あたしたちがどうしたらよかったのか……。どっちにしたってもう遅いんだけど」

低い呟《つぶや》きを聞きながら、おちかは静かに待った。どうやら、おくらさまの正体――という言葉は不躾《ぶしつけ》だが、それがこの話の肝《きも》であるらしい。

お梅の口の端から、涎《よだれ》が一滴たれた。手の甲でそれを拭うと、のろりと顔を上げる。

「ともかくも、あたしたち三姉妹はかわるがわる、日に二度ずつ常香盤の世話をしていたんです」

それは、美仙屋に生まれた娘の義務だった。

「あたしたちの前は叔母さんたち、おとっつぁんの二人の妹が、この役目をしていたんだそうです。美仙屋は女腹の家系で、代々娘を二、三人授かるから、手がなくて困ったことはないって」

代々、美人の娘を何人も授かる家系。それもまた、おくらさまの守護のおかげなのだろうかと、ちらっと思う。

「お嫁さんではいけないんでしょうか」

「おっかさんは蔵座敷に入ったことがないと言ってましたからねえ」

美仙屋の血筋の女人でないといけないのか。

「長いこと、そうして常香盤から香を絶やさずに、美仙屋さんは繁盛してこられたんですね」

「ええ。お菊姉さんとあたしがお嫁に行っちゃったら、お藤姉さんが一人でやって、姉さんに娘が生まれたらまたその娘に引き継いで」

そういう具合になるはずだったのだが――と言って、お梅は初めて顔をしかめた。

「あの火事のせいで、変わってしまいました。美仙屋を守るために、お菊姉さんがおくらさまになっちまったから」

お菊が、おくらさまに「なった」。

お梅が険しい顔で口をつぐんだままなので、おちかの方からその意味を問おうと思った。と、

「あたしったら、またお話が先走って」

低く呟き、お梅は指で軽く自分の右のこめかみを押さえた。指も痩せて皮膚が乾き、骨の上に皮を一枚張っただけのように見える。

遅まきながら、おちかは不安になってきた。この方はただ老齢で痩せているだけで

なく、病を抱えて衰弱しているのではあるまいか。

だが、顔を上げるとお梅の表情はまた和らいでいて、目つきも明るい。

「あのねえ、あたしたち三姉妹も、おくらさまがどんな神様なのか、どんなお姿をしていらっしゃるのか、そりゃあ気になったし、知りたくてしょうがなかったんですよ」

口調はけろりと、声にも張りが戻る。

「でも、おとっつぁんは教えてくれないんです。そのうちわかるって言ってね」

そして事実、常香盤の世話を続けるうちに、少しずつ知れてきたのだそうだ。

「さっきのあなたはご明察でね。おくらさまは、女の神様なんです」

若い娘の姿をしていらっしゃる。

「といっても、あたしたち誰も、お顔は見ておりません。今あなたとこうしているみたいに、面と向かうようなことは一度もありませんでしたから」

ただ、常香盤を拭いたり、新しい灰をまいたり、筋をつけたりなどの細かいことをしていると、目の隅にふっと見える。

「白足袋をはいた爪先が見えたり、指先と着物の袖口が見えたりね。気配を感じて振り返ったら、今、後ろにいた誰かが、逃げるようにまたこちらの背中側に隠れちまった、なんてこともあったんですよ」

まるで、お梅たち三姉妹とかくれんぼをしているかのようだった、と言う。

「顔を見なくても若い娘だと察しがついたのは、着物が華やかでしたからね。それと、匂い」

甘やかな、嫁入り前の娘が使う香の匂いを感じたのだそうだ。

「でも、これがまた不思議でしてね。あたしたちは香具屋の娘ですから、他所《よそ》の娘さんよりはお香に詳しゅうございますよ。鼻が利く、と申しましょうかしら」

なのに、その香の銘柄を言い当てようとすると、三人のあいだで意見が分かれてしまう。

「お藤姉さんは、〈紫麗香《しれいこう》〉だって言う。お菊姉さんは〈錦糸蝶《きんしちょう》〉だって言う。あたしは〈白梅香《はくばいこう》〉にきまってるじゃないのと言い張るという始末でねえ」

痩せた指を動かし、お梅はいちいち香の名前を書いて示してくれた。

「紫麗香は藤の花の香り。錦糸蝶は、そういう名前の菊の花があるのをご存じかしら。蝶の角《つの》というのかしら、頭からくるっと出ている二本のあれね、あれみたいに花弁の先が巻いている、黄色い菊があるんですよ」

白梅香は字面のとおり、白梅の香りである。

「つまり、それぞれ自分の名前にちなんだ花の香りを感じるんです。どうして別の香りに嗅ぎ間違うもんかわからないってくらい、はっきりと」

どうやら、おくらさまは、常香盤の世話をしに来る娘に合わせて匂いも取り替えるらしかった。

「着物も着替えるのでしょうか」

「それがはっきりしないんですよ。金糸銀糸を使って、草花の凝った刺繡《ししゅう》をほどこした贅沢な振袖だってことはわかるんだけれど、お姿ぜんたいが見えるわけじゃありませんでしたからね」

「一緒に蔵座敷に入っておられるお父様にも見えたり、匂ったりするのですか」

お梅は重々しく首を横に振った。

「いいえ、さっぱり。おとっつぁんは何も見ず、何も感じません」

それでいいのだと言っていたという。

「おとっつぁんは先代からそう言い聞かされ、先代はまたその先代から同じように言い含められてきたんだって」

おくらさまは若い娘の姿をしていて、若い娘にだけ、ほんのちらりと姿を見せる。

「常香盤の方には、いつもどんなお香を焚いておられたんですか」

「白檀香《びゃくだんこう》でございます。これはね、他の香に替えちゃいけないことになっておりました」

香りの淡いもので、ぷんぷん匂ったりしない。煙も薄く、上品だという。

「だから、おくらさまのまとっている香りと取り違えることはありません」

「お梅さんとお姉様たちは、いつもどんな香りをつけていらしたのですか」

「あたしたちも、三人とも白檀香でした」

お梅はくるりと目を瞠《みは》った。「そうだわ。あなたに問われて思い出しました。香具屋の娘なのに、どうして三人ともありふれた白檀香しか使えないのか、年頃になると不満でしてね」

匂い袋にしろ、衣類に焚きしめるにしろ、いつも同じ香りだ。

「つまらないと文句を言ったら、お香を商う店の娘だからこそ、ありふれた匂いにしておくもんだって、おとっつぁんに叱られました。でもあれは、考えてみたら、蔵座敷の常香盤のお香に合わせていたんだわね」

納得したように、尖った顎《あご》をうなずかせている。

おちかは、少し声を落として問いかけた。

「怖いとか、気味が悪いと思いませんでしたか」

家のなかに一種の開《あ》かずの間があり、毎日そこに入って行って、こうした不思議な出来事に触れるのだ。

「常香盤のお世話が嫌になることはありませんでしたか」

お梅は、つくづくと思案する表情になった。

「それがねえ、平気だったんですよ」

辛いとも思わなかった。

「いつもおとっつぁんがそばにいてくれますし、それに、こうして語ると怪しげなことですけれど、そのときはおっかないとも思わなくって」

むしろ、親しみを感じたという。

「身内の人に会いに行くような、というか」

呟いて、深くため息をついた。

「どうにも、うまく言えやしないわ。おくらさまの正体をよく知らなかったころは——あたしら、お気楽もいいところだったってことですよ」

おくらさまの正体。これがやはり、話の肝《きも》であるようだ。

「さっき申しましたように、あれはお藤姉さんが十七、お菊姉さんが十五、あたしが十四の春先のことでございました」

朝から南風が強く吹き荒れる日だったという。「日暮れ近くに、美仙屋のある神明町の南、七軒町《しちけんちょう》の町家から火が出ましてね」

その火が強風に煽《あお》られ、たちまち延焼した。

「場所柄、町火消しだけじゃなく大名火消しの方々も出張ってきて、少しでも早く消そうと励んでくだすったんですけれど、なにしろ風が仇《かたき》の春の火事ですよ」

美仙屋にいても煙の臭いを感じるようになり、表通りには避難する人びとが溢《あふ》れ始めた。みんな家財を背負い、あるいは荷車に載せ、互いの名を呼んで無事を確かめ合いながら、火の手と真っ黒にたちのぼる煙から逃げてくる。

「あたしが物心ついてから、近場の火事を見るのは初めてでございました。お藤姉さんは、十年ばかり前にも近くのお寺で小火があったことを覚えていると言いましたけれど、こんな騒ぎにはならなかったって」

三姉妹は恐怖におののき、互いに手を強く握り合って、身を縮めていた。

「いよいよ、うちも逃げないといけないかしら」

そう思うと恐怖に膝《ひざ》が震え出す。

「逃げ出して命は助かっても、家財がみんな焼けてしまったら、明日からどこで雨露をしのげばいいんだろう。暮らしていかれるんだろうか。お気に入りの着物も、お人形も、大事なものがみんな失くなってしまう」

お梅が泣き出すと、お菊も泣いた。長女のお藤は気丈に二人の妹を宥《なだ》めて抱きしめる。奉公人たちも浮き足立っていて、ばたばたと慌ただしい。

「そしたらついと唐紙が開いて、おとっつぁんが立っていたんです」

驚いたことに、美仙屋の主人は袴《はかま》をはき、一つ紋の羽織を着ていた。正装していたのである。

「火事の最中に、それがどんなに不釣り合いなことなのか、あたしらにもわかりますからねえ」

三姉妹は呆気《あっけ》にとられて父親を仰いだ。

「おとっつぁんは、血の気の引いた真っ白な顔をしておりました」

身体の脇で拳を固く握っていたが、それでも身の震えを抑えることができない。

「そして、あたしたち三姉妹を見据えて、こう言うんです」

——心配しなくても、美仙屋は焼けないよ。

「おまえたちはここでじっとしておいで。けっして外へ出てはいけない。逃げる人混みにまかれたら、大変なことになるからねって」

語りながら、お梅は両目をまん丸に瞠っている。きっと、当時もそうだったのだろう。ただただ驚き呆《あき》れ、父の姿を仰ぐばかり。

「これから私が蔵座敷に行って、扉を開けて、おくらさまにお出ましいただく。そうすれば美仙屋はけっして焼けない。おくらさまがお守りくださるから」

するとお藤が立ち上がろうとした。いつもそうしているように、父親と共に蔵座敷に入ろうと思ったのだ。

「だけどおとっつぁんがその肩を押さえて」

——おくらさまに蔵から出ていただくときは、当主が一人でお迎えに伺うのが決まりだ。

誰もこの場を動いてはいけない。立ち騒いではいけない。心を静めて手を合わせていれば、何も怖いことはない。

美仙屋には、おくらさまがいらっしゃる。

「そう言って、泣きそうな顔をするんです」

――すまん。おまえたちには本当にすまない。

今までは逃れてきたのに。

「私の代でおくらさまがお替わりになるなんて。おまえたちを差し出さねばならなくなるなんて」

血を吐くように嘆きを吐いて、身を翻すと、足音も荒く廊下を去ってゆく。蔵座敷の方へ向かったのだ。

「おとっつぁんの手のなかには、蔵座敷の錠前を開ける鍵が握られておりました」

あまりにも面妖《めんよう》な出来事に、三姉妹はいっそう身を縮め、互いにすがり合った。煙の臭いはますます強くなる。外の騒ぎも激しくなる。

「でも、あたし――お藤姉さんの懐に顔を伏せて、目をつぶって、そうしたら聞こえたんです」

家のどこかでおっかさんが泣いている。

身も世もなく泣きじゃくっている。

「きっとおっかさんもあたしたちと同じように、その場から動いちゃいけないって、おとっつぁんにきつく言いつけられているんだろう」

外は火事場の騒動なのに、美仙屋のなかでは誰もが息をひそめている。ごうごうと呻《うな》る風の音も遠のいた。聞こえてくるのはおっかさんの泣き声ばかり。

「そのとき――感じたんです」

白檀《びゃくだん》の香りを。

「流れてくるんです。蔵座敷の方から」

香りだけではない。涼やかで清らかな気配も寄せてくる。清水のように美仙屋のなかを満たしてゆく清浄な空気。

煙の臭いが消えてゆく。

表の喧騒が潮のように引いてゆく。

お藤が軽く掌《てのひら》を持ち上げた。つられたように、お菊もそうした。

「姉さんたち二人して、その清い気を掬《すく》ってみようとしているみたいでした」

お梅は見た。お藤とお菊の白魚のような指のあいだを、きらきらした粒がすり抜けてゆく。

尊く、眩《まぶ》しく、優しい輝き。

「これが、おくらさまの御力《みりき》だ」

澄み渡った水のように流れて、水面《みなも》にきらめく光のように弾けながら、美仙屋を包んでゆく。

お藤がうっとりと目を閉じ、微笑んだ。

お菊が深々と呼吸《いき》をして、両手を胸にあてる。

お梅は自然と涙を流していた。悲しいのではない。怖いのでもない。有り難くて、嬉しくて、心が安らかで、涙が溢れてとまらないのだ。

「そのうちに、すうっと気が遠くなりましてね。夢見心地のままに、あたしはいつの間にか眠ってしまっておりました」

夢さえ見ずに、ぐっすりと眠った。

「目を覚ましたときには、もう夜が明けていたんです」

座敷のなかにお梅は一人、身体を丸めて横になっていた。慌てて起き上がり、唐紙を開けてみると、縁先には朝の光がさしかけている。

——火はどうなったの？

「美仙屋は無事でございました。紙切れ一枚、焼けちゃおりません」

あの清浄で涼しい空気は、まだ家のなかを、美仙屋のある敷地ぜんたいを満たしていた。

「庭木や植え込みの緑には、朝露が宿っているくらいです。だから、その向こうを見《み》遣《や》ってみて、腰を抜かしそうになりました」

火事は、すぐ隣家にまで迫っていた。

「お隣は紙屋さんでしたが、家は半分焼け、半分は延焼を防ぐために打ち壊されておりました。白壁が真っ黒に煤《すす》けた蔵が残っていたけれど、それ以外はもう見るも無惨《むざん》な有様《ありさま》です」

しかし、美仙屋には何事もない。隣の紙屋との境の板塀が焦《こ》げてさえいなかった。

「通りを渡った向い側は、三軒先まで焼けているのに」

すっぽりと覆いをかけて守ってもらったみたいに、美仙屋だけは無事だった。

「本当に、おくらさまがこの家を守ってくださったんだ！」

おっかさんは、おとっつぁんは、姉さんたちはどこだろう。

「ようよう我に返って、みんなの名前を呼びながら家じゅうを捜し回ると――」

父母と長女のお藤が、蔵座敷の入口で、いつものように閂《かんぬき》をかい、錠をおろした黒漆塗りの扉の前で、抱き合ってへたり込んでいた。

「おっかさんは目を泣き腫《は》らし、お藤姉さんも涙で頰《ほほ》を濡《ぬ》らしておりました」

三姉妹の父は一夜でげっそりと窶《やつ》れていた。そればかりか、十《とお》も歳をとったようになっていた。

「髪が真っ白になっていたんです」

娘のお梅でさえ、これがおとっつぁんかと見まがうほどの変わりようであった。

そして、何故かお菊の姿が見えない。

「おとっつぁんはあたしに気がつくと、這《は》うようにして近づいてきて、ああお梅、無事でよかったたって泣くんです。そうしてうずくまって、頭を抱えて」

——お菊が、お菊がいってしまった。あの娘《こ》が選ばれてしまった。これからはお菊がおくらさまとなって、この美仙屋を守るんだ。

「そういう決まりなんだって言うんですよ」

語りながら、いつの間にか、年老いたお梅も目を潤ませている。

「これは美仙屋の初代が、いちばん最初におくらさまと交わした約束なんだって」

おくらさまは美仙屋の蔵座敷におわしまし、そこから外に出ることはない。だが、火事や地震《じぶる》い、疫病や押し込みなど、美仙屋の身代や家族の命を損ないかねない大事・変事が起こったときには、その代の主人がお願いすれば、蔵座敷から出ておいでになり、その御力《みりき》で皆を守ってくださる。

そのかわり、その代のおくらさまのお役目はそこで終わる。おくらさまは代替わりをする。

次のおくらさまには、守っていただいた美仙屋の娘が、誰か一人選ばれる。

「おくらさまになった娘は、この世の暮らしをしなくなります。人ではなくなるんですから」

食べ物も要らない。水も要らない。時の流れから切り離され、歳もとらない。永遠の娘となる。

常香盤の香りに包まれて。

「そのあと、おとっつぁんに連れられて、その日ばかりはお藤姉さんとあたしの二人、揃《そろ》って蔵座敷に入ってみると、常香盤がひっくり返って、お香の燃えかすと灰が散っておりました」

姉妹はそれをきれいに拭《ふ》き浄《きよ》め、新しい灰を均《なら》して筋をつけていった。

「そしたら、香りがしました」

錦糸蝶《きんしちょう》の匂いがした。背後に、ふわっと人の気配も感じた。

――お菊姉さんだ。

「おとっつぁんの顔を見たら、うなずいています。そしてあたしたちに錦糸蝶の入った小箱を差し出して、こう言いました」

――今日からは、これがおくらさまのために焚くお香だよ。

「昨日までの白檀香《びゃくだんこう》は、先《せん》のおくらさまの香りだった。これからはお菊姉さんがおくらさまなんだから、菊の香りを焚くんです」

菊の花の香りの錦糸蝶。お菊が蔵座敷に入ると感じていた匂いだ。

――お藤とお梅も、お香と匂い袋を錦糸蝶に替えなさい。美仙屋の娘は、おくらさまの香りを身に帯びる。これも大事なお約束だから、勝手に替えてはいけないよ。

「あたしはね、何日か泣き暮らしたもんでした」

どうしてこんな酷《ひど》い決まり事があるんだ。

なぜあたしたち美仙屋の娘が、この決まり事に縛られなくてはならないんだ。

「お菊姉さんが可哀相《かわいそう》だ。お菊姉さんに会いたい。どうにかして蔵座敷から連れ戻せないものかしら。一緒に遠くへ逃げられないものかしら」

それればかり考え詰めて、眠ることも食べることも忘れた。それはお藤も同じで、姉妹は寄り添って涙にくれながら、家を恨み、父親に怒り、しおしおと夫に従うばかりで娘のために何もしようとしない母親に怒った。

だが日が経《た》つうちに、お藤とお梅は互いの目のなかに、ある思いを見つけ合う。

これが、美仙屋の娘たちの動かし難い運命であるのなら。

それによって、あらゆる禍《わざわ》いから守ってもらえるのであるならば。

「おくらさまになるのが自分でなくってよかった、って」

あたしじゃなくって、ああ助かった。

互いの本音が、相手の目の奥に映っていた。

「そうして、あたし、恐ろしいことに気がついたんです。先《せん》のおくらさまは、あたしたちそれぞれの前に、名前にちなんだお香の香りをさせて、ちらりちらりと現れていましたけど」

あれは、次は誰にしようかって吟味していたのじゃなかったか。

藤にしようか。

菊がいいか。

梅を選ぼうか。

どの香りが、次のおくらさまにふさわしいか。

「ど、れ、に、し、よ、う、か、な」

老婆となったお梅が震える指を立て、歌うように抑揚をつけて囁《ささや》く。

「神様の言うとおり。神様の望むままに」

一人の娘から時を取り上げる。人生を取り上げる。当たり前の暮らしを取り上げる。

「そのとき初めて、心底怖くなったんです。あたしは、なんてきわどい縁に立っていたんだろう」

だが選ばれたのは菊の香り。梅は逃れた。

安堵しながらも、後ろめたい。

「お藤姉さんも同じ気持ちだったんでしょう。以来、あたしたちはすっかり疎遠になってしまいました。顔を合わせると、気まずくってどうしようもないもんだから」

朝夕、常香盤の世話をしに蔵座敷へ行く習慣に変わりはなかったが、

「その気分もずいぶんと違ってしまってね」

重い腰を上げて嫌々行き、世話を済ませると逃げるように出てくるようになった。

「だって、お菊姉さんが、選ばれずに済んだ娘を恨んでいるんじゃないかって思えて」

おちかは穏やかに問いを挟んだ。「蔵座敷にいるとき、実際にそんな気配を感じることはおありでしたか」

お菊が怒っていて、錦糸蝶の香りのする冷ややかな気色《けしき》で迫ってくることはあったのか。

「そんなことはありゃしませんよ」

気を悪くしたようにぞんざいに、お梅は言った。

「お菊姉さんは、美仙屋を守る神様になっちまったんですもの。慈愛深いおくらさまですもの」

だが、その慈愛に守られているはずの娘たちは恐怖と罪悪感に苛《さいな》まれ、いたたまれないのだった。

「それがまたすまなくってしょうがないのよ。自分の姉さんを怖がるなんて」

お梅はわっと両手を持ち上げて顔を覆った。瘦せた身体ぜんたいも、厚みのある長い袖の陰に隠れてしまう。

「だからあたしも、時を止めちまおうって決めたんです」

人の身のままでも、お菊に殉じよう。お菊が奪われた全てのものを、お梅も諦めよう。

「あたしは美仙屋の奥にこもり、一歩も外に出ず、習い事もみんなやめにしました」

縁談は全て断り、結局、どこにも嫁ぐことはなかった。

「だから、こんなおばあさんになっちまった」

両手を広げ、自分で自分の姿を見回して、お梅は呻《うめ》く。

「おくらさまは歳をとらないけれど、あたしは老いぼれてゆく。この晴れ着は、おくらさまのお召し物なんですよ。お菊姉さんが気に入っていた振袖なんです」

これがお梅の一張羅。生きたまま死んだように時を止めてしまった娘の晴れ着であり、死装束なのだ。

「あたしは、なんて哀れなんでしょう」

再び長い袖をたくしあげ、それで半身を隠すようにして、お梅はむせび泣き出した。

「お菊姉さんも、なんて哀れなんでしょう」

これは、美仙屋にかけられた呪いだ――

「本当は、おくらさまに守られてなんかいなかった。騙《だま》され、祟《たた》られていたんだわ」

ああ、口惜しい！

詰《なじ》るような叫びをあげ、そのまま半身を折って、両手を拳に固め、畳を打ち始めた。

どすん、どすん、どすん！

その動作の勢いで、花簪《はなかんざし》がずるずると抜け落ちてきた。髷《まげ》からかもじもはみ出してしまう。それでもお梅は狼藉《ろうぜき》をやめない。残った薄い髪だけでは髷を保っておられず、おどろに乱れて振袖の両肩へと流れかかる。

「お客様、おぐしが――」

と、その両肩がしぼんで横に傾《かし》いだ。振袖の袂《たもと》も、畳の上にへらりと平らになる。

え？

そこに座っているのは、振袖と、だらりに締めた帯ばかり。中身のお梅は消えてしまった。

一瞬、おちかは凍りついた。

「お梅さん！」

叫んで上座に飛びつこうとして、動いた途端に黒白の間が揺れた。天井が見えて、畳の目が顔の前に迫ってくる。

あたしの目が回っているんだ。

とっさに腕をついて身を支えようとする。その手が空《むな》しく畳の上を滑る。膝《ひざ》が崩れる。魂が抜けてゆくかのように、気が遠くなる。身体《からだ》が軽くなる。冷気がおちかを押し包む。

かすかに白梅の香りがする。

暗い。寒い。冷たい水にまかれて、どこまでもどこまでも流されてゆくかのようだ——

「栗ぃ〜、焼き栗はいかがかね〜」

板塀の向こうを、焼き栗売りが通ってゆく。

出し抜けに、身体に重みが戻ってきた。目の前が明るく晴れてゆく。

はっと正気づき、おちかは目を開いた。

聞き手の座で、横様に倒れている。思わず伸ばした腕が袖から丸出しだ。

首を持ち上げる。黒白の間のなかは静かで、雪見障子には秋の日差しが照っていて、何にも変わった様子はない。

おちかは一人だ。

上座には語り手がいない。誰も座っていない。

わたわたと這《は》って前に出て、手探りする座布団に人の温《ぬく》もりはない。

そんな莫迦《ばか》な。いたのに。ちゃんといたのに。着飾って花簪をつけた老婆がいたのに。

すぐには声も出てこない。何度かぜいぜいと呼吸をして、やっと喉が開いた。

「従兄《にい》さん、お勝さん！」

よろめきながら立ち上がり、次の間へ続く唐紙を開け放つ。

そしてまた驚愕《きょうがく》した。お勝は正座して、両手も慎《つつ》ましく膝の上に載せたまま目をつぶっている。その頭がかくりと横に傾《かし》いでいる。富次郎は手枕をして横になり、両膝を曲げている。

まさか、死んでいる？

「ぐう」と、富次郎が寝息をたてた。

突っ立ったまま、おちかは声を限りに叫んだ。

「二人とも、起きてぇ！」

富次郎が飛び起き、お勝がぱっと目を開く。おちかを見上げ、互いに顔を見合わせて、

「あ、あわわわ」

「お嬢さん、どうなさいました？」

どうもこうもない。おちかはその場にへたり込んでしまった。


「いったいぜんたい、どうしたんだろうねえ」と、富次郎は首をひねる。

「わたくしとしたことが、不覚でございます」と、お勝は悔しがる。

「それでも、お三人ともご無事でよかった」と、おしまは胸を撫《な》で下ろす。

どうにか落ち着きを取り戻したものの、おちかにはまだ信じられない。

「確かにお客様がいらしていたのよ」

「でも、あたしは誰もお通ししていないんですよ、お嬢さん」

番頭の八十助も、おしまの言にうなずく。

「今日は、変わり百物語のお客様が遅れていらっしゃるのかと思っておりましたが――」

それもまた奇妙だった。丁稚《でっち》の新太を走らせ、焼き栗売りを追っかけてつかまえて尋ねてみると、今日ここを通るのは今が初めてだという。つまり、おちかが本日の語り手を待ちながら耳にした売り声は、いったん目が眩《くら》んでから正気づいたときに聞いた売り声と同じなのだ。その間、いくらも時が経《た》っていないことになる。

「でも、わたしはお梅という方のお話を聞いたんです。従兄さんもお勝さんも、ちゃんと聞いていたでしょう？」

「うん、聞いていたさ。聞いていたんだけども」

いいながら、富次郎は曖昧《あいまい》に口ごもる。

「どんな話だったっけなあ？」

これまた信じがたい。さらにお勝も同様で、

「何だか頭がふらふらすると思ったら、眠ってしまっていたんです。わたくし、何をしていたんでしょうかしら」

まるで覚えていないのだ！

「皆さんで夢を見たんじゃございませんか」

八十助が、ごくまっとうな意見を口にする。しかし、変わり百物語に関わる者に、「夢でござりまする」はいちばんの禁句だ。

「絶対に違います」

八十助が畏れ入るほどに、おちかは力んで言い返した。「夢なんかであるもんですか。本当に語り手がいらしていたんです」

「うんうん、わかったわかった。おちか、そういきり立つもんじゃないよ」

富次郎は優しく割って入る。

「きっと、わたしら三人とも化かされたんだね」

狐《きつね》かな、狸《たぬき》かな。

「三島屋の変わり百物語の評判を聞きつけて、いっちょう化かしてやろうと、柳原土手あたりからわざわざ出張ってきたのさ」

お勝は憮《ぶ》然《ぜん》とする。「わたくしはますます面目ありませんわ。守役が狐狸《こり》に騙《だま》されるなんて」

「いいじゃないか。おかげで、わたしは初回から珍しい経験ができたよ」

おちかは承伏《しょうふく》できない。そんなのあり得ない。

「いいえ、いいえ、違います。はばかりさま、わたしも百物語の聞き手を務めて、もう二年になるんです。狐だろうが狸だろうが狢《むじな》だろうが、そんなものに化かされるほどやわじゃございません」

「でもねえ、おちか。狐狸妖怪の類いっていうのは、あれでなかなか手強《てごわ》いんだよ。

けだものなんぞに謀《たばか》られるかと、気を強く持っている人ほどころりとやられるもんで」

「小旦那様はよくご存じなんですか」

「化け物草紙に、たくさん逸話が載っているよ」

憤懣《ふんまん》やるかたないおちかを宥《なだ》めようと、わざと剽軽《ひょうきん》な顔をしてみせて、

「それでも、わたしらは運がよかった。真っ昼間に、あちらの方からやって来て、家のなかで化かされたからね。これが真っ暗な夜のことで、外歩きをしているときだったら大変だった」

狐はまだいいんだ、賢いから。

「化かす人の手を引いて連れて行くからね。危ないところには行きゃしない。でも狸は莫迦《ばか》だから、化かす人の背中に回って押してゆくんでね。どぶや肥だめに落っことしちゃったりする。悪くすると命にかかわるよ」

「あらまあ、本当ですか」

感心している場合か。そこらを引っ掻いたり何かを投げつけたりしたいほど、いじいじカリカリしているおちかに、お勝がふっと笑いかけた。

「わたくしは面目まる潰れでございますけど、お嬢さんがそんなふうに怒るお顔を見られるのは嬉しゅうございます」

「何でよ！」

「当たり前に暮らしていたら、誰だって、年にいっぺんぐらいは怒るものですよ。お嬢さんは今まで遠慮が過ぎ、怒らなさ過ぎましたわ」

お勝らしい言いぐさだが、今はおちかの身の上とか心情とかの話をしているのではない。

「おちかがそれだけこなれてきたってことか。それじゃあ、今日はめでたい日だねえ」

富次郎も調子に乗る。「お祝いに一杯やろうじゃないか。おしま、支度しておくれよ」

おしまは怖い顔をした。「お酒はまだお身体《からだ》に障《さわ》ります」

「かまうもんか、もう平気だよ」

「ああ、わたくしも御神酒《おみき》をいただきたい気分でございますわ」

「あら嫌だ、お勝さんまでそんなことを言い出すのかい」

「早々にお浄《きよ》めをしないことには、守役の力を失ってしまいそうですもの」

「そりゃ一大事だ。お店の方も、今日は早じまいにしちまいな。みんなで飲んで騒ごうよ」

「それでは、旦那様にお伺いして参ります」

何なのかしら、この人たちは。おちかは呆《あき》れて言葉も出ない。それこそ、何かに化かされて浮かれているのじゃないかしら。

ぷいと顔をそらすと、たまたま床の間の掛け軸の方に目がいった。墨絵の秋刀魚《さんま》――

秋刀魚が一尾になっている。

二尾あったはずだ。それが上下に重ねて描かれていて、判じ物みたいな構図に見えた。今は一尾だ。頭が左、背びれが上。脂が乗って美味しそうな旬の魚を描いただけの絵だ。

どっちだったろう。今朝、床の間に掛け軸を掛けたときは。そもそも、叔父の伊兵衛が古道具屋で買い込んだのは。

これに、何か意味があるのかしら。

お梅は、二尾の秋刀魚の絵は、秋刀魚の魂が抜けてゆくところを描いた絵だと読み解いていた。上の秋刀魚が、これから捌《さば》かれるか焼かれて食べられてしまう方。下の秋刀魚が、その身体から抜けてゆく魂の方だろう、と。

――正体が狐か狸か狢《むじな》だったから、おいしい魚の話がしたかっただけなの？

それとも秋刀魚にこと寄せて、暗に何かを示したかったのか。

たとえば、食べられてしまう身体と、そこから逃れ出てゆく魂のことを。

早じまいこそしなかったものの、主人夫婦が許したので、その日は本当ににわか宴席になった。

「富次郎が帰ってきたことも、こうして本復《ほんぷく》したことも、ちゃんと祝ってなかったからね」

となると、おちかもいつまでもむくれているわけにもいかない。が、大急ぎで二つの事柄を確かめた。一つはもちろん秋刀魚の絵のことだ。

「あの掛け軸なら、よく太った旨《うま》そうな秋刀魚だなあと思って買ったんだよ」

一尾の秋刀魚を描いただけの、単純素朴な絵だったと、伊兵衛は覚えていた。

もう一つは、灯庵老人だ。また新太を走らせて訊《き》いてみると、

「うちが周旋《しゅうせん》する次の語り手は決まってますが、日取りはまだだよ。先様の都合がつかないから」

おたくのお嬢さんは何を早合点しているのかねと、おちかの代わりに新太がたっぷり嫌味を聞かされて帰ってきた。

そう、おちかは朝から、今日が次の語り手の来る日だと思い込んでいた。

まったく勘違いか？　おちかが粗忽《そこつ》だっただけの笑い話なのか。

自分に都合のいい言い訳をするつもりはないが、そうではないとおちかは思う。狐狸の類いが、そこまで念の入った化かし方をするとも思われない。あれもまた「お梅」と名乗った語り手の計らいであって、あの語り手が三島屋に来たかったから、おちかがちゃんと迎えられるように仕向けてくれたのだ。

おちかは、美仙屋のおくらさまの話を聞いてしまった。「騙《だま》され、祟《たた》られていた」という悲痛な叫びが、まだ耳の底に残っている。このまま忘れてしまうことはできない。

調べよう、と思った。

最初に思い浮かべたのは、紅半纏《べにはんてん》の半吉の顔だ。親分の手を借りようか。だがすぐに打ち消した。捕り物でもないのに、お上の御用を賜る岡っ引きを駆り出すのは気が引ける。

おちかが動くしかない。「神明町三丁目の美仙屋」。とっかかりとして、まずこれが本当であるかは、行ってみればわかる。香具屋の美仙屋がそこにあればよし、今はなくっても、昔はあったというならば、それでもよし。

ひそかに気負っていると、富次郎も手伝ってくれると言い出した。

「わたしだって、今度のことでは奇っ怪な心持ちがしているんだ」

この耳でしっかり聞き取ったはずの語り手の話を忘れてしまっている。何とも気分が悪く、落ち着かないのだという。

「おちかばかりに任せてはおかれない。そんな探索事、箱入り看板娘には無理だろうし」

「まあ、そんなことはありませんけど」

その気になれば、一人でこの江戸の町を調べ回ることだってできる。できるはずだ。

富次郎はけろけろっと笑った。

「だったらさ、出鼻を挫《くじ》くようですまないけど、芝の神明町に三丁目はないってご存じかい」

おちかは返事に詰まった。三丁目はないのか。

「今までだって、語り手がところや名前を伏せたり変えたりすることはあったんだろ？」

「はい。その方が語り易いでしょうから、いつもこちらからそう勧めておりますし」

「お梅というおばあさんも、自分の語りたいことだけ語ったら気が済むんで、それ以上こっちから詮索されるのは嫌だったんだろう」

身の上話なんてそんなもんさ、と言う。

「でも従兄《にい》さん、まだ出歩くのは無理じゃありませんか」

「どうかなあ。まあ、おとっつぁんやおっかさんに露見《ばれ》たら叱られるだろうから、出かけるときは内緒にしておかないとね」

実はお梅の一件自体、叔父夫婦には、おちかが語り手の来る日を取り違えていた——という笑い話にしてある。本当の出来事を打ち明けたら、うんと心配をかけるだろうからだ。

「でも、まずは場所よりも、〈香具屋〉という商いからたぐってみようじゃないか」

『江戸《えど》買物独案内《かいものひとりあんない》』の出番だよ、と言う。

「それなら、まず調達しなくっちゃいけませんね」

「おいおい、うちには『買物独案内』を置いてないのかい？」

「はい。叔父さんが、うちは載ってないし載らなくってかまわないから要らないと」

「袋物なんて粋な物を商っているくせに、意固地だねえ。遠方から来る取引先のために、恵比寿屋にだって備えてあったのに」

『江戸買物独案内』とは、江戸の名店を集めて紹介している案内書である。上下巻に飲食之部の三部揃いになっている。

おちかの実家《さと》は川崎宿にある旅籠〈丸千〉なので、この買物案内はいつでも目に触れるところに置いてあった。泊り客の使い勝手がいいように、母親が暇をみてはその内容を写し、分冊を作っていたくらいだ。そうすると、ちゃっかり持っていってしまう客もあった。

「まあ、いいか。お梅ばあさんが若い娘のころのお店を調べようというんだから、今、市中に出回っている案内書じゃ、どっちにしろ用が足りない。ああいうものは改版を重ねているだろうしね」

本屋を呼ぼう。

「ほら、おしまが贔屓《ひいき》の貸本屋。何だか愉快な屋号のお店だったよねえ」

瓢簞古堂である。あらためておしまに尋ねると、お店は神田多町《たちよう》にあるそうだ。またお使い新太の出番である。

すると翌日早々に、こちらの用件が珍しかったからだろう、瓢簞古堂・おしま出入りの十郎は、お店の若旦那と一緒にやって来た。

「毎度ご贔屓をいただきましてありがとうございます」

おちかは驚いた。挨拶する若旦那が、この前庭先に迷い込んできたあの若い男だったからである。

「あなたが瓢簞古堂さんの──」

「はい、店主《あるじ》の倅《せがれ》の勘一《かんいち》と申します。三島屋のお嬢さん、先日は失礼いたしました」

軍記物好きの十郎は声がいい。お客に本を勧めるために、合戦の名場面を諳《そら》んじることもあるという。そのよく通る声でこう売り込んだ。

「うちの若旦那は本の虫でしてね。商いものを食っちまうって、大旦那に叱られるくらいです」

奉公人の十郎に冷やかされても、勘一若旦那は照れもしないし笑いもしない。歳のころはおちかと大差なさそうだが、落ち着いているというか茫洋《ぼうよう》としているというか、

──昼行灯《ひるあんどん》。

という言葉が胸に浮かんでくる。

──黙っていても陰気くさくはないところも、ぴったりだわ。

「ところで、ご挨拶《あいさつ》が後先になりました。富次郎小旦那様、すっかりお元気になられましたようで、おめでとうございます」

十郎が頭を下げると、勘一若旦那もそれに倣《なら》った。富次郎はいつものようにけろけろっとして、

「やあ、おしまときたら、貸本屋さんのお耳にまで私の武勇伝を吹き込んでいるのかい。参ったねえ」

「従兄《にい》さん、武勇伝というのは違いませんか」

「だっておしまはそう言ってるんだろ。放っておいたら殺し合いになりそうなところに割って入って、まあるく事を収めたわたしの手柄をさ」

当のおしまは自分のことのように鼻高々である。

「ええ、小旦那様でなかったら、けっしてできなかったことですよ」

十郎もその小旦那様自慢の肩を持つ。「何でも喧嘩《けんか》を仕掛けた方の手代は、博打《ばくち》でこしらえた借金がふくらんで、そうとう自棄《やけ》になっていたらしいじゃございませんか。そんでもって、年下の手代に有り金を全部貸せ、倍にして返してやるから貸せって迫って」

この場合の「貸せ」は、最初《はな》から返すつもりなどない「寄越《よこ》せ」である。迫られた方には、とうてい呑める話ではない。

「嫌だと断ったら殴る蹴るの仕打ちで、たまりかねてやりかえしたら大喧嘩になっちまったなんて、ひでえ話でございますよねえ」

この一件についておおっぴらに尋ねるのは、三島屋のなかでは何となく憚《はばか》られていたから、おちかが詳しい経緯《ゆくたて》を聞くのはこれが初めてだ。十郎の方がよっぽど事情に通じている。

「よくそんなところに割って入れたものですね」

「止めなきゃ死人が出そうだったからさ。その場じゃ、怖いとも思わなかったんだ」

鼻筋を掻きながら、富次郎は苦笑する。

「そのくせ、手前《てめえ》がいちばんこっぴどく殴られて目を回しちまったんだから、様《ざま》はありませんよ。あんまりちやほやしないでおくれ」

「その二人の手代さんは、その後どうなったんでしょうか」

「揃《そろ》って恵比寿屋をお暇になったよ」

当たり前ですよと、おしまは息巻く。

「もっと重い罰になったってよかったくらいです。うちの小旦那様は、ただの奉公人じゃなかったんですからね。三島屋から恵比寿屋さんにお預けした、大事なお身柄だったんです。小旦那様を殴った手代は、主人に刃向かったも同然ですよ」

お店《たな》のなかで奉公人が主人やその家族を傷つけたら、普通はまず死罪である。それではあんまり事を荒立てすぎるというので内々に済ませることが多いが、どうしても許し難いとまっとうにお上のお裁きを仰げば、奉公人の側には一分の理も認められない。

「まったくだ。恵比寿屋さんも情に篤《あつ》いのは結構ですが、手ぬるいっちゃあ手ぬるいよねえ」

十郎にとってはおしまがお得意様なので、おしまの鼻息に調子を合わせる。二人でわいわい言い合い、盛んに富次郎を持ち上げるのを、本人は照れ笑いしながら受け流している。

一方の勘一若旦那はこのやりとりに口を挟まず、表情も変えずにぽつねんとしている。先に（たまたまであるが）おちかと顔を合わせたときには、すぐと富次郎への見舞いを口にしたのだから、事情は承知しているのだろうに。

「さあさあ、この話はおしまいだ」

富次郎がぱんぱんと手を打った。

「おしま、おまえさんは洗い物の途中だったんじゃないのかい」

「あら、そうでした！」

慌てて襷《たすき》を掛け直し、おしまはばたばたと台所の方へと駆け出してゆく。

「まったく、よく埃《ほこり》をたててくれるお人だが、わたしは物心ついたころからずいぶんと世話になってきたんで、あれにはかなわない」

富次郎はにこやかに言って、勘一若旦那に軽く頭を下げた。

「前置きが騒々しくってすみませんでした。おちか、ようよう本題に取りかかれるよ」

「それじゃあ、あたしもおいとまいたします」

十郎は本箱を背負い直して腰をあげる。

「小旦那様の御所望の件は、あたしより若旦那の方が詳しいですからね」

「何だよ、だったらあんたは何しに来たんだい？」

「そりゃあ、小旦那様にご挨拶しに伺ったんでございますよう」

引き揚げ際までいい声で愛嬌《あいきょう》を振りまき、十郎が去ると、瓢箪古堂の勘一は、さっそく包みを解いて本箱を取り出した。

「伺ったご用件では、今はもうないかもしれない古いお店をお探しになるために、『江戸買物独案内』がご入用とのことでございましたが」

「そうなんですよ。しかもそのお店は、場所もはっきりしないんだよね」

「ただ、香具屋さんだということは確かです」

お梅の語った話と、香具屋は深く結びついている。他の商いであるとは思えない。

「屋号は美仙屋で、ちょっと珍しいでしょう。もとは備前屋という香具屋さんから分かれたお店だという話でした」

勘一は本箱を開けると、中身を取り出して並べてゆく。次から次へと冊子が出てくる。

「これ、みんな買物案内なんですか」

「左様でございます。手前どもの手元にあるのをあらかたお持ちして参りました」

厚いの、薄いの、きれいなの、汚れているの、古いの、新しめの、大きいの、小さいの、綴《と》じてなくて巻いてあるのと、多種多様だ。題簽《だいせん》の書名も、ざっと見る限り一つではない。

「『江戸買物独案内』は、大坂の中川芳山堂《なかがわほうざんどう》という板元が出したものでございますが――」

「え？　あれは上方の本屋さんのなのかい」

「はい。灯台もと暗しで、江戸の本屋は思いつかなかったんでございましょう」

しかし、名店案内であると同時に江戸巡り案内としても使えるこの書物が当たると、御府内の本屋も、柳の下に二匹目三匹目の泥鰌《どじょう》を求めて、次から次へと似たような案内書を作り始めた。

「もとの『独案内』は三巻本でございますから、手軽な分冊版や廉価版など工夫をいたしまして」

「それ、うちのおっかさんもやっていました」

わたしの実家は旅籠《はたご》なもんですからと、おちかは説明した。

「そういうのを私家版と申します。ここにも何冊か、旅籠や料理屋がお客様のために自前でこしらえた分冊がございますよ」

そうした私家版は原本に忠実だから、むしろ良質なのだと勘一は言った。

「商品としての案内書は、いろいろ作られるようになりますと、あまり筋のよろしくないものも出て参りましたから」

「ははあ、いい加減な紹介をしているんだね」

「ただいい加減なだけならまだましなのですが、お店の方から金を取って作った案内書ですと、内容に信の置けない場合もございます」

お客の便宜ではなく、お店の宣伝のための案内書になっているからだ。

「評判でもない品物が大評判だと書くとか、名店でもない店を名店だと謳《うた》うとか」

なるほどと言って、富次郎は小首を傾《かし》げた。

「でもそれなら、大本《おおもと》の『独案内』だってそうじゃないのかい。いや、信用できるできないの方じゃなくて、お店から金をとってるという方」

「手前が聞き知っている限りでは、中川芳山堂さんが掲載料をとったということはないようでございますよ」

「じゃ、お店の側が進んで払うわけだな」

出来上がった『独案内』をまとめて買い上げるというやり方もある。

「枠の大きさがお店によって違うし、名物・名品の紹介も、詳しかったりあっさりしていたり、等級があるよねえ。こりゃ、御寄進の差だな」

「かなりの名店でも掲載されていない場合があるんでございますが、それもそのあたりに理由がありそうで」

「気位の高い老舗《しにせ》なんか、むしろ載せるなって怒ったりして」

「はい。老舗でなくても、こうした案内書に書かれると安く見られる、あるいは商いの筋が荒れると、嫌う向きはあったようでございます」

うちもその口だろうと、富次郎は笑った。

「どっちにしたっておいしい金儲《もう》けの種だね。後追いで真似《まね》っこした方が、そのおいしいところをがぶがぶ喰《く》らったって不思議はないや」

単純な真似っこもの。上方の版元に江戸の名店がわかってたまるかと、江戸の版元が『独案内』に張り合って出したもの。着道楽、食道楽を標榜する粋人が個人の選でまとめたもの。

「よくまあ、これだけ集めたねえ」

「貸本屋は、本の品数を揃えるところがまず商いの振り出しでございますから」

富次郎が言っていたとおり、『江戸買物独案内』自体も増補や改訂を重ねているそうなので、何冊かある。

「さて、おちか。これをみんな調べなくっちゃいけないよ」

手分けしようと、腕まくりする。

「おちかはずばり、香具屋の美仙屋と備前屋を探しておくれ。わたしは、商いものに関わりなく、備前屋という屋号のお店を端からつまみ出してみるから」

「はい、わかりました」

おちかもすぐさま襷掛《たすきが》けの気分である。と、傍らにあった一冊を手に、勘一が言った。

「すべての冊子のいちばんうしろの丁に、この短冊を挟んでございますが」

なるほど、勘一の持っている一冊には桜色の短冊、おちかの手元のには朱色の短冊、富次郎が開いている一冊には茜《あかね》色の短冊が、それぞれ綴《つづ》りの最後の方にちょこっと覗《のぞ》いている。

「この赤い色が濃いほど時代が古い冊子だという意味でございます」

「こりゃあ助かる。ありがとう」

いえいえと勘一は頭を下げ、さらに言う。

「差し出がましいようですが、今少し、手前どもがお手伝いできることがありそうな気がするのですが……」

おちかと富次郎が顔を見合わせると、慌てて打ち消すように手を振る。

「やや、これは余計なことを申しました。相すみません」

「まいまいつぶりじゃないんだから、そんなに急いで引っ込まなくたっていいよ」と、富次郎はからかう。「で、どう手伝ってもらえそうなのかねえ」

「その……お探しのお店が香具屋さんで間違いがないのならば」

「何か妙案がおありかい」

「手前どものお得意様には香具屋さんも何軒かございますので、聞き合わせてみることができるかと存じます」

江戸のお店は業種によって株仲間や寄合を作っているので、横の繋《つな》がりがある。確かに、美仙屋という珍しい屋号のお店のことを、同業者なら知っているか覚えていると当て込んでも、そう外《はず》れはないだろう。

どうしようと、おちかは思った。瓢箪古堂の勘一若旦那は感じのいい人だ。ただの調べ物なら、一も二もなく頼むだろう。

――でも、これは少々怪しいことだから。

富次郎だって、どこまで本気でそう思っているのかはわからないが、「化かされた」と言っているのだ。まったく関わりのない人を巻き込んでいいものだろうか。

と、当の富次郎があっさりとうなずいた。

「そうかい。だったら頼もうかなあ」

「まあ、従兄《にい》さん」

「駄目かい？　商売柄、この若旦那は顔が広いだろうし、実直で頼りがいがありそうじゃないか」

「でも、もしかしてご迷惑をかけるようなことになったら」

おちかがもごもご口ごもると、勘一は少し声をひそめて言った。

「ひょっとするとこれは、三島屋さんの名高い変わり百物語に関わりのあることなんでございましょうか」

名高い、とまで言われるのは気恥ずかしい。

「実を言うとそうなんだ。若旦那がご存じなら話が早くって助かるよ」

富次郎はまるっきり遠慮がない。

「うちの百物語は、伺ったお話を外に出さないことが売り物だからね。若旦那にも詳しい事情を教えることはできやしない。それでもいいかい？」

「はい、もちろんでございます」

「けっこう怪しい出来事がからんでいるんだよ。おっかなくないかい」

勘一は大真面目に、それでいてどこか長閑《のどか》に、ちょっとのあいだ考えていた。

「今のところは、おっかなくなりようがないようでございます」

何とも素直な返答に、おちかは微笑《ほほえ》んだ。

「おや、お嬢さんも納得なすった。じゃあ頼むとしよう。美仙屋という香具屋が見つかったら教えてくださいよ」

「はい、心得ました」

「なぜそのお店を探しているのかと問われたら、どうなさいますか」

おちかの問いに、勘一はほわんと笑みを浮かべた。「貸本屋らしい理由を申し上げます」

こうして瓢箪古堂は去り、おちかと富次郎は買物案内書の山に向き合った。これらは借り物だから、目当ての屋号が見つかったら抜き書きしなくてはならない。おちかが筆や硯《すずり》を用意しているあいだに、富次郎は新太に手伝わせ、納戸から古い文机《ふづくえ》を運んできた。

「わたしが手習いに使っていた文机だよ」

本家本元の『江戸買物独案内』では、「か」の字の部で「香具《かうぐ》」を探していけばいいから、増補があるのを見落としさえしなければ、それほどの手間はない（ただし、存外に複丁や落丁が多いのには手こずった）。難儀なのはそれ以外の「二三匹目の泥鰌」系の案内書で、ちゃんと分類されていなかったり、業種別ではなくところ別になっていたり、屋号だけの羅列で商いものは索引と付き合わせてみないとわからなかったりする。

「こりゃ、難儀な戦だねえ」

まったく富次郎の言うとおりで、細かな文字を追ってゆくだけの作業は目に辛《つら》いし肩も凝り、なかなか根気が続かない。秋の陽《ひ》はつるべ落としで暗くなってしまうと、灯をともしてまで続けるのはさらに疲れる。それでも一日、二日と費やし、三日目からはおちかも屋号〈備前屋〉捜しだけに切り替えて、

「こういう作業ってのは、目が飽きるからね。自分じゃ一心にやってるつもりでも、見落としがあるかもしれないから念を入れよう」

富次郎が一度さらった冊子をさらい直した。そうしてさらに二人で二日かけたのだけれど、

「美仙屋は見つかりませんね」

「備前屋は見つかり過ぎだよ」

今、江戸市中で商いをしている備前屋だけでも何十軒とある。美仙屋は珍しい屋号だが、備前屋はありふれているのだ。

「これを片っ端から訪ねてゆくんじゃ、おちかが嫁に行きそびれてしまうよねえ」

それはどうでもいいが、買物案内を見る限り、今も昔も芝の神明町には香具屋がない。まったくないのか、美仙屋が（三島屋と同じように）案内書に載るのを遠慮するお店だったのか。いずれにしろ、いよいよ芝まで行ってみなくては埒《らち》が明かなくなった。

「ちっと休んで、それこそ秋刀魚《さんま》でも食って寿命を延ばしてから行こうよ」

弱気なことを言うと、富次郎を笑ってはいけない。従兄《にい》さんはまだ本調子ではないのだと、おちかは今さらのように思い出した。実際、連日案内書の丁を繰って目を凝らしていたせいか、収まっていたはずの目眩《めまい》が何度か起きていた。

「そうですね。瓢簞古堂さんが何かつかんできてくれるかもしれないし、しばらくは

お休みしましょう」

従兄妹《いとこ》同士が気を合わせて何やら一生懸命やっていると、微笑ましく見守ってくれていた伊兵衛とお民も、いささか疲れ気味にくすんだ富次郎の顔色を案じている。

その日の夕餉《ゆうげ》の膳は、脂の乗った秋刀魚と栗ご飯。富次郎の食がいいことに、おちかはほっと安堵したが、入れ替わりに気になることが生じた。

「信じられますか、お嬢さん。新どんが、栗ご飯をお代わりしなかったんですよ」

丁稚の新太のことだ。大好物の栗ご飯を前にしながら、妙に萎《しお》れていたのだという。給仕をしたおしまは、「お腹が痛いのかい？」と訊いた。番頭の八十助は、昼間ちょっとしたことで新太を叱ったので、そのことならもう気に病むなと諭した。すると新太が「ご飯は美味しいです。けども秋刀魚の小骨が喉に刺さっちまって」というので、お勝がご飯を団子にして丸呑みさせた。「こうすると小骨がとれますからね」

「ホントですねお勝さん、もう喉がちくちくしません。ごちそうさまでございました。

「でも、お代わりしないまんまでしたの」

これは、お梅の一件と同じくらい奇っ怪だ。

「考えてみれば……元気がないというほどじゃないけれど、ときどきふっと物思いしている様子ではありましたねえ」

ここ四、五日ほどのことだという。お勝に言われて、おちかも思い出した。

「そういえば、ちょうどそのころ、金ちゃんたちが顔を見せに来ていたような……」

新太は三島屋の働き者だが、お店の外に、同じ年頃の友達がいる。金太《きんた》、捨松《すてまつ》、良介《よしすけ》という三人の（おしまが言うには）わんぱく小僧たちと、三島屋の近所の八百屋の倅《せがれ》、直太郎《なおたろう》だ。

そもそもは、この直太郎の身にある問題が起こり、その問題を、あの深考塾《じんこうじゅく》の若先生・青野利一郎が解決しようとしたことが発端で、おちかも合わせてみんなが知り合ったのだった。利一郎は黒白の間の語り手の一人になったこともある。

金太たち三人は、深考塾の習子《ならいご》である。住まいは本所にあるから、子供の足ではそこそこ遠い。それでも直ちゃん新ちゃんに会いたくて、道々何かしらの用事を引き受けてお駄賃をもらったり、焚《た》き付けを拾ったりしながら通ってくる。ただ、やっぱりそれぞれの暮らしがあるから、そう頻々というわけにはいかない。近ごろでは直太郎も八百屋の商いを手伝っているし、新太はもともと三島屋で忙しいから、なおさらだ。

「よお、おちか姉ちゃん」

「元気かい？」

「いつもべっぴんだねえ」

金捨良《きんすてよし》の三人がおちかを訪ねてくれるのも、ひところよりは間遠になりがちである。

「金ちゃんたちってのは、誰だい？」

問われて説明すると、富次郎は感心した。

「へえ、面白いねえ。わたしも紹介してもらいたいもんだ」

「はい、折がありましたら」

「新どんが萎れているのは、おおかたその仲良しの誰かと喧嘩《けんか》でもしたんだろう」

おちかも、それぐらいしか思いあたらない。

「なりは小さくたって男は男だからね」と、富次郎は言う。「面子《メンツ》があって、姐《あね》さんには泣きつけないで堪《こら》えているのさ」

「従兄《にい》さん、その〈姐さん〉というのはあたしのことでしょうか」

「おしまとお勝を入れて、〈姐さんたち〉かな」

「あら小旦那様、あの悪ガキめらは、このおしまのことは〈鬼女〉と呼ぶんですよ」

おしまがぶうっとむくれて、

「お勝さんは〈お勝様〉とか〈三島屋の菩薩《ぼさつ》様〉だし、お嬢さんは〈べっぴん〉なのに」

富次郎は大笑いした。「いいねえ。ますますその子たちに会ってみたくなったよ」

あとでおちかが尋ねてみると、番頭の八十助も、金太たちが新太に会いに来ていたことを知っていた。が、その折に喧嘩や言い合いがあった様子はないと言う。

金捨良が来れば何やかやと用事を言いつけ、駄賃を稼がせてやっているから、八十助も彼らとは顔馴染《かおなじ》みだ。ついでに行儀も教えている。揉《も》めていたら見逃しはしないだろう。

「ただ、何とはなしに新太の様子が変なのは、確かにそれからこっちのことでございますねえ」

あの子らのうちの誰かが、奉公先でも決まったんじゃございませんかね、と言う。

「みんな、いつまでも子供じゃおられません。独り立ちのときが来れば、別れ別れになります」

「そうね……」

もしそういう話なら、新太が寂しくって気が塞ぐのも当たり前だ。おちかだって寂しい。

「しかし、あのガキめらは変わりませんな。目ざとく小旦那様を見つけて、あの大部屋役者のような人は三島屋さんの居候かと訊《き》くもんですから、叱りつけてやりました」

おちかは笑ってしまった。富次郎を評して大部屋役者とは、巧《うま》いことを言う。

今度会ったら、おひねりをあげることにしよう。そう思ったら、ちょっぴり気持ちが晴れた。まったく愉快な子供たちである。

ところが――

そのすぐ翌日のことだ。黒子《ほくろ》の親分、紅半纏《べにはんてん》の半吉が三島屋を訪ねて来た。先日のお見舞いのときのようなあらたまった様子ではないが、おちかの都合のいいときに、ちょっと暇をこしらえてほしい、お話がありますという。しかもそれを直《じか》におちかに言わず、お勝を通して訊いてきた。

「わたしなら、今だってかまいませんよ。そんな遠慮がちに、親分さんはどうしたのかしら」

昨年の暮れ、おちかとお勝は、半吉と青野利一郎と四人で、怪談語りの会に出かけたことがある。以来、お勝と親分も気兼ねのない間柄だ。

――それなのに、何だか遠回しな言いよう。

黒白の間は借り物の案内書でいっぱいだし、半吉がひどく遠慮するので、台所の脇の小上がりに通して、顔を合わせた。

「お嬢さんはお忙しいのに、すみません」

さらに恐縮を重ねるのも、いつものさばけた親分らしくない。傍らについたお勝も、怪訝《けげん》そうに見守っている。

「もしかして、また金魚の安みたいな厄介が近づいているんでしょうか」

おちかの方から持ちかけてみると、いやいやと首を振る。

「幸い、そんな物騒な事じゃありませんが」

ならば、なぜ言い渋るのだろう。

「実はですね、お嬢さん」

言い出して、また躊躇《ためら》って後戻りする。

「これはあっしの大きなお節介でございます。余計な差し出口でございますから、どうぞお気を悪くなさらねえでください」

「はあ」

「お武家様の身の上のことは、本来あっしら町場の者がとやかく噂していいことじゃござんせん。深考塾の若先生はあのとおり物堅いお人柄ですから、こちらを発《た》つ前に、三島屋さんにはきちんとご挨拶に伺うとおっしゃってましたが――」

深考塾の若先生。これは、青野利一郎に関わる話なのか。

「こちらを発つ前に？」

珍しく、お勝が他人の言に割って入る問いかけをした。「若先生、どこかへおいでになりますの？」

紅半纏の半吉は、ぐっと詰まった。それからゆっくりとうなずいて、おちかとお勝の顔を見た。

「お故郷《くに》に帰ることになったんですよ」

おちかはぽかんとした。故郷に帰る？

「若先生は、野州《やしゅう》那須請《じょうりん》林藩のお生まれです。若先生が仕えていた大名家の門間《もんま》様は、ええと」

と、親分は指を折って数える。

「もう五年前になりますかねえ。お殿様の急死で跡継ぎの手続きが間に合わなくって、お取り潰しになったんですよ」

青野利一郎はそれで主家と禄《ろく》を失い、浪々の身となって江戸へ出てきたのだ。

「その後《あと》には生田様が入ったので、今では生田請林藩に変わっておりますが、若先生のお故郷であることに変わりはありませんや」

その生田請林藩に、仕官の口があるのだという。

「まあ……それはおめでたい……ことでございますわねえ」

これまたお勝にしては珍しく、祝いの言葉がぎくしゃくする。

おちかはまだぽかんとしていた。若先生が故郷に帰る。いなくなってしまう。

「浪人暮らしから足を洗うんですからね。もちろんめでたいことですよ。めでたいんですけども」

半吉は、嚙《か》みにくいものを嚙んでいるみたいな口つきである。

「ご当人が口の堅いお方なんで、あっしもこのへんの事情は向島《むこうじま》のご隠居から伺ったんです。若先生の大先生の、加登新左衛門《かどしんざえもん》様」

深考塾のもともとの師匠である。おちかは面識はないが、利一郎が黒白の間で語ってくれたのがこの加登新左衛門夫妻の話だったので、知り合いのような心地がしている。

　加登夫妻は青野利一郎に深考塾を預け、向島の小梅村《こうめむら》に住まっているので、半吉は「向島のご隠居」と呼ぶのだろう。その様子からして、親しく出入りしているようである。

「つまり若先生の仕官のお話には、親分がそんなお顔をなさるだけの〈事情〉があるんですね」

　おちかが黙りこくっているので、お勝がやりとりを進めてくれる。

「へえ……まったく、あっしも余計なおしゃべりをするもんでござんす」

　親分の顔つきが、だんだん暗くなる。

「若先生は、那須請林藩では用達下役《ようたししたやく》というお役目に就いていらしてですね、これは、ぜんたいに領民の暮らし向きをよくするお仕事だとか」

　新しい作物の育て方を工夫したり、他国から仕入れた種や苗を領内に根付かせたり、

「百姓の子供らに読み書きを教えたりしていたんだそうです」

　ならば、産業振興と教育に努める役務ということだろう。

「じゃあ、そのころから先生をしていらしたんですわね」と、お勝が微笑する。

「深考塾でもすぐ務まったわけですよ」

　用達下役は那須請林藩独自の役職だったが、後に入った生田家も、この働きを重く見た。他所《よそ》から移封《いほう》されてきた新領主には、彼らの持つ知見が貴重なものだったのだろう。

「ですから、若先生は素浪人になっちまいましたが、同じ用達下役のなかには、生田藩に――言葉は悪いが、拾ってもらえた方がいたんだそうですよ」

もちろん出世はおぼつかない。終生、用達下役のままである。それでも身分と禄を保証され、何より故郷を離れずに済んだのだから幸運だった。

この人物が青野利一郎の朋友《ほうゆう》で、歳は一つ上。名を木下源吾《きのしたげんご》という。

「この木下様が、肺病《びょうが》にかかられましてね」

半年ほど前から病臥しているが、あと一月《ひとつき》保つか保たぬかという容態《ようだい》だという。

「ご家族はご自身の母上と、奥様と、子供が四人。上の三人が女の子で、いちばん下が男の子で、まだやっと三歳だっていうんですから、お気の毒な話でござんす」

おちかはまだまだぽかんと呆《ほう》けていたが、それでも耳には話が入ってくる。筋が見えてきた。

「――若先生は、そのお家《うち》に入られるんですね」

懐かしい朋友に請われて、その身分を継ぎその家を守るため、故郷へ帰ろうというのだ。

蒸し暑い季節はとっくに過ぎたのに、半吉は顔に汗をかいている。

「まったく、そういう経緯《ゆくたて》なんで」

「生田のお殿様は、大らかな方なんですわね」とお勝が言う。「家中《かちゅう》の者に、そんな形で養子を迎えて家を継がせるのをお許しになるなんて」

「さいですねえ。それだけ、木下源吾様って方の働きぶりがよかったんでしょう」

「若先生のお家はどうなのかしら。青野家は絶えてしまっていいのでしょうか」

「ご両親はとうに亡くて、墓の手入れも人任せになっているんで、若先生も、いつかはお故郷《くに》に帰ろうと思ってたみたいですがねえ」

今回の話が来る前にも、ちらっとそんなふうに呟《つぶや》いていたことがあると、半吉は言う。

「若先生には、ええと、その」

許婚者《いいなずけ》がいたのだ、と言う。

「この方は、那須請林藩がお取りつぶしになるという一大事よりも前に、若い身空で亡くなってしまったそうでしてね。それも、何ですか——不幸な亡くなり方だったらしくって」

半吉も詳しくは知らないのか、聞かされて知っているがここでは口に出せないのか、ともかく顔いっぱいの汗だ。

「気を落としたご両親も後を追うように亡くなっちまいましてね。このお家《いえ》も、墓を守る跡継ぎがいねえわけです。そっちも気にかかるんだって、まあ、そういう話でした」

半吉は懐から手ぬぐいを引っ張り出して汗をぬぐう。お勝は静かにうなずいている。

おちかは黙りこくっている。

「この、亡くなった許婚者の方と、木下源吾様って方は従兄妹《いとこ》同士になるそうで」

木下家が本家筋なのだという。

「じゃあ、若先生にしてみれば、二重三重に縁があって、心が動くお話ですねえ」

「へえ」

「とうてい、お断りするなんてできませんわね」

「お勝さんもそう思いますか」

お勝はうなずき、半吉もうなずき、申し合わせたように口をつぐんでしまった。

おちかはいろいろ言おうとした。若先生はお優しい方だから、生田のお殿様のお許しはめったにないほど有り難いものだから、亡くなった許婚者の方にも無縁ではないお話だから。

断るわけにはいかないし、断るなんて思いもしないだろう。

ただ故郷《くに》に帰るだけではないのだ。青野利一郎は、朋友が後に残す女を妻《めと》に娶り、四人の子の父親になろうとしている。

小さくため息をついてから、気を取り直したように、お勝が顔を上げた。

「これは、急ぐお話なのでしょうか」

「木下様のご容態が悪いようですからねえ」

「ああ、そうですわね。わたくしとしたことが、わかりきったことを伺ってしまって」

指で自分の額を押さえる。

「若先生が仕官なさるのですから、三島屋からも然《しか》るべきお祝いの品をお贈りしなくては。ねえ、お嬢さんもそうお思いになりますでしょう」

お勝の眼差《まなざ》しを感じて、おちかも目を上げた。お勝の表情は語っていた。

寂しがってもいい。悲しんでもいい。悔しがってもいい。でも、だらしなくめそめそしてはいけませんよ、お嬢さん。

「──大げさなことをすれば、若先生は遠慮してしまわれるわ」と、おちかは言った。「叔父さん叔母さんと相談して、控えめながら、三島屋の感謝の念が伝わるものを調《ととの》えましょう」

青野利一郎は、三島屋を押し込みから守ってくれた恩人なのだから。

「親分さん、お報《しら》せくださってありがとうございます」

「いやはや、畏《おそ》れ入ります」

「余計なおしゃべりなんかじゃありませんよ。うちでは、わたしとお勝さんが初耳じゃないはずですから」

いちばんの早耳は新太であろう。金捨良から、「若先生が深考塾をやめちゃうよ」と報され、がっかりして萎《しお》れていたのだ。

「深考塾の習子さんたちは、寂しいでしょうね。塾はどうなるんでしょう」

「向島のご隠居が、大急ぎで代わりの師匠を探していますよ。間に合わなかったら、当座はご自分が戻るおつもりのようです」

いずれ利一郎が挨拶に来るときは、半吉もまた供して来るという。話はいったんそこまでにして、おちかとお勝はすぐ伊兵衛に会った。

伊兵衛も大いに驚き、青野利一郎のためには喜ぶべきことだが、深考塾と三島屋にとっては残念な別れじゃないかと呻《うな》った。

「人の縁は移ろうものだから、仕方がないが」

おちかに聞かせるための台詞《せりふ》のようだった。

用が済むと、おちかは急に黒白の間に行きたくなった。日々寝起きしている居室より、あの座敷こそがおちかの場所のような気がする。

調べ物も一休みで、富次郎はいない。瓢簞古堂から借り受けた買物案内の山の狭間《はざま》に、ひっそりと一人で座った。

しばらくすると、庭先に影が差した。見れば、庭箒《にわぼうき》を手にした新太である。

「――お嬢さん」

あとが続かず、えっえっえっと泣き出した。

いろいろと想い乱れるおちかの内心を察していないはずはなかろうが、叔母のお民は、三島屋のおかみとして青野利一郎の仕官を喜び、張り切って祝いの品の調達に取りかかった。

「うちが出過ぎることがあったらいけないから」

と、半吉に頼んで加登夫妻に紹介してもらい、わざわざ向島は小梅村まで訪ねていって、利一郎のために何をどの程度揃《そろ》えるか、親しく相談を始めるほどである。

「加登様の奥様が、羽織と紋付きを新調して差し上げるそうですよ」

武家の正装だから、小袖の前身《まえみ》に紋が二つ、背と左右の表袖に一つずつの五つ紋だ。

「これは木下家の紋にしなくっちゃならないけど、若先生のご実家の青野家の紋がまったく失くなってしまうのも寂しいよねえ。だからうちでは、紙入れと袂《たもと》落とし（袂のなかに入れて用いる袋物）をあつらえて、そこに青野家の紋を入れようと思うんだけど」

染め抜きじゃなくって刺繡《ししゅう》紋で、うちでいちばん腕ききの職人にやらせようと、うきうき言う。

「袋物はうちの商売物ですからね。とびきりの上のものにしよう。加登様の奥様のお話じゃ、木下様のお家は八十石取りだというから、派手で悪目立ちしちゃいけないけれど」

あとは履《は》き物かしら。それとも、用達下役というお役目は、領内を回って歩かれるそうだから、野袴《のばかま》のいいのがあったら便利に使っていただけるかしら。

「おちか、どうお思いかえ」

「叔母さんのお考えのとおりでいいと思います」

ねえ、あんた——と、お民はおちかを見据えた。

「もうちっと、めでたそうな顔をなさいな」

「あたし、そういう顔をしていませんか」

「ちっとも。雨降りの日のてるてる坊主のような、しけたお顔をしておいでだよ」

おやめなさいよと、厳しく言われた。

「若先生のこのご縁に不満があるのなら、大きな声でそうお言い。何もかもひっくり返すつもりで、お故郷《くに》に帰らないでくださいとせがんでごらん」

おちかは黙っていた。

「それだけの覚悟がないんだったら、笑顔でおめでとうございますと言うんだよ。それが女の意気地《いきじ》ってもんだ」

おちかがお民に、これほど厳しく叱られるのは初めてのことだ。びっくりした。が、それで「なにくそ」と負けん気がわいてくることもなかった。

おちかがそんなふうだから、先んじて大泣きした新太も、たちまち心配する側に回ってしまった。日々、何かしら用をつくっておちかの顔を見に来ては、気詰まりなふうで言葉もなく、しおしおと引き下がってゆく。

新どんがあんなにえんえん泣いたのは、もちろん自分も寂しいし、金捨良と直太郎が寂しかろうと思ったからだが、他の誰よりもおちかが悲しむだろうとおもんぱかってくれたからだろう。その思いやりは身に染みた。

お民だって、叱ることで慰めようとしているのだ。おちかもちゃんとわかっている。それでも、わかっただけで気持ちが収まるなら世話はない。

お民とおちかのあいだがぴりぴりしているので、伊兵衛はどっちに対しても腫れ物に触るようにしている。もっとも、いっぺん、奥でお勝を相手にこんなことを言っていた。

「おちかには可哀相《かわいそう》だが、あの娘《こ》がああしてこの失恋に悲しむのは、悪いことじゃないよ。そういうふうに心が開けてきたんだからね。一年ばかり前までは、色恋なんてとんでもない、あたしなんか一生一人で暗い穴蔵にこもってりゃいいんですぐらいのふうだったんだから」

おちかは聞こえないふりをして通り過ぎた。お勝だって相づちに困ったろう。

おちか自身も、実のところは、何が悲しいのかよくわからないのだった。それは自分の本音がわからないということでもある。本当のところ、自分はどうしたいのか。

「まあ、そういうときは、なるようになってりゃいいんだよ」

相談したわけでもないのに、勝手にそんな助言をくれたのは富次郎である。

半吉の訪れが一つの節目になったかのように、季節の方も足を速めて移り始めた。

この数日、朝晩は冷え込みを感じるほどだ。富次郎は、

「わたしはこれくらいの季節がいちばん好きだ。身体に合っているんだよね」

などと言って、てきぱきと元気そうにふるまっている。

「見つけた備前屋を片っ端から訪ねて回るのに、できるだけ効率がいいように段取りしておこう」

と、また黒白の間に座って、〈備前屋巡り切り絵図〉なるものをこしらえ始めた。莫迦《ばか》に熱心にやっているので、また根を詰めすぎてはいけないと覗《のぞ》いてみると、途中で休んだり買い食いをしたりする店まで入れて、順路を定めている。

「この店の羽二重饅頭《はぶたえまんじゅう》が旨《うま》いんだって。おしまが教えてくれたんだ。この二八蕎麦《にはちそば》はじいさんが引っ張っている屋台でね、子《ね》の日と辰《たつ》の日しかここにはいない。暦を確かめて出かけないと」

「従兄《にい》さんたら」

おちかがつい笑うと、富次郎もにっこりした。

「笑みが出るなら大丈夫だね」

富次郎にまで、そんな心配をかけていたのか。

「先に言っておくけれど、くどくどしいお話は要らないよ。おちかは年頃なんだから、いろいろあるさ。物思うことがあって当たり前だ。で、思っても思っても思うようにならないときは、さ」

なるようになってりゃいいと言ったのだった。

「それにしても、青野様って若先生はいつ挨拶《あいさつ》に来るんだろう。こっちで手回しよくお祝いの支度をしちまったもんで、かえって来にくくなってるんじゃなかろうかね」

青野利一郎の人柄からして、それはありそうなことである。

「お武家様は、わたしらとは身分が違う。お殿様に仕えて、自分の家も守らなくちゃならない。重たかろうねえ。だからなかなか本音なんか吐けないいんだろうとお察しするけども」

「まあ！」

会ったら訊《き》いてみたいなあ、と言う。

「友達の後家さんと子供を抱え込むなんて、気億劫《きおっくう》じゃございませんかってね」

「怒ったね。くわばら、くわばら」

ふざけて笑っていた富次郎が、そのまんまの調子で大きな声を出した。「おお、瓢簞古堂さんじゃないか。いいところに来た」

庭先で、いつものように本箱の包みを背負った勘一が小腰を屈めている。

「おしまさんにご挨拶しましたら、小旦那様もお嬢さんもこちらだと伺いまして」

上がれ、上がれと富次郎は手招きする。

「で、首尾はどうだった？」

勘一は縁先で本箱をおろし、ぺこりとする。

「そこそこありましたが……小旦那様は何かお書きになっているんでございますか」

広げた切り絵図が目にとまったらしい。

「うん。こっちは美仙屋がなしで備前屋が山ほどでさあ——」

かくかくしかじかと説明し、〈備前屋巡り切り絵図〉を見せると、勘一は身を乗り出してきた。

「これは、なかなか」

短く感嘆し、穴が開きそうなほどに見入る。

「小旦那様は、甘いものがお好みですか」

「目がないんだよ」

確かに、毎日おやつに何かしら食べる。

「どうりで、よくご存じでいらっしゃる。ですが、この白玉屋は先月代替わりして蜜の味が変わってしまいました」

「え？　そりゃ初耳だ」

「宝扇堂の砂糖漬けは、茄子《なす》が絶品でございます。蜜柑《みかん》は存外と好き嫌いが分かれるようで」

「ほうほう」と、富次郎も筆を取って切り絵図にかぶりつく。

「それとこの二八蕎麦は」

「じいさんが引いてる屋台なんだろ」

「でございますが、じいさんの弟子が池之端仲町《いけのはたなかちょう》にお店を出しております。種物《たねもの》はそちらの方が旨いという評判でございますね」

この調子で食いもの問答が続く。

「この天ぷら屋は」

「その寿司屋台は」

「ここの茶屋の串団子は一本の串に団子が五つ」

「草餅だったらこの天満屋よりもそっちの播磨屋の方が」

「彼岸過ぎまではこの飯屋でかけそうめんが」

「皿に盛って、生姜《しょうが》汁をきかせたやつだろう。知ってる知ってる」

見物していたおちかは呆《あき》れた。この二人、食いしん坊仲間じゃないか。

「従兄《にい》さんは、恵比寿屋さんでいったい何の修業をしておいでだったんでしょうか」

富次郎がつっと固まった。

「瓢箪古堂さんも、出商いには不慣れだというわりには、食べ物屋に詳しいんですね」

前のめりの姿勢のまんま、勘一も固まる。

「お二人、気が合いますわね」

せいぜい顰蹙《ひんしゅく》の顔をしようと思っていたのに、おちかは吹き出してしまった。

「ちょうどおやつ時です。何かお持ちしますから、どうぞお続けくださいな」

台所では、おしまがおやつの支度をしていた。そばに紙包みが置いてある。

「お客様からのいただきものです。小旦那様のお好きな大黒屋のおこしでございますよ」

菓子鉢に移すというから、おちかはとめた。

「蓋《ふた》のついたどんぶりの方がいいわ」

番茶を淹《い》れて黒白の間に戻ると、勘一は縁先から座敷に上がっていた。きちんと正座をしているが、いよいよ熱を入れて、富次郎と切り絵図を挟んでいる。

おちかは盆をおろし、二人を見回した。

「このどんぶりのなかに、今日のおやつが入っております」

二人の男は、きゅっと首をもたげて盆の上を見た。どんぶりの蓋は閉めてある。

「中身が何か、あて比べをしてみませんか」

勘一は目をしばたたく。富次郎はいきなり乗り気だ。「おう、受けて立とうじゃないか。どうやってあて比べる？」

「どんぶりを背中に隠して、お二人には蓋だけお渡しします。匂いであててみてください」

そのつもりで、かすかに漆臭のする塗り物の菓子鉢はやめにしたのである。

よしよしと、富次郎は両手をすり合わせ、それから鼻の下をこすった。

「わたしからでいいかい、若旦那」

「はい、どうぞ」

富次郎はどんぶりの蓋をつまんでくんくんやった。ぺたりと鼻をくっつけて嗅いでいる。

「う〜ん。油菓子のようだけど」

次は勘一だ。両手で蓋を捧《ささ》げ持ち、ふっと鼻を近づけただけで、すぐ言った。

「音羽町洞雲寺《おとわちょうとううんじ》裏、大黒屋の白ごまおこしでございますね」

富次郎もおちかも感嘆した。

「わたしもおこしのような気はしたけれど、なぜ匂いだけで店名までわかるんだい？」

「黒蜜の匂いがいたします。おこしの甘みに黒蜜を使うのは大黒屋さんだけですので」

「でも、あの店のおこしは白ごまと黒ごまがあるじゃないか」

よく知っている。

「ちなみにわたしは白ごまの方が好きだ」

「ええ、おしまさんがちゃんと心得ていましたよ。瓢箪古堂さん、白ごまと黒ごまでは、おこしの匂いに違いがあるんですか」

おちかの問いに、勘一はあのほわんとした笑みを返してきた。

「いいえ、ございません」

「だったら——」

「最初に蓋をとったとき、お嬢さんの指に白ごまがくっついているのが見えました」

「え？」

慌てて検《あらた》めると、本当だ。爪の端にくっついている。

「どうしてどうして、若旦那は抜け目ないねえ」

こうして、賑《にぎ》やかなおやつとなった。茶を飲み、おこしをかじりつつ、富次郎はあらためて自分たちの首尾のほどを説明する。

「わたしはこれでも病み上がりなもんだから、いっぺんに全部を回るのは無理なんでね。こうして順番を考えていたというわけさ」

「食べ物屋さんをたくさん織り込んでね」

「楽しいだろ？　おちかは江戸に来て三年になろうっていうのに、ほとんど物見遊山をしたことがないそうじゃないか。もったいないよ」

さて瓢簞古堂の方の、「そこそこ収穫があった」というのは如何《いか》に。

「美仙屋さんという香具屋さんをご存じであるらしいお方に、二人ばかり出会いました」

「おお、でかした！」

「ただ、どちらのお方も口が重くて、はっきりしたことは言ってくださいません」

これは手前の勝手な推量ですがと断って、

「何とはなしに、美仙屋さんというそのお店には、あんまりいい評判がなかったんじゃないかと感じました。話題にのぼせたくない、というふうで」

ふんふんとうなずいて、富次郎は懐手をした。

「いい評判がなかったというのなら、そのお店は今はないんだね」

「はい。それははっきりわかりました」

あのときおちかに言ったとおり、勘一は美仙屋探しに、「貸本屋らしい」言い訳を用意していった。曰《いわ》く、このたび瓢簞古堂で買い入れた何冊かの古本に、〈美仙屋〉の立派な蔵書印がついていた。書物そのものはありふれた合巻本や草紙の類いで高価な品ではないが、きっと大事に読まれていたものに違いない。

「まわりまわって手前どもにたどり着いた古本に、蔵書印がついているというのは、たまにあることでございまして」

そういう折、元の持ち主を捜しあてて持っていくと、懐かしがって喜んでくれることがある。

「なので、手前もその蔵書印の美仙屋を捜しているんでございますと申し上げました。屋号からして洒落《しゃれ》たものを扱うお店だろうから、小間物屋や香具屋や袋物屋さんに訊いてみているのだ、と」

富次郎は目を瞠《みは》った。「若旦那は大した役者だねえ！」

勘一は気恥ずかしそうに首をすくめる。

「いえ、こういうことは本当に、たまにあることでございますから」

そうして、目がありそうな二人に出会ったというわけだ。

「お一人は日本橋通町《とおりちょう》にある香具屋のご主人ですが、もうお一人はそのお店を贔屓《ひいき》になさっている料理屋の女将《おかみ》さんでした」

香具屋の主人は言った。

——美仙屋さんなら老舗だったが、もうとっくにお店をたたんじまっているから、その古本は瓢箪古堂で扱ってあげなさいよ。

それ以上のことはしゃべってくれず、勘一がもう少々食い下がろうとすると、煙たそうな顔をしたそうである。

「それでも、やっとめっけた手がかりですから、何とかもう少し話を聞けないものかと探っておりましたら」

その香具屋に通い詰めて三度目に、お店から暖簾《のれん》を分けて出て来た、こぎれいな女に声をかけられた。

——もしかして、あんたが美仙屋さんの本を持ってるっていう貸本屋さんかえ。

「それがその料理屋の女将だったわけか」

「はい。何ならその御本、うちで買ってもいいよと仰せになりました」

松田屋《まつだや》という料理屋で、大伝馬町《おおでんまちょう》三丁目の大丸新道《だいまるしんどう》にあるという。

「手前は、ありがとう存じます、それでは主人と相談して参上いたしますと申し上げました」

それがつい昨日のことだという。

「加えて、松田屋の女将さんは謎のようなことをおっしゃいまして」

——うちはいつでもかまわないけれど、その本はたぶんあんまり験《げん》のいいものじゃないから、手放すんだったら早い方がいいわよ。

「それはどういう事情でございましょうかとお尋ねしますと」

——余計なことを言ってすみませんね。忘れてちょうだい。

「手前もいささか困惑いたしました」

おちかと富次郎は顔を見合わせた。

「あんまり験のいいものじゃない……」

おちかが呟くと、富次郎は懐手を解いて鼻筋をほりほり掻《か》いた。

「確かに謎もいいところだよ。しかもこんな切れっ端の台詞《せりふ》じゃ、瓢簞古堂さんが戸惑うのも当たり前だ」

教えてあげようよと、子供みたいにおちかの袖を引っ張る。

「今回はいいじゃないか。そもそも、話を聞き捨てにせず調べようとしたところから、いつもとは違うんだから」

すぐには返事に困り、おちかは考え込んだ。

ずっとそうしてきたように、お勝をひそかな守役としながらも、おちか一人で語りを聞いていたならば、事はこう転がらなかったろう。

そういえば、そのお勝は、瓢箪古堂の勘一を見かけるなりこう言ったっけ。

——この方と縁がありますよ。

あれは、勘一が三島屋の変わり百物語と縁がある、関わってくる人物だという意味だったのか。語り手として黒白の間を訪れるのではなく、こんな異例な形で。

「そうですね。お話ししましょう」

勘一は、疫神《えきしん》から強い神通力を授かっているお勝が、いわば保証してくれた人物だ。

「よし、そうこなくっちゃ」

富次郎は手を打って喜び、おこしをつまんで口のなかに放り込んだ。「さあ、語った語った！」

今回の〈おくらさま〉の話は、まずおちかが語り手のお梅と行き違いになったところからが始まりだ。ゆっくりと丁寧に、おちかは語った。うんうん、そうそうと相づちをうちながら、富次郎は（おこしを嚙《か》みつつ）騒がしいが、勘一はいずまいを正して聞き入っていた。

とはいえ、そんなふうに真顔になっていても、どことなく長閑《のどか》な雰囲気には変わりがない。おかげでおちかも、妙に気張ることなく語り終えることができた。

「——そうして、目が覚めてみたらわたしはここに一人でいて、次の間では従兄《にい》さんとお勝が眠っていたんです」

「おちかに起こされて目が覚めたんだけども、聞いたはずの話はすっかり忘れていてね。おちかから聞き直しても、何だかぼうっと夢のなかのことのように思えるばかりだった」

話を聞き終えた勘一は、両手を膝の上に揃《そろ》えてじいっとしている。目は、富次郎がこしらえた切り絵図の上に据えている。

おちかが温《ぬる》くなった茶で喉を湿《ぬら》し、富次郎がどんぶりに残った最後のひとつのおこしを嚙んで呑み込んでしまっても、まだそのまんまだ。

「あのぉ、瓢簞古堂さん？」

おちかが呼びかけると、ふっと何度かまばたきをして、口を開いた。

「そのお梅さんというお年寄りは」

「は、はい」

「幽霊だったとお思いになりますか」

直截《ちょくせつ》に切り込む問いである。

「さっきまではいなかったのに、出し抜けに現れた。さっきまではそこにいたのに、いきなり消えた。いかにも幽霊らしいふるまいだと、手前は思いますが」

「わたしたちが揃って夢を見ていたのではなくって？」

「お嬢さんは、もう三年も変わり百物語の聞き手を務めてこられて、目を開いたまま眠って夢を見たなんてことがおありでしょうか」

まあ、そう気が緩んだことはない。

「この聞き役を務め始めたころ、この世とあの世のあいだのような、よくわからない場所へ行って戻ってきたことはございますけれど……」

富次郎が「げげっ」と声をあげた。「おちか、そんな危ないことがあったのかい？」

「危なくはなかったんですよ。蜜柑《みかん》のおかげで無事にこっちへ戻ってこられましたから」

まじまじとおちかの顔を見つめると、富次郎は少し身を引いた。

「何だか知らんが、ただここに座って話を聞くだけの役目じゃなかったんだね。わたしの方が怖《お》じけてきちまったよ」

「あれはまだお勝がいなかったころのことですから、今はもう大丈夫ですよ」

「でも今回は、その守役のお勝さんも眠ってしまい、忘れてしまっていたんですよね」

勘一は、念を入れて確かめる。

「ええ、そうです」

「でも、お嬢さんは覚えておられた」

おちかは何ひとつ忘れていない。

「お梅さんは、よほどお嬢さんに話を聞いてもらいたかったんでしょうねえ」

聞いて、覚えていてほしかった。

「その思いが通じたからこそ、お嬢さんもいつもと違って、お梅さんの話を確かめようと思い立った。手前にはそう思えます」

そうだろうか。おちかは胸に手をあててみた。

「しかし、幽霊でしょうか」と、勘一は繰り返す。

「茶菓を口にしなかったというところも、幽霊らしいふるまいでございますが」

「幽霊はものを食わないかい？」

「はい。飲食するとなると、それはあやかしのもの、妖怪もののけの類いでございますね」

ものの本にはそう書いてあるという。

「でも、お梅さんは、甘い物は歯によくないから食べないと言ったんですよ。ええと――」

正しく諳《そら》んじるならば、「朔日《ついたち》にしかいただきませんの」だ。

「月に一度しか食べない、ですか」

富次郎が、おっかなそうに声をひそめた。「月命日に供えられたものだけ食べるという意味かねえ。だったらまさに、あれは死人の幽霊だ」

「幽霊が虫歯を気にしますか」

「違いない。そこんところは生身の人だよね」

富次郎は笑い、指にくっついた白ごまをぱっぱと払った。

「ともかくも、これでわたしら三人はめでたく謎解きの一味になった。気を合わせて乗り込もうじゃないか」

「どこへ？」

「決まってるじゃないか、松田屋さ」

「それだと、瓢簞古堂さんはもっともらしい蔵書印のついた本を用意しなくっちゃなりませんよ」

松田屋の女将にはそう吹き込んであるのだ。

「何だよ、融通がきかないねえ」

そのほらはもう用が済んだんだ。

「料理屋なんだから、乗り込むのは造作ない。客になりゃいいんだ」

松田屋、松田屋と――と、富次郎は買物案内をめくり始める。

「いちばん新しいのはどれだっけな。飲食之部、と」

「あいにく、案内書には載っていないお店でございます」と勘一が言う。

「あらそう。庖丁人《ほうちょう》の腕が拙いのかな？」

「いえ、その反対で」

高級料理屋でお高いのだそうだ。一見《いちげん》の客はお断りだから、最初から案内書などには用がない。

「へえ～、小憎《こにく》らしいねえ」

富次郎は鼻先でふふんと笑う。

「かまうもんか。段取りのほどは、万事わたしに任せておくれ」

「だって高いって――」

「切符をせしめるから大丈夫さ」

料理屋の切符というのは、よく贈答品に使われる「利用券」である。

おちかは今度は、勘一と顔を見合わせた。

「どちらからせしめますんで」

「恵比寿屋」

わたしに見舞いをくれようって、ずっと言い続けているんだから、と言う。

「恵比寿屋の大旦那は顔が広い道楽者でね。朱引《しゅびき》の内の料理屋で、しかもお高いところだったらなおさらに、まず知らないはずがない。ねだればほいほい買ってくれるだろうし、それでわたしに怪我《けが》をさせた負い目も消えるだろう」

恵比寿屋が、富次郎の怪我のことをそんなに気に病んでいるとは知らなかった。

「うちにも何度も詫《わ》びを入れに来たがるのを、おっかさんが撥《は》ねつけていたんだ」

――大事な息子に怪我をさせて、詫びてもらったくらいじゃ済まされません。

「お見舞いもけっこうでございますって。まったく気の強いお人だよ、うちのおふくろ様も」

ともかく、段取りは任せろと請け合う。

「ただ行楽の時期だから、やすやすと松田屋の席をとれまい。ちっと待っておくれよ」

勘一に向かってそう言った。言われた方は、指で自分の鼻の頭をさす。

「小旦那様、それは手前もご一緒にということでございますか」

「決まってるじゃないか。わたしらは一味だよ。あんた、肝心の謎解きに迫ろうっていう場に欠け落ちてどうするんだ」

「でも、そんなお高い料理屋――」

「遠慮は野暮《やぼ》だ」

富次郎がすっかりその気である以上、留め立てしたってしょうがない。おちかは笑った。

「ええ、付き合ってくださいまし」

勘一はまた、広げた切り絵図に目を落とした。だんだんと、その顔にほあんとした笑みが広がってくる。

「何ですか、手前は莫迦《ばか》に得をするようで」

「おや喜んでいるよ、この人は。素直でいいねえ、おちか」

ホント、何だか可愛《かわい》らしい。

「いえ、いえ、ただご馳走《ちそう》にぶら下がるんじゃいけません」

勘一は慌てて我に返った。

「それでしたら小旦那様、手前はもう少々調べ事を続けてもようございますか」

「この上、何を調べるんだい」

甘い物だと、勘一は言った。

「お梅さんは、毎月朔日《ついたち》に限って甘い物をあがると言っておられたんでございますよね」

供えられるのか、ただ食べるのかはわからない。

「どちらにしろ、朔日に限っているのなら、季節のもの、名店のもの、そのとき評判のものを選ぶのではございませんか」

それはどうだろう。おちかは首をひねった。ここで会ったお梅の出《い》で立ちは、歳に不釣り合いではあったけれど、贅沢《ぜいたく》なものだった。あの人の月に一度の楽しみなら、甘い物にも贅《ぜい》を求めるかもしれない。だが、空頼みだ。

「駄目でもともとでございます。手前の心当たりの菓子屋を回って、月に一度、朔日にだけ買いに来るお客様に覚えがないか尋ねてみましょう」

甘い物好きの「心当たり」だ。漏れなく尋ねられるだろう。それで運良くそんな客が見つかれば、お梅のいる場所に繋《つな》がるかもしれない。

「そんなお客が見つかって、お梅さん本人は墓の下でさ、わたくしどもで朔日に位牌《いはい》の前にお菓子を供えてるんでございますよなんて言われちまったら、どうしよう……」

「従兄《にい》さん、そうやすやすとはわかりませんよ。今さら逃げないでくださいな」

すると、富次郎は畏《おそ》れ入ってひれ伏すふりをした。「瓢箪古堂さん、見たかい？うちの従妹《いとこ》も気の強いお人だろ」

ともあれ、こうして話はまとまった。

「あと一つ、図々《ずうずう》しいお願いをしてもようございますか」

勘一は、あの秋刀魚《さんま》の絵を見てみたいという。それなら手間はない。天袋から掛け軸を取り出し、広げてみせると、しげしげと見入った。

「一尾の秋刀魚でございますねえ」

「でも、わたしが見たときは二尾だったの」

上下に重なり、判じ絵のように見えた。

「判じ絵だったなら、そこにもきっと意味があるはずですね」

呟《つぶや》いて、勘一は富次郎に言った。「ときに、小旦那様は絵心がおありでしょう」

問われた方は驚き、ちょっとはにかんだ。

「遊びで習ったことがあるよ。よくわかるね」

「お書きになる文字にも、切り絵図にも味がございますから」

おちかには初耳だ。「存じませんでしたわ」

「粋人を気取ってみたくってね。内緒だよ」

本箱を背負って瓢簞古堂が帰ると、富次郎は言った。「つくづく面白い若旦那だねえ」

おちかもそう思う。変わり百物語は怪しいものを呼び込むが、面白い人の縁も繋いでくれるのだ。

請け合ったとおりに、富次郎はやすやすと恵比寿屋から料理切符をせしめてきた。但《ただ》し、高価なものである上に、これは恵比寿屋から富次郎への詫《わ》び料でもあるから、内緒というわけにはいかない。伊兵衛とお民にも事情がつるりと知れた。

「ちっと贅沢がしてみたくってさ。今のわたしは居食いの身の上だから、おとっつぁんにねだるのも気が引けたんで、自分で算段いたしました」

富次郎の適当な言い訳に、伊兵衛は笑っていたが、お民は怖い顔をした。そんな切符なんかで勘弁してたまるものかというのである。

お民は先にも、「謝ってもらうくらいではおっつかない」と、恵比寿屋の謝罪を撥《は》ねつけたことがある。普段は、こんなにも了見の狭い人ではない。さすがに不審なので、おちかは尋ねた。

「叔母さん、従兄《にい》さんのことでは、どうにも堪《こら》えようがないほどお怒りになる理由《わけ》があるみたいですね」

お民は問い返してきた。「あんた、富次郎から何もお聞きでないのかえ」

「従兄さんを殴った手代は博打《ばくち》にはまっていて、借金がたくさんあったとかって……」

するとひとつ鼻息をつき、お民は忌ま忌ましそうに吐き捨てた。

「その博打好きの手代は、恵比寿屋の主人が外腹《そとばら》に生ませた倅《せがれ》なんだよ」

「え！」おちかには、まったくの初耳だった。

「恵比寿屋じゃ、暗黙に、みんなが知っていることだったんだってさ。母親は柳橋の芸者だったんだけど、産厄《さんやく》で死んでしまってね」

他に頼れる先はなく、仕方がないので、赤子は恵比寿屋が引き取ったのだそうだ。

「だったら、ちゃんと倅として遇してやればいいじゃないか。どうして奉公人扱いなんかにしたんだろう。酷《むご》いじゃないか、ねえ」

おちかは驚いた。この叔母が恵比寿屋許し難しと怒っているのは、そっちの理由だったのか。

「そんな中途半端な身の上じゃ、奉公人仲間からは煙たがられ、おかみさんからは睨《にら》まれるに決まってる」

「そうですね……」

「恵比寿屋の旦那は、自分に負い目があるもんだから、小遣いだけはやっていたんだよ」

「ああ、だからそれが博打の元手に」

なるほどと、おちかも納得した。

お店者《たなもの》でも、博打に手を出す者はいる。さいころ賭博などは湯屋の二階でもやれるものだから、機会はそこらに転がっている。だが、借金がかさむほどに耽溺《たんでき》してしまうのは珍しい。まず、乏しい給金ではすぐに元手が尽きてしまうし、まわりの奉公人仲間が気づいて諭したり、主人に言いつけたりして露見するからだ。

しかし、件《くだん》の手代がそういう特段な身の上だったのなら、話はまるで違ってくる。

「あたしも、叔母さんのおっしゃるとおりだと思います。気の毒な話ですね」

倅《せがれ》ではなく、奉公人の一人として恵比寿屋に繋《つな》ぎ止められて、かえって居づらく、悔しいことが多かったのではないか。身内からも、仲間の奉公人たちからも、いい意味でも悪い意味でも腫れ物に触るように扱われるのだ。

いっそ恵比寿屋から縁を切られ、放り出された方が気楽で生き易《やす》かったのではないか。博打なんかに手を出し、のめり込んでしまったのも、胸の内に溜《た》まった憤懣《ふんまん》と孤独を忘れるためではなかったろうか。

「大店《おおだな》だから、きっといい修業をさせてくれるだろうとばかり恃《たの》んで、そんな無情なことをする家に、大事な富次郎を預けてしまった」

口惜しげに、お民はくちびるを嚙《か》む。

「あたしは自分にも腹が立ってね。どうにも気持ちが収まらないんだよ」

「そんなら、収まるまで存分に腹を立てていてください」と、おちかは言った。「堪《こら》えることなんかありません。堪えると、それが澱《おり》になって叔母さんの胸の内に溜まってしまって、うっかり怪しいことを起こしたりしますもの」

「面白いことをお言いだね」

「はい。あたしも伊達《だて》に変わり百物語をしてはおりませんから」

あとで富次郎と話してみると、彼はしきりと決まり悪がった。

「おちかには知られたくなかったなあ」

「従兄《にい》さんは何《なん》にも悪くないのに」

「いいや、悪かったんだ。わたしも心の隅で、いつもあいつを見下げていたんだから」

その言い方に毒があったので、おちかはどきりとした。

「恵比寿屋には立派な跡取りがいるから、あいつは邪魔者だったからね。気の毒な身の上だとは思ったけれど」

ちょっと肩をすくめ、富次郎は苦い顔をした。

「あいつは普段の行状もよくなかった。怠け者だし、旦那やおかみさんにはへいこらして、年下の奉公人には反《そ》っくり返って」

恵比寿屋の主人がこっそりくれる小遣い銭では足りなくなると、平気な顔で金をたかった。

「卑屈なくせに威張りん坊なのさ」

だから嫌いだった、と言う。

「従兄さんには——」

「わたしには手を出すもんか。この富次郎さんは、三島屋からの預かり者だからね」

いわば客分だ。同じ手代ではあるが、どっちかといったらへいこらしなくてはならない相手だ。

「その分、あいつもわたしのことが気に食わなかったんだろう。わたしらは、互いに嫌い合っていたんだよ」

喧嘩《けんか》のときも、本当は、仲裁したから殴られたのではないと言う。

「割って入ろうとしたとき、わたしはきっと、この哀れな野郎はしょうがねえなあという顔をしていたんだろう。あいつも、それにカッとなって、はずみじゃなしに、わたしを殴ろうとして殴ったんだ」

その刹那、目と目が合ったからわかった。間違いようがないと言う。

「厭《いや》な話だ。もうよしにしよう」

おちかは一人で、しばらく胸が塞いでしょうがなかった。そんな事情があったからこそ、従兄さんはこんなんでは死ぬに死ねない、死にきれないと思ったのだ。

さて、お使い新太を走らせて、何度か松田屋とやりとりをし、首尾良く席をとることができた。葉月《はづき》（八月）十三日の夕。思いがけないほどすぐの日取りである。

「恵比寿屋さんの切符だから、特に席を空けてくれたんでしょうか」

「そんなんじゃないよ。お月見の前で、ぽっかり空いてたのさ」

十五日は中秋の名月である。その前日も名月を待つ〈待宵《まつよい》〉という風雅な日で、俳諧や連歌の宴がよく行われる。料理屋や貸席は稼ぎ時だ。が、さらにその前日の十三日は何もない。

「十六夜《いざよい》月にもお客が多いから、三日続けて大繁盛になるからね。しっかり支度するために、店によっちゃ、十三日は休みにするところがあるくらいなんだよ」

旨《うま》い物好きの富次郎は、そういうことにも詳しい。

「金持ちにも、風雅な向きにもすげなくされている十三夜に、どんな献立を出してくれるか楽しみだね。うちのお月見の支度の参考になるかもしれない」

江戸の料理屋は、客が食材を調達して献立を決めるところもあれば、御抱えの庖丁《ほうちょう》人（筆頭料理人）の腕が売り物の店の側がすべて仕切るところもある。松田屋は後者のやり方だったので、お客は手ぶらで気楽に出かけるだけである。

当日は、瓢箪古堂の勘一にいったん三島屋に寄ってもらい、大丸新道には三人揃《そろ》って繰り出すことにした。おちかは早めに支度をしたが、勘一の到着はさらに早かった。

「まあ若旦那、今日は見違えますねえ」

おしまがからかうのももっともで、御所絹の黒の定紋付着物と羽織で、髷《まげ》もきれいに結い直したばかりのようである。

「おや、羽織が要るかい？」

「へえ、松田屋さんのご贔屓《ひいき》筋には、お大名家もおられると聞きましたので」

慌てた富次郎がお民に羽織を出してもらい、虫が食ってないかとか、虫除《よ》けが臭うとか、ばたばたと慌ただしい。

おちかもお勝に島田髷を結ってもらい、黒の曙《あけぼの》染めの振袖に緞子《どんす》の帯を締めた。

「綺麗《きれい》だねえ」

富次郎はたんと褒めてくれたが、勘一はいつものように昼行灯《ひるあんどん》だ。そのくせ、三島屋の二人の支度を待つあいだ、またぞろ黒白の間で富次郎の〈備前屋巡り切り絵図〉

に向き合っていて、

「小旦那様、いくつか書き足したり書き直したいところが出てきたんですが」

「いいよ、いいよ、やってくれ」

なんて、そっちの方には熱心だった。

「これから美味しいお料理を食べに行きますのにねえ」

お勝が笑うと、勘一は言った。

「いえ、松田屋さんには、女将さんからお話を聞き出すために伺いますので」

そうそう、目的を忘れてはいけない。

松田屋は、錦鯉《にしきごい》の泳ぐ池を囲む御殿造り、客用の座敷が五つある大きな構えで、柱も廊下も磨き抜かれて飴《あめ》色に光っていた。おちかたちが通された〈錦の間〉は、床の間に恵比寿鯛《だい》釣りの軸を掛け、赤と黄色の紅葉をまさしく錦のようにたっぷりと活《い》けてあり、違い棚に置かれた青磁の香炉から、ほのかに薫香《くんこう》が漂っていた。

「鼻切れのいい匂いだね」

富次郎はそう評したが、確かにすっきりとして鼻に残らぬ香りで、それも前菜の利《り》休卵《きゅうたまご》が運ばれてくるころには自然に消えた。料理の匂いと混ざらないよう計らってあるのだろう。

膳の始めに番頭が挨拶に来て、本日の料理は〈秋日新陽《しゅうじつしんよう》〉と申しますと口上を述べた。秋の日の穏やかな日差しのような味わいながら、新鮮味もふんだんに盛り込まれている。

「秋は、食べ物の新年でございます。新蕎麦《そば》、新酒、新米などなど、新しいものが多く出て参りますから」

言われてみればそのとおりだねえと、富次郎が感心する。

茸《きのこ》と秋鯖《あきさば》の焼き物、里芋の含め煮、茄子《なす》の田楽、鴨《かも》の船場煮。酒はもちろん菊酒《きくざけ》だ。

「冷や奴《やっこ》の時期は過ぎたが、湯豆腐にはまだ早い」この季節にぴったりのあんかけ豆腐を経て、栗《くり》ご飯《はん》と赤だしに、茹《ゆ》でるのではなく蒸籠《せいろ》で蒸した新蕎麦。一つ一つに感嘆しながら味わって、しめくくりには梨が供された。

「極楽、極楽」

ちょっぴり菊酒がまわり、赤い顔の富次郎が帯の上をぽんと叩《たた》く。料理の始めからずうっと無言で、ただ幸せそうに微笑《ほほえ》みながら箸を使っていた勘一は、富次郎に勧められてけっこう呑んだはずなのに、まったく顔に出ていない。

とろりと濃くて甘み豊かな玉露を淹《い》れ、番頭が頭を下げる。

「間もなく女将がご挨拶に参ります」

現れた女将は、黒縮緬《くろちりめん》の定紋付きをきりりと着こなし、江戸では珍しい両輪髷《りょうわわげ》を結っていた。歳のころは四十半ば。ほんの少し顎《あご》が長めだが、顔立ちは整っている。体付きはすらりとして、背筋がしなやかに伸びている。

「本日は松田屋にお越しくださいまして、まことにありがとうございました。わたくしは女将の加寿《かず》と申します。手前どもの献立はお気に召されましたでしょうか」

挨拶しながら、皺《しわ》を刻んでも切れ長の目を、おやというように瞠《みは》った。勘一の顔を認めたのだ。

「十三夜のお月見に、寿命が延びるようなお料理をいただきました」

富次郎が応じて、にっこりした。

「さすがは松田屋さん、名店ですねえ。女将は、いっぺん行き合っただけのわたしの連れの顔を見覚えておられる」

勘一がぺこりとした。「いつぞやは失礼いたしました」

女将は、何となく咎《とが》めるような目つきになって、三人を見回す。おちかは肩を窄《すぼ》めた。

「相すみません。実は女将さんにお聞きしたいことがございまして、こうして押しかけました」

女将はまた富次郎を見、勘一を見、おちかを見て、小さくため息をついた。

「確か、香具屋の美仙屋さんの御本がどうとかいうことでしたわねえ」

「やあ、それも覚えていてくれましたか」

富次郎は調子よく話の舵《かじ》をとる。

「わたしとこの従妹《いとこ》のちかの二人は、神田三島町の袋物屋三島屋の者でございます。三島屋では怪談を語るお方を広く募って、変わり百物語という趣向を続けておりまして、なかなか評判をいただいているのですよ。で、先頃――」

流暢な前置きから、美仙屋とお梅に関わる不可思議な出来事までを打ち明けてしまった。

「この変わり百物語では、普段は語り手から伺った話をけっして外へは出しません。しかし、今回はあまりにも不可思議な出来事だったもので……。なあ、おちか」

富次郎に促され、おちかも大きくうなずいてみせた。

「はい。恐ろしくはありませんでしたが、夢か幻を見たような心地でございました」

「それに、このお梅というおばあさんは、何かしらよっぽどの願いがあって、わたしどものところに現れたのではないかと思えてなりませんでね」

富次郎の言に、女将は「へえ」でも「はあ」でもなく黙りこくっている。

「たちまち現れ、たちまち消える。あれは亡者《もうじゃ》であったのでしょう。ならば供養を求めているのかもしれない。無念を訴えているのかもしれない」

おちかの耳には、今もお梅の嘆きの声が残っている。美仙屋は、本当はおくらさまに守られてなどいなかった。騙《だま》され、祟《たた》られていたんだ――

「百物語を続けている縁で、亡者の切ない訴えを聞いたのなら、できる限りの手を尽くしてかなえてやらねばなりません。それで、いつもの決まりを違えても、こうして美仙屋さんを探しているというわけなのですが」

ここで富次郎はきちんと座り直した。

「女将さんは、わたしどもが得た数少ない手がかりなんですよ。美仙屋さんのことで何かご存じなのでしたら、どうぞ教えてはくださいませんか」

松田屋の女将は口を開かず、膝《ひざ》の上に手を揃えて目を伏せ、じいっと考え込んでいる。やがて、小さく呟いた。「美仙屋の三女のお梅さんの消息は、わたくしにもわかりません」

富次郎も勘一も目を瞠《みは》る。おちかは、胸のつかえがかくりととれるのを感じた。美仙屋は本当にあるのだ。お梅という娘もいるのだ。

女将はしとやかに膝立ちで動くと、錦の間から次の間に通じる唐紙を開け、番頭を呼んだ。声を低め、早口に言いつける。

「このお客様方とお話があるからね。菊の間をよろしく頼みますよ。それと、ここはしばらく人払いをしておいて」

さて、と向き合った。

「三島屋さんの袋物の評判ならば、かねがねお聞きしておりますが」

「畏れ入ります」

おちかたちは揃って頭を下げる。

「百物語をなさっていることは存じませんで、不調法をお許しくださいまし」

女将の表情は硬い。

「出し抜けなお話で驚きましたけれど、今のお言葉を伺う限り、皆様は本気でお梅さんを案じておられるようでございますから、わたくしが知っている限りのことをお話ししても、美仙屋さんにもお梅さんにも許していただけることでしょう」

どこから申し上げればいいのか——と呟く。

「わたくしも、いささか混乱しておりますの。その、〈おくらさま〉でございますか。そんな話は初めて聞きましたし」

「では、こちらから少しお尋ねしましょう。美仙屋さんは確かに香具屋なのですね。お店はどこにあったのでしょうか」

「芝の神明町でございますよ」

勘一が口を挟む。「でも、あのあたりでは、どなたも美仙屋さんをご存じないようでした」

女将はかすかに眉をひそめ、勘一を見る。

「もう忘れられているのでしょう。あの町筋の、とりわけ商家のあいだでは、美仙屋さんのことは忌《い》み事でした。皆さん、口を閉じて語り残さぬようにしておりましたからね」

忌み事。忌まわしいこと、恐ろしいこと、縁起でもないこと。語られずに封じられたこと。

「お店はいつ失くなったのですか」

「ざっと三十年も前になりましょうか」

店をたたんだのでも、他所《よそ》へ移ったのでもない。火事で丸焼けになり、家の者たちは一人残らず焼け死んで、文字通り、美仙屋は失われてしまったのだという。

「火事ですか……」

息を詰めるおちかに、女将はうなずいた。

「おかしな火事でしてね。夏場の真夜中に、美仙屋さんの奥のどこかから火が出て、みるみるうちに大火事になったんですよ。だけれど、まわりにはちっとも燃え広がらず、ただ美仙屋さんだけが、大黒柱まで炭になるほどの焼けようでした」

お梅の話のなかでは、近隣で火が出ても、〈おくらさま〉の加護のおかげでまったく無事に済んだ美仙屋なのに、その火事ではただ一軒だけ焼亡してしまったのだ。

「わたくしは当時、十三歳でございました。実家は片門前町《かたもんぜんちょう》で、仕出しもする小さな料理屋を営んでおりました。美仙屋さんにもご贔屓をいただいていた上に、わたくしの母と、美仙屋さんのおかみのお藤さんが、小さなころからお稽古事の習子仲間で仲良しでしたので、大人になってからも、折々に親しく行き来をしていたんです」

「お藤さん！」おちかは思わず声を高めた。「その方が三姉妹の長女で、次女がお菊さん、三女がお梅さんではありませんか」

「はい。ただ次女のお菊さんは十五歳で亡くなってしまい、美仙屋さんの娘はお藤さんとお梅さんの二人きりでしたが」

「お菊さんは、亡くなったことにされていたのか……」

富次郎が呻《うな》る。松田屋の女将はうなずいた。

「ですが、その当時、まわりには知らされなかったそうなんですよ。わたくしの母も、かなり経《た》ってからお藤さんに聞いて」

――妹が亡くなったの。あんまり悲しいから、お弔いは内々だけで済ませてしまったの。

「お悔やみも結構ですとやんわり断られ、こちらもそれ以上は尋ねませんでした」

いいや、お菊は死んでなどいない。〈おくらさま〉になってしまっただけだ。が、それは美仙屋の秘事であり、他所《よそ》には漏らせないことだった。

「お菊さんがいなくなって、その喪が明けるとすぐに、美仙屋さんではお藤さんが婿をとって若おかみになりました。わたくしの母も一人子の一人娘でしたので、前後して縁談がまとまり、入り婿をとりまして」

その後も、お藤とはずっと親しくしていたのだという。

「うちの母は、わたくしの上に兄を一人、下に弟を一人もうけましたが、美仙屋のお藤さんには、母親に似て、それはもう綺麗な娘さんが二人生まれました」

美仙屋に生まれるのは、仙女のように美しい娘ばかりなのである。

「女将さんも、その二人の娘さんたちと仲良しになられたんですか」

おちかの問いに、女将はかすかに苦笑して、「いいえ」とかぶりを振った。

「美仙屋の姉妹があんまり綺麗なので、うちの兄が何かというとわたくしと引き比べ、意地悪を言うのが面白くありませんでね。わたくしはお転婆《てんば》で、美仙屋さんのようにお稽古事にも熱心にはなれませんでしたし……」

そこで、ちょっと言い淀《よど》んでから続けた。

「わたくしの母は、お藤さんとは親しくしておりましたけれど、美仙屋さんのことはあまり好いていなかったのです」

――香具屋という上品な商いで、あんなに羽振りもいいのに、妙に家のなかが暗くって、おかしな感じがする。

――お藤さんだって、幸せなおかみさんのはずなのに、どうしてか、笑っていても泣き顔に見えるのよねえ。

「そう申しましてね。ですからわたくしにも、強いて美仙屋の姉妹と仲良くするよう仕向けたりしませんでしたの」

それは幼馴染《おさななじ》みの勘。あるいは、母親の勘かもしれない。美仙屋には妙な翳《かげ》りがある、と。

松田屋の女将は、また小さくため息を落とすと、こう続けた。「わたくしがこうしてお話しできるのは、美仙屋さんが焼け落ち、お藤さん夫婦も綺麗な娘さんたちも、みんなみんな焼け死んでしまった凶事の後に、母が語ってくれたことばかりでございます。それはご承知置きくださいませ」

「承知しました。どうぞお聞かせください」

富次郎は励ますようにうなずく。ひたすら謹聴している勘一は、表情は穏やかで、美味な料理を味わっているときと違うのは、口元の微笑が消えていることだけだ。

「美仙屋さんが焼け、お藤さんたちが亡くなると、わたくしの母は真っ青になりましてね。あの夫婦には、よっぽどひどい諍《いさか》いがあったんだ、あれは付け火だったんじゃなかろうかなどと口走り、父がしきりと宥《なだ》めておりました」

――めったなことを言うもんじゃない。

――でもあなた、あなただって知っているでしょう。お藤さんは様子がおかしかった。

女将の母親がそんなにも恐懼《きょうく》したのには、理由があった。

「美仙屋さんが焼ける、三月《みつき》ばかり前でしたろうか。わたくしの実家で料理人が怪我《けが》をしたり、祖母が風邪をこじらせて長いこと寝込んだり、弟の目に繰り返しものもらいができたりしまして」

　気にした父親が、きちんと祓《はら》ってもらおうと言い出し、夫婦で川崎のお大師様にお詣《まい》りに行くことになった。すると、その話がどう巡ったのか、美仙屋のお藤も一緒に出かけることになったのだという。

「両親は、跡取りの長兄だけ連れて参りましたので、わたくしは弟や祖父母と留守番でございます。ずいぶん悔しくて、兄が羨ましかったことを覚えておりますわ」

　大人の足なら、川崎大師には日帰りがきく。厄払いのお詣りに参じるときは、道中で物見遊山をしてはいけない。一心に行って、粛々と戻ってくるのが決まりである。道中が、その道中で、お藤はただ謹厳である以上に表情が硬く、何か思い詰めている様子だった。

「わたくしの母も心配になって、それとなく水を向けて、何を悩んでいるのか聞き出そうとしてみたんですが」

　わかったことは、お藤が何かで夫と対立している——夫がお藤の意見を容《い》れてくれず、美仙屋の内で揉《も》め事が起きているらしいということぐらいだった。

「その揉め事には、どうやら二人の娘さんの縁談が絡んでいるらしい。姉妹はわたくしよりも二つ三つ年上で、縁談が来てもおかしくない年頃でございましたからね」

　お藤は、こんなことを言ったという。

——二人ともお嫁に出してしまおうなんて、うちの人は罰当たりなんですよ。

「姉妹のどちらかに婿をとらなければ、美仙屋は絶えてしまいますからね。それはもっともな申し状なのですが」

さらに、お藤はぶつぶつ言った。

——美仙屋の仕来《しきた》りを破ろうとする、とんでもない人を婿にしてしまった。

——おとっつぁんにも、お菊にも申し訳が立たないわ。

この言葉だけを聞いたら、よくわからない。が、美仙屋の〈おくらさま〉と、お梅の語った怪事の話が頭に入っていると、お藤の嘆きの事情がうっすら透けて見えてくる。

もしかするとお藤の婿は、お藤の父親のように〈おくらさま〉の仕来りを受け入れず、そんなものは自分の代で断ち切ってかまわないと、姉妹をとっとと外に縁づけ、逃がしてしまおうと計っていたのではないか。だからお藤は怒り、怯《おび》えていたのではないか。

お藤は、父親に〈おくらさま〉の仕来りを教え込まれて育ってきた。妹のお菊との別れを経験し、父親と共に嘆き悲しみはしたが、一方で、〈おくらさま〉の霊験あらたかであることも身に染みている。〈おくらさま〉を大切に祀《まつ》り、常香盤の世話を欠かさずにおれば、美仙屋はどんな災難からも守られて安泰だと知っている。

しかし、お藤の夫は違う。〈おくらさま〉の御力《みりき》のほどを知らない。漫然とこのままにしていては、可愛《かわい》い娘のどちらかを捧《ささ》げる折が来るかもしれないと聞かされて、そんな莫迦《ばか》な仕来りがあるものか、止めにしようと思っても無理はない。むしろ、その方が親の情としては自然であろう。

「わたくしの母が、よくよくお大師様にお願いすれば、どんな大きな厄でも祓っていただけますよと慰めたら」

お藤は、顔を歪《ゆが》めてこう応じたという。

――ええ、ですからあたしは、美仙屋でいちばん大きな厄、うちの人を祓っていただこうと思っているんですよ。

「せっかくお詣《まい》りを済ませても、お藤さんがずっとむっつり、おでこに皺《しわ》を寄せているので、うちの両親も浮かぬ顔で帰って参りました」

その後、女将の実家は怪我人も病人も癒《い》えて平穏を取り戻したが、美仙屋の方は、夫婦の諍いが傍目《はため》にも察せられるほどひどくなってきた。お藤が声をあげて夫を詰《なじ》り、夫も激高し、姉妹が泣いているのを、贔屓《ひいき》の客たちが聞きつけて、噂する。その噂が女将の母親の耳にも入ってきて、

「大丈夫だろうかと案じているうちに、美仙屋さんは焼亡してしまったんでございます」

だから女将の母親は、あれは夫婦喧嘩の挙げ句の付け火ではないかとまで言ったのである。

「当時のわたくしはまだ子供でしたし、母からいろいろ聞かされても、わからないことが多《おお》ございましたが」

実は母も父も、美仙屋の抱えていた本当の難事については察しようがなかったろうと言う。

「〈おくらさま〉のことは、何ひとつ存じませんでしたからね」

お藤も、それだけは外で口にのぼせなかった。

「こんなにも時が経ってから、こうして三島屋さんのお話を伺って、ようやく全体の筋が見えたような気がいたします」

恐ろしゅうございますね——と、女将は囁《ささや》くように言った。

「あのぉ」

久しぶりに、勘一が声を発した。

「三十年前の火事で、美仙屋の皆さんは焼け死んでしまった。でも女将さんは、三女のお梅さんの消息はわからないとおっしゃいましたね」

「ええ、申しました」

「ということは、お梅さんは一人だけ、火事の難を免れたのでしょうか」

女将はうなずいた。「お梅さんは、火事よりもずっと以前、お藤さんが婿をとってすぐに、美仙屋から出されていたんですよ」

気鬱《きうつ》がひどく、家に籠もりがちだったお梅は、転地療養のために美仙屋を離れた。「逗子だか葉山だか、海の見えるところで養生させるんだと、お藤さんが言っていましたの」

「ははあ……」

「それっきり、お梅さんの消息は知れません。火事の後、お弔いには姿を見せるかと思いましたが、そんなこともございませんで。ですから、わたくしの両親は、お梅さんの方もとっくに亡くなっているんだろうと申しておりました」

「いえ、それはないと思います」おちかはきっぱり言った。「わたくしどもを訪ねていらしたのは、お蔵を召したお梅さんでした。どこかで、おばあさんになるまで長生きしていらしたはずです」

富次郎が懐手をする。「うん、そうだな。ばあさんになるまで生きて、死んで亡者《もうじゃ》になって、語り手として三島屋にやって来た、と」

「とは限りません」と、勘一が言う。「生き霊ということもございますよ」

「生きている者の身体から魂だけが抜けて、黒白の間にちんまり座ったというのかい」

「魂《たま》よく千里を行くと、ものの本には記してございます」

「死んでから、な。生きているうちに、そんな器用な真似《まね》ができるもんか」

「想《おも》いが強ければ、できるかもしれません」

亡者だの生き霊だの、怪談らしい言葉が飛び交うのを、松田屋の女将はしんみりと眺めている。

「ごめんなさい、こんな話に熱をあげて」

気が引けて、おちかは謝った。女将は目を閉じてかぶりを振ると、下を向いたままぼそぼそと言い出した。

「お三方とも怪談話に慣れていらっしゃるなら、わたくしがこんなことを言い足しても、笑ったりなさらないでしょう」

おちかたちは、あらためて女将に注目した。姿勢正しかった人が、今は少し背を丸め、何かおっかないものから身を引くようにしている。

「これも、母からの伝聞でございます。その母も、自分の耳で聞いたわけじゃございません。美仙屋さんの火事の後、町の噂で聞きかじりましてね」

ひどく怖がっていたという。

「――燃えている最中《さなか》に、女の笑い声がしたというんです」

ころころと珠《たま》を転がすような、若い娘の高笑い。「ざまをみろ、ざまをみろと笑っていた、と」

さすがに、おちかたちも黙り込んだ。

「大きな火事場では、つむじ風が起こります。美仙屋さんが燃えたときは、火の手を煽《あお》りながら立ち上がるつむじ風が、すっぽりとお店もお屋敷も包み込んでしまって」

誰一人逃がすまい。このなかに閉じ込め、焼き尽くしてやる。

「ひゅうひゅうと風が鳴る、その音を女の声のように聞き誤っただけだろうと、父は申しておりましたけれど」

富次郎は一気に酔いが醒《さ》めたようだ。

「そんな事まであったんじゃ、そりゃあ町の忌《い》み事にもなりますねえ」

ざまをみろ。

声に出して言ってみて、おちかはぞくりと震えた。それはいったい、誰の笑い声だったのか。

それから五日ほど後のことである。本箱は担がず身一つで、勘一が三島屋にやって来た。何やら物思わしげな顔をしている。

「小旦那様もお嬢さんも、美仙屋さんのことはもう気が済まれたかもしれませんが……」

お梅の居るところがつかめた、と言う。

「いったいどうやって？」

おちかは仰天したが、富次郎はすぐと合点した。「甘い物の名店巡りが功を奏したんだね？」

「はい。犬も歩けば棒に当たるという諺《ことわざ》は、本当でございますね」

この二年ほど、下谷広小路《したやひろこうじ》にある菓子舗の名物〈満月饅頭《まんじゆう》〉を、毎月の朔日《ついたち》に、必ず買いに来る客が見つかった。池之端仲町で蠟燭《ろうそく》と線香を商う「多島屋《たじまや》」の女中だ。菓子舗の売り子には、「寝たきりのご隠居さんの好物だから」と言っているという。

勘一は貸本屋だから、初めての客先でも怪しまれることがない。読み物の話をしながらするりと相手の懐に入り込む。多島屋でも、当の女中や奉公人たちと親しく口をきくうちに、ご隠居さんのことはいろいろ知れてきた。名前が「梅」で、とうに還暦を過ぎた老女であり、ずいぶん昔から寝たり起きたりの病人だったのだが、今年に入っていっそう弱ってしまい、家の奥座敷で床に就いたきりになっている。もう長くはあるまいという。

「多島屋さんにとっては、ご隠居のお梅さんは遠縁のお方、それも女中さんがなかなか覚えきれないほど遠い親戚だそうなのですが」

――ご家族はみんな亡くなって、寂しい身の上でねえ。これまで長いこと、あっちこっちの親戚をたらい回しにされてきたんです。

さらにもう一つ、勘一は聞き捨てならないことを聞き出してきた。

「このお梅さんが、秋の初めのある日、急に思い立ったように、多島屋のおかみさんにねだったんだそうでして」

――出かけるから、振袖を出してちょうだい。

「寝たきりの病人の言うことですから、夢でも見ているんだろうと、おかみさんはすぐ聞き入れてあげなすった。その振袖は、長年、親戚のあいだをたらい回しにされるあいだもずうっと、大事に大事に持っていたお梅さんの一張羅で」

おちかは言った。「くっきりした縞柄《しまがら》の振袖でしょう？」

「やっぱり、お嬢さんはご存じでしたか」

「ええ。その振袖を着て、麻の葉柄の黒繻子《くろじゅす》の昼夜帯《ちゅうやおび》を締めて、うちにいらしたの」

それですと、勘一もぽんと手を打った。「おかみさんは、お梅さんの寝床の頭のところに衣桁《いこう》を立て回し、振袖をかけ、お手持ちのその昼夜帯を合わせて飾ってあげた。髷《まげ》にはこれをつけてくださいと、花簪《はなかんざし》も添えてあげまして」

――どこへおいでになるんですか。

「すると、お梅さんはこうお返事になった」

――遠くはないのよ。ちょいと神田三島町まで。

確かに、そう遠くはない。不忍池の南側にある池之端仲町から神田三島町までは、下谷広小路を抜けて下谷御成街道を下り、筋違《すじかい》御門橋を渡ればすぐだから、わかりやすい道のりでもある。

「そして心地よさそうに一眠りなさって、目が覚めてからも上機嫌だったそうですが」

身体の方はいよいよ弱り、日ごとに影が薄くなってゆく。この数日で食べ物も受け付けなくなり、いつ心の臓が止まってもおかしくない容態で、昏々《こんこん》と眠っているのだそうだ。

「行かなくちゃ」と、おちかは言った。

「しかし、先様に話が通じるかな」

「通じるに決まってますよ、従兄《にい》さん。多島屋さんは、きっとうちの変わり百物語の評判をご存じなんです。だからこそ、お梅さんもうちを選んで語りに来てくださったんですから」

事実、そのとおりであった。

おちかと富次郎、瓢簞古堂の勘一の三人連れの来訪に、多島屋では主人夫婦が丁重に遇してくれた。おちかが黒白の間でお梅と相対した経緯《ゆくたて》を語ると、夫婦は息を呑《の》んだ。富次郎が料理屋・松田屋の女将から聞き出した昔話を語ると、夫婦は顔を見合わせ、おかみは涙ぐんでしまった。仕上げに勘一が、満月饅頭が手がかりになったことを語ると、多島屋の主人は深くうなずいた。

「あの菓子舗の饅頭は薄皮でしてね、中身の小豆あんが透けて見えるのですが、満月饅頭だけは白あんなので、まん丸の真っ白なのですよ。うちの隠居はそれを面白がりましてね」

毎月楽しみにしていたのだそうだ。

「でも、ここ数ヵ月は、もう端っこを齧《かじ》ることさえできません。千切《ちぎ》って口に入れてあげても、呑み込むことができないんです」

多島屋のおかみはまた涙ぐむ。

「お梅さん――ご隠居様にお会いしてよろしいでしょうか」

「ええ、どうぞお願いします」

「病み衰えた身体を置き、魂だけになっても、三島屋さんへ伺って語り、自分と、懐かしい家族と、美仙屋に降りかかった不幸を聞いていただきたかったんでしょう」

自分たちも詳しくは知らないのだ、と言う。

「隠居は私の母方の大叔母のはとこにあたります。それほどの遠縁でございますから、こちらも聞きにくうございまして」

しかし、たらい回しに流れ流れて、寄りついた最後の岸辺の多島屋で、命の灯が消えようとする寸前、お梅はどうしても、自分の悲しみを吐き出したくなった。そして三島屋を選んでくれたのだ。

病人の枕頭《ちんとう》には、多島屋のおかみの付き添いで、おちか一人が寄ることになった。勘一は遠慮するというし、富次郎も端の方で見ているだけでいいと言う。

「これはおちかの役目だ」

お梅の寝間は多島屋の奥にあった。静かでほのぐらい六畳間で、真ん中に床を延べてあるだけ、大きな家具も調度もないが、火鉢と香炉が据えてあった。温い空気のなかに、ほのかな梅の香が漂っている。

「梅の香を焚《た》くと、隠居が喜ぶものですから」

その人は、床の上で仰向《あおむ》けになっていた。布団がぺたんとして、ほとんど盛り上がっていない。それほどに痩せこけている。

梳《と》き流した髪は大半が白髪で、ずいぶんと嵩《かさ》が減っている。白いくくり枕の上に載った頭も小さい。顔も小さい。目が落ちくぼみ、眉は抜け落ちて皮膚は乾いている。皺《しわ》だらけのくちびるはかすかに開き、そこから「くう、くくう」と音がしている。

あの折と、様子はまったく違う。それでも一目でおちかにはわかった。ああ、この方だ。

枕頭に座し、そっと前屈《かが》みになって、囁《ささや》くように呼びかけてみた。お梅さん、と。

「わたしは神田の三島屋から参りました。いつぞやお目にかかった、ちかでございます」

その節はありがとうございました――

「主人・伊兵衛の酔狂で続けております変わり百物語においでくださいましたね。何もおかまいできませず、失礼いたしました」

あの日、黒白の間には紅葉と萩《はぎ》を活《い》け、風変わりな秋刀魚《さんま》の墨絵の軸を掛けていた。

「二尾の秋刀魚を描いた絵でございます。お梅さんは、あれは秋刀魚の本体と、そこから抜け出してゆく秋刀魚の魂の絵だとおっしゃいましたね」

秋刀魚になぞらえて、お梅は自身のことを語っていたのだ。あたしも魂だけになり、身体を抜け出して語りに来たんですよ。だからお梅が消えた後、秋刀魚の絵は一尾に戻ったのだ。

「美仙屋さんの〈おくらさま〉のお話、しかと伺いました」

くう、くくう。老女のかすかな寝息。

「わたしも、お梅さんと同じように思います。仲良しの三姉妹から一人を選んで連れてゆく〈おくらさま〉は、酷《むご》うございます。それと引き替えに美仙屋さんを災難から守るというやり方も、加護というには意地悪に過ぎます」

残された者は、逃れた自分の幸運を喜びつつ、後ろめたさに苦しむことになる。

「お梅さんのおっしゃっていたとおり、〈おくらさま〉は美仙屋さんを騙《だま》して、むしろ祟《たた》っていたのではないでしょうか。お梅さんが悲しみ、怒り、大声でそう言い立てたくなったって、当然です。よくぞ三島屋においでくださり、胸の内を吐き出してくださいました」

お梅の呼気がやんだ。肉のない瞼《まぶた》が震え出す。こめかみがぴくぴくと脈打つ。

目が開いた。

それは、干魃《かんばつ》で乾ききった地面に、にわかに清水が湧き出したかのような眺めだった。みずみずしい瞳。老女の顔に、瞳だけは童女の輝き。

確かに、お梅は時を止めたのだ。この澄んだ瞳の輝きがその証《あかし》だ。

お梅は、おちかを見た。

「――三島屋のおちかさん」

傍らで、多島屋のおかみがはっとする。お梅がしゃべった。しわがれ、つぶれた声。

「はい、美仙屋のお梅さん」

おちかはお梅に微笑みかける。

「ようよう探し当てて、お見舞いに伺いました。手間取ってしまってあいすみません」

お梅はかさりと瞬きをする。

「あたし……ちゃんと三島屋さんをお訪ねしたんですか」

ぜんぶ夢かと思っていた、と言う。

「夢なんかじゃございません。三島屋の百物語をする客間で、わたしと向き合ってお話をしてくださいましたよ」

「そう……」

お梅の表情が歪《ゆが》む。どこか痛いのか。いや違う。動こうとしているのだ。

「おかみさん、お梅さんの手をとってさしあげたいのですが、よろしいですか」

「ええ、もちろん」

おかみが布団をめくり、おちかは両手でお梅の右手をとった。骸骨さながらの腕だ。指が長く、ほっそりとしている。

「きれいな指ですね、お梅さん」

お梅の手は冷えきっている。おちかの指を握り返す力もない。

「――お菊姉さんは、もっときれいだった」

遠い昔に見たものを追おうとして、お梅の瞳が動いている。

「可哀相《かわいそう》な、お菊姉さん」

瞳が潤み始める。

「あたしたちみんな、可哀相」

「ええ、ええ」

おちかはうなずきかける。お梅の目尻から、涙が一筋流れ落ちた。

「誰もいなくなってしまったの」

美仙屋は焼けてしまったの。

「美仙屋は、〈おくらさま〉のせいで滅んでしまったんです」

また一筋、涙が溢《あふ》れる。

「おとっつぁんは知っていたんです」

お梅の声はかすれ、耳を近づけないと聞き取れない。

「美仙屋の美しい娘を妻にする男は、みんな覚悟してなきゃいけないからね」

座敷の端で、富次郎が耳をそばだてる。

「だから、義兄《にい》さんにも教えたの。〈おくらさま〉の仕来りのそもそもを」

〈おくらさま〉の正体を。

「むかぁし、養女がいたんですって」

美仙屋にもらわれてきた娘。

「そのころの美仙屋の主人が親切に引き取ってやった、身寄りのない女の子」

今となっては素性が知れない。お梅の父親も、そこまで詳しくは知らされていなかったという。

ただ、はっきりしているのは、寄る辺ないその女の子が、大事に育てられはしたものの、美仙屋で幸せではなかったということだけである。

「……器量よしじゃ、なかったもんだから」

美仙屋に生まれてくる、飛び抜けて美しい娘たちとは違っていたから。

「何かにつけて、引き比べられて」

ひそひそと嘲笑《あざわら》われながらのお嬢様暮らしは、かえって気まずく居づらいばかり。

娘は、長じると進んで女中のように働き、粗衣粗食に甘んじ、日陰に身を縮める日々を過ごした挙げ句、ひょっくりと病を得て早死にしてしまった。

「その娘が〈おくらさま〉になったのよ」

美仙屋に、育ててもらった恩はある。恨みつらみばかりではない。それでも、積り積もった憤懣と悲しみは、娘の死後もひとつの意志としてこの世に留まった。

よし、これからは美仙屋を守護してやろう。そのかわり、大事な大事な美しい娘の魂をとってやろう。受けた恩には守護を、投げつけられた侮蔑には不幸を返してやろう。

それが〈おくらさま〉の取り決めの真実だった。

「常香盤を守るのは、その取り決めを守ること」

香を絶やさず焚《た》き続けることは、美仙屋にかけられた呪いを受け継ぐことでもあった。

「あたしたちのおとっつぁんは、取り決めを守りました」

しかし、お藤の夫は違った。

「義兄さんは怒ったの」

──何が〈おくらさま〉だ。私の大事な娘たちを人質にとられてたまるものか。

「お藤姉さんはよくよく説き聞かせ、何度も喧嘩もして、しまいには泣いて怒って諌《いさ》めたけれど、義兄さんは聞かなかった」

そしてとうとう、三十年前のある日。

「義兄さんは、蔵座敷の常香盤を割ってしまったの」

おちかは深くうなずいた。何度も何度もうなずいた。そうか、そういうことだったのか。

常香盤は砕け、呪いは破れた。同時に、呪いと引き替えに美仙屋が受けていた守護も消えた。

それまで〈おくらさま〉が退けていた全ての災厄が、劫火《ごうか》となって美仙屋に襲いかかり、全てを焼き尽くしてしまった。

ざまをみろ、ざまをみろと笑いながら。

「お梅さん」

涙を流し続けるお梅の手をとって、その冷たい指を、おちかは優しく握りしめた。

「あなただけでも生き残ってくれてよかった。美仙屋さんの悲しみを語るあなたが」

それこそが、変わり百物語を続けてきて、おちかが学んだいちばん大きなことだ。

人は語る。語り得る。善いことも悪いことも。楽しいことも辛《つら》いことも。正しいことも、過ちも。語って聞き取られた事柄は、一人一人の儚《はかな》い命を超えて残ってゆく。

「あたしも、あなたに、お礼を申します」

やせ衰えたお梅は、微笑もうとしている。

「聞いてくださって……ありがとう」

多島屋のおかみがうつむいて泣いている。

「胸のつかえが、おりました」

悲しみを吐き出したから。

「……ねえ、おちかさん」

お梅の声はいっそう細り、おちかはうんと前屈みになって耳を近づけた。

「あなたも、ご自分を……おうちのなかに閉じ込めているんですってね」

お梅はそんなことまで知っているのか。

「どうしてか……理由《わけ》があるんでしょうけれど」

いけませんよと、お梅は囁《ささや》いた。

「あたしと……同じになっちまう」

時を止め、悔恨に打ちひしがれ、昔を恋うて懐かしむだけの老女に。

「さもなきゃ、〈おくらさま〉になっちまう」

おちかは身じろいだ。座敷の端で息をひそめていた富次郎も、身を起こして目を瞠《みは》る。

「これが、あたしの、お礼の言葉」

語尾がかすれて、呼気にまぎれる。お梅は瞳でおちかに訴えかけてきた。伝わってくる。

——ねえ、ここは考えどころですよ、三島屋のおちかさん。

「さあ……もういいわ」

満足そうに微笑んで、お梅は瞼《まぶた》を閉じた。最後の一筋の涙が溢れ、目尻を伝ってゆく。

「亡くなりました」

おちかは静かにそう告げた。

「結局のところ」

瓢箪古堂の勘一は、黒白の間の縁先に尻を乗せ、いつものように昼行灯《ひるあんどん》の風情で呟く。

「お梅さんは何者だったんでございましょう」

「何者とは何だ」

と、富次郎が問い返す。山のように積み上げた買物案内を、瓢箪古堂に返す分と、三島屋で買い取りたい分とに仕分けている最中だ。

「いえ……なんですか手前には、お梅さんは小さな神様だったように思えまして」

茶菓の盆を運んで、おちかは二人の傍らに座ったところだ。勘一の飄々《ひょうひょう》とした顔と、にわかにむっとした富次郎の顔を見比べる。

「そんな莫迦《ばか》なことがあるかい。多島屋さんがお弔いを出して、わたしらも揃ってお見送りしたじゃないか」

お梅の弔いはつい二日前、秋雨がしめやかに降りしきるなかで行われたのだった。

「お梅さんはあたりまえの女で、ばあさんで、病人で、もう死んじまった人だよ」

富次郎はやけに口を尖《とが》らせる。

おちかは困った。勘一の言いたいことが、うっすらわかるような気がするからだ。実は富次郎も同じで、だからムキになって言い返しているのではないか。

「それはそうでございますが……」

「だったら左様ごもっともとお言い」

「お梅さんは、三十年前に美仙屋さんが焼けたときは、病の養生のためにお店から遠くに出されていたんですよねえ」

「ええ」と、おちかはうなずいた。

「だったら、お藤さんの婿さんが常香盤を割ったなんて経緯《ゆくたて》を、どうしてご存じなんでしょう」

「誰かに聞いたんだろうさ」

富次郎は早口で吐き捨てる。勘一はちっとも動じず、いっそう長閑《のどか》に首を傾《かし》げる。

「誰から聞いたんでございましょう。美仙屋さんの方々は皆さん火事で」

「そんなの、わたしだって承知だよ」

癇性《かんしょう》に遮り、富次郎は苦い顔をした。手にしていた買物案内の一冊を手近な山の上にぽんと置く。

「とんがったりして、すまないね。実はわたしも、胸のあたりがもやもやしていてさ」

お梅が神様だったとまでは思わない。だが、ただの人であったようにも思えない。

「やっぱり狸に化かされたか、狐につままれてるんじゃないかねえ。だってさぁ――」

その先を、富次郎は言いにくかろう。おちかは先回りすることにした。

「あたしにはあんなお説教をしてくれましたし、〈おくらさま〉の正体である昔の養女のお話は、従兄《にい》さんの知ってるある人の身の上と似ていますものね」

長閑な顔をしたまんま、勘一が言う。「小旦那様に大怪我をさせた恵比寿屋の手代は、あちらさまの外腹の倅《せがれ》だというお話でございますか」

富次郎は目を剝《む》いた。「あんた知ってるの？」

「はい。貸本屋というのは方々でいろいろ小耳に挟む商いでして、どうしても地獄耳になってしまいます」

呆《あき》れ返ったような沈黙のあと、まず富次郎が吹き出し、おちかもほっとして笑った。

「かなわないねえ」

「相すみません」

「ま、知ってるんなら話が早いけど」

肩をそびやかし、富次郎は庭の方へ目を投げた。「お梅さんはさ、おちかだけじゃなく、わたしも諭してくれたように思うんだ」

人の世は思うに任せぬ。悲しい、悔しい、腹が立つ。星は少なく、後悔の雲ばかりが厚くて、しばしば災難の冷たい雨が降る。

でも、後ろばかり向いていたら、後ずさりで生きることになっちまう。余計に危のうございますよ。

「古来、一夜で百物語をやり遂げると怪異が起こると申します」

勘一が言う。「三島屋さんの変わり百物語も、日々の暮らしのなかで怪異を聞き積んでゆくうちに、怪異と親《ちか》しくなっていって、その働きかけを受けやすくなるのではございませんかね」

瓢箪古堂は上手《うま》いことを言う。

「ええ、わたしもそう思います」

美仙屋の話がそっくり作り話だとは思わない。が、おちかと富次郎に聞かせるための話だったという気はする。

「〈おくらさま〉になっちゃいけない。お梅さんになってもいけない」

時を止めてはいけない。自分の心のなかに閉じこもってはいけない。

「それにはどうすればいいんでしょう。いっそ、百物語もやめにした方がいいのかしら」

口に出すと、妙に切羽詰まって聞こえた。バツが悪くて、おちかは首をすくめた。

「やめませんけどね、まだまだ」

「好きなだけ続ければいいいさ」

思いがけず大真面目に、富次郎が言った。

「でも、やめたくなったらいつでもおやめ。後はわたしが引き受けてあげるよ」

「まあ、そんなもったいない」

近ごろの富次郎は、出し抜けな目眩《めまい》に襲われることがめっきり減って、元気にしている。そろそろお店の表へ出て商いに携わるか、自分の店を興す算段を始めたってよさそうなほどだ。

「もったいなくなんかないさ。遊んで暮らそうというんじゃない。おちかが今そうしているように、わたしも、働きながら聞き手を務めりゃいいんだから」

「じゃあ、あてにしておきます」

「軽くいなしてもらっちゃ困るよ。わたしも、おちかが三島屋の奥にこもったきりでいるのはよくないと思ってるんだ」

おちかにはおちかの人生がある、と言う。

「おちかの人生の行き先は、おちかが好きに決めていいんだ。もう何にも囚《とら》われなさんな。お梅さんと同じように、わたしからも言っておくよ」

「はいはい、好きにさせていただきます」

すると、富次郎は声を強めた。

「じゃあ手始めに、深考塾《じんこうじゅく》の若先生にお別れを言うのかどうか、きちんと心を決めたかい？」

青野利一郎はいよいよ国許《くにもと》に発《た》つ日が迫り、三島屋が贈ったはなむけの品々の礼をかねて、明日、挨拶《あいさつ》に来ることになっているのである。

おちかはぎくりと固まった。

「従兄《にい》さんたら、嫌だわ、瓢箪古堂さんの前で」

「では、手前は消えましょう」

ふうわりと微笑み、勘一は縁先から腰を上げた。違うんだってば、いてくれた方がいいんだってば、気の利かない人！

「そんなの、従兄さんには教えません」

言い捨てるついでにあっかんべえをして、おちかは黒白の間から逃げ出した。

青野利一郎は、もう、おちかが知っている「若先生」ではなかった。

擦り切れた履《は》き物とよれよれの袴《はかま》、手入れが行き届かなくてぼさぼさの髷《まげ》。そして、折り目正しいけれど身軽な立ち居振る舞いと、気さくな口跡。

それらは消えていた。月代《さかやき》をそり上げ髷を整え、真新しい紋付袴に身を包んだ凜々《りり》しい武士がそこにいた。

「本日のあっしは青野様の中間《ちゅうげん》でございます」

にこやかに言う岡っ引きの半吉が、本当に従者のように見える。今までは、どっちかといったら親分の方が貫禄で勝っていたのに。

三島屋の側も正装して出迎えた。まずは伊兵衛とお民とおちか。続いて番頭の八十助を始め、押し込みから守ってもらった奉公人一同。しんがりの新太はまた泣きべそ顔で、

「おまえも一人前の男なのだ。軽々に涙を見せてはいけない」

当の利一郎に諭され、「えっえっ」と泣きじゃっくりを堪《こら》える始末だ。ただ、新太を諭すそのときだけは深考塾の師匠の表情と口調に戻り、その顔とその声に、おちかは胸の深いところが疼《うず》いた。

「わたしは青野様を存じ上げないからね。今日だけ、倅《せがれ》でございますと出張るのも野《や》暮《ぼ》だ。引っ込んでいますよ」

そう言って、富次郎は顔を見せなかった。

利一郎の固辞を受けて、祝いの宴席は設けず、奥でひととき語り合った。話に花が咲いたが、利一郎は口数少なく、笑うのもしゃべるのも、もっぱら伊兵衛と半吉だった。

おちかも、ふさわしいお礼と挨拶のほかは、口をきかなかった。叔父夫婦もそれをとやかく言うことなく、何か水を向けることもなかった。

「深考塾の新しい先生は見つかりましたか」

「はい。私のような見よう見まねのにわか師匠ではなく、多くの習子を教えた経験の

ある方が、塾を引き受けてくださることになりました」

　青野利一郎に、江戸に残す憂いはない。

「三島屋一同、青野様のご健勝とご栄達をお祈り申し上げております」

　皆で平伏して、別れの節目とした。

　正装のまま、おちかは一人、黒白の間に入った。やっぱり、ここが自分の居場所のような気がする。

　利一郎を迎えた奥の客間の支度に忙しかったので、本日の黒白の間には花も掛け軸もない。床の間に、素朴な素焼きの花器があるだけだ。瓢簞古堂が引き取っていったので、買物案内の山も消えた。富次郎が出してきた古い文机《ふづくえ》だけがぽつりと残されている。

　雪見障子を一枚だけ開ける。秋の色に染まった庭の景色が、がらんとした黒白の間に彩りを添える。おちかは文机の前に座り、振袖から肘《ひじ》を出して、両手で頰杖《ほおづえ》をついた。

　心が、しいんとしている。

　目をつぶってみた。秋風が庭木の枝のあいだを通り過ぎてゆく音がする。

「おちか殿」

　あんまり驚いたので、心の臓が口から飛び出すかと思った。

　庭先に、青野利一郎が佇《たたず》んでいる。こちらを覗《のぞ》き込み、白い歯を見せた。

「驚かせて申し訳ない。お勝殿に頼んで、勝手口から通していただいたのです」

今一度、黒白の間を訪れて別れを申し上げたかった、と言う。

おちかはあたふたと袖を直した。

「ど、どうぞ、お入りください」

「では、ここに掛けさせていただく」

このごろ勘一が来ると本箱をおろし、座っている縁先に、利一郎も腰かけた。背筋も、真新しい袴の折り目もぴんと伸びている。

「それほど前のことではないのに、懐かしく感じられます」

利一郎が、語り手としてここに来た日のことだ。

「変わり百物語に招いていただかなければ、生涯、あの話をすることはなかったでしょう」

利一郎が語ってくれたのは、人を恋いながら、人と交じって生きることはできない不思議なあやかしの話だった。

「わたくしも、青野様のお話を忘れません」

おちかは言った。声音が落ち着いている。自分でもそれがわかり、いっそう心が凪《な》いだ。

「私は——」

花器があるだけの上座の方へ目をやったまま、利一郎はゆっくりと言った。

「一度は禄《ろく》を失った身でござる」

仕えるべき主家も、身分も失った。

「そのときは、己の人生にはもう先はない、暗闇ばかりだと思いました」

だが、そうではなかった。

「師匠――加登新左衛門殿と出会い、深考塾を任され、多くの習子たちと出会いました」

すべて思いがけぬ邂逅《かいこう》であり、まったく新しい人生の道筋だった。

「楽しゅうござった」

利一郎は穏やかな笑みを浮かべる。

「日々、騒動もあれば笑いもある。やりくりに苦しむこともあれば、市井《しせい》に暮らすささやかな喜びを嚙みしめることもありました」

おちかは、小さく「はい」と言った。

「己の人生は、もうここから動かさぬ」

私は、ここから動かぬ。これが己の生だ。

「そう思いました」

秋風に、また庭木が騒ぐ。鮮やかな紅葉が一枚、ひらりと散って舞って落ちた。

「しかし今般、私は再び動こうとしています。己の人生の道筋を変えようとしています」

それが正しいと思ったからだ、と言う。

「正しくあらねばならぬ、ではござらん。正しいと思いました」

おちかは黙ってうなずいた。

「おちか殿」

利一郎がおちかを見る。

「貴女《あなた》にも、いずれそういう時が来る」

人生を変えよう。変わってゆく人生を受け入れよう。それが正しい——と思えるとき。

「その時には、臆せず躊躇《ためら》わず、この黒白の間から踏み出してください」

黒白の間にいることだけが、貴女の人生だと思ってはいけない。

「それだけをお願いしようと思って伺いました」

また「はい」と言おうと思ったのに、今度は声が出なかった。

「金太も捨松も良介も、貴女を好いています。貴女がどこへ行かれようと、うるさいほどに追いかけ、懐いてくることでしょう。どうか、よろしくお頼み申します」

「はい。わたくしなどでよろしければ、確かに、お引き受けいたします」

利一郎の眼差《まなざ》しを感じて、おちかは面を伏せる。どうしても、目を合わせることができない。

「ここで、よき思い出をいただきました」

大事にいたします、と言った。

「おちか殿、どうぞお幸せに」

縁先から立ち上がり、青野利一郎は深々と一礼した。今度こそ、本当に去ってゆく。

おちかもその場で平伏した。凪《な》いでいたはずの心が騒ぎ、頰が熱い。胸の奥がきりきり痛む。

「わたくしも、若先生のお幸せをお祈りしております」

ようやくそれだけの言葉を絞り出したとき、庭先にはもう誰もいなかった。

おちかは一人だ。

黒白の間で一人だ。

今は、その道を選ぶ。

一つだけ約束しよう。幸せを祈ってくれた青野利一郎の言葉にかけて、自分の胸に誓おう。

おちかは〈おくらさま〉にはならない。

黒白の間を、心の蔵座敷にはしない。

時を止めず、四季の移り変わりを目にしよう。歳を重ねてゆくことを感じよう。

おちかは、生きてゆくのだ。

「ごめんください」

間の抜けた声がかかった。

「お邪魔いたしますが……本当にお邪魔、でしょう、かな？」

勘一である。今日はまた、身の丈より高い本箱を背負っている。

「あいすみません、出直します」

本箱のせいで前屈《かが》みになっているところを、さらに及び腰になって、勘一は引き返そうとする。

「えっ」

おちかの喉から声が飛び出した。

「えっえっえっ」

まるっきり、丁稚の新太と同じだ。重い振袖を着込み、島田髷に豪奢《ごうしゃ》な簪《かんざし》を飾り、化粧の顔を崩して、おちかは泣き出した。

「お嬢さんは、悲しいんですね」

勘一は、のほほんと言う。

「悲しいときは、泣くのがいちばんの薬です」

おちかは袖で顔を覆い、声を張り上げて泣いた。

「やあ、いい泣きっぷりでございます。この瓢箪古堂、惚《ほ》れ惚《ぼ》れいたします」

おちかは泣き続け、勘一は所在なげに佇み、黒白の間は静かで、庭には紅葉が揺れている。

しばらく経って、大きなため息を吐き出し、おちかは袖から顔を出した。勘一は本箱を背負ったまま立っていた。

「瓢箪古堂さん、何しに来たの」

勘一は、昼行灯の笑顔になった。

「お嬢さんに、読み物をお勧めしたくって」

そして、つるつる語り出した。

「生身の人の語りは、血が通っていて面白うございます。ですが、生ものだけに、時にはあたる。今度の美仙屋さんの一件も、お嬢さんは語りにあたってしまったんだと、手前は思います」

でもですね、読み物というものは。

「生身の人からはもう離れておりますから、枯れております。どう間違ってもあたりませんし、障《さわ》りません。気散じにはうってつけの上に、読み物を通して知識が増えれば、肝っ玉が強くなって、語りにあたりにくくなりますから一石二鳥。いえいえ、手前は商売をしようという魂胆じゃございませんよ、読み物には本当に効能が――」

とうとうおちかが笑い出すまで、勘一はしゃべり続けていた。

三島屋の変わり百物語から一人が去り、一人が加わった、秋の好日のことである。

解説

瀧《たき》井《い》朝《あさ》世《よ》

その部屋で語られる内容が門外に出ることはない。なぜなら聞いて聞き捨て、語って語り捨てが決まり事だから。それでも人はそこを訪れ、語らずにはいられない――風変わりな百物語が繰り広げられる三島屋《みしまや》変調百物語シリーズ。第一作の『おそろし三島屋変調百物語事始』の単行本刊行は二〇〇八年（連載開始は二〇〇六年）。その後も発表媒体を変えつつ物語は続き、本作は二〇一五年六月一日から翌年六月三十日まで日本経済新聞朝刊に掲載（連載時のタイトルは「迷いの旅籠《はたご》」）、二〇一六年十二月に日本経済新聞出版社から単行本刊行。そしてこのたび文庫化された。収録されるのは四篇。これでようやく二十二話が語られた。百話まではまだまだ遠いが、読者にとってはそれだけ楽しみが続くわけだ。

三島屋の怪談語りの趣向については「序」で説明されているので省く。聞き手のおちかは十七歳の時に川崎《かわさき》にある実家の旅籠《はたご》で残酷な事件に遭遇して心を閉ざし、叔父《おじ》夫婦の元に身を寄せた。変わり百物語は、彼女の心を解かすための叔父のはからいだ。

シリーズものといえば、舞台設定に大きな変更はなく主要人物たちが年を取らないまま進んでいく手法もあるが、本作はゆるやかな時間経過のなかで、少しずつ人間関係やおちかの心模様が変わっていくのが特徴だ。彼女の心を開くための百物語なのだから、変化を描くのは当然のことだろう。

基本的に奇数話は深刻な話、偶数話はほのぼのした話を配置してめりはりが効いている。単行本ごとの色合いも少しずつ変わっており、第一巻『おそろし』は変わり百物語が始まるきっかけやおちかの過去など基本設定を読者に知らせるエピソードが中心。第二巻『あんじゅう』は子どもにまつわる話が多く（なんといってもあんじゅうの愛おしさよ）、第三巻『泣き童子』はバリエーション豊かだが、やきもち焼きの若い女性（「魂取《たまどり》の池」）や夫思いの妻（「くりから御殿」）など少々色艶《いろつや》のある話が加わってくる。本作『三鬼』も彩り豊かであるが、地方政治や地域社会の問題点といった要素も出てきて、それを理解するおちかの様子からは、彼女の知見が深まっていると も受け取れる。また、表題作での語り手である清左衛門《せいざえもん》の妹、志津《しづ》の身に降りかかる出来事は痛ましく、若い女性であるおちかに聞かせるのは酷に感じるだけに、ついにこの類《たぐい》の話も出てくるようになったか、と思わされる。つまり彼女の精神的な成長に合わせて、持ち込まれる怪異を形成する要素も大人向け（少なくとも子ども向けとはいいにくい）の内容になっているのだ。

実際、彼女の変化は目覚ましい。怪奇譚《たん》に馴染《なじ》むにつれ好奇心を見せ行動的になっていく面もそうだが、聞き手としての熟達ぶりも素晴らしい。最初のうちは元来の心根の良さと、心の傷による内向きな姿勢があいまって、他人の内面に土足で踏み込まない慎ましさがかえって相手の心を開かせていたが、本作ではすっかり巧みな聞き上手になっている。「迷いの旅籠」では緊張している子どもの心をほぐし、「食客ひだる神」ではいってみれば自らインタビューを申し込み、「三鬼」も打ち明けることを逡《しゅん》巡《じゅん》していた武士の心を開かせ、そして「おくらさま」では、自力では黒白《こくびゃく》の間に来られない人間まで彼女と話したがるという、信頼され具合。いやはや、実に名インタビュアーである。

ここで、各話の読みどころをざっと眺めてみよう。

●第一話「迷いの旅籠」

自ら語りたくて来たのではなく、予行演習としてやってきた子どもが語り手、という点がユニーク。語られる内容は、村、つまり地域社会の話だ。怪異は起きるが、それよりももう取り戻せないものに固執した人間の狂気にゾッとさせられる。しかし決して、その心理を糾弾する展開ではない。最後の最後で一人の男が村人たちを驚かせる行動をとるが、そこからは狂気よりも寂しさと哀しさが伝わってくる。そう感じさせる人物を配置させせる点が、著者の実に巧みなところだ。

○第二話「食客ひだる神」

「あんじゅう」に心ときめかせた読者なら、ひだる神にも悶絶《もんぜつ》したのではないだろうか。あやかしを受け入れる夫婦の人の良さも好ましい。一緒にいたいのにそれが難しい状況は切ないが、その理由がなんとも可笑《おか》しみに満ちていて、怖い要素は皆無の愛らしい一作。ひだる神の魅力だけでなく、食欲をそそる食べ物が続々登場する点や、商売においての成功物語としての読み心地も魅力だ（媒体が日本経済新聞だったからだろうか）。

●第三話「三鬼」

先にも触れたがなんとも痛ましい事件が語られ、そこから山奥の地域社会の話へと広がっていく。独自の決まり事がある村に余所者《よそもの》が足を踏み入れた時の不可解さ、不気味さがたっぷりと味わえる話。鬼も怖いが、しきたりを守り続ける村人の排他的な心理も怖い。そして後日談は、余韻を残すものである。ところで多くの読者が「三鬼の意味は何だろう？」と思ったのではないだろうか。町の鬼、山の鬼、人の中にいる鬼ととらえればいいのか……などと考えをめぐらせることも、読書の愉《たの》しみのひとつである。ただ、それではしっくりこないという方もいると思うので、著者が対談の中で語ったことを引いておく。

〈「三鬼」の「三」を「山」にするか迷っていたんです。山が舞台の話ですから「山鬼」でもいいんですが、私としては東西の村ではない、三番目のあの世に近いところからくるものの話なので「三鬼」でもいいな、と決めかねていたんです。

その話を刊行後の打ち上げのときにカバーの挿画も描いてくださった北村さんに話したら、「絶対に『三』がいいに決まってる。山の鬼じゃないですよ」って〉（『宮部みゆきの江戸怪談散歩』（角川文庫）より）

○第四話「おくらさま」
黒白の間を訪れて過去を語るのは心は十四歳のままの老婦人。その正体に意外性のある話だ。彼女はおちかの背中を押す役割も果たしている。それに加え、袋物屋の次男でおちかの従兄《いとこ》、富次郎《とみじろう》が戻ってきたり、貸本屋の若旦那《わかだんな》、勘一《かんいち》が登場したり、そしてなんといっても、あの人が江戸から去るなど、物語が大きく変わっていく予感を抱かせる。その通り、第五巻『あやかし草紙』では大きな変化が訪れて……それは読んでのお楽しみ。百話を迎える頃、この物語はどのような様相となっているのかまったく分からなくなる。

本を閉じて振り返ると、しみじみと噛《か》みしめるのは怪異の恐ろしさや不思議さだけではなく、それぞれの人の語られなかった思いである。一平《いっぺい》はその後どのような気持ちで生きていくのか、房五郎《ふさごろう》夫婦の寂しさは相当なものだったのではないか、すべてを語った清左衛門の心中は澄んでいただろうか、お梅《うめ》さんは何十年もどんな思いを抱いていたのだろうか……。そして、おちかの心が今後どう動いていくのかも気になるところだ。思いをめぐらせるうちに、いつのまにか、死者に対しても、これからを生きていく人たちに対しても、柔らかな気持ちになっている。各話の語り手だけでなく、我々読者もまた、黒白の間でおちかに慰められ、心洗われているのである。

〈書誌〉
連載「日本経済新聞」二〇一五年六月一日〜二〇一六年六月三十日
単行本二〇一六年十二月、日本経済新聞出版社刊

三《さん》鬼《き》

三島屋《みしまや》変調百物語《へんちょうひゃくものがたり》四《よん》之続《のつづき》

宮部《みやべ》みゆき

令和元年 6月25日　初版発行
令和7年 5月15日　11版発行

発行者●山下直久

発行●株式会社KADOKAWA
〒102-8177　東京都千代田区富士見2-13-3
電話　0570-002-301（ナビダイヤル）

角川文庫 21625

印刷所●株式会社KADOKAWA
製本所●株式会社KADOKAWA

表紙画●和田三造

ISBN 978-4-04-107761-0　C0193

◆◇◇